奔月

Run
AWAY
to
THE
MOON

鲁敏 著

人民文学出版社

图书在版编目（CIP）数据

奔月/鲁敏著. —北京：人民文学出版社，2017.9
ISBN 978-7-02-013297-3

Ⅰ.①奔… Ⅱ.①鲁… Ⅲ.①长篇小说—中国—当代 Ⅳ.①I247.5

中国版本图书馆 CIP 数据核字（2017）第 207773 号

责任编辑　赵　萍
责任印制　王景林

出版发行　人民文学出版社
社　　址　北京市朝内大街 166 号
邮政编码　100705
网　　址　http://www.rw-cn.com

印　　刷　三河市西华印务有限公司
经　　销　全国新华书店等

字　　数　200 千字
开　　本　890 毫米×1290 毫米　1/32
印　　张　11.75　插页 1
印　　数　1—30000
版　　次　2017 年 10 月北京第 1 版
印　　次　2017 年 10 月第 1 次印刷

书　　号　978-7-02-013297-3
定　　价　45.00 元

如有印装质量问题，请与本社图书销售中心调换。电话：010-65233595

我偏爱不存在的荒谬胜过存在的荒谬

目 录

第一章 …………………… 三一
第二章 …………………… 三九
第三章 …………………… 四七三
第四章 …………………… 一〇三
第五章 …………………… 一二五
第六章 …………………… 一二五
第七章 …………………… 一四七

章	頁
第十五章	三三七
第十四章	三〇五
第十三章	二七七
第十二章	二五三
第十一章	二三一
第十章	二一五
第九章	一八七
第八章	一六五

也真是不大讲究。小六3月出事，到9月，贺西南与张灯，已从素未谋面的情敌变成无话不谈的兄弟。

贺西南带着张灯来到金陵购物中心的顶层，隔窗往外俯看。

干燥的树叶在枝头摇晃，做好了枯萎与腐烂的准备。浅褐色的阳光透过这样的树叶投射下去，使得人们瞧上去有些衰老。水果店摆出了石榴和柿子。冰激凌的门面有点儿萧条。还可见到一所中学，刚刚开学的少年们三三两两，勾腰背着书包，参加葬礼似的走进寂静了一个夏天的校园。

贺西南有意把视线停在这些无关紧要的地方，看了一大圈儿之后，才把目光慢吞吞拉近，拉到正对面的双胞胎灰色写字楼，左边那一幢，十二楼中的一间，小六供职过六年的地方，指给张灯看。

并看不到什么特别的。

经过惊痛、惋惜、追念等必然阶段之后，所有人都得出一致结论：小六再也回不来了。人们默认了她的死亡，像接纳其他的坏消息一样。类似的讯息，从白天到夜晚，如雨丝、如尘埃，不间断地飘落在人们肩头和他们所栖身的屋顶上。

贺西南和张灯拒绝相信。他们是天黑之后、人群散尽的跑道上的最后两位选手，不肯认输并竞相表现出离奇的乐观：小六还活着呢，他们要继续找下去、等下去。

像前面的若干次会面一样，他们别无闲话，又谈论起小六出事前后的一些微小环节，有陈旧的，也有新发现的，他们对其进行组合与推理，不知疲倦，不断争论，情绪旺盛得就像小六才刚刚离开，被窝里还保有她的体温与压痕。讨论中，他们不断重复这样的口头禅，如同誓言："等她回来之后，我们一定要……"

由于他们二人均与小六有着极其密切的私人关系，故而这说词虽然动人但也有几分像是表演的态度，更像是一种策略性的遮掩，这样一来，他们就可逾越俗世意义上的道德羞耻感，扭转为一个目标大体一致的同盟体。

或也不必为他们如此这般的守望而感动，对丈夫贺西南也好，对出轨对象张灯也好，小六也许只是阶段性的关联词，是一根必将断落的麻绳，他们早晚会丢下她，也丢下对方的。

更纯粹的坚信者，大概只有小六的母亲。可一个母亲的想法又哪能作数呢。

不管怎么样吧，在小六离去半年之后，最后还有三个人在眼巴巴地等着她回来，像一个既张不开又合不拢的凹形拥抱，披染着混浊的天色。粗粗看上去，也算有点儿动人了。

Run
AWAY
to
THE
MOON

第一章

一

为小六的事,贺西南一下子告了二十天假。在他整个职业生涯中,包括一次内痔手术一次声带息肉割除,这是最长的一次请假。这足以证明他的某种决心及决心之大。

贺西南身架宽阔,对生活的看法也像推土机轧上柏油马路,有着笔直而粗糙的逻辑,信奉所见即所得。花朵是植物的繁殖器官,月亮是一个星球,为何要感花伤月。钟表是一种精密的计量机械,怎么会是"记忆与岁月的见证"。身为一家快递公司的市级经理,他对这份事业颇感尊荣,几有一国之君的临驾之感。他把整个城市切西瓜似的分割成若干块，分赐给操着不同方言的外地小伙子，后者黑黝黝地每日策马其上，汗流浃背地带回众多包裹，如同子民进贡奇珍异宝。每晚，贺西南都会毫无必要地逗留在办公室，盘查当日流量报表，在哗哗滚动的显示屏前获得江山如此多娇的成就感。他愉快地捶打几下胸脯，高高兴兴回家享用晚餐，与妻子小六一起。

这样的生活怎么会被打断呢。贺西南不能够接受。

"……大巴在梵乐山山区意外翻车坠崖，随后爆燃，部分乘客落水不救。全车含司机导游计39人，遇难8人，致伤21人。事故具体原因正在调查之中。"

这则报道中，小六被算在8人里面。不久贺西南了解到，因为要抢新闻，这个数目是逆向推算的——一堆人事不省的在抢救室，一堆哭啼哼叫的还能动弹，一堆满地打滚儿的闹着要赔偿，这几堆的名单里都没有小六。当然，有过遗物认领，小六的包啊手机啊零碎啊什么的。

还有遗体确认，贺西南被叫去过两次。大巴内部有四具，焦黑一团，无从辨认。几天后，离出事地点四公里远的下游水里，打捞出一男两女，由于鱼类噬咬，加之山石撞击，亦已没了面目。这样统共找到七具遗体，有一人下落不明。贺西南敏捷地一把抓住后者不放，认定那就是小六。还有一名母亲也在为她的女儿争抢这个配额。像抢一顶帽子，两人都急着往自己头上安。善后人员富有技巧地暗示：失联与死亡，赔偿标准差别很大。那位母亲犹豫了一下，还是没有松口。又有部门提出DNA验证，那名母亲不知为何突然垮了，瘫到地上，决计不肯。贺西南就此胜出。当然这只是第一步，大胆假设小心求证的第一步。

二十天的假期，以其一贯务实的作风，贺西南把它们分成了四块：

首先到出事地点蹲了五天。他重新花钱找当地人，把附近整个山区、包括下游河道重新捋了一遍。除了一张不知何人扔下的"梵乐山四日游行程与须知"外，贺西南一无所获，倒是山民们捞到几尾还算肥大的杂鱼。贺西南对此表示满意：这就是好的收获不是吗？

第二个阶段，他设法从旅行社搞到了号码，像手下最优秀的快递哥一样，贺西南挨个儿找到了翻车旅行团里活着的那些成员。他们有的还躺在医院呻吟，有的皮毛俱好，但精神萎靡。贺西南一一登门，提着水果点心，以一种既是哀求又是逼迫的语气，令人不便拒绝。他要他们复述出事前后的点滴细节，重点围绕小六。

这是一个价格低廉、临时拼凑的散客团，仅仅相处一天半就出事了，团友们之间并无确切记忆——这不是障碍，反成了便利——受访者克服了短暂的惊愕与不适，出于对一个有情丈夫的善意，也出于对身陷重大危机事件的一种尊重，他们机智而高尚地理出一条思路，一条有助于减轻这位丈夫痛苦的思路。他们"还原"了各种细节，细节彼此矛盾。

小六，他们亲切地采用了贺西南的昵称，像是彼此熟识多年。有的说：小六，唉，头一个就从车门甩出去了，快得都看不清。我敢保证她毫无痛苦，一点儿没遭罪。有的说：小六运气好啊，前面几个都扑通扑通下饺子似的掉下去了，突然车子就停了，她恰好卡在门边上。然后呢，叙述者的语调开始变得欢欣，然后她就跑出车子，打电话报警了！她绝对好好的。有的带着业余通讯员的措辞，好像正对着一支录音笔：小六乐观坚强、性格开朗，她一直从车里往外推人，直至筋疲力尽，哪晓得就在此时，车子突然爆炸。我觉得应当为她申请见义勇为奖。有个老头儿的说法更高级，他一会儿远一会儿近，戴上眼镜又摘下眼镜，反复端详贺西南提供的小六照片，赌咒发誓：错啦，你哪里搞错了，我们这个旅行团里可从来没见过这张脸哪。真的，我认人记人的本领错不了。我能在马路上认出我战友的孙子，三十年都没见过的战友，你想想我这眼力，隔两代都能认！我肯定没见过尊夫人。

贺西南像饥饿的老牛，干硬不分地把所有这些支离破碎全部塞进大胃袋里，留待回去之后再慢慢反刍、辨析。综合听来，很像是"小六没死"。人们越是有分歧，分歧越是巨大，赤橙黄绿青蓝紫交错闪动，就越证明了这一点，不是吗？

再一个五天，是联络小六的各路朋友。前面这些天，贺西南到哪儿都带着小六的手机，每晚为之充电。微信留言、短信关心的高潮已经过去了，她的手机而今早没了任何动静。贺西南自有推理：沉默的那部分，需要注意。贺西南坐下来，排除掉像物管维修、推拿预约、快餐订购这些，余者概不放过，不管亲疏远近、是否知情。不等对方开口，贺西南首先抢到发言权，语气轻松，几乎带点儿喜气地拜托，好像这是他们夫妻间早就协商好的："……我是她老公，对，她没带上手机，如果她找你帮忙，拜托请费心照料。"他只字不提事故、生死不明这样的字眼，其全部意思就是电话里的字面意思，同时最大限度地假设，也许对方已暗中接洽下了小六。讲完开头这部分，他便怀着一种矛盾的期待，屏息等着对方的反应：此地无银，假作应承，还是痛心驳斥，指出事实……贺西南要从这些反馈中捕捉哪怕一丝丝弦外之音。

不消说，大部分对话都是毫无价值的应付之辞。总有相当部分的朋友，是某些场合中的热情产物，互相吆喝着"打一下，你打一下我号码。""扫一下，我来加你。"在仅此一次的"打一下""扫一下"之后，实则并无后续的交集。这样的一面之交者，是安逸快活是如陷地狱，是死是活或是不死不活，对彼此的重要程度，都差不多像是南美洲某条小河里所漂浮着的枯枝吧。谁能把一个屁眼儿大的交通事故跟手机里的闲置或屏蔽的名字勾连起来？不过，贺西南能够忍受这部分云里雾里的错愕与寒暄，相较于另一部分。

另一部分，确乎是小六的熟悉朋友。他话音刚落，他们个个就即刻拿到了国家最高级心理医师证书，几乎隔着电话就要让贺西南躺下来，所有人都一条心地、特别客观地认为他错了，指出贺西南关于"小六还活着"的偏执性假设，并搬出各种古今中外的道理来解救、教导，要他节哀顺变、接受命运。更有一些女性友人，像听到"开麦啦"似的，一下哽咽起来，用忌妒到沧桑的语气，"想不到小六那么……想不到你这么……如果哪一天我也……不知我家那位能不能……"

贺西南忍着怒气一一听完。

他注定是要孤军奋战。他厌恶那些懒惰的"顺应时变"，也不想把此举升华成对小六的无限痴情。这是最起码的呀。就算少了一只天天喝水的杯子，也该搞个清楚。就像他对手下人常讲的，绝不能接受一只有名有址的包裹无故丢失，必须走一套科学而完备的流程去确认症结所在。更何况这是一个大活人，这是他天天一起吃晚饭的妻子啊。在决定放声哭泣之前，他要顽强地逆流而上，直至路之尽头，直至此路不通。

休假还有最后五天。贺西南扎上一条新领带，跟各级机构打起了交道。他要从新闻、法律、财务、合同等各个角度来申述小六的"没有死"。这个过程有点儿烦人，大部分场合伴随着干燥的腔调与不咸不淡的脸色。

他请求本地晚报重发消息，把"死亡8人"更正为"死亡7人，失联1人"。未果。不是重大事故呀不做后续报道。版面这么挤，广告客户神圣不可侵犯呀。新闻又不是死亡证明书，再说现在也没人看报啦。

他跑派出所，一位焦头烂额、似乎手上同时有十件事的警员抽空接待了他。警员以一种工间休息的心态，踱步到边廊。显然，这比入室盗窃、传销团伙、电话诈骗要轻松一些。他个子不高，咔咔扭着脖子，一边接过贺西南的烟，并因此有点儿饶舌："小老弟啊，一个人的在不在世、死不死掉，既不是你说了算，也不是我说了算，更不是报纸说了算，哪怕市长、国家领导、联合国说了也不算。"一边隔着窗户冲一位女性文员做个手势，后者啪啪敲了几下，打印机开始吱吱工作了。小个子警员把余下的半句说完："谁说了算呢？时间。"

贺西南得到一张A4打印纸。女性文员递过来时带着责备："我们官网上都有的。"A4上面的正楷汉字他个个认识，但组织起来的意思有些绕人。观察着贺西南的表情，警员又接下一根烟，谆谆教导："通常的失踪，或者叫失联，好像现在讲失联更时髦一点儿？需要四年之后才能宣告死亡；但如果是事故中失联，两年就可以了。所以你起码还得再等一年零十一个月才能申请死亡。不过呢，你如果有房产、财产分割或别的情况，找个律师也能提前搞定。我有朋友专攻这个方向。"

他以为贺西南急于解除婚约。贺西南不做解释，接下递来的律师事务所名片，翕动嘴唇念了一下名头，恭敬收起。小个子警员露出成人之美的笑意，他手上显然还有更多真正危害公共安全的要紧事务要处理，这种鸡毛蒜皮私人事体实在不必具体插手了，他一边转身一边意味深长地再次强调："都是时间说了算哪！"贺西南十分同意这个说法，A4打印纸或官网上清清楚楚地明示着呢：小六这个"下落不明"状态，可以延至一年带十一个月——不，他仔细回想警员的话，钻起空子，如果不承认交通事故的话，他甚至可以一直拖，拖到四年！太好了太好了。四年能做多少事啊，那时还找不到小六吗。他压下脸上的喜悦，这算是拿到了秘密的授权书。

此后，根据小六所留下的一只卡包，贺西南又分别跑了市民卡中心、两家银行、医保中心、公共交通智汇卡办理点、金陵购物中心客服、苏果超市会员客服、法式连锁烘烤等处。这些倒是顺畅。"哦，这样啊！"他们又倒水又递薄荷糖，爽快地一口答应贺西南的请求。只要保证资金源头畅通，他们就会热情洋溢得像诸神山上的善仙一样默认卡主长命百岁，默认她会继续缴纳服务费与管理费，最好继续手笔阔绰……但由此产生的任何损失，贺西南也都得像傻瓜一样地认下。没错，他会认的，好像这样蠢一点儿的话，事情好转的可能性就大了，他甚至幻想着小六回来后，能就此骂上他一顿，他是多么盼望承认这种愚蠢啊。

小六工作所在的商贸公司是贺西南为她奔走、直至力竭前的最后一站。

人力资源部出来了一位副职，垂眉挂目、轻言细语，表现出深切哀悼的样子。贺西南敏感又反感，他急迫地提出他的请求：希望公司能保留小六的相关职位，以方便她随时归来。

副职只得暂时收起悲情，应付孩子似的勉强附和："哦？她还会回来……好消息啊。"随即他伸手抬腿，做出木偶般的僵硬动作，像早年流行过的霹雳舞步。"不过公司呢，您也知道的，"他以画外音解释，"公司其实就是一个巨大的机器人，里面齿轮咬合、各就其位、递进滚动，每一个零件都是周密高效、不可空缺的。您的建议很'interesting'，但就是拍电影也不会这么骗人的。公司的规定很清楚：无故离岗两周以上，算自动离职，合同即日终止。"

在客客气气但寸步不让的好一阵口舌之后，副职做出了一个表面上的让步。小六的档案关系调挂区人才市场，并由其直系亲属即贺西南继续承缴五险一金。如果她当真回来的话，公司欢迎她从头开始。贺西南一下子接受了，主要是对方有一句不经意的承诺打动了他，若有打到公司找小六的电话，他们会要求接电话的职员这样回答：她调走了，人事关系不在这里了……贺西南十分中意这个委婉之辞，这不等于明确了小六的健在吗？还要人家怎么样呢？像得到一粒蜜糖似的，他顺从地答应去收拾小六留下的东西。

不需要他动手，早就收拾好了。两个大纸箱子，胶带拉得好好的。胶带上都有了层薄灰。

属于小六的那张办公桌拥挤地并排坐着两个小伙子，发型一样，都着雪白长袖衬衫，都戴黑框眼镜，乍一看如孪生兄弟。贺西南有些惊讶，不服气地要找出区别，哦，他们的镜框虽同为黑色，但侧面一个很宽，一个很细。

见贺西南神情专注，人力资源部的副职紧走一步上来为贺西南介绍，好像他今日登门就是来考察小六的接替者似的，"放心吧，她的工作我们早安排好了。目前是他们俩共同分担。最终，我们会从中二选一，竞争性遴拔嘛。"他压低声音，有些得意于这样的遴选机制。他突然想到什么，把贺西南往后边拉拉，真诚地补充道，"讲实话，她本来是很有希望升到一级主管的。最近这几个月，我们正在她和另一位二级主管中间进行多方测评，同样是二选一。她们是多年搭档，嗯，也是好朋友。

现在这样,另一位就直接升职了。"他下巴往隔壁单间偏了偏。

什么二级一级,贺西南心不在焉,四处打量这个狭小的格子间,看到带公司 logo 的茶杯、蓝绳子出入胸牌、午休躺椅,以及其他的某个人在某个单位应当占有的各种零碎,试图找到小六遗留下的任何痕迹,小六就是在这个小格子里待过六年,比他们的婚姻还长上两年……他越过隔板,看往别处,有人在打电话,有人在纸上画画写写,有人在吃东西,大部分人脑门贴着电脑。有人无意接触到他的视线,眼神里并没有过多关切。贺西南有些不快,随即又想到,在别的公司,比如说他自己的快递公司,这位来了那位又走,差不多也是这样的。这起码说明小六在这里是平淡的、如常的。

宽镜框男和细镜框男唤回了他的游离之态,他们双双向贺西南保证:"我们都仔细检查过了,这里没有她的私人东西了。万一有的话,我们会送上门的。"他们一人抱起一只大箱子殷勤地送他至楼下,只有他们两个,眼光里躲闪着一丝悼亡之意。贺西南并不感激。

他抱着两只大纸箱沿着马路走,像测试臂力一样,一口气直走到中学那边。早就放学了,最后一批打球的学生都散了。贺西南放下箱子,隔着铁栅栏凝视空荡荡的球场还有外沿的跑道。天慢慢黑下来,什么都看不清了,他还在瞪着看。

他有种高渺的胜利感,像一个提出假想星球的天文学家。在出事之初,小六是彻头彻尾地"死"了,正是通过他这二十天的奔跑,勤奋的交叉的跑动,小六变为下落不明了。这是质的变化,是起死回生,最起码可以说是缓期执行。他救活了小六,把她重又拉回到这个世界上了。他可赚大了。

休假最后一天的晚餐,就着冷锅冷灶,贺西南下了一碗清汤挂面。

冰箱里的菜全都烂了、霉了，有的变成黄水，发出怪味。只有一小瓶"醉泥螺"，冷冰冰的倒还能吃。

"醉泥螺"是小六老家、黄海之滨的特产，以曲酒、黄酒、姜、糖、盐等腌制而成。小六极为喜欢，家里常年备着这玩意儿，稀饭干饭面条馒头哪怕吃比萨，她都要吮上几只。到外地出差也带上一瓶，老酒鬼似的，不咂几口就过不了这顿。贺西南从来吃不惯这玩意儿，一吸必定满牙泥沙，呸呸直吐。"醉泥螺"也欺生，从小就吃的人才搞得定。

又饿又累但嘴中寡淡无味的贺西南只好夹了一只"醉泥螺"。很奇怪，这次他吃成功了，"醉泥螺"那狭小的可食部分，肉质坚韧，汁水丰美，令他舌下生津。贺西南连吃三个，个个成功，看来真不是侥幸得嘴。他这才快活地抬头大声说："小六，哈哈你看，我终于也能吃你老家的醉泥螺了。"贺西南逗着新本领又连吃了好几只，几乎达到跟小六一样又快又好的水平，吃得嘴里都有几分咸腥了。他这才放下筷子，歇了一下，又抬起头，好像小六跟往常一样坐在对面："你有没有带醉泥螺出去啊？这么多天，你吃饭可怎么弄呢？"屋子里一片寂静，反问式的寂静。

信吗？是真的相信小六还在吗？贺西南也想好好盘问一下自个儿，但没有时间了，巨大的疲惫感像等待太久最终失去耐心的野兽一样，猛地扑上来撕碎了他。贺西南一下子睡去。

二

应该说说小六的母亲。有点儿遗憾，没太多好说的。

小六出事之后，贺西南与母亲有过多次接触，大部分没有实质性交流。

起初是因贺西南心虚，毕竟，小六出事是在他手上，这就像某种不由分说的行政连带责任。幸而小六并无父兄，否则的话，他们准会来跟贺西南拼命的，他都能想象出那种正当的暴怒与厮杀……当初喜欢上小六，或也与这一背景有关。父亲亡故于小六出生之前，她都没见过自己的爸爸，这激起了贺西南的男子气概与护佑意识，这种激发甚至曲折地作用到他的事业上，这比一般的失孤更可怜啊，作为她的丈夫不应该更加努力吗？贺西南从一个门店经理没日没夜地苦干，不到四十岁就一路升至市区经理，可以说是间接受力于这位走得实在太早的岳丈。话扯远了。一直有利的背景这会儿显现出其不利的一面：她们母女长期相依为命，母亲不久前才刚刚退休，贺西南真害怕她会因此病倒、疯癫、自杀……

然而不。

母亲显得过分安静，她没有大哭大闹，也没有像贺西南这样东跑西找，简直像个局外人，真连隔壁邻居家的钟点工都不如，那位钟点工在楼道里碰到贺西南还叹息了好一阵子呢。母亲不要贺西南上门去看望她，对贺西南的电话也总是匆匆打断："我的电视剧要开始了，要不等广告时间再谈？其实也没什么要谈的，对吧？"

这就是母亲压迫贺西南的方式？或者她已经疯了？从某种道理上讲，贺西南去奋力跑动出小六的"存在"，也是为了向母亲做个交代，使她尽快出现正常反应，比如，放声大哭、找他要人什么的。

可仍未奏效。当贺西南用颤抖的声音向母亲宣布他二十天来的结果，并满心期望着能得到一两声吝啬的哽咽或类似动容的反应时，母亲在电话里笑了两声。没有错，贺西南难以置信地贴近听筒。太古怪了，母亲为什么会笑？他甚至能够听出几丝轻视。

"您想说什么？"他请教。他需要一点点的支持与分享感，而不是这令他几乎汗毛倒竖的嘲笑。

"没什么，没什么。你忙去吧。"母亲声音里还残留着笑意，随即轻轻搁了电话。

贺西南握着话筒，打击是巨大的。他试图站在母亲的立场，也许对她来说，死去还是下落不明，都一样，她见不到女儿了……不，这明明是两个方向，死亡等于什么也没有，而失踪，就什么都有啦，简直是一棵参天大树，可以生根发芽开花结果，可以一直倚靠、寄托下去的。母亲怎么会觉得没什么呢？

好在，贺西南现在有了一批新朋友，他们对这二者的区别同样充满了热情、智慧的认识，一个个可都比母亲要友爱多了。就像母亲搁掉电话似的，贺西南决定把母亲也搁上一搁，他可被这批新朋友弄得有些繁忙呢。

这一批不请自来、接二连三的访客，主要是从贺西南把小六跑成下落不明之后开始出现的。

不知是通过什么渠道进行的信息传播，反正贺西南好像在一夜之间成了一块秘密吸铁石，一大群与他命运接近的家属闻风而至，铁屑一般地附将过来，几乎把他这里变成了失联者家属部落一样的地方。这大约也是人以群分的一个通用规律。唐氏征患儿的父母们有互助族群，湖边夜跑者彼此约跑，玩COSPLAY的定期聚会。不消说，他们裹挟着庞大的好意，根本无法推辞。

一开始，贺西南很欢迎这些陌生人，像一个新近截肢的瘸子，源源不断地看到这么些残缺多年的老瘸子,心里略微好受些了:小六之事,并非孤例。他们帮助贺西南挨过了最初的空寂。

灯光照着那些被悬在半空、备受折磨的家人,已沉湮多年的细节,依然精准。为了安慰贺西南,远道而来的他们再一次复述,常常自相矛盾,一会儿把亲人当作死者,全然是追亡的口气;一会儿又满是自以为是的幻想,好像消失者明早就会搭头班车回家。

"儿子午睡起来,接了个电话,说出去买烟。我后来问过店里,他真的买了,两包金南京,接过找零,然后出了巷子,就再也没回来。他没穿外套,脚上还是一双拖鞋,要知道,他可怕冷了。"

"我老婆是吃完晚饭、洗完碗走的。"讲话的也是一位丈夫,头发贴着脑门,像刚从大雨里出来。他利落地报出最后那顿晚饭的食谱,韭黄肉丝、凉拌木耳,还有一锅红烧鲇鱼粉皮。"她洗掉油腻腻的筷碗,烧好两瓶开水,并泡了一把黄豆以便第二天做豆浆。她下楼扔垃圾,就再也没上楼来了。"

"我和老公那天正跟两个朋友在茶馆打牌,牌才摸到半圈,我老公说要拉肚子,跑厕所去了。就这么不见的。一壶好茶才刚喝了头一泡,大家都不耐烦地等着往下摸牌。那副牌我后来收着了,反复查看,想着他会不会留下什么记号。没有记号,只少了张黑桃老K。我老公名字里有个凯。"

像古希腊歌剧里的歌唱队一样,他们叙事冗长、此止彼兴……有些来访者比较老练,可以自如地揭开伤痛,有些却保持着新鲜的脆弱,一开口嗓子就哑眼圈就红。贺西南在其中,算是比上不足,比下有余。

这种比较不仅是时间上的,还要看失踪对象。他们有一个大致的度量衡：父母失去孩子的痛苦，是最高一级的，然后是夫妻互相失去，再然后是失去老人，老人嘛，毕竟老了。也有不同意见，比如，父母是唯一性的、丢失了是不可弥补的，这才是最高级；可孩子，好歹还能再生，包括夫妻，也是可以新旧替代的……显然，不管从哪个角度来看，贺西南都不能算是最悲惨的，甚至可以说，给他增加了一个"新陈代谢"的机会。他们并不明说，可那表情比说出来还要明显。贺西南不吭声，只在心里漫无边际地反驳着：瞧着吧，瞧我会怎么守着小六……

这些攀比性的安慰只能算开场，家属们的重点在于分析失踪原因。大家都很资深，结合各自的经验，想从不同角度给贺西南一些启发和帮扶。

有位妇女一口咬定这是碰上了鬼打墙，城南有位大仙专攻这一偏门，大仙指东南就往东南方向找，指上面就往天上找。有个讲北方话的归罪于传销，像抢到话筒不肯放，一口气举了许多的例子。有个从来不笑的小伙儿提到信教，他姐姐和母亲先后皈依某教，后者是寻找前者的过程中投奔的，小伙子随身带着一些粗劣印刷品，出自几个闻所未闻的教派，"三赎基督""门徒会""呼喊派"之类。有人用客观的语气提到私奔，一边抱歉地瞥一眼贺西南。有的提出吸毒、赌博欠债等可能。

他们敦促贺西南仔细回忆小六从前的任何迹象，以便共同分析，加以推理。大约就在这个时候，贺西南对这些同类项的感激开始退潮了。灯光下，这些面孔显得衰老、庸俗、牵强附会。他们所说的这些，跟小六通通都不可能有干系的。他们说一条，他在心里替小六辩护一条。小六是个太平常的妻子，说乏味都不为过，她那么胆小，就连叫个黑出租，都只坐女司机的……可他又不愿全面否定，那反会显出漏洞：既然小六如此无辜，那是否说明，她根本都没胆量、没能力失踪，她只是很平常地……死去了。不,不。贺西南抿紧嘴巴,脸色难看。他这才意识到,他的注意力和激情似乎一直滞停、咬死于"小六也许没死,只是失踪"这一点上,倘若万幸真的成立了,那她为何要这样呢?他竟没有去思考,他竟一直回避、绕开了这个看来是更艰难更可怕的问题。

贺西南的这种敌意似乎也在他们的预料之中,"开始都这样的,当这种话是乌鸦嘴。"他们蛮有把握地预言:"慢慢来吧,很快你就会发现,我们是有道理的。"

当然,他们最好意的部分还是想帮助贺西南寻找小六。在这个领域,他们各有专擅。有人长期关注各地的大型寻亲会,并递给贺西南一个时间表。有的热心推荐公益寻人网站,那网站24小时有家属在做义工。有两个人催促贺西南去冲印小六的放大生活照,大家一起行动,24小时内就能把全城所有的公交站台全都贴满。有人随身带着小播放器,锁定本地新闻频道,留意下面的滚动字幕:"看,又是个女大学生,才20岁,比我家的还小。"有人恫吓般地提醒贺西南,未来一段时间,你可能会被叫去辨认各种尸身。总是那些形容俱毁的,一迭连声地被催问:有没有假牙?肚上开过刀吧!怀孕了?如果贺西南碰到此类情况,他可以提供一些诀窍。

这些访客今天这一批,明天另一批,来去自若,共同的不幸似乎赋予他们这样的特权。他们带着大号茶杯和各种茶叶,自助式地烧水,共享网络热点,互相扔烟。年纪大的带了降压药。有两个老年女人互相替对方揪白头发,絮絮叨叨排数着各自的寻亲所费,比较谁更为心力交瘁。他们邀请贺西南等会儿一起去某某小区的17幢,就隔三条街,那里有个经济学大教授,上个星期出差坐高铁时不见了,"你去安慰一下教授夫人吧，你们情况很类似！"

更令贺西南恼怒的是，后来还有些冒牌访客混迹其中，其丢失的并不是亲人，而是别的，比如名贵暹罗猫、开过光的灵牌等。当贺西南注意到他们的默然并礼貌询问时，他们像终于轮到号牌似的滔滔然开口。"我知道纯足金掉在地上会被土地佬儿吸掉，可是金镶玉不应该呀，里头包着那么大一块上等墨玉呢。从沙发滚到后面，才一秒钟工夫，就怎么也找不到了！这又不是大活人，能到哪儿去呢？""这老乌龟在我们家足足十一年了，比我孙子还大两岁，我对它的感情比对孙子还深。就前一天晚上，我还喂了它两条新鲜小泥鳅，可到早上，大盆子里空空的，我连地砖都翻了个底朝天。您说，难不成它还能飞呀。"

有的干脆什么也没有丢。有位穿着讲究的斯文老先生，不辞劳苦地在腋下挟着一个40厘米见方的大棋盘，要陪贺西南下围棋，"什么都会丢的啊，这辈子所有的东西，所有的事情，所有的人……""您？"贺西南打断他，处于发火的边缘。老先生淡然一笑，带着别具一格的平静，"我一直单身，父母归天，无妻无子。看开些，有就是无，无就是有。咱们可以做伴的，每天杀一盘棋。"贺西南苦笑着向别的家属抱怨这位老者，反而引发了新的感慨，他们像做文章一样，纷纷地抒起情来，什么故乡啊、童年哪、大学呀、初恋哪、老房子呀、传家宝哇，不是通通都要失去的吗？这老先生说得太对了，生活的每一秒都是在与消失做搏斗呐！

贺西南被他们说得昏头涨脑，只好点头称是、递茶送水，心里巴不得来客赶紧滚蛋。可当他们真的告辞而去、留下满屋污秽与残损，他却又升腾起一种怅然若失的孤寂感，下贱地等着下一批访客。

三

这一两个月，贺西南消瘦了。在公司里，他还像从前一样，忙得连撒尿都来不及抖一抖。快递业正以晚期癌细胞扩散般的速度迅速扩展着，任何一个节日，光棍节、小孩节、女人节，所有的快递公司都吃得圆滚滚的、撑得欲仙欲死。小六也好，小六母亲也好，访客们也好，在工作中都会被贺西南抛诸脑后，偶尔有下属意欲表示关心，那刚刚开始婉约起来的表情会让贺西南警惕地快速挥手：工作时间勿谈私事。他像是故意跳跃于两种截然不同的隔绝之态：闷罐子的痛苦，蓬勃壮丽的事业。

但今天有了异相。下午的中层会议上，他出现了两秒钟的短路，像是有把看不见的枪顶上了他的脑门，他魂飞魄散。确实有一把枪，只是长成了花朵的模样，就在那个周一例行的中层会议中，它羞答答地轻绽花蕊，对贺西南吐出了它的第一缕异香。

这是小六手机上突然收到的两条短信，内容相同："15 福建南路 712。"发信人显示为"黑师傅"。

对小六手机里的各种通话记录包括微信短信，贺西南早就过滤多遍。他有印象，这位"黑师傅"在事故当天发过一条"25 福建南路 308"，他没往心里去。这位黑师傅，小六跟他提起过多次。

这是个很活络的女司机，拉私活儿，也不见得真姓黑，只是小六总这么说起她，每天早晚她被那所中学的一些家长包下，接送学生，这大概算是她的基本收入。其余时间则趴在写字楼巷口等散活儿，小六常会坐她的车。她手上有一堆熟客，从拉面店老板到理发店小弟到中学教研室主任。黑师傅对人际资源极为敏感、善于腾挪。比如，理发店小弟老家来人看病，黑师傅会说：我有一熟客，三院护士长，我帮你找她！改天，这护士长一上车就抱怨，家里空调出了问题，黑师傅吱声了：我认识拉面店老板，他老乡专修空调。再一天，另一客人感叹儿子成绩挂科，黑师傅又来劲了，找家教啊，我手上好几个特级老师呢……就这么个活嘴儿的女黑车司机，事故当天没头没脑地发给小六一条"25福建南路308"。贺西南当时认为，十有八九是发错了，她熟人实在太多了哇。

可在两个月后又收到这位"黑师傅"的第二条短信，内容相差无几。他疑心是自己出错了。

确实错了。

这是一个隐晦的邀约。发出者并非黑车女司机，而是小六的秘密朋友，名叫张灯，其职业是计算机程序员，对简洁和规律颇有偏好，在与女士的交往中，他亦遵循类似原则。有些情人，喜欢心血来潮，他们掀起的动静有多大，随后造成的破坏也就有多深。张灯不是这样的。某种意义上讲，作为贺西南的情敌，张灯算不上多么冒犯，简直可谓是彬彬有礼，缓慢地浮出水面。

要素式的短信是张灯的发明。他们的约会总定在每月的15日或25日，中午12点半到下午2点。酒店则固定在汉庭快捷连锁，张灯有那里的会员积分卡。为了兼顾某种陌生化情调，也免于次次面对眼熟的前台人员，张灯轮流选择汉庭的各个连锁店。3月21日小六出事那天，荣幸地被优质会员张灯所预定的正是福建南路店，故短信"25福建南路308"里已包括了全部的时空要素：本月25号中午十二点半，汉庭快捷连锁福建南路分店，房号308。

张灯那天自然没有等到回复。他保持了有分寸的沉默和宽宥：女人嘛。他并未多么不悦，决定暂停约会。

时间嗒嗒嗒过去快两个月，张灯这期间还被介绍过一次对象，老样子，仍是谁也看不上谁。翻翻日历，决定再次联络。他有点儿死脑筋，像打妖怪升级一样，"福建南路"店这一关上次未通，就再打一次吧。故他的第二条短信是："15 福建南路 712。"历史重演了，对方还是没有回复。程序员张灯谨慎地想了想，过了五分钟，把短信又重发了一遍。

"黑师傅"这两条短信先后抵达时，贺西南正在会上陈词，谈及如何增强下一轮的物流吞吐能力。他两次划开小六的手机屏幕，先后中止了两秒钟，随即迅速恢复、无缝对接地进行他的讲演：我们要建立季节性的人力储备，提供免费培训、雇用一批集散型的高强战斗力员工……他机械地慷慨发声，一边感觉到身体内部的某个部位骤然松动了，像一个极其严密的容器，裂开一道小口子，有空气骤然流动进来了——黑师傅再忙乱，也不可能搞错两次、发错三回。同时，以那人的活络劲儿，绝不可能不知道小六已经出事。这就异样了对不对。贺西南所一直等待的，就是类似这样的异样与反常啊！

当晚，贺西南有个宴请。做商业做事业哪怕就是搞艺术，都一样，通通以吃饭为第一媒介。他在席上不断与众人讲笑话喝碰酒，比平常还要爽朗和活跃，酒散后还周到地吩咐司机带上两位喝高的朋友，几乎绕了大半个城，到十一点多才到家。

正所谓的夜深人静吧，贺西南这才拿出小六的手机，把出事当天和今天的短信又分别读取了几回："25 福建南路 308""15 福建南路 712"。

夹杂着酒精的血液像倒流的河水一样，从肝脏、四肢等处急速改道，通往大脑，以供贺西南思考。但这思考非常乏力，他激动又恐慌，好像看到遥远处有人向他这个方向幅度很小地挥了挥胳膊，敌友未知，手势不明。贺西南睁大醉眼，竭力辨认那虚空中的含混，不管了——他也要往回挥挥手，他打算回复短信。

回什么呢？他不喜欢撒谎和编造，就算做生意，真话也永远是最好的策略，何况这事关小六。

"我最近有点儿事。"贺西南这样替小六回复，一个正确的陈述句。午夜十一点半，他看见他的信息像没有头的箭一样小心地射向黑沉沉的半空。他突然担心起来，万一对方睡着了呢，就不礼貌了。

没睡，并且这正是张灯一天中最精神的点儿。刚刚在线看完了一部高分BBC纪录片，吃吃喝喝补充了一点儿东西，打算新开一部九十年代的经典吸血鬼片。身为程序员的张灯一直对文艺生活有所追求，主要的表现为好胃口地大量观影。吃喝之中，视线余光注意到手机一亮。

久不露面的女士突然有回复了，张灯挺高兴。他打开吸血鬼片子，三心二意地看着前面的片头，灌了口饮料，不做追究的口吻："15号又不行？那25号？"他务实地想敲定日期。

小六手机的短信提示音是细小的"嘀嘟"声，此刻听来却如惊雷，贺西南为之一抖。

他喝了口水，吞咽的声音在耳膜中回荡，一边极其小心地展开阅读，生怕不小心给删除了。他对"黑师傅"充满近乎感恩的情绪，看看，不是发错的，并且对方跟他持同一个看法：小六还好好地活着呢。这多好啊，他终于有了一个同路人。

高阔的贺西南双手捧着小六的手机，3.5寸的小屏，像大猩猩对付一粒瓜子儿，他按动键面，客气而怯弱："抱歉，我目前不知道什么时候行。"他现在明白了，15与25都是日期，他不知小六与"黑师傅"到底有何约定，只能尽量句句实话——就算是小六本人这会儿在回复，差不多也只能这样说吧。

正在开场的吸血鬼片并不惊悚，作为一个有经验的观片者，张灯早就习惯于这种蓄而不发的节奏，正好处理短信："呵呵，有嘛情况？"后面加两个鬼脸，算是呼应了电影上的氛围。

"一句两句说不清楚。"

"需要我做什么？不用见外，随时可以效劳。"

这随意的客套之词却让贺西南突感一股彻骨的软弱。所有这些日子，小六母亲的冷淡，那些芜杂来访者的废话，公司下属们的敬而远之……小六这事，最大的难处其实是孤单。他真的很辛苦哇。贺西南瞬间淌眼泪了，失禁似的，两串泪珠直落而下。连他自己都吓了一跳，他前面一直就没有掉过一滴泪。这几条短信，按理讲是发给小六的，可多么像是伸向他的手啊，要来握一握他、拍一拍他的。贺西南想起小六屡次提起这位"黑师傅"，其最大的特点就是人脉丰富且乐于助人。也许，这位热心女司机真可以帮到自己。

张灯等着回信。酷俊的吸血鬼与无邪少女凝视，一瞥之中，双方均感受到蚀骨的引力。屏幕里的画面突然让张灯涌上一股戏剧化了的柔情。那边的女人或许另有隐情，没准儿是躲在卫生间偷偷联络呢。他又追发了一条："若实在不愿见面，我也会理解的。"万一对方需要终结目前的关系呢，毕竟，这又不是谁捆着谁谁绑着谁。

贺西南镇定了一下，用手掌抹去变冷了的泪珠，他要抓住这荒凉中伸过来的唯一枝条。他毫无矜持地回应对方追补而来的体贴："愿意见面的。你说时间地点吧。"

操？操！这还要再讲啊。张灯亲切嘀咕两声。借少女熟睡之机，电脑上的中世纪吸血鬼突然现出獠牙，连亲带咬、又吮又吸，腮部一片俊美的血红。张灯翻出早前的短信，再一次转发："15 福建南路 712。"

贺西南在浓雾里拼命摸索、自以为在不停地接近，摸索了一整个小时，又回到了起初那条短信！真是的，就不能再多点儿提示吗？贺西南并未意识到，他对黑师傅的这种怨尤，已先期地带有了亲人般的倚托与撒娇。

四

离 15 号还有三天了。贺西南时间紧迫，他需要推算出这条短信的具体含义，需要设想好如何与黑师傅打交道，出于谨慎，参照商务谈判的经验，最好还要备好预案。他自不敢奢望好消息，只希望能是不那么坏的坏消息。他脑子里很忙。而访客们还在毫不自知地登门，贺西南真有点儿不胜其扰。

比如这会儿，站在面前的是一位神采奕奕的小伙子，黑色框镜、深色西装，正冲贺西南眨眼致意。这小伙很眼熟。啊，想起来了，他是被安排接替小六的那对年轻人之一。贺西南努力浮上一层薄笑。

此前，他与另一位，共同上门来过，俩人像连体婴儿般亦步亦趋、彼此提防，夹杂在那一堆老少不均的家属当中，显得颇为刺目。他们不住地观察贺西南，顺带着也观察贺西南家中那些形形色色的客人。一通不知所云的废话过后，贺西南总算瞧出端倪，他们俩显然对小六由车祸死亡变为下落不明一事感到很不踏实,他们担心着小六某天的突然重返,并威胁到他们目下这个尚未明确人选的机会。这显然有些不敬,他们难以启齿地说出这种忧虑……贺西南一点儿也没有生气,甚至颇为欣赏他们的这种忧患意识。在这个问题上,贺西南有着一个天真的敌我观:但凡认同小六并未死去的,通通是他这一边儿的。看看,这两个小可怜,是害怕这新职位保不住哇。贺西南一挥手,指着满屋子的失踪者家属,滑稽地向他们保证着:放心吧,一时半会儿回不来的,瞧瞧他们,最长的已经等了二十六年了,没准儿小六回来都要直接办理退休了。就算小六很快回来,那我会主动去找贵公司人事部门沟通,绝不妨碍到你们的前程,所有在场者都可以为我做证……得到这样掷地有声的允诺,以及众家属嗡嗡嗡的附和:还让她上什么班!回来了,就天天拿眼睛盯着,供着养着还来不及呢。两个小伙子总算是满意地告辞而去。

怎么今天只来了一位?答案立即揭晓了。黑框镜小伙子非常正式地对贺西南伸出手:"今天公布了,我接下嫂子那个职位了,负责南美大区的跟单。"他露出等待祝贺的表情。贺西南只得祝贺了,借机看了看其侧面,哦,是宽眼镜框。

宽眼镜框让自己坐下来,富有人情味儿地叹息一声,"大哥,讲实话,我一万个理解嫂子。公司里,随便什么都要分三六九等,南美大区,听起来不错,其实呢,比澳洲、非洲还不如,订单总是垫底。再说,她这个二级主管,是全公司年头最长的,多伤人心哪!也说是要给她升职,可老规矩呀,二选一。嫂子业务上是有能力的,就是搞不来幕后那一套。您可不知道,另一位,那可是厉害角色,别看表面上她们两个好得能换头,我可一点儿不奇怪嫂子用这种方式不告而别!恕我直言,我有个预感,嫂子绝不会再回到这个地方，真的，她肯定愤世嫉俗、早就看破了这一切……"他的声音既正义又带着某种祷祝，祷祝小六一定要"看破这一切"。

贺西南没有介意他的声调。太惊讶了，可真从没想过这层：小六在公司并不很如意，她难道还有职业野心？也捣鼓着明争暗斗？这么些年，他们夫妻间一直有个心照不宣的功能分配，贺西南负责出人头地，小六负责碌碌无为，从没指望着她赚钱或往上走。小六似也安心于此，在家中对公司的事几乎只字不提……真是没料到，她在外头还有这么一大块的压迫与休戚，上次去她单位，那位人事部副职好像飘过一两句一级主管二级主管的，可他压根儿就没往那个方向想。怎么搞的，他是小六老公啊，怎么就不知道呢。贺西南感到一股古怪的不安。

宽眼镜框瞧着男主人的脸色，机灵地改变话题，他从公文包里掏出一个扁扁的盒子："给大哥的一个小礼物。您现在用的那根皮带，我注意到，旧了。我今天来，主要是表达这份谢意。要知道，像我这个资历，起码也得再混四年才会挪上一小步，要不是嫂子突然……我绝不会有这个连跳两级的大机会。"这是什么逻辑？贺西南听得愣住了，同时回想起刚才他祷祝小六不要回来的声调，伸手接过皮带，考虑着要不要拆开来抽这小子两下。

"做人要懂得感恩，我可不能装傻充愣毫无表示。我，我等于从您的痛苦里得到了好处，我要认下这个。从今天开始，我会时不时地来看看大哥，我有义务来帮助您开始新的生活。"宽眼镜框脸上油汪汪的，眼神近乎崇高，有点儿欣赏自己了。

贺西南放下皮带盒子，无力地摆摆手。宽眼镜框无意中带来一些关于小六的信息，似是而非，令他不安。可某种程度上，他倒情愿如此，小六若是因为职场不得志而离开,那他是否可以就此停下追索,就当已经勾选到正确的选项?得了得了,趁早甩开这个懒惰、怯懦的念头,还是把注意力放回到"黑师傅"的短信上吧。那才是真正像样的线索,他能嗅出来的,有一股子痒痒人的硫黄粉味儿。

此时外面又传来敲门声,他借机站起,摆脱掉宽眼镜框,却又迎来另外两位:一位老访客带着个新访客,后者眼睛肿成了一条缝,走路歪歪斜斜,贺西南已经很有经验了,这位是新近遭遇"失去"的,需要在他这里获得一个"过来人"的慰问。好吧,让这个夜晚就这么黏黏糊糊地继续浪费下去吧。他摸摸兜里小六的手机,咬咬牙,站在发作的边缘给他们准备茶水。

……正是这些长长短短的铺垫导致他与绿茵的第一次见面非常糟糕。就在这同一个晚上,送走最后一批客人坐下还不到两分钟,他长嘘一声,正想着终于可以思考一下"黑师傅"的短信时,又有人敲门了。

他承认他这次的态度粗鲁极了,实在是没办法控制,也不想再控制了。他拉开门,闭着眼睛就吼起来,简直就像在享受这终于爆发的正当愤怒:"您这位倒是又丢了什么呀。丢了个屁呀还是屎啊,我不要听你的狗屁事情,我也不要你的狗屁帮助。我只想自个儿管我家小六的事。再见,不送。"他还是没有睁眼,直接就拍上门。

没能拍得上,门被默默但有力地抵住了。他睁开气得发红的眼,抵着门的是一个女人,她满面惊愕,但十分镇定,因胳膊在门上用着力气,肤色微微涨红:"我没有丢什么。我……是小六的闺密呀。来看看您。"

是小六的?还闺密?天,这是来自小六那边的人啊。贺西南一下子怒气尽消,毫无防备地直往里面让。

女客自称是绿茵，"不过我猜她也许没有特别跟你提起过我。"她年纪与小六相仿，微胖，衣着比较保守。小六那些往来的姐妹，功能上有着微妙的区分，有的是逛街伴儿，有几个总约着一块儿吃火锅，有的则装模作样一起看话剧看画展什么的。贺西南都不大熟悉。小六出事初期，他一一电话联络过她们，其中有几位也曾回电表示过慰问，包括提出要约他吃饭散心的。主动上门来看望的，这是唯一一个。这位绿茵？通过电话吗？贺西南记不起来了，但心里有点热乎。他敬称她为绿茵女士，同时尴尬地意识到，这会儿已是快十一点了。不管婚前婚后，在与异性的关系上，贺西南有点儿复古的道德自律，排斥一切瓜田李下的局面。但待客之道和"小六的闺密"这两点又牢牢地束缚和吸引了他，他尽量自如、殷勤地迎入了绿茵女士。

"我前面都来过两趟了，不巧你家里都有客人，我就在楼下等，越等时间越迟。今天我下定决心，迟就迟吧。"绿茵也解释了一下时间问题，一边换上拖鞋，不等贺西南引导，先快速巡视了一遍客厅和阳台，随后伸头匆匆看了一眼书房，推开卫生间张望，然后径直进入了厨房。她整个举止和行动路线都十分坦然，带着独有的主妇感："你看看！家里就是离不了女人！可惜！可惜这么好的一个家呀！"

绿茵连声咂嘴发出一长串感慨，并即刻挽起袖子，从厨房找到围裙系上，麻利地动起手来，像长期训练过的士兵，没有一丁点儿多余的动作。她循着刚才勘测过的线路开始清理——茶几上的果皮、牛奶盒，吃过的口香糖，打开的指甲刀，揉成一团的领带，油迹斑斑的报纸，沙发上的饼干袋，堆在阳台上的泡面碗和烟壳，酱菜罐茶叶罐和扔在别处的它们的盖子，又黄又硬的毛巾。借着绿茵的视线和动作，贺西南好像才第一次发现：家里活像猪圈，焦渴地急需一双无所不能的主妇之手。他想起来，这几个月来，他接连招待过多少访客啊，包括刚才那位宽眼镜框，就从来没人注意到这些吗？贺西南既委屈又疼痛。

他有些痴怔地亦步亦趋，不知如何应付这一局面。此时，绿茵女士已进入到卫生间，她替几件衬衣的领口和袖口上都喷好了衣领净，在等待的时间，又从哪里拾掇出贺西南的一团内衣袜子，询问，"哪只盆能用？这得用手搓的。"贺西南呆呆地指了一下。随后觉得不妥，嘴里嗯嗯着欲加阻拦，绿茵女士不屑皱眉，护士早就看惯病人躯体的那种不屑，她哗哗哗放水，抬起下巴继续指使："肥皂呢？我爱用雕牌的，估计小六跟我一样。"贺西南僵尸似的从阳台上找到肥皂盒，里头果真有一块黄色雕牌皂，被小六用得瘦了，都有了腰身。

接下来的时间，绿茵左右开弓、统筹兼顾，她的动作洒脱舒展，简直具有动画片般的观赏性：似手持一块万能橡皮擦，擦去了家里所有的不当与错误。只有主卧室她没有进去，临到门口，她脚下犹豫，贺西南也结结巴巴地劝阻。她嗯了一声，似是来日方长、不急于此一时的妥协之意。看得出，绿茵女士态度温顺，心里又颇有主见。

阳台上，洗衣机鸣叫了，一大筒衣服洗好了。半夜时分，一个女人在阳台上晾晒男主人的毛巾与内衣，如果有好事者从对面窗户看过来的话，会产生怎么样的联想啊。贺西南远远地让开，恨不得能站到整幢楼的外面去自证清白。但前面所说的那两个因素依然束缚着他，他假笑着，局促不安地在沙发一角坐下，反倒像一个客人了。

终于忙完的绿茵女士，替贺西南端来一杯热牛奶，然后坐到稍远的单人沙发上，她双膝并拢，坐得很浅，像随时准备起身为贺西南再做点儿什么。她仔细瞧着贺西南，语气带点儿责怪："太瘦了。你不能再这样下去了，后面就交给我吧，我会让这个家舒舒服服的。"从开始就是这样，绿茵话不算多，但一开口就是主妇式的，或者说是妻子式的，超过妻子式的，连小六也没说过这样的话呀。贺西南更加惊惶，他被绿茵这莫名其妙的一套给弄蒙住了，魔怔了一样。他吓得垂下眼皮。

绿茵善解人意地抿嘴一笑，坦荡提到了她的家庭，她有老公，还有个三岁儿子，随即还泛泛劝慰了几句，要开始新的生活，这样才能更好地等小六回来之类。这些大路货的说辞让贺西南重新放松了：并没有什么复杂或难以应付的成分，人家绿茵女士就是上门来表示一种人之常情，平庸但干干净净的。

贺西南舒服地啜吸牛奶，真好喝呀，像是真正的乳汁。灯光摇晃起来，绿茵女士的脸和身体也随之晃动，重影叠叠，胖大而柔软。贺西南想礼貌地聊点儿什么，比如，说说她跟小六的交情，或者打听打听，小六真的对工作那么看重吗……他张张嘴，却感到口舌滞重，词语尚未出口，即破碎、散落了。绿茵女士含笑看着她，像看着一个流浪汉。贺西南连牛奶都没有喝完，就歪在沙发上睡去了，打起呼来。

绿茵抱出书房沙发上的一床薄被子，迅速贴近鼻子嗅了两下，轻轻替贺西南妥当地盖上。跟稍早那主妇式的亲切不同，此刻的她，姿态庄重，都没有碰到男主人一根毫毛。她肃立着，慢慢抱起自己的肩膀发出含义不明的啜泣，像发誓就此认领下贺西南这孤独之身。

两分钟后，绿茵女士手上拎着好几团垃圾袋，轻手轻脚带上门出去了。临出门前，她再一次抽动鼻翼，满意地发现，空气里已经有了一丝她的气味：她随身带着的护手霜的味道，晾完衣服后，她用它抹过手。

第二章

一

事故发生时，小六在打瞌睡。此地的山景，正像一篇所谓的美文，全是好词好句但无一句特别，实在令人昏昏。故翻车的第一个瞬间，她首先感到的并非恐慌，而是一种耀目的神秘，像有束刺眼的光柱正穿过梦境直射而来。车身先是癫狂地原地蹦了一下，像一个预备动作，然后就撒开四蹄往山下翻滚而去。哐里哐当的摇撼之中，车内一片喊叫号哭，互不相干的手脚在空中扭结。这些叫喊与扭结中也有她的参与。太吃苦了，平常拔根肉刺都怕疼的。事实上车身的动作并不算很激烈，在石块、灌木、自重、摩擦等多方力量的博弈中，车子滚得磕磕绊绊，一直开关不灵的后车门，这时倒开了，像突然咧开的嘴巴，离心力的作用之下，三两个手舞足蹈的身体从车门口被吐了出去。小六拼命抓住个栏杆，力渐不支……车身突然顿住，定格，像喜欢上这个头顶冲下的造型。小六被悬于车门，既没有被吐掉，也没有被咽回。她勉强伸头张望，车门正冲着一片葱茏的灌木。灌木下方，一大片汩汩流动的水面，散发出黑夜般的迷醉引力。虽则此时正艳阳高悬。

她未及细想，也别无选择，只管手脚并用，蜘蛛一样慢慢从车门处爬出。更多的人开始往外蠕动，呻吟中呼亲唤子，一条细嗓子发出愚蠢的呼叫：我的包，我的绿挎包呢？

小六动动全身，除了颈肩酸疼，其余无碍，连背包都还在呢。她回头看一眼车，迅速扭转身体，连滚带爬顺坡往下。手腕上的运动手环、脖子上的丝巾先后掉落，也无暇顾及了。众人一定也都想到车子爆炸的可能，不过他们都是往上爬的，一边呼救哀号。独小六一人，爬向那片黑沉沉的水面，像是极度口渴。

爬动中看到许多散落物件，太阳帽、纸拎袋、饼干、水壶、纸巾等。还有两位早先甩出来的人。一位脸部干净但无声无息；另一位血肉模糊、直喘粗气，眼珠呆滞地追随着小六的移动，弥留之际的痛苦使他显得像是无动于衷。左上方突然传来巨响，车子冒出黑红的火光，车内外的哭喊先是锐利、随即分散趋弱。

小六直拍心口，呆呆地远望，心里有一股子古怪感。

每年一趟的旅游，是公司福利，各人自行张罗，费用拿去报销，标准：业务员1500元、二级主管3000元、一级主管5000元、高层10000元。不少人直接"搞一张"发票来换现钱，小六是真的去玩。她与多年搭档、要好得知心知肺的另一位二级主管,早就预定了同去看海,临行前却因天气原因被告知取消。搭档兼好友遂退出,打算留待夏季再去。小六却听从了旅行社竭力推荐的一条新开发线路,梵乐山,价格极其优惠。从结果上看,这里头有一丝天成的幽默:她与搭档兼好友,实际更是对手,也就不着痕迹、自自然然地互相丢开了对方。

这个细节,估计后来会让熟人及同事们吁叹不已吧:假如小六懂得持家,弄张发票报销白拿多好。或者她干脆大手大脚讲点儿名头,也断断不会贪送于这处新景点的小便宜了。唉,命运哪。随即他们必会自动排出类似例证,在航班失事、游船沉没、动车撞毁等意外中,总有些人是千方百计迎头而上、赶着去送命的。

小六简直带点儿兴味地遐想着,好像亲耳听到这些宿命主义的闲言碎语,并暗自点头称是。挺有道理的不是吗?哪条命不是如此。这结结巴巴的一生,消费观、习惯、脾气、小团体氛围、地域气候与环境,各种因素在命运的大铁锅里冒着泡儿沸腾、化学反应,最终自动生成我们离开这个世界的定格一瞬:死于酒精,死于急性子,死于名动天下,死于对美的贪爱,死于胆小如鼠。活着的全部过程,就是在无意识地蓄谋死亡、追求死亡……哈,哈哈。如果她就此死了,倒也真是顺理成章。

孰料大难不死,"幸运"得活了!可以想见,乱糟糟的现场之后,将是更为乱糟糟的营救,大约还有谈话与慰问,选择性地被采访,谈判赔偿条款;网上会出现愤怒的追责,摇晃的手机视频,会有爱心与蜡烛在第一时间予以哀悼;前两小时的热搜榜上,只需打入前两个字,"梵乐山321旅游大巴事故"会自动跳出来,四小时之后,需打出五个字以上,且跳出的多半会是梵乐山传说与物产。十二小时之内,她会平安回归南京，面对重复二十遍以上的各种盘问与吁叹，她得持续表示感恩和惊讶，好像她违反常理、捡拾了这条小命。

小六闭上眼，克制住突然冒出来的自省，以及这自省中由来已久、硬邦邦的厌恶。各种细小得提不上筷子、又大过天的噬咬像毒刺一样在体内各个角落发作。又来了，多么熟悉的发作！这跟翻车、翻车后的苟活及周边事务无关，她所厌恶的，另有所在。

爆燃后的浓烟压空弥散，小六一阵呛咳，不得不拐向山坳背风处，一边努力地以竞技速度拼命爬动，一边不咸不淡地想着，这样，离大巴车更远了吧？人们要找不到她了。找不到其实也没甚要紧，青天白日，有手有脚的，怕什么。一阵微风顽皮地吹在脸上，带来某个含糊的念头。她按捺住那个念头，像按捺住一只扑到怀里的小黑熊。她命令自己坐下来歇一歇，理理脑子，这才惊惧地发现，就在不远处，哗哗流动的黑水中，有一个正在挣扎的女人！她似乎是会水的，否则不会支撑到现在，但此时，她手足的划动已经十分混乱无效。她受伤了，周边的水花一圈圈发红，越荡漾越淡，渐次透明。

快，说不定还来得及！小六站起来往下冲，一边甩掉双肩包、扒掉外套。

已经来不及了。她才冲出几步，水中女人的头顶遽然消失了。

左上方传来高低的呼叫，似清点人数，或确定搜寻方位，小六只需发一嗓子，他们就可迅速赶来。她犹豫着，不愿回应，那太粗鲁、不敬，会打扰水中女人的离去；她怎能肤浅地叫嚷着获得营救。再说，那就能算是得救了吗？小六死死地盯着那片水窝，她感到那女人就是她、是所有的人、是一切命运的精准缩影，为着多出一分几秒或三五春秋的混浊呼吸,在注定没顶的黑色河水中无效地努力。

头顶上方的呼唤声已带点收尾性了,最后的机会呼叫着她,或是别的苦主、徘徊在边缘的人。小六下意识地伸长手臂摇晃,咽部却一阵悲戚的压迫,哑然失声。她泥人般地死瞪着水面,缺乏焦点的视线中,一顶粗糙的网格太阳帽,瓜子壳一样,在十几米之外被吐了出来。河水随即恢复了无邪的流动,就像山谷上方也恢复了无邪的宁静。她已错过了那边的呼唤。

意识这时反倒活转过来,像被巨大的手指在空中弹了一记脑壳,跳格子一般,跃到了一个清晰、白亮的空处,耳畔响起不知其名的弦丝鼓乐,缥缈而激昂,像是进行曲,鼓励与敦促的进行曲,一行粗黑二号字体在视网膜上闪烁着逼近。那几个字,她不认识、读不出,却又有着心领神会的喜悦。

小六简单地考虑了一下,随即最大限度地拉开双肩包的拉链,粗手粗脚地从里头翻捞出她常年随身带着的一只小蓝包,她管它叫 AA 包,然后紧跑几步,掷铁饼般牵动腰臀使劲儿抡圆手臂,顺着一个处心积虑的弧线,双肩包飘入半空。包里的零食、卡片机、防晒伞、维生素 C 片、充电宝、笔袋、化妆包、钥匙等像种子似的沿途撒落,构成一条暗示性的路径,像是追随水中女人而去了。

小六把外套系好,回头扫看一眼现场,依稀可以看到她的卡包,草丛中露出一角。心里闪过一丝残酷的欢乐,是啊,卡包里有各种卡,包括小区门禁卡和公司食堂饭卡,与卡密切相关的各种场景华丽闪过。还有手机,她记起来,打瞌睡时似乎听到有短信提示音的,管他呢。啊哈,别了。

左后上方，又涌起含混不明的喧闹，可能又有新的救援来到。小六不假思索、扭头就往山谷深处而去，余光瞥到路边有只邮差色的绿挎包，非男款也非女款，她扯过来斜挂到脖子上，把 AA 包往里面一塞，涌上一阵仓促的满足感。

二

天光还早，小六有意拖延着这暂且的一段儿：非死难非幸存，既生死未卜又活蹦乱跳。整个世界都没她的坐标。一种真空啊。得放纵，得撒欢儿，得拍巴掌跺脚丫拼命乐呀……是的，直到此时，这种偷儿般的心理都还证明着，小六脑子里并没有什么计划性，她的胡作非为，充其量也就是长达几个钟点的恶作剧吧。

她仔细地享用。

贴近荒凉又毛茸茸的山谷，触角晃动，花粉艳丽。残损的羽毛坠落。兽类遗屎的漂亮旋涡。光照不足而腐烂霉变的草根。新生的藤萝纠缠上老实的乔木。紫红色浆果发酵出酒泡泡，粘住了一群自远处相携赶来的蚂蚁，并让它们在窒息之前饱尝了应得的那份琼浆……她也迷醉了呀，蜘蛛网沾满发梢，脖子里驻留着飞落的草籽。在青苔上翻滚，大腿把野花揉成汁液。抖动胯部，小兽一样地排泄。对屎壳郎讲几句情话。贴近石头裂缝，听风声呜咽出一支野曲儿……

黄昏时分，她看到了村落，同时也进入了坐标，进入了人间雷达区。出于策略，她表现得像一名迷路的外地人。固然，这亦属实情。

她想起一条小学生奥数题：一行人欲通过一座禁桥，在士兵巡逻的盲点期，行人能够走到桥的中央，但此时士兵即会发现，并令其转身返回，请问行人如何机智过桥？正解是：行人趁其盲点期，倒退着走到桥中间，当士兵命令其转身返回时，他正好可以转向原目标方向，顺利过桥。小六在村中也进行了如此这般"倒退行走"：她向村民们打听出事地点。

车祸的消息在这一带已经传开，人们冲她直摇头："今天是赶不到了。除非坐摩托，两百块。"有一位见多识广："你是记者吧？他妈的客车严重超载呀，网上的伤亡人数全是假的。你出五百块独家信息费，我带你去。"一位暗中观察的农妇则敏捷地扯住她的绿挎包："先到我家住一宿吧，明天再去找好了。我家比'农家乐'便宜！"小六遂从善如流。

再便宜也是要钱的。在农妇家吃过晚饭后，小六查看了一下她捡来的绿挎包，有现金，不少呢，四千多，此外就是相机、水壶、眼镜盒、口香糖、消炎药等，跟她丢掉的那些差不多。她打开相机翻看，镜头里主要是景致，有张老松树的照片里，她看到了几位游客的侧脸和大半个自己的背影。小六把这张照片放大又缩小，看了好几遍：来自一个陌生取景器的最后的自己。她突然记起翻车之时，有条尖细嗓子所叫着的，包，我的绿挎包！没准儿就是这只绿包。其主人，这张照片的拍摄者，此刻在哪里呢？是掉到水里的那位吗？她一阵不自在，粗暴地把所有照片通通删光了。

小六从绿挎包里找出两粒口香糖，咀嚼着草莓味的人工香精爬上床。大半天以来，一直在行动，疯癫而迷糊，这会儿才算是静下来。她疲劳地摊开四肢，胶着般地一动不动，也不敢动，她双手扒紧床沿，有种控制不了的、但十分适意的升浮感，乃至耳边都能听到风声呼呼，就像一只被长期豢养着的家鸟，正尝试着这东倒西歪的初次盘旋，每一片羽毛包括腹部腋下最细小的绒毛都拼命张开了，吸纳着浮力与风，不断往上拉升，背信弃义地远走高飞。

她在飞行中紧密地盘算，以此来决定下一步的经纬定位。

出游是偶然的，更改路线是偶然的，车祸是偶然的，被抛到车子下方而非上方，那勾人魂魄的黑水，包括被黑水所吞咽的女人，皆是偶然的。还是说，这一切，只是披着偶然的外套，其实就是顽皮的必然性之本身？甚至连外套都不披了，直接就化作微风，拂面而来……得了，不要假装这里头有什么玄妙的哲学奥义，诚实一些吧——事情后半部分的走向，并非像买一根棒棒糖那样只是临时起意，事实上，它们一直埋伏在她体内。从小到大，她都能感觉到那份逃逸的欲望，跟她的身体一起发育成长，好比长期的生理储备——前面二十八年的每一天，可能都是为之在做着曲折的、草稿式的准备，其激活跟性欲有些类似：场景，光线，尖叫，监控，等等。3月21日的这一系列细节，像串联线路的总开关，一旦触动，即被圈点、诱发、勾连而起，不顾一切地启动了。

记忆中甚至有过与此无限接近的情况。

公司年底的大型年会，租用的剧场里，小六表演完一段业余水平的长笛，主持人感谢她的精彩表演，下面发出掌声，她从侧面退出，却拐弯踏入沾满陈灰的第三层深红色帷幕，走过透着金色光芒的背景板，然后伸出手去扭动小边门的把手。她知道这个边门后是一个弧形甬道，走出长长的暗道，可直接通到另一个排练室，也许那里正有一群浓妆艳抹、头顶上插着羽毛的国标群舞者，她会在闹哄哄中脱下做工粗糙的演出服，把锃亮的长笛轻轻搁在椅子上，仅穿着衬裙就走出演出大厅，就此让自己从节目里下场，也从生活里永久下场了。

日常生活里也很容易开掘岔道，她有过很偷懒的设想。万物静止的午睡时分，爬起身，径直坐上通往郊区的公交车，一直去往城市最边缘……不，这太容易了，失之轻飘。她好像一直在等待一个更恰如其分、更体贴的方式，在事故的烟幕弹里消失，含混的、多义的，可以帮助人们，尤其是她的亲人们适应她的离开，就像一个递减的回旋地带，像一贴最有效的膏药，慢慢渗透、止痛，并从中诞生出光滑的新生活。

那么，此刻不就是最好的机会吗？她扑扇着翅膀，轻声追问自己。她打定主意要"干成这件事"了？像一只饥饿多年的老虎吞下送到嘴跟前的小白兔？

小六嘿然一笑，想起她在绿挎包里所看到的身份证。"吴梅，1986年，苏州人"，她无意识地念叨着，像在为其祷祝，囫囵睡去了。

半夜里，她醒过一次，四体冰凉，百骸麻木，全然忘了身在何处。睁开眼四处看，一片模糊，无意中瞥到窗外，那里有一轮钩月。

那月亮很是细瘦，但边缘清晰而冷峻，被光秃秃没有帘子的窗格子框住，恰好在左上方一角，那模样十分感人，以至让小六无端涌上一层骄傲。她特别愿意向这轮月亮承认，大声承认，这就是她的渴求之境，是个人意志所致，也是水到渠成的命定。她打算执行这个自我消失的欲望，坦荡地执行，为什么不？它当是跟食欲、性欲、声名欲等一样平等，一样值得去克服困难、好好追求。

三

次日一大早，按照农妇的指点，小六以蜜蜂采蜜的花式回旋路线，继续以事故地点为逆向掩体，问东走西地绕过村落，去往了邻镇，又辗转了好几趟中短途大巴。转车是随机的,主要由"猪头"决定行程。

小六在吴梅的绿挎包里找到张白纸,她把它折成"猪头"——这是小时候玩过的折纸游戏,也叫"东南西北",叠成后在各个方向写上不同的游戏内容,然后把两只手的食指、拇指分别套入,牵动这只"猪头",横四竖三,或竖七横五,随机形成不同截面,即得到相关指令,比如:跳绳、吃糖、学结巴、翻筋斗等。大家轮流耍,获得自己的任务。就是这"猪头",负责帮她拿主意。

下午4点多,"猪头"让她在一个小站下车,正好肚子大空,找家铺子叫了碗面。她满意地发现:完全搞不清自己在哪里了。看街牌得知此地叫乌鹊。建筑有新有旧,繁华处显得土,老旧处倒有点儿动人,大约是个县级市。随它,才不追究。反正已经撒了手,像断线风筝,只管往那天空、真空、虚空里飞。至于飞多久、何处是个尽头,一周还是仨月,掉下摔死还是成仙得道,且不管。

主意虽是这样拿了,在等面条上来的时候,还是感到一丝缺乏经验的心悸,就像穷光蛋突然面对上亿的资产,且是另一种从未见过的货币,大有四墙不靠、头脚倒置之感。她往四边看那些吃面条的人。热腾腾的水汽中,他们三五做伴,有人瞌睡连连,有人哀容满面,有人带着踌躇之态,不管怎么样,吃罢面条他们便都纷纷起身离去,往左或向右,步子散漫但确定。人人都像个舵手一样,安排着自己的那条小船,哪怕它实际是被江河湖海的暗流所控。她好奇又佩服地看着他们离去的背影,克制住想要尾随而去的冲动,去顺藤摸瓜,跟随他们的动机、欲求和时间表……

面条端上来了,喝半口热汤,裹拖着浇头与细面共同落到胃部,鲜香得五脏各归其位，茫然之感也随之淡消，见鬼呢，莫非还要拿出个一丝不苟的计划书吗？真是有谋有略"做人"太久了，她现在不就只是一具无名的空空皮囊嘛，且管这皮囊之需便好。

她饿饿地咀嚼，一边想着，酒店查身份较严格，倒不如租屋，也会便宜得多，将来回家说起，也显得经济——还在煞有介事地想着，他日如何解释呢！意识到这点，她咪咪发笑了，这一闪念已然是反讽性的了，正表明自己越来越当真，认认真真要进入无名之境了。

"单室套？什么价位？"中介店老板颧骨很高，鸟一般警醒而灵活。他拿出一本满是手指印的活页夹，啪啪啪翻着。这里的方言尾音收紧下沉，还算好懂。

"越便宜越好，季付，不要合租，交通、环境都无所谓。"没钱的感觉倒也有种无赖的幽默感。小六想起她与业绩挂钩的奖金，经常盘弄的理财产品，以及那一大把神出鬼没的股票，像被羽毛挠了一下胳肢窝似的，酥酥地麻痒，都忍不住笑了。

"林子，你替她找找。"高颧骨失去了兴趣，推醒边上打瞌睡的一个年轻人。

叫林子的揉着眼睛，恍惚地瞪着小六，她正在笑，可能还笑得相当诡异，这使得小伙子颇为惊怔。他蹭到电脑前，梦游般地挨个儿摸索键盘字母。高颧骨男人不满地扔过去两本活页夹："别查电脑，说过多少回，这个最管用！"年轻人嘟囔着，一左一右打开两个活页夹，毫无效率地轮流翻弄，像在消磨时光，像在给小六以更改主意的时机，她还来得及转身离开，赶到车站，并搭上回家方向的车次……小六手心里一团汗，忍不住出声催促,像是憋不住了,得租套房子去上厕所似的。

"有了!"林子扭头冲老板叫了一声。果真很便宜,是一户人家的单间出租。这不好吧,小六有点儿不愿意。高颧骨再次出面,拿出做生意的劲头:"你可以搭伙,说不定水电都不跟你单算,占大便宜了。"他瞅瞅林子,后者连忙应声:"占,占便宜的。"

"这个……"小六往后让让,把手伸到口袋里捏捏"猪头",后者已被她玩得烂乎乎的,但仍然具有心理上的麻醉效应。想想断线风筝是怎么飘飘忽忽的吧。难道还挑三拣四,拣遍寒枝不肯栖?就此挂落好了,看看分配给她的是些什么!这份随便也是大快意的呀。

林子这时已在外面发动起摩托。这个地方的男人好像都爱骑着这种小摩托,只是林子这辆,破旧得厉害。"脚放这里,包放怀里。"他有些腼腆地指点,"手……搂住我的腰。"

房间不错,朝南,家具、被褥整洁,只是鼻中总隐约闻到一股类似寺庙里的那种香火味。主家是对老夫妻,老头儿陷在沙发里捧看一叠软乎乎的报纸,神情严肃。老妇则专注地跟随小六的目光,她看向哪里,老妇也看到哪里。

"行。"小六简单地说,就是个兔子洞她也打算高高兴兴钻进去的。

妇人这才张罗着开始倒茶,并好像获得了提问权,"你从哪里来呀?做哪一行的?单身吗?长期住着,还是临时性的?"她抛出一连串问题。老头儿也从报纸里抬头,端上杯子吹起浮茶。房间更加静了,似乎连家具们都在屏息等待。小六有个预感,这将是她以后要频繁面对的根本性问题,所有初次结识的人都会像哲学家一样,直直盯着她的双眼:你谁呀？哪里来的呢？下一步做何打算……

她嘴上毫不犹豫，"我老家在苏州，刚到这儿，还没找到工作呢。"

"哦，没工作，一个人。你啥也没有哇。"老妇若有所思，"睡觉不打呼吧？喜欢熬夜？每天都要洗澡？嗯，晚上最迟几点回家？"

小六答话的工夫，她却兀自走开，划着一根老式火柴郑重地上了一炷香。小六这才注意到，厅堂一角供着尊白瓷观音，香火气正是源自这个小龛处。老妇上了香，深拜着，嘴唇翕动。

林子装着不耐，把摩托头盔套上，"行还是不行，爽快点儿。下面还要看另外两处呢。"

老妇慌得飞快结束了她的小型祷祝，用手肘捅老头儿，忙不迭地表态，"行，观音菩萨说完全行。"老头儿事不关己一般，看看腕表，只沉闷地喝着茶。

成交，价格比店里的还低一些。林子问双方要证件，主家还要提供房产证。小六麻利地从绿包里掏出身份证递了上去。就在刚才脱口说出苏州人氏的时候，她发现自己已牢牢记下了吴梅的身份证号。暂且先这么着吧，又没打算抢银行。也算是有法之法，无名之名。吴梅比她大三岁，照片上面孔很圆，眼睛小，牙不大整齐。

老妇人领着小六进房间，"这里本来是小哥住的。我儿子。"她指指墙上，又拉开抽屉，打开柜子，语气骄傲，"喏，本来这里都是小哥的奖状和证书，这里是他从小到大的照片，这里是他初中高中的旧校服和运动帽。"滑稽的是，墙上、抽屉、柜子里什么也没有，老太太活像演哑剧似的，又高翘着指头指向空荡荡的天花板，"这头顶上，他都贴满了各种战斗机海报的呢！"老头子从客厅把脖子扭向这边，脸上带着忍耐的样子，拿茶杯盖不住地敲杯子，老太太忙压低声音，概括性地匆匆收尾，"毕业后先在国内干了几年，后来去了美国，这一去也六七年了，打算留在那边！"

"哦，这么出息，在公司还是大学？"小六的余光注意到老头子在外面又噘嘴巴又翻眼睛，直摇头。

"密苏里、密苏里大学。嗯，先是硕士，接着是博士，最近恐怕是在找工作，先申请工作签证，然后再申请绿卡。"老妇人不大熟练地讲到签证、绿卡，并遽然扭开话题，"他长得很像我，可惜这里……没有照片。"

外面的老头儿"切"一声冷笑，茶杯里的水都洒了，忍无可忍地叫起来，"还密苏里！还绿卡！还照片！烦不烦呀，跟真的似的。"老妇脸色微红，冲小六使个莫名的眼色，右目中一大块白黄色翳子尴尬闪动，某个角度看上去，像半盲。唉，瞧这对老房东。对她而言，或也不是坏事。

林子与破摩托去去就回，签字画押，各各交换。老妇人拿着小六的身份证复印件，牵动眼皮，凑近又拿远，努力地看："吴梅？好名字，我最喜欢梅花。我姓舒，原来在晶体厂二车间，叫我舒姨好了。小哥他爸姓籍，副工程师，你叫他籍工好了。"

"嗳？你谁呀？"籍工突然高声发问，好像才看到她。

"我叫吴梅啊。"小六很镇定，复印件就在舒姨手上，只是印得黑乎乎的。

"我看你不是。"籍工大摇其头，语气十分笃定。

"那您看我是谁？"小六只好反问。

"反正我认得。"籍工冲她挤挤眼睛，随即狡黠地闭上嘴巴，看看手表，戴上老花镜争分夺秒读起报来。小六凑近瞅了一眼,发觉那竟是七八年前的旧报纸。

舒姨遮掩似的收拢沙发上的报纸,那一堆也是陈年的。她从后面指指籍工脑袋,摇摇头:"平常家里来人少,他以为来的就应当是熟人,总装着认识。"

林子也在边上打岔,说要带小六出去买东西,"有家杂货店是我朋友开的,可以给你批发价。"

已是薄暮,街上一片忙碌,喷着黑烟的公交车巨象一般踏过摩托车流,男人的摩托车后面带着女人或小孩,或是又长又笨的货物。小六吃力地搂着林子,手里的大塑料袋里塞满毛巾拖鞋内裤茶杯牙刷之类的玩意儿。

前面的林子腰一硬,脚下突然刹住,把车子拐到路边,"下来。"

"车坏了?"

"你,不是吴梅。"他口气仍然腼腆,但夹杂着不容置疑。

"你还真信籍工那话?他脑子明显不对。按理我都可以毁约的!"小六一点儿不怕,反倒有点儿挑战性的兴奋:瞧,她被识破了。

"所以我替你又压低了价格嘛。中介费都少收了。"林子身形偏瘦,他竭力使自己显得权威,"你身份证不对的。"

"你指那照片?我不上相!再说我后来矫正过牙齿了。"这样信口撒谎真有点儿奇异的欢乐。谎言太低劣了,像是鲁莽的边际性试探,鼓励着对方来戳破自己——她会就此收手吗?

"我只好特意替你加黑了复印件,幸好老太眼神也不大好。"林子不紧不慢地追问,"还有,合同上要填手机号,你为什么不写?"

"手机丢了。"小六应付地回答道,静等他的下文。

"其实你所签的,也是份假合同。我带来的这家,不是在店里跟老板说的那家。当然你是没有任何损失的。"原来这年轻人根本不是看上去的那样胆怯,"只是没料到,你有这么个情况。"他沉吟着,掂量其中的风险。

隔一会儿,他莫名其妙地也掏出自己的身份证,给小六看,或许是要进一步说服自己:"其实我这个也不对的。那时报户口很随便,我两岁时家里人才去,我实际上要大两岁。"他语气更轻了,但加重着意思,"真要有事情,身份证就是对的也没用。算了,算了。"

小六没有吭声。被看出破绽,本是意料之中,但又如此轻易地给掩护过去了,真让她感到一种春阳懒照般的无力。黑证件、黑中介、黑合同,配上脑子不清眼神不好的一对老房东,真像有一股子什么力量,在合力拨弄着算盘珠,怎么着也要成全她。

她往街面上看……车流中全是回家的人们,高矮胖瘦不同,衣着装扮各异,所有的头颅都像在无边大海里起起伏伏,人们脸上的神情,都是十分相似和统一的:回家。所有地方都是这样的吧。像她的南京,像别人的北京,或许也像外国的东京与古时候的西京。这种神情,实在是感动人的。

她内心忽而肃穆了,站得直一些,行注目礼,三分钟。

她要利用这三分钟往回看,使劲儿往深处回溯,回看那些似乎已经开始遥远了的面孔。

她清楚地知道,时刻都知道,几乎是掐着秒针分针与时针地知道,从"决定"出事以来,都过去一天一夜了,她还一次都没回过头呢。她拼命抵挡着、拖延着，但总得要面对这个环节，总得要做一下这个动作，她要跟那边道别一下；或者说，要举起鞭子来拷问自己，这相当于是最后、最后的机会，挽回与中止的机会……

她向看不见她的他们回看。

她看到同床共枕四年之久的丈夫贺西南，熟悉的灰色羊毛衫，袖子半捋，领带松开一半，正满面噤瑟地检阅当天的包裹数目。看到母亲已对着电视吃好了她一个人的晚饭，照例戴起遮住大半个脸的口罩，在糟糕的空气中独自散步，干枯的手臂在身体两侧均匀摆动。黑师傅呢，看不太清楚，她从未接触过暮色中的他，也许在跟什么姑娘吧唧亲嘴儿呢。看到公司里的搭档兼好友，转动着鸽子一般纤细的脖颈，嘬嘴喝完最后一口生姜红枣茶准备下班了。看到两个闺密在逛店，机械地比试着一件比一件丑陋的新衣，紧勒腰间的赘肉，企图制造出瘦弱与性感。还看到她自个儿，穿了一整天的裙子后摆发皱，与一大群同样皱巴巴的人一起拥进地铁，挑空儿紧挨着地铁的冰凉镀铬栏杆，塞上耳机，继续看到一半的视频……不必看了，永远都是这样的，抽象、雷同，但也十分安心，并且将一直这样安心下去，有没有彼此，多出个彼此，少掉个彼此，并无分别。

小六突然意识到自己这冷冷然的无情之态，对那边的世界，对抛下的亲人友爱以及一己之在，她竟毫不伤感，亦无愧疚，好像全身都上了最高级的麻药，明明知道这一刀下去，必会皮肉破绽、鲜血溅流，却无一丝痛感。这令她惊骇，更有种毛骨悚然的辨识感，好像是慢慢磨出光亮的铜镜，镜中渐渐显露出一个有棱有角、面目诡异之我。

怎么会是这样的一个我？为什么？

小六不禁紧绷面皮，好像要撼动、呵斥那个翻脸掉头的自己，同时又想尽可能地维护这个孤立无援的寡人。她无声地辩论着、拼争着——此举此行，能不能算是互为因果的逻辑，以骇俗的消失去寻找一个本我的根源？此去的尽头，真会有个什么答案显现在天幕之上吗？

身边的林子显然被她的脸色给吓住了，求和似的蓦地踩动踏板，"别担心啊，我又不会跟任何人讲的。我也钻了老板的空子嘛。"他犹豫了一下，继续道，"小时候，我外婆家有个邻居姐姐，你跟她特别像，尤其是笑的时候，一圈白牙齿。小时候我吃萝卜，她都替我啃皮，啃得一圈子牙印，我就顺着她的牙印吃，觉得更好吃了。刚才我打瞌睡醒来，突然见到你，你在笑，一圈白牙……"

小六心思全然不在牙齿上，她顺嘴接口，"那我就做你姐姐吧。"

林子却涨红起脸，不满于小六这轻率的应承。他跨上摩托车，冷淡地示意，"手，放我腰上。"

小六把手搁上去，身体一个小小的后仰，脉搏与心跳骤停了半拍，随着一个加速，破摩托、林子、新买的日用品，还有她本人，通通都没头没脸地淹入乌鹊城的暮色中了。

第三章

一

"15福建南路308"。15是日期,这已经清楚了,但福建南路并无308号啊。好在这条街并不太长,就算长得像赤道又怎样,为了小六他都能徒步走上一圈。贺西南来来回回地筛,沙县小吃、韩式烧烤、兴业银行、速8、邮局。贺西南边走边推算,这应当是个餐厅包间或房间号。他给整条街上的餐厅与宾馆打电话。第七个电话拨到了汉庭快捷,像前面一样,他提出要预订15号的308室,对方抱歉地告知已被定出:"下午两点以后可以吗?或者别的房间?"出于严谨,贺西南一丝不苟地打完了剩下的三家馆子与一家酒店。排除法与归谬法结合。

贺西南带上一叠老也没时间看的杂志，一大早就跑到汉庭快捷，大大方方跟前台打招呼，说要等预订308的客人，来了的话，请喊他一声。前台姑娘老到地瞥他一眼，看看预订页上张灯的信息，还有三个多小时呢，她职业化地保持了缄默，听任贺西南坐在大堂翻杂志、喝免费纯净水。

……接近中午时分，来开房间的人多起来，多半都是成双成对，紧凑而磊落地共享着午间交媾的黄金时光。这放荡的气氛使贺西南有点儿不安。他佯作镇定地接连翻页，心里再次分析——直到此刻，贺西南还认定将要见面的人就是小六的那位女司机——她们俩女的，为何要在酒店约房？又或者，黑师傅已晓得这手机并非小六本人，那她反复相约，并总约在这地方见他，又是啥意思？哪一个方向都不大通顺，贺西南一时脑壳发涨。他水喝多了，想撒尿，也有点儿饿。酒店几步之外就是一家麦当劳，可他把自己锁死在沙发上，动弹不得。好在解救的屠刀这就来了。

十二点二十分，张灯匆匆而至，显然也没来得及吃饭，手里还拎着快餐。他向前台报出会员卡号、出示证件、确认优惠、交好押金、拿到房卡，正待通往电梯间呢，前台姑娘这才不紧不慢地朝张灯后面一努嘴："这位客人在这儿等您一个上午了。"她紧密观察着，看自个儿的预判准不准。

贺西南动作很大地呼地站起，这才发现左脚麻得厉害，他摇晃了一下，声音不敢太大，"您好您好，您，黑师傅？"眼前是个怪时髦的年轻男人，衬衫是彩色条纹的。

"呃……我姓张。"张灯满腹狐疑地回应着这位"等"他的人。在单位，他一向被称作"张工"、"小张"或"帅哥"。师傅算什么？还黑？

"哐当"一声,贺西南浑身的枷锁断了。原来黑师傅是男的呀,不仅姓弄错了,性别也错了!贺西南大松口气,带着侥幸的笑,伸出手去:"幸会,我是小六老公,贺西南。"此言一出,贺西南蓦地僵住,这还侥幸什么呀!眼前这位跟小六……他没法儿收住伸到一半的手。但他的心,骤然沉入一汪冰冷。小六外面有这种事儿?竟然?啊!老天。不要想,现在先不要想。是他求着要见人家的,弄清楚再说。

"小六?"张灯更是满面错愕,机械地接过贺西南晃动的右手。什么小六?他从没听说这个名字。

贺西南忙拿出小六的手机,举高,像接头信物,"我们短信约好的!小六手机在我这儿。哦,小六,是她乳名儿,我都叫惯了。"贺西南随即解释起来。是这样,她们家的孩子啊,以爷爷奶奶那边为统计参照顺着排下来,小六大伯家三个孩子,是老大老二老三,大姑家的从老四排至老五,排到小六父亲这边,她就是小六了。乳名儿像陪嫁,接过来就改不了口了。贺西南知道自己有些碎嘴子。他着意如此,反而能压下后脑勺某个角落那一抽一抽的寒噤。

"哦,小六。"张灯很不适应地念叨了一下。说来旁人难以置信,但事实确乎如此。对今天所约好的、保持关系有一年之久的女人,除了一个手机号码,张灯不清楚她的任何情况,更别提什么乳名儿了。他一直以这种方式与女性交往,小六之前,有过三个,不排除将来还会有。这是他所约定和追求的、极其纯粹的一种现代性关系。

"这么说,您是小六的……"张灯寒暄,在脑子里盘算当下的局势。手机里,他给她保存的名字是"白牙"。他不清楚那白牙女子是如何保存他的,这会儿看来,是"黑师傅",也真够土的。张灯做个暂停的手势,谨慎地查看手机上的日期，又搭一眼大堂，确认地点。其实这些动作只是为了争取时间，以理出思路：想来女人的手机落到了丈夫即眼前这位男人手里，两天前与他短信往来、以及今天前来赴约的，都是她丈夫。还从来没有翻过船呢，真俗气啊。只是，他把那个叫"小六"的给怎么了？

"那她？"张灯脱口而出，觉得不妥，忙又闭嘴。

贺西南心里直跳，像仪器一样紧密地盯住他。忍住、忍住，不可怒，他得拿到小六的消息。简单地道："来不了了。"

可房间已经开好了，会员卡已经登记了，优惠也享用了呀。浪费真就可惜了。张灯想都没想地，朝贺西南一伸手，做出指引的手势："那，要不，一起上楼坐坐？"

"也好。"贺西南挺有教养地点头。在房间里，若要揍他的话，还比较方便呢。他抱好那摞杂志开始挪步，腿却还是麻得根本拖不动。张灯见状，忙上来扶他。二人几乎是勾肩搭背、颇为亲热地一起走向电梯口了。前台姑娘正忙着修指甲、一边静待捉奸大戏。"呀！"见二人搭背离去，她惊得把新做的彩甲都给绞坏了，沮丧地叫了一声，"那位先生，您得来登记一下身份证。"后面一句，是对贺西南嚷的。

快捷酒店一向如此，床是核心，占据70%的空间与视线，桌椅电视则局促地贴墙安置。张灯把贺西南让到床沿坐下，自己站到窗口。两人不得不离得挺近。暂时都未开口。这个无法打破的瞬间长满了倒刺，令人既慌且麻又疼。一时都能听到隔壁的电视机，声儿开得过大，但也压不住另一种人类的律动。

张灯从凝固的空气中走动起来，按动床头的各个开关，使房间更加亮堂。他洗壶烧水，拆开吃的。两只汉堡、两杯饮料，还有薯条与四对鸡翅，浓郁的香味剂与人造奶油味儿散开来。"要不一起？这是……两人份。"张灯塞塞窣窣把纸餐盒分成两堆。

中午时间并不宽裕，张灯以前跟"白牙"，不，小六，就是这样吃的，有时互相喂薯条，常常等不及，带着舌头上的番茄酱就亲起来。张灯避免不适宜的联想，抿着嘴唇，特别认真地整理薯条，分金子一样，准确地让给贺西南一半。

贺西南在后面审视着张灯完全暴露的后背，他这会儿随便做个动作，就能了结了此人，起码弄个半残的。他在拼命地拦住自己，尽可能地与自个儿商榷。商榷的过程是两只大棍在一上一下地轮流敲，一只是铁棍，呼呼烧得通红，即刻就要把张灯捅成破筛子。另一只大棍则温和光滑，像根擀面杖，是啊，这根擀面杖叫作理性，贺西南已经使唤了快两个月了，或者说，使唤了他前面三十多年了。只有理性才是真正高级的，最终能办成事儿的。忌恨、面子、报复，全是无用之物。对于张某、对这位原来如此的"黑师傅"，他妈的暂时还得留活口，留全乎的，留个自觉自愿、甚至是友好的合作，方能拿来为我所用，以最终抵达小六。小六，啊，想到小六，贺西南后脑勺再次发冷。他咬咬牙齿，硬生生把烧红的铁棍又揣回到自己怀里了。且容下这狗娘养的，只多接触——未尽事宜等小六回来再说，那才是最终审判之时。

贺西南没吭声，接过来快餐。也的确是饿了。"谢谢。"他文明地，并看到张灯眼里滚过一丝后现代意味的欣赏。

两人于是开始吃喝，共同的食物、共同的咀嚼，并且还是其中一位请客，不管怎么说吧，这还是会形成一种安闲的气氛。不觉中，他们已经像在食堂里紧挨着就餐的邻座那样聊了起来。贺西南肯定了鸡翅的味道。张灯则提及贺西南带来的那些杂志，有一本讲东南亚敏感时局的，他像搜索引擎一样报出多方战备层级，贺西南则补充各国策略，二人最终英雄所见略同。在这个过程中，借着话题的展开，贺西南主导着，二人也有简短的互相询问，比如，你做哪一行的？老家是哪里的？本科是哪一届的？你下午几点上班？贺西南在有意识锻炼自己的意志和心肠。他发觉自己做得很好。

他们吃光了所有的东西。餐后，他们互相让烟。贺西南打了一个电话回公司，恢复了下午的会议，这还是张灯给他的建议："这房我就订到两点，你到时待哪儿呢？还不如回公司，又何苦影响工作呢。"

贺西南深深地吸下烟，又尽可能地吐出来。他吸的是张灯的烟，张灯则吸着他的。是啊，烟雾中，他们终于谈到小六，总归要谈的，小六渺渺然杳杳然不在场，又无时无刻不异常强烈地在场，怎么能绕得过去呢。都忘了是谁起的头，但语调却也算得上是平心静气，或也是出于抓紧时间的务实考虑。

贺西南由前至后、详尽介绍了小六的"下落不明"，有理有节的叙述伴生出难得的自信：一张白纸好画画，张灯根本一无所知，他说什么，后者就信什么。在这件事情上，张灯将是他最忠实的追随者。

随之轮到张灯的和盘托出。目前这一三角关系中，他完全处于道德下风，加之惊惧于小六的神秘现状，他压根儿没有心境胡编乱造。他说了个底朝天，哪怕有些细节并无交代之必要，比如，为什么总在汉庭快捷，比如短信的奥秘，比如他那天所看的吸血鬼片。他有种补救般的心理，好像吐露得越彻底，对贺西南就越有抚慰作用，并能抵消罪过似的。

对于张灯的坦白陈情，贺西南像海绵一般通通吸收了。他全身的血液，一半用来运送和消解刚刚吞下的垃圾食物,另一半则用来观察和分析张灯的为人与品性,以确立接下来与之打交道的方式。从那些冗余的、令他痛苦的细节上,他在尽量地发掘张灯的可取之处。比如,他对电脑有特长,他讲求效率,也比较节俭。当然他也注意到张灯的滥情(在小六之外,他还有别的交往)、文艺病。贺西南对此不愿多做评价,他又不是招新或提拔中层,更不是要找一个兄弟,他如此痛苦却仍然如此耐心地结交,纯粹只是为了小六,哪怕是"这样的"令他脑后锥刺的小六。

张灯讲完,便抬眼等着贺西南,但并非"听君发落"的神情。弄清了小六的"出事",他突然强烈地感觉到,贺西南需要他——眼前这位做丈夫的,已经吃不消了、顶不住了。这个人需要他,哪怕他确乎是一个百分之百的情敌。一种人文关怀式的情感充溢着张灯的胸怀,没准儿正是那些电影的浸泡暗中挥发出来了。这会儿的张灯,静瞧着贺西南的眼光,像床前台灯那样,格外温和。

贺西南看看台灯,又看看张灯,他感觉到了,并且还想到了那条"需要我做什么?不用见外的!随时可以效劳"的短信,想到了当时他那样的触动和软弱。唉,见字如面,见面如字,这不就是他今天要与此人会面的初衷吗?

贺西南肩膀松塌下来,接下来足有二十分钟之久的独白。他从没跟第二个人说过,但时刻想跟第二个人说说的东西。那些奔波、与人们的辩解、母亲的语焉不详、地下组织一样的失踪者家属,公司里击败了小六的那位好友兼搭档,已取代了小六的宽眼镜框。还有,最难以启齿的——表面上有多执着,内心里也就有多摇晃——他怀疑小六实则早已不在了,即使不是死于"321"事故,也已死于别的情况。不是两天,两周,是过去两个月了呀。

听听啊,眼前这个魁梧得可怜的男人!义气直冲张灯脑门,可他也没忘了盯着手机上的时间。过点儿可就享受不到会员折扣了,而且上班也会迟到。张灯不得不起身收尾:"放心,从现在起,我会跟你一起找小六的。算我……将功补过吧。"他语速匆匆,但颇为笃定,眼睛往半空看:"小六的电脑、iPad、手机什么的你不要再动了,等我回来。我要到香港去培训一个月。回来后我会黑进她所有的网络空间,我什么都能捞出来。"

贺西南突然想起来,他刚才的倾诉中没提到绿茵女士,但时间来不及了。他起身答复张灯的好意:"回来后约个时间到我家吧。不过,你不会发现什么的。"他以丈夫所特有的权威,就像曾对失踪者家属们多次申说过的那样:"小六她这人特别单纯,一向规规矩矩,连打个黑车都叫女司机。"说到这里,他戛然打住。他再也不能够这么说了,"除了……你这件事。嗯,还有工作,她也没跟我说起。"他假装不肯浪费,把剩下的淡得没味的冰可乐喝光。张灯不看他的尴尬,低头替他拾掇杂志。两个人四面环视着,走向门的动作都像是要下火车。

"下火车"之前,可能是突然想起某个电影画面,张灯莫名其妙地侧身过来、半张手臂,做出一个趋向于拥抱的姿势,嗫嚅着吐露出半句:"对不……"他本想对着贺西南的后肩膀说完这个词。

贺西南沉闷地僵立,没有呼应这份友好。他拉门出去。这个他不愿定义也难以定义的会面,就此结束了。

直到走出汉庭,贺西南后脑勺的疼痛才猛烈发作起来,那是被太久的冰冷浸泡所导致的疼痛,电锯般,整整锯开了一个大裂口。他的小六啊，怎么会在外面有这么个张灯呢。他当然可以无视这个血淋淋的空洞，假装现在还不是时候，假装他根本没有时间来追究。他怕的是，就算有了时间，抓到了时机，这个血洞也是无法补上的。

"等小六回来再说。"这时贺西南心里再一次想着，像淡淡的威胁，以及自欺欺人的某种寄托，就像人们在旱季、在穷日子、在无法生育的情况下所做的那些设想：等下雨了、等有钱了、等将来有了孩子。

实际上，这后来成了贺西南对张灯说得最多的半句话。久之，张灯受其影响，开口闭口地也会如此假设。渐渐地，这话失去了其原有的含义，失去了情绪或立场，甚至也不关乎他们是否相信。他们就是说说，不得不这样地说着，如同念出某种口诀，如同对自己发誓，也向对方发誓。

"等小六回来了，我们肯定会……"

"等小六回来了，我们三个就……"

"等小六回来了，我们无论如何也要……"

他们一直都只说半句，从无下文。

二

知道世界上有张灯这么个角色之后，不知出于什么心理，贺西南又给小六母亲打了一个电话，主要是出于礼节吧，难道要说出张灯，不丢脸吗。

先报告最近的努力，"妈妈请放心，我一直都还在找小六。正好也认识不少有经验的朋友……"母亲没吭声，于是他又和尚念经般地问候了几句日常："最近怎样，身体各方面可好？家里有什么事情需要我做的？我替您订的东北五常米和葵花籽油都收到了吗？"一边讲着，他的声音随时预备着低下去，果然，他像以往一样被打断了，但母亲这回有了内容，"在家呢？我这就过去。有话说。"

这时已经进入黄梅天了，南京这时的空气是最有性格的，既憋闷又水汽十足，像一张养分复杂的巨大水膜，黏答答地罩在所有人身上。贺西南看看表，坐在家里干等，燠热，但不出一滴汗。他一直期盼母亲对小六之事有所反应，但她突然当真跑上门来，他反又吃不准了。

母亲在黏涩的空气里坐下，两条腿并得整整齐齐，一边示意贺西南坐下。贺西南上身笔直，只敢坐了半边屁股，如面临重要时刻。母亲没有任何过渡："就直接跟你说吧，我早知小六要失踪的。"

像被人猛拍一记脑门顶，贺西南的危坐之姿一下子乱了，他上半身向后跌去，为了拉回自己，他向前用力过猛，又差点儿要撞到母亲身上，冲到途中，他紧急地改往左边偏去。从侧面看，简直像只被外力卡住脖子的鸭子。母亲瞧着，等贺西南恢复平静。

真相原来在母亲这边吗？一直离他这么近啊。贺西南简直害怕起来。他慌乱起身，才想起来要替母亲泡茶。又想起母亲因睡眠不好从不喝茶。他殷勤地四处寻找，终于找到两只搁置过久的苹果，他手忙脚乱削去它们皱巴巴的外皮。母亲并不加阻拦，似乎也想微妙地推迟下一时刻的到来。

母亲与贺西南一人一只，他们分别啃下第一口苹果之后，母亲解释，语气像个看尽天下恶疾与绝症的医生："是遗传，他们家族就有这个毛病。迟早要发作的，没有办法，DNA里带着的。看你一直瞎忙，跑这里忙那里，我真是不忍心告诉你。"

贺西南瞪着她。

她回瞪,"嗳,这不就跟别的毛病一样嘛,秃顶会遗传、双胞胎会遗传、卵巢癌会遗传、精神病会遗传。他们家,别的大毛病都没有,只要没跑没丢,个个都长寿。可惜就是隔三岔五的,每一代都有人发这个失踪的病。"她接着啃苹果,贺西南也继续。一时间,只听到齿舌与果肉在口腔里发出嘈嘈切切的室内二重奏。贺西南那里所发出的咀嚼音听上去特别机械而匀称,堪比节拍器。就是靠着这具有难度的吃法,他得以牢牢地把自己按在沙发上。让母亲接着说好了,如果她真有什么"说得出的"理由,哪怕细得像蜘蛛吐出的丝,哪怕一出口就要断掉,他也愿意去信的。

母亲开始详细举证,带着她这个年纪特有的絮叨、颠倒,偶尔还故弄玄虚,像说书人那样吊胃口,有时又会回跳,把前面的说法推翻一半。

贺西南只好边听边自己梳理,全心全意地想说服自己,然而这愿望却随着梳理的过程不断地水土流失。

照母亲的说法,小六家的这毛病,是打曾爷爷那辈开始的,第一个发作的是曾爷爷的哥哥,该算是小六的曾伯爷?她轻声定义着这个生造的称谓。

这位曾伯爷,会木匠活儿,忙时料理田地,农闲就卖手艺,吃住在主家,替人家打条桌、打靠背椅、打兔子笼,如果逢上嫁女儿,得从樟木箱直做到马桶,大全套。到有一年中秋,讲好回来过节的,却死活不见人影,留给他的月饼一个个都霉掉了,等他回家摘的大石榴也掉地烂掉了,家人一直苦等。当时日本人已经进来了,经常有冷枪流弹,时不时会在庄稼地或桥洞里发现陈腐变质的尸首。听到类似消息,曾爷爷的嫂子就第一时间跑过去认,有时得赶好几天的路,可她赶过去,不是要"认出",而是要"认不出",每"认不出"一个,她就觉得男人活着的希望又多了一分。有一次,尸首边上甚至有一副残缺的木匠器具,她仍旧激烈否认。方圆又不只他一个木匠!万一他被人抢了家伙呢?一年年过去,日本兵全都打跑了,曾爷爷的哥哥还一直"在外头做活儿"呢。

不久,轮到曾爷爷这边的次子,即小六的叔公。这位叔公从小有些天资,幼念私塾后上国小,中学甚至跑到离家老远的阜阳二十二中,由于时局动荡,中学不断拆分,又合并,长距离地搬迁,来自各处的寄居学生像小蝌蚪一样,一会儿游到河南,一会儿簇到重庆,有时半年全无消息,偶尔又寄来一封平安书,甚至还夹一张法币汇票,曾奶奶把汇票压在枕下,坚决不肯花掉,直至已不值一文,再无兑取的意义……叔公最后的消息是1948年的了,从上海托人捎回一帧黑白小像,背后一行小字,跪拜严慈、惜别兄妹之意。此后就断了音讯。最乐观的假设是:他去了台湾,如果不是死去的话——作为一名流亡学生,他起码有一万种死法。

但曾奶奶直到去世,都十分确定地认为,她小儿子好好地在台湾呢。那么八十年代两岸通邮之后,他为何不与家人联系呢?曾奶奶压低声音:一定是做了国民党的官,官太大了,他"不方便"的,也是为了我们这边好嘛。曾奶奶倒也不是空口胡说,她有一条铁证:每年的清明、鬼节与除夕,给族中诸亡灵烧纸钱时,她也都给小儿子化过纸,可总是烧不过去:纸灰是黑的——这个说法在民间是公认的,烧纸钱的灰烬,正常应是灰白色,表示化过去了,为亡者所取,"得到"了;若是黑色,则渠道不通,说明受者并不在阴曹地府——的确比"国民党大官"有说服力多了。这后来也成了整个家族判断"发病"亲人是否仍在人间的圭臬之标,一票成立,无须他证。

母亲言辞凿凿地告诉贺西南,她亲眼所见,前面许多年,给小六叔公烧的纸钱都是黑的,直到1997年除夕,烧给他的纸钱一下子就化作浅灰,飘飘扬扬地打着旋儿直上半空。叔公生于1925年,失踪于1948年(据最后一封信),卒于1997年(据灰烬变化),享年72岁。

"看看吧,这就是他们家血脉上固有的病根儿!例子可多了,我都可以说上三天三夜。"母亲扫视贺西南,像握有大把证据的公诉人。贺西南垂下眼皮。

小六的姑姑。小六有两个姑姑,大姑自小患有腿疾,性格内向,倒也结婚生养,平安无难。小姑机灵爽利,雄心勃勃,但凡有火红的、进步的事,她必要第一个冲上去,故也被全家老小寄予厚望。知青上山下乡的高峰期,她年纪还不大够,但设法混入高她两届的一支队伍去了北大荒。一去五年,要进步,不肯探亲。到患有腿疾的大姑结婚的这年春节,她终于答应跟兵团告假,却在回城路上失去踪影。冰天雪地里传回各种可怕的说法:被掳到深山老林,先奸后杀;被抢了随身财物,扔下火车;被熊瞎子拖去了,等等。一些跟她交好的知青跑到家里来哭她,却发现这家连个灵堂都没设,全家上下都冷静极了,口径出奇的一致:她那样的能干要强,绝不会有事的,保不定哪天带个男人抱个娃娃就回来了呢。

再讲个远房的,相当于小六的堂叔吧,辈分小但岁数大。这堂叔原先是历史老师,因为写文章被打成右派,送去大西北劳改,有天得到信儿,说他夜里出门解溲掉到水里,没捞着尸首。谁信哪,那地方全是沙地,都长不出庄稼,是掉到海市蜃楼里了吧。还有一个亲戚,在部队里长期跟着苏联专家学技术,讲得一口呱呱叫的俄语,可出息了。噫,哪料到后来两边闹翻,他紧跟着也就不见了,很壮实的小伙子啊,真但愿他是跑到老毛子那边吃红肠喝烧酒去了。喏，还有最近的例子，就四年前，瘸腿大姑家有个孙子，好好地在云南打工，却偷偷跑到缅甸去，说是做雇佣军挣大钱去了，这一去就干脆没音儿了……

黄梅天气憋闷若滞，贺西南开始做出姑妄听之的表情，慢慢地，连这表情也索性放弃了。他昏昏欲睡，最主要是十分气恼，多可笑，又多轻浮啊。对先人的命运去随意地"连连看"拉郎配。他真想粗暴地高声反驳：哪里有劳什子的失踪症啊，只有货真价实的臆想症，就在您此刻的脑瓜子里！

母亲注意到贺西南的神色，宽容地咂咂嘴，好像这反而是贺西南的损失，是他智力与理解力所限。她的声调更加不容置疑，简直都有点儿骄傲了，"这可是我第一次对外讲。要知道，到小六这一辈，大概是而今营养太好了吧，发病越来越早了。江西有个姑奶奶家的孙子，才14岁，中考前突然不见了。相比而言，小六这已经算是迟的了。你们结婚前，我本想跟你说的，料你绝不会相信，看吧，现在事情都出来了，你还是不信……"

贺西南忧愁地瞧着滔滔不绝的母亲，难道还嫌他受得不够多吗。她老人家要么立即闭嘴喝水，要么正经提供点儿有力证据，能够对他接下来的寻找有所裨益，否则他真的要失敬了。

"刚才不是说过烧纸的？"母亲果真刹住嘴，显然早有准备，从随身包里掏出一捆纸钱，十刀一扎，就是人们祭祀常用的那种黄色粗纸。

她到阳台找来一只废旧空花盆，在茶几上找到打火机，也不看贺西南，只一口气进行着她的动作。她暴露出职业出纳的习惯，像点数人民币一般熟稔地把两刀纸钱打成漂亮的扇形，撳着打火机，往花盆里嗡地一丢，火势先是弱，然后呼呼旺起来。她这才冲贺西南一努嘴，吩咐道："你也来烧几张。嘴里要念叨小六，你要喊她来拿钱。"

"我不烧。"贺西南两手僵硬地按在口袋里，脸上气得都要出血。烧纸！真太神经了。

"小六来拿钱哦——小六来拿钱哦——"母亲矮矮地蹲下，她自己喊。火光晃动她的脸，泛出奇异的光泽。火焰同时映射进家具、镜子、玻璃门等光洁的立面上，使得那些家具、镜子、玻璃门都成倍地熊熊着，炽焰如燃。贺西南抬脚往后边让让。室内温度升高了，贺西南热汗如浆，反感得想吐。

"你看，活着的嘛。"贺西南顺着母亲手指方向看去，层叠的草纸翻滚抽搐着，越来越萎缩，渐次化成黑灰。"黑的，全黑。小六她根本拿不到。"母亲小幅度但有力地拍拍手，语气里拥有真理。

贺西南无表情地点点头。他的教育里，有着十分结实的唯物主义思想，旅游时碰上庙观寺庵，一概敬而远之，只立在外面等着同行者。他并不真的生母亲的气。母亲比他更希冀小六仍然活着，故才通过先人们的失踪（死亡）、遗传说以及黑色灰烬这一整套玄虚，大费周折地"证明"了小六失踪的合理性与必然性。这连古通今的浩大体系，够不简单的了。

母亲倒也适可而止，她起身告辞。不过还有行前一招，她装着随便地，又往空中画了一道更斑斓也更虚假的彩虹，"你还不信的话，我下次跟你说说小六父亲的情况，你就知道我没有骗你了。你回想一下，我给小六爸爸烧过纸钱没？"

贺西南礼貌地抬抬眼皮儿，完全没了脾气。小六的父亲在小六出生前就去世了，这是小六早就告诉他的，后来也有其他亲戚如此提及过。

而婚后的每一年清明,他都跟着小六、小六母亲,一起去长江边祭祀,往水里敬一些水果鲜花。小六父亲当年客死京城,没有坟茔,江祭就算是个形式,本不必烧纸的,这哪里又能成为例证呢。

贺西南目送母亲离去的单薄身子,没有反驳。随她吧,就让她停留在这个奇幻的但有助节哀的通道里好了——可是,刚才烧给小六的那些黑色纸灰呢,又怎么讲?他心中一噤,忽有点儿紊乱。

三

8月,骄阳爆亮,香港培训回来的张灯进屋子了也不拿下墨镜,瞧上去颇似个侦探。取小六电脑前,他提出要查看一下小六的东西:"她各方面的情况,实物也好,信息也好,通通拉个清单,然后从头摸起,不放过任何疑点……"那架势像是善于此道,并要大干一场。

贺西南环顾一通,脸色微白。小六离开才四个多月,但家中目力所及的公共区域,已看不到多少小六的残存了。

这可能跟绿茵女士有关,他急急忙忙地想。

绿茵女士自出现之后,便固定在周末定期来访,像她第一天所宣称的那样,来"照料"这个没有了女人的家。她像田螺姑娘,像钟点工,像扫地机器人,每一回上门,都会对客厅、书房、厨房、阳台等各个角落搬弄、擦洗一番,但并不翻天覆地,甚至还挺注意保持家什的原处不动。她很少与贺西南交谈,偶尔的只言片语都与小六有关。不是关于小六本人,而是关于贺西南对小六的执着。

"这么说,你打算一直等下去?"她折叠着小六的一套旧睡衣,小心地发问。

"那当然。两年期到了,我就再去跑成四年。四年到了,我还要再去争取……她是我老婆啊,我不等她,谁等?"这话,贺西南对张灯说过,老早以前也对小六母亲说过,后两者的反应都不及绿茵。绿茵一下子泪光闪动,语气里满是崇敬,"你这么好的丈夫,恐怕真是地球上最后一个了。小六回来的话,她该多幸福啊。"绿茵把睡衣放到卧室的老地方,好像小六晚上就会回来换上。

实际上,绿茵并没怎么动小六的东西……贺西南使劲回忆着,就在不久之前,家里的各个角落都还有着小六的浓重痕迹。她的零钱袋、开了封口的面膜、写有她字迹的购物单、慢跑的运动裤、经常捣鼓的酸奶机、绕成一团的总也不肯扔掉其实已经钩坏掉的丝袜,等等。它们现在都哪里去了呢?唉,唉。贺西南纠正着记忆里的偏差,不得不承认,这并不能怪到绿茵身上。除了棉拖、毛衣、围巾这类季节性的东西是绿茵统一收起来的之外,大部分是他自己干的。他仿佛无心地、都瞒着自个儿似的,但又非常勤奋地不停地转移,把小六的东西集中至几个不透明的大编织袋。

是,是他自己干的。

——他不能看到小六的东西,他害怕看到上面落灰,他担心它们暴露在空气中会腐坏掉。更令他不舒服的是,有时半夜起来,突然看到衣帽架上她的上班皮包,看到书架上她的照片,会有一种极为强烈的遗物之感。即便小六是他心爱的妻子,他仍然感到悚然、不祥。以此类推,他相信作为外人的绿茵会更感异样。他告诉自己,某种程度上,这也是为了体谅绿茵。然而后者并不领情,有好几次,绿茵手上拿着抹布,抹布上滴着水，匆匆跑过来，那模样很是不安："咦？小六的墨镜呢？她那张彩虹健身毯呢？"得知是贺西南收起来了，她会轻声叹息着，从眼皮下方，有点儿不赞同地看贺西南一眼："其实还是留在老地方好，免得她一回来又要东找西找。"

不管怎么说吧，收起小六那些东西，贺西南是有他的考虑的。但被张灯这么冷不丁地问一下，他有点儿不自在，也没法儿往绿茵身上推，他还没跟张灯提过绿茵。再说，凭什么要告诉张灯啊，他算个谁啊。

贺西南脑子里打着旋儿，脚下也打着旋儿，猛然想起衣柜，衣柜共计四格，小六那两格贺西南一直没动。便把张灯引至卧室。

张灯把墨镜往头顶一推，大大咧咧、相当随便地东翻西找，看都不看贺西南阴晴不定的脸色。小六这些衣服，各季的裙子、厚薄外套，有一大半，张灯都见过，他亲手抚摩过它们继而脱下过它们，他赞美过它们，偶尔也有批评，他觉得小六不适合橘色、不适合横条纹。他扒拉了几下，衣服们彼此摩挲、互相碰撞，似在向他耳语，并隐隐散发出他所熟悉的某种味道，过去了的、可能永远也回不来了的味道。张灯又拉下了墨镜，惊骇于一股突如其来的疼痛。怎么搞的，他之所以来到这里，只是为了弥补这个被他伤害的丈夫，难道他竟会在意起这个女人本人吗？

张灯让自己洒脱地把衣架拢了拢，煞有介事地得出一个结论："没带换季衣服是吧？这说明她主观上并不想长期在外，起码出门时没这个计划。你知道的，女的到哪儿都要考虑她穿什么。我以前有个女朋友，半夜阑尾炎发作要去医院，她都还要照几分钟镜子，比较戴哪副耳环。"

这并非什么了不起的发现，贺西南还是鼓励式地点头，"有道理，否则她起码会带上几瓶醉泥螺的。"不管怎么说，张灯可比小六母亲强多了。

"醉泥螺？"张灯皱眉，继续他原来的思路，"这就好办了。你晓得有句话，我们永远无法叫醒一个装睡的人。她要存心离开，那才是真麻烦。那么，我们就集中到外部原因上。比如，经济问题啊，个人恩怨啊，也可能是绑架，但这么长时间没有收到勒索电话，也可以排除了。"张灯高明地掰着指头排数："你把她的各种银行账号保留，是个聪明点子。"

两人这时已坐在客厅，张灯此时也注意到家里的过分整洁，口气有所修正："实物其实也帮不了什么。最要紧的，是网络上的隐形留存，哪怕只是文档上的一次修改痕迹，都可能是一条线索。我所要做的，正是这些。东西呢，拿来吧。"他搓搓手，要接大活儿似的。

贺西南早把小六的一个笔记本、一个 iPad 连同充电器、电源线、鼠标什么的都备好了。但他吭哧着，有点儿不好意思地让张灯"稍候"，并为自己和张灯一人点了一根烟。

他把小六母亲的那一套说法，择要转述了一遍。他知道说出来很荒唐，会把自己置于跟母亲一样可笑的地步，但他实在是气坏了，得跟第三个人说一下。这第三个人，想来想去，只能是张灯。他绝无可能跟小六的情人做朋友的，但这家伙，确实是目前唯一可以无障碍交流、并且对此也保有较高兴趣和热情的人。

张灯态度严肃，手指轻轻敲打着膝盖。他对"遗传说"根本不屑置词，只提出看一下花盆——花盆还扔在阳台上，里头的灰烬也在原处，张灯举起来细看，由于风与时间，稀少的黑色灰烬已发生了飘移，残留部分加上几个漏水洞眼，在灰瓦盆底部构成了一张鬼脸似的图案。贺西南挪开目光。

张灯却哈哈大笑："你文科生啊，没上过化学课吗？这是纸张没有得到充分燃烧后所残留的碳元素，如果烧得彻底的话，就变成浅灰色了。多简单的原理啊，你被个退休大妈给蒙住了。"

贺西南难为情了，他明白张灯是在帮自己，却接受不了他这小科学家般的口气。张灯瞟瞟他，正好看到花盆边上还有小六母亲留下的半捆纸钱，便嘻嘻哈哈地抽出一小叠，点起来扔进花盆。

"要祷祝的。念一个人的名字，并且呼喊他来拿钱。"贺西南闷闷地提醒，有点不服气。

张灯依言，恶作剧地道："贺西南，来拿钱啊来拿钱。"他扔得太快，都快要灭了，张灯忙跑到厨房拿根筷子过来翻动，火苗终于还是灭了，留下一半黄纸一半黑灰。

贺西南直拿脚底头打地。张灯乐观地道："刚才没有早点儿拨弄嘛，氧气不够。这样，再试一次，你烧给我。"

"张灯，张灯，来拿钱啊来拿钱。"贺西南念喊道。

张灯像真的急着要拿钱似的，在边上帮着，殷勤地又吹又翻，使之烧得透透的。但这没有改变结果：还是黑色灰烬。

张灯停下嬉皮笑脸，他拿起草纸用手捻着，神态更像小科学家了："看来是纸张成分问题。这样，换上我太婆婆吧，正好孝敬她老人家一下。"

狭小的阳台再一次火光闪动、烟味升腾。随着张灯对太婆婆的呼唤，纸钱像得到了正确指令，片片成灰，升腾而起，飘飘摇摇地飞到他们的衣服和头发上，更多的部分则顺着半开的窗户飞到了朗朗日光之中。

张灯不出声地凝视，眼神随着飞灰一直跟到窗外，倒像是有些感动。稍后，他回过神，脸上有些僵硬。

贺西南反倒不好意思了，他把张灯往客厅里让："不管了，本来就是迷信活动。我给你拿小六电脑……"

张灯却发倔了，他钉在原地："可能前面两次，我们彼此来念祷祝不符合规则，哪有给眼前人烧纸的呢。换个不在场的人就对了。这样，我先不讲这人的死活。"

"最后一次吧。烟太大了，小六最恨烟味，要是她在家，连我们俩抽烟都不让的。"贺西南信口说着。他很乐意提起小六。是啊，只有跟张灯谈论小六，是最自然的，没有哀悼也没有嘲笑。

"我倒觉得纸钱味挺好闻呢。"张灯敷衍着，一边合上双手，表情诚恳，并指名道姓，加上官职以示准确："李安山董事长，来拿钱哦。李安山董事长，来拿钱。"继而小心地用筷子翻动。

又是灰色，又是盘旋上升，继而飞向耀眼的窗外。这位李安山是拿到纸钱了。

张灯大大释然了，松快地晃着肩膀，"看来啊，灰色灰、黑色灰，就是个随机概率。这位李董，我们总部的头号人物，人家正在博鳌出席一个高层经济论坛，没准儿还要收购海外公司，美元欧元都来不及花的，怎么可能来拿纸钱哪。行啦，咱拿电脑去。"

临到这时，贺西南却把两个电脑紧紧抱着，有点儿恋恋不舍，像个不肯出货的摊主："小六回来我们怎么解释？毕竟，这是私人的东西。说不定她很快就回来了呢。"

张灯摸着下巴，只看着他。贺西南不经看，闷了一分钟，终于缴械，全部递了出来。

张灯往随身大背包里装，突然拍拍脑袋："对了，小六大名叫什么？

哪一年出生的，具体生日是几号？你们没生孩子对吧？她做什么工作？原来学什么专业？你有她工作简历什么的没有？多一点儿资料，我会分析得更好。"

贺西南惊愕，继而脸色涨红，忍无可忍地说："你连名字都不知道？他妈的，你跟她，难道不是……"

张灯无辜了："我第一天不就跟你交代过的。我们除了手机号，什么都不说都不问的。这是她要求的，当然我也希望这样，大家又不是处男女朋友。"他想起贺西南是已婚人士，又比他大上六岁。这两点，足以构成悬崖般的道德落差，他有义务多解释一点儿。

张灯放下电脑包，把贺西南复又拉到阳台，递给他一支烟，用启蒙的口气说道，"现在呢，外面的交往差不多就是这样，一次性的，连号码都不留。这比较，嗯，怎么说呢，比较快捷吧，快捷酒店的那个快捷。比如我最近交往的这女孩，就只有一串 QQ 号……"张灯简直有些表功的，这会让做丈夫的感觉好一些吧。看看，他又没有对小六动感情。看看，他都有了新的女伴，小六对他而言，都过去了。

"你个流氓东西！"贺西南却猛然发作了，手上的烟都没来得及扔，一次推迟了太久的大发作啊，本该在酒店初见的那次就揍扁他、揍死他的！当然，今天又添上了新的恼怒，包括冲着自己的恼怒——为着那些被他收到编织袋里的小六的物件，为着他被黑灰白灰给弄得智力低下，竟把情敌邀来登门入室，还要把小六的电脑双手奉上，为着他确实需要忍辱负重，承接这个臭流氓的全面援助，乃至几乎与他推心置腹、同心同德……他妈的，揍扁他揍死他！

张灯口腔里立刻涌上了一层腥气，有液体顺着鼻腔往外流淌，更饥饿更密集的拳头像一齐冲出栅栏的群兽，喑喑着密集而来，他的整个身体开始左右摇晃，摇晃而不倒，如同他最欣赏的那些略显阴柔的慢镜头。这也算是预料之中的吧，他只是有点儿啼笑皆非，贺西南选择此刻来发作，算什么呢？莫非竟是愤怒于他不够了解小六，且没有为小六守贞吗？这老哥确乎认真得可爱啊。他不赞同贺西南的这番暴力，更瞧不上他脑瓜里那套土了吧唧的老派道德经，当然他不会当真开口理论，他打算只是护好自己的头脸，任凭暴风雨浇灌吧，没有这一通揍，这通仪式感与道义感的胖揍，恐怕也过不去，两个人就永远也平等不了。某种程度上讲，从今往后，他就不再亏欠这个做丈夫的了。

……贺西南打得已经蛮久的了，姿势单调，拳关节疼得发麻，而对方又死不还手，像一条只会滚来滚去的长沙袋，贺西南原地跳动着，自己都觉得厌倦和漫长了。他从来没有打过这种单方面的架，且没有围观与劝说的，简直都不知道该如何收手——大概连老天爷都看得有些不耐烦了，于是让张灯裤袋里的手机突然鸣叫起来。

抱着头的张灯一愣，尽力稳住几要扑倒的身子，半抬起脑袋用眼神商请贺西南暂停，右手捂着满是血水的下巴，左手笨拙地绕到右口袋去掏手机，颤抖着努力却怎么也够不着。贺西南是讲大局的，更何况这铃声就等于是终场哨，也是对他的解放啊。贺西南也忙变换了身形，麻利地抽出几张面巾纸递给张灯，并替他伸手去右裤袋把手机取出，滑动好接听键，贴到后者耳边。

"哎。啊？嗯，好……"张灯响亮应答，随后声音却越来越低、越来越细，听上去几乎毛骨悚然。他身子就近歪斜到墙上，一只手明明已经空出，却不知行动，仍由贺西南替他举着手机，直至对方把电话挂断。

"是部门电话。我们的李安山董事长今天凌晨在酒店跳楼了,消息一直封锁。现在通知我回去加班,配合公司官网做好舆情监控。"张灯脸色惨白,鼻腔中的鲜血如汩汩的小溪流,"阳台上还有纸钱吗?你替我通通烧给我们李董。我刚才真的只是随便做个试验,我特地找的顺风顺水、大富大贵的头号 BOSS 啊。"

贺西南却神情陡然一亮,全然忘了他两分钟前的拳击手之暴,他奔放地一把搂着惊惧之中的张灯,如同搂着不知疼痛的沙袋:"看来母亲这招是灵的,小六真有可能活着呢!讲实话,其实我自己也一直不信的啊。"

第四章

一

乌鹊不大不小,既保留着县城式的老派与迟钝,又勤奋好学地改头换面,模仿和趋近着一种难辨真假的大都会气质。比如它有个出名的中心广场,约莫相当于新街口之于南京、曼哈顿之于纽约,有喷泉与雕塑,亦集中了一线商业元素,小米手机、嘉陵摩托、肯德基、国美电器、重庆火锅、韩式美容等将之围得寸土不漏,营销之道仍是乌鹊式的,以吵闹和花哨为特色,尤其流行卡通人偶。加菲猫、白雪公主、跳跳虎、伊犁奶牛、啤酒超人,每家卖场前都站着一两个或仙或魔、不古不洋的角色,面目全无地隐在毛茸茸的头面之后,摇头摆尾地给路人派发优惠单、供他们扫描二维码、与小孩合影之类。

是。小六就是其中的一个。

本没有打算干任何事情。公司、打卡、报表、绩效、PPT、晋升等一连串名词及相关动作，好比一个大花花泥淖，既已拔脚出来了，自不必再踏进去了。她对乌鹊也基本无感，这是别人的，这是"另一处"，纯属偶然飘落，无须深入勾连。数数吴梅绿包里的四五千块钱，先紧着这些花吧，她甚至不大严肃地憧憬着，得到真正的山穷水尽之时，才能悟到妙滋味、听闻启示录呢。她每日倒下，一觉黑甜，也常大摇大摆、游手好闲地出门乱走。纵谈不上大快活，也无烦忧。

只是舒姨对工作一事非常上心。入住当晚，就拉着小六上了一炷香，算是向白瓷观音正式托付，"菩萨保佑你啊，早点儿找份好工作。"舒姨对白瓷观音的虔诚是无与伦比的，凡事都要感恩或请教，平素买来时令瓜果，刚出锅的热乎包子、青菜豆腐汤，也都是先供观音，然后才上桌。

此后，舒姨就成了观音使者，每晚都眨巴着她白雾重重的眼睛，急切询问进展，对小六一概否定的回答露出疑窦之色，并相应地延长对白瓷观音的念诵。最近的一次，小六半夜起来小解，还看到舒姨坐在黑乎乎的客厅里低头祷祝。小六很尴尬，舒姨显得比她还不安："不对啊，这不对。你全手全脚的怎么总找不到工作呢？观音菩萨从来都是灵验的！"

小六拱起肩膀从佛龛侧面走过去，如拖着一条突兀于体外的尾巴，菩萨可能是最先看见的——真有菩萨在天的话——随后是舒姨、籍工等肉眼凡胎，到那时，恐怕就有点儿麻烦了。她可不想惹出任何乱子。异物也该有异物的本分吧，恐怕得对周遭的通用规则表现出装饰性的顺从。

这，或也应当成为她的首条教旨。

"其实，菩萨灵的……我明天就有个面试。"从卫生间出来，她对舒姨这么说。

次日小六便往中心广场去。早就见到火锅店竖着招工牌子，哪料具体一问，竟需要身份证、社保卡、健康证等各样牌牌，见她拿不出，那胖老板倒也爽快，塞给她一套气泡卡通"二熊"："门口有'大熊'了，正好差个'二熊'。啥证都不要，连脸都不要。"

就这么的，她成了卡通人。不久，她满意地意识到，如果天底下真有一份最适合她这种情况的职业的话，无疑就是这"卡通人"了：她能看别人，所有人。所有人也能看她，但看到的并非她本人，只是"二熊"。但除了很小的孩子会把她当作"二熊"外，大部分人又知道她连"二熊"都不是。这就非常有效地避免了一切的社交，她成了一堆无法点着的湿柴火，不论是雇主、客人、卖奶茶的、送盒饭的，投来的目光都带着上公共厕所般的漫不经心，像掠过一张用过的纸巾。她只管以"二熊"的面目徜徉在中心广场，随意走走停停，像哲人在思考，像流浪汉在乞讨，像王后在巡视，像恋人在苦苦寻找，简直自由得都有些狂喜起来！

有时她会拉起一个干瘦的中年女人，搂住她下一个探戈的低腰，中年女人愠怒而视，眼底闪过紧张的寂寞。或者一本正经地挽起某个税务官似的重要人物，她替他拎着公文包，两个人步调一致、整齐划一地走过广场，沉默中交换了关于国计民生的大事情。有一次，她躲在一对小情侣后面，两个人都捧着手机在划呀划，她分别拽了一下他们的头发，他们果然相互注意了，嚷嚷起来，你干吗？你干吗？随即假装气鼓鼓地一个要朝东,一个要朝西。"二熊"忙跳出来拉住,小情侣明白了原委,却对对方更加生气了,一个仍旧朝东,另一个仍旧朝西。也有成年男人会突如其来地袭击她,带着闪烁的激情,他们会拉扯她的胡须或尾巴,抚摸她肥大的腹部,搔她的胳肢窝,把脸贴上来使劲儿地挤压。小六这时总会全力配合,透过卡通服的小洞眼与他们对视,那游戏般的欢娱中总能看到一丝悲伤,感觉到他们正在被生活腐蚀和碾压,但他们装着对此一无所知,只管笑呵呵地让自己浸泡在这童话般的嬉闹中。

只是天气越来越热,闷在那厚厚的卡通服里,生理上确实是个考验,稍有点儿"苦生活"之感。有时实在受不住,便跑到附近电器卖场去吹空调——这天,她脱掉那又厚又重的卡通服,刚露出头脸,突然感到人群中射来的一道目光,那是"认出了她"的目光。

小六一下子战栗了,都没敢动弹。多久没有这样被人看过了,像是被时日湮没的石子,长满了青苔也落满了灰,突然被这"认出来了的"目光给踢了一脚,直踢得她那颗心满地直滚,滚得发疼了。瞧瞧,她到底还不是石头。

认出她的,是林子。他带着一位租户来看空调,正如他后来跟小六所解释的,这里有熟人。他在乌鹊到处都有熟人。"吴……梅?"林子叫出那身份证上的名字,那样子,倒好像比她还惊痛,带着大不忍。

小六晓得自己这会儿挺不能看的,旧棉涤T恤上前胸后背都是汗迹,满面通红,头发全贴在脑门儿上,像刚刚获救的溺水者。她忙弥补出一个欢快的笑。

林子三言两语替租户与熟人接上头,气呼呼地拉起小六坐上他的破摩托,口气是命令的,"手,放我腰上。先带你去个凉快地方吃东西。"

一路上他不停地咂嘴，生自己的气，"怪我怪我，早该想到的，你肯定没法儿用那个身份证。"

两个多月不见，他不那么羞怯了，估计跟小六眼下的狼狈样子有关。他问这问那，小六遂毫无遮拦地谈起她躲在卡通服之后所见到的各色人等，她奇思妙想的恶作剧……也算是见到一位"故人"吧，好久没跟人聊天儿了。

林子带着鼓励地听，"你这人，倒有趣。明明是没着没落、可怜巴巴的，你倒好像还挺享受挺骄傲的，居高临下。有意思！从没见过你这样儿的。"他眼光一闪，打住了，拼命往小六面前堆菜，并用保护人的口气承诺着，工作"由他来出面"，并且保证，"替小六解决其他一切问题"。

小六这可就不乐意了，个中道理难以讲清。只好如学生写作文，拼命搜罗好词好句，扯遍大道理小道理，试图表明这份卡通人偶就是她最中意的美差。可这作文，连她也知道，实在写得生硬不通，难看极了。

"是不是觉得，我不配帮你？帮不了你？"林子脸色突然有点儿不好，"我能看出来，你那种藐视里，也包括我。是啊是啊，我没什么大本事，从小到大，初中高中都没离开过乌鹊，连念的工学院也是本地民办的，将来再娶个本地女人生个本地小孩，反正就这堆儿了是不是？这辈子都不会见到什么大世面了。平庸、平凡、平淡，所有没出息的词儿都刚好适合我。"他往老远处一指，极目处有条河，小六已知道那叫乌水，河的后面，是个山包，叫鹊岭。乌鹊的地名大概就这么来的。

林子的手固执地指着，"看到吗？有人在乌水边钓鱼。我经常注意着那些钓鱼的，不是注意人，是注意被他钓上来的鱼，虽然死到临头，可是好歹要离开乌水了，说不定会被送到北京上海，送到那里的餐厅去，去给像模像样的人物吃到肚子里,排到那里的马桶里。那条鱼的一辈子,都比我来得光彩。"

咳咳,天底下有多少条这样的乌水,恐怕就有多少这样的怨愤。林子不知道啊,他口中所说的大地方,那里的各个角落也都有异曲同工之叹的,人们的处境总是一样的……旧场景纷乱闪动,倏忽明暗,她没有接话,也不想劝慰林子。

"不过,像你现在这种情况,还就得由我出面来张罗。在乌鹊,你需要我。"林子口气突然一转,好像从小蚂蚁成了庞然巨象。

"我这情况?你……觉得我是啥情况?"小六倒要请教。

"你身上肯定有事。大事。搞不好还是有危险的。"林子几乎带点儿兴奋地宣称,"你那身份证要落到别人手里,保不定会拿这个来威胁你呢。"他留意小六的脸色,"亏好是碰到我。第一,我不是那种人。第二,我正好还有点儿能耐,既第一步能认下你,就能一步一步认到底,不仅替你修补漏洞,直到最后替你搞出一个……真正的身份证来,就等着瞧吧。"他半吹嘘半赌气的,"在大地方我自然没那本事,你也不会正眼瞧我。一个小小乌鹊,我还摆不平吗?"

林子像个自封的土地老爷,而帮助小六"摆平"相关事宜,就是唯一的加冕仪式。小六想了想,没再硬扛:这跟舒姨希望她找到工作是一回事,一种天然正确、无法拗逆之事。横竖都是如此,她不能反常。就当是件外套吧,先换上乌鹊本地的……她此一番所寻求的、尚不确定的那个东西,也应当不会受制于这些外在的形式。她暗中劝说自己。

得到委托,林子的情绪高涨如风帆,先带小六去办理手机,"有我出面,不需要任何手续,还能让你挑个好号呢。"一拿到机子,林子即双手翻飞，替她订制了网络流量套餐，注册好QQ、微信、邮箱、叫车软件等，并特地打开定位演示："你人生地不熟的，这样就知道自己在哪儿、往哪个方位去，绝不会迷路了。"可不，不会迷路了，小六点头不迭。

林子随后再接再厉，凭着东拉西扯的关系和那叠加黑的身份证复印件，以小地方那种疏可走马的灵活性，一口气地带着小六跑劳务市场做登记备案、开体检证明、开银行户头、申请医疗保险、办公交卡，等等。每办成一样，林子的成就感就增加一分，"瞧吧，就好比一间空屋子，咱一样样添置齐家当，你这就跟外面通通接上头啦。"

小六听之任之，照单全收，收下她不久前才从双肩包里甩脱到草地上的这些。她带着有点儿偏向虎山行的戏谑感，倒是要瞧瞧看，这一步，到底会出溜多远？就像赛车手玩漂移，这种刺激性本就是应有之义吧。不排除也有女人的小鸟心理在作怪：林子这大包大揽的照料，令她颇是享受。这有点儿无耻，她承认。

最为关键的，是工作。是一家超市，"关系"是位姓钱的店长助理，橙色工作服，马形长脸，脸上纵壑不平，作为女人，着实貌丑："原来是广场上的卡通人？那到我这里，只能干保洁。林子出面嘛，最多理货员！三个月试用期。"

林子脸色猛然涨红，"不是……收银员？"他僵硬地把钱助理往边上拉，手往口袋里伸，好像马上就要塞她什么似的。他口袋里只有烟。

钱助理岿然不动，马形脸失去笑意，"学历、简历、工作经验，你表姐光秃秃什么都没有。这，已经是天大的人情了。"

看来林子的关系网只是蜘蛛网，而非铁丝网或黄金网，这就太好了。小六忙对钱助理称谢不迭，"越是熟人介绍，越要讲究规矩。我就做保洁。"这倒让钱助理拿正眼看了她一下,"你这表姐,懂事。"

工作就此算是解决了。能感觉到,林子一直绷着的神经放松了。他忘形地加足他那辆破摩托的马力,像指认什么现场似的,打南城、跑北路,详尽地、几至啰唆地交代他前面这二十多年在乌鹊的各种零碎儿。

唯一的一座古寺,里头有大和尚,可以求签,林子可以背出上面每一支签,并可以像大和尚一样替每条签做解。

中心广场往南,有条半古不古的街,当中有个旧戏台子,他在那里打破过小三子的头。小三子就是那个卖空调的。

给小六看他上过的小学校,同桌曾经发羊角风倒在操场上抽搐。同桌长到21岁时,意外触电,死了。

他在各个地方都碰到熟人邻居同学或拐七拐八的干亲,满嘴吆喝着对方的绰号,拍打扔烟,问候父母,惬意地相互咒骂。他们向林子介绍空关的房子,卖烟的送他打火机,修摩托的替他免费换喇叭。林子脸上颇有点儿光焰,瞧瞧啊,在乌鹊这里,他如鱼得水,有着一等一的便利与资源。谁又能说不是呢。哪怕就是一个做鞋的皮货摊子,那也是他"邻居二大伯",硬是要给小六换鞋跟。林子拦住不让小六掏钱:"可绝不是几块钱的问题,这实际上,是……"

"什么?"小六惊讶得发笑。

"是一种感觉,我能感觉到……"林子语塞,远远地向乌水那个方向张望了一眼,想着准确的说法,"感觉到我算个什么吧。外面太大了,我知道我屁都不是。但在乌鹊这里,在你跟前,我也许还能算个屁吧。"他沉闷地笑起来。

小六也眺望着乌水,有点儿严肃,她不笑了。

二

每周六晚上 8 点左右，主家老夫妻客厅一角，那只旧得掉色的电话机会骤然响起，铃声很老派，带来瞌睡般的回音，不大真实似的。可能因为呼叫拨号者离得太远：密苏里。

除了这个电话之外，整个家里，没有任何物质性的痕迹能够瞧出有这么个儿子。据舒姨说，书本衣物等都通通被籍工清理光了：他否认小哥的存在，就连舒姨偶尔提起，他也会为之光火。有一次，天光骤黑，突然打起炸雷，暴雨欲来，舒姨不禁飞快地跑到小六房间，拍打床板，"唉呀，小哥最怕打雷了，十一二岁了都还往桌子底下钻，晚上吓得不肯睡。我就带着他拍床板，真的，拍拍床板就壮胆了。唉，但愿密苏里那里不要有响雷才好，他胆子一直小……"话没讲完，像是躲在哪里监听的籍工冲出来了，指着舒姨的手直抖，"又来了又来了，我哪里来个儿子呀，还怕打雷，什么乱七八糟的！你怎么没完没了呀。"他看看腕上的一块旧表，好像在计算时间，脸上那番忍耐、痛切、无计可施的模样，弄得小六都迷惑了，更有一种亲切感。她熟悉这股气息，这"无为有时有还无"、负负得正的混乱，亦对此具有了相当的免疫力——母亲，她那久违的母亲，在这方面也颇有些造诣呢。啧，母亲，怎么倒想起她了。注意力还是集中些吧，没准儿这家里，倒是舒姨不大对呢：她对电话的态度颇可玩味。

每到周六，舒姨几乎一整天都坐卧不宁，眼下挂着整夜无眠的厚重眼睑，并起码提前两小时就开始收拾，解掉围裙，摘掉护袖，又梳头又洗脸，仪式感很强，然后就寸步不离在电话机边上站岗，"我们这里晚上8点，他那里是早上8点，可你看，讲话一点儿不耽搁，就像在隔壁。"她敲敲墙。越是临近8点，舒姨越是专注，每一道皱纹都如临大敌，屁股底下有沙发，不坐，沙发上有毛线活儿，不碰，更不要讲上厕所或喝水了，估计哪怕就是突然间大地摇晃、地震起来，她也不会离开半步的。

只是她的全部力量就仅仅集中在"等待电话响起"这一准备上，真正通起话来，那对话却无聊得如同ISO标准认证的电话录答。"最近身体还好不？""降温没有？早晚多穿一点。""钱够花的？在外面不要太节省。""家里你就放心吧，我们什么都好。"——舒姨有一次晒衣服扭伤了腰，这句"家里什么都好"的台词也毫无变化。电话那边的反馈听起来也是同样的机械，舒姨有个习惯，会重复那边的答话给籍工听，哪怕后者反抗性地紧捂耳朵。"哦，现在打两份工啊。真能干！""又吃牛肉又吃鸡肉，那最好了。""其他都是老样子？"舒姨一丝不苟地复述着，慢慢露出顺利抵达对岸的笑，"老样子我们就放心了。我这里会天天拜菩萨保佑你的。"

听听！多么乏味啊。小六脑子里不由闪过母亲，无动于衷地假设着，如果她当真与母亲通起话来，差不离也就是这样吧。抽象而通用的情感模式，鞭长莫及和隔靴搔痒，天下所有的娑娑亲爱都是如此，所有分离的人都是如此。嘿嘿。从这个角度而言，她真算不上多么无情无义吧。她甚至有种自信的猜测，母亲也有这样的体会，她完全赞同和理解……

"你不来跟小哥说几句吗？"舒姨扭过头，胆怯地、否定式地请求，话筒伸得老长——再长也够不着，籍工已远远地让到门口，愤然地大幅度摆手。舒姨虚笑一下，照例如此收尾，"爸爸要省你电话费呢。在外边儿好好的，挂了。"

籍工这才重新蹭回到沙发坐下,两只手直抹脸:"气得我一头的汗。那小子是不是跟你要钱了?骗子可能干了,都能跨国作案!你记好了,只要一提钱,就是骗子!唉,都什么时候了,你还这么糊涂。"他认真地看看腕上的手表,直摇头。实际上,他这块带日历的旧表早就坏了,走走停停,胡乱显示着日期和时间。

一个星期的等待和五分钟的通话,舒姨看上去很疲惫,又衰老了几分。面对籍工的指责,她打起精神进行拉锯式的重申与反驳,"小哥有工作的,从不问我们要钱的。老籍啊,那是我们家亲儿子哎,一把屎一把尿拉扯大的,你为什么想不起来呢。"如同念经,舒姨越念越低。除了这个例行公事般的电话,这小哥实在有些缥缈,连她也有些不确然了。

尽管对儿子全盘否认,对小六,籍工倒是"很有印象",以他特有的方式。

大部分时候,他忙于没完没了地读报,只读旧报,读得津津有味。好在这也没啥影响:五年前的交通事故或降温提醒,今天读来是一样地恰如其分。他很爱干净,在周日晚上会从头到尾地收拾自己,剃头、刮胡子、洗澡、剪手指甲脚指甲、掏耳朵、换内衣、换毛巾,等等,这是他退休前保留下来的习惯。这样的"大扫除之夜",他会显得兴致盎然,四处张望着,视线里有了小六,十分惊讶,客气地:"唉呀您,对不住我才看到,您怎么在这儿了?"

"我住这儿啊。我吴梅嘛,租房子的不是?"小六每次也都认认真真作答,权当也是一种自我提醒吧:不知今夕何夕的灯光下,对着两位形容衰败的陌生老人,连她自己也会一阵茫然,荒凉又蹊跷。唉呀,我,怎么在这里了?我到底在做些什么呀?

"得了，我认识你。"籍工把眼镜推上去，像初见那天时一样地宣称。

好哇。小六堆上笑脸，等着此番的"揭晓"。这样的场景上演多次，毫无悬念也毫无趣味可言了。

籍老头儿俏皮地笑了，他这次是从小六的衬衫上看出了证据，"你小田嘛，二车间保管员。有一次工会组织活动，其实是拉郎配，想把我们两个给凑成一对儿，那天你就穿了这件浅紫色的衬衫，从工装里露出来一角儿。我认得！"

接下来籍工就开始连绵不绝地回忆他与小六，即保管员小田的细小瓜葛，眼里带点儿遗憾的爱慕。舒姨在边上替他倒水、披外套，态度坦然，因为保管员小田只会在这个"大扫除之夜"昙花一现。到再下一次，他又会根据小六当天的其他细节，拿筷子的样子、站在窗前的侧影、咳嗽的声音，等等，指认为其他旧相识：幼时的母亲、外地的表妹、小学音乐老师、团支部副书记、交谊会舞伴、替他挂水打针的护士，等等，但凡在他记忆里留下痕迹的女性们，都排着长队从他的脑子里跑出来，附会到眼前的小六身上了。籍工脑子看来有一根万能时针，就像他的坏腕表一样，能够随心所欲地指向任何一刻，他只需轻轻一抬脚就能跨踏进去，并原封不动、鲜香四溢地让昔日重现。他记得某个端午节的微雨，放学路上他与女同学合伞；记得母亲边替他洗澡边哼的调子；记得护士手腕上的一根缠着毛线的旧橡皮筋；记得舞伴红毛衣上被蛀虫咬出的一个小洞眼子。除了记不得小哥，籍工倒真是有着世界上第一流的记忆。

小六嘴角保持上翘，像个稻草人，由着籍工在她身上挂旧衣服、挂往事、挂老朋友、挂各种叮叮当当的旖旎片段。她不反感的，这似乎带给她一种抵挡，如孙悟空毫毛似的，凭空多出各样的分身出来，倒不必费心再面对此刻的真身了。

等"保管员小田"的旧包袱都扯得差不多了，舒姨才不紧不慢地劝解一句，同时对小六挤挤眼，透过她的白内障暗示小六所扮演的角色快要下场了："你搞错啦！她不是小田哪。小田左腮有颗泪痣的，不就因为这个你没看上她的！"像用红笔，她从籍工脑袋里叉掉这个人物，继而又启发他，"你再好好看看呢。她到底是谁？你能认出来吗？"籍工这时差不多也萎了，带着几分沮丧蒙眬起眼睛。

等籍工睡去，舒姨则会利用这个晚上余下的部分来与小六探讨她的长相与生理特征，如同进行信息征集与医学普查。你几岁长智齿的呀，出过水痘没，有什么胎记呢让我看看，是疤痕性体质吧，头顶有没有旋儿，指纹上几个螺几个箕，生理周期，排便习惯，既往病史，等等。

匪夷所思的是，舒姨可不是随便问问，对这些不可能用意志干预的生理事实，她竟总有她的看法。小六的血型是B，她摇头：应当是A才对。小六对青霉素不过敏而对花粉过敏，她连声否定：反了，你一定是记反了！小六的脚型也不对，怎么全是骨头，应当是肉脚哇。还有发质，该是油性啊、自来卷儿呀。小六瞥她一眼，咦，舒姨倒是一双肉脚，花白头发虽已稀疏，边缘还残留着小卷儿。她这算是什么思路啊，干吗要顺着她长啊。

舒姨还指手画脚地指点小六的穿衣打扮，建议她把粗眉毛修成细而弯的。连续数晚，她专攻小六的短发，"听我的，留到肩膀上，下面烫个大花，刘海儿一扎齐，保管漂亮！"她甚至建议小六打个耳洞，"带上一对珍珠耳环，你就更像你了。"她的白翳里闪烁出古怪的光泽，那是一种比对和修正的眼光，同时夹杂着贪婪的希冀——这让小六很不自在了。

小六跟林子抱怨过这对老夫妻的怪异，这合同还真是签得黑了。林子倒兀自有理："真要租原来那家，指不定更糟呢。这人一老哇，奇奇怪怪的情况就都出来了。"他排数家珍一般，提到他手上各种老房东的情况。有的老人发现早就作古的父母又活转了，饭桌上坚持要多放上两副碗筷。有的翻出多年前的旧军装跑到大路上跳忠字舞。有的从早到晚捆个收音机在腰里，走街串巷，声音开得老大。有的喜欢跑到邻居窗户下听壁角，整个小区的一楼通通听个遍。有的家里塞满旧玩意儿，过期营养品旧月饼盒子坏掉的电风扇纸袋塑料袋，家里成了大垃圾场。

林子还有点儿同情籍工似的："那小哥听说蛮厉害的，乌鹊小神童啊。但我没见过他本人。密苏里？嗬，那倒是在哪儿呀？你就别计较了，老头子真要把你给'认出'来，我倒要去听他说说。"他开了个不自然的玩笑，泄露出某种期待，"反正——你又不肯跟我说！"

三

在蟪蚁超市的保洁工作并没有能干得很长——超市有个端庄的大名儿，国瑞。蟪蚁是小六私底下替它取的别称。她承认，这叫法带点儿傲慢与偏见。

相对于没头没脸的卡通人，她得谨慎应对新工作的"抛头露面"。当然这担忧并不严重。一个人在某个旮旯里所结识的面孔是有限的，而在另一个旮旯里，再给什么旧相识给指认出来，概率近于零。倘若真能发生，算是合当，小六就打算接招。

好在大部分的时间，就是对着地面、货架、推车轮子以及前后左右的脚,一边挪动拖把,一边抱歉地打着招呼:让一让,请让一让……人们,神情犹疑的主妇、领带松垮的小职员、肥大校服里的学生们,金鱼一样地在货架间摆尾游动,才没有人看她呢。也是啊,难道这么快就忘了,不久前的自己,不也是只把保洁员当成一截树桩而已嘛。

这一想,她竟有种说不清的喜悦,更枝蔓出"机位互换"的乐趣,放肆地推拉摇移。人们的手向货架伸过去,橙色水果、维生素丸、卫生巾、金针菇、电池、牙签……过去的某个时空里,她本人的手也在向货架伸去,她与他们,重叠起来,复制、繁殖、交叉,通往物质的深处,某个意味深长的点,带来一种既置身事外、又身在此山的复合之趣。

有时她更会忘形起来。她把某个购物车里的陈年红枣换成陕西刚来的新货。某个从头到尾都在打手机的干瘦男子,结账时会发现他篮子里的泡面与可乐不翼而飞,取而代之的是一把水灵灵的白芹。内衣区,一位面带衰容的少妇正在挑选平脚全棉内衣,小六绕着她拖地,像是自言自语,"买蕾丝的啊。黑色蕾丝、红色蕾丝、紫色蕾丝、白色蕾丝。试试,试一试嘛!"少妇怨怒地背过身去,过五分钟小六再转过来,满意地发现,蕾丝花边的那一排内裤,被翻乱了……

这种低级小品式的乐趣很快就被打断了。身份、层级、站队与社交问题接踵而至了。

区区一个小保洁员本无足轻重,毕竟,保洁员之上,有理货的、称重计费的、安保的。再高级一点,是一溜儿排收银员。高级两点嘛,是财务与人事管理。高级三点呐,则是部门经理与店长助理,以及再上面的大店长,等等……但哪怕就是最末端的层级里,都存在着几个山头,都有核心人物与跟班喽啰,各山头间的监督、揭露、臧否,非常之激烈,带着更年期特有的跳上蹿下的活力。小到新做的发型（脸那么肥，还烫小碎花）、中午的自带饭菜（整天哭穷，看看，不照吃牛肉啊）、一天上了几次厕所（磨洋工吗）、跟送货司机打情骂俏（司机们会趁乱捏几把女人，后者快活地怪叫，而没被捏过的，会广泛发布批判舆情），大到某男某女在仓库里待了一个小时之久、某中层与某高层有暧昧关系，等等。

几个帮派，比赛般地都向小六伸来了邀约之手，而拉拢她的最主要方式就是深入盘问她的个人情况。这里面有一个固执的信念，认为只要撬开小六的牙齿，攫取到她的来龙去脉，就等于捕获争取到了她这个人……

仍是些老问题，朴素的原始的关切，人们总是需要一个人的情况摘要与产出说明，否则这个人就不能成立了：你老家哪里？多大啦？打哪儿来呀？原来干吗的？一个人过哪？结过婚吗？有小孩子吗？最后两个问题有时是倒过来问的。

是啊，总不可能像树叶一样从天上掉下来呀，就算小六突破常规，变作了树叶，那她们还是要追问的。你来自哪棵树，槐呀还是柳呀？开过花结过果没？有没有挂过蜘蛛网被虫子咬过洞？

小六深为理解，亦有所准备。她让自己比外交官还乏味，转来倒去的便只是：我老家苏州，现在一个人。余者再无多言。小六能感觉到，她的表现让各方都深为不满，更有种愤愤然：好心好意要把她当个人的，怎么没一点儿人味啊？

这没人味的家伙遂被排挤到了有味儿的厕所保洁区。超市有两间公厕，供超市员工、中高层、顾客、路人，贵贱内外共同使用，几乎整日高峰。就这，归小六包干了。

嘀。简直是打游戏升级，即视感、困难度、场景拟真都更为丰满了。

尤其是打扫到男厕时，她总得先倚着门框，提高声量探问：有人在里头吗？我可要进来了啊！她听见自己的声音在空气中颤动，在散发腥臊和腐水味的空间里旋转，并形成最细小的气流，打着圈儿上升，到低空、到半空、到高空，最后像龙卷风一般形成粗壮的风柱直通云霄，呼啸着穿过云层，抵达到南京那一头的双子贸易大楼，锃亮精微的格子间，几百万元的流水额，K线闪烁，各种嗓门儿大剌剌地用埃及镑或阿根廷比索报价……一个头发趴在脑门上的男顾客提着裤子从蹲坑匆匆出来，目不斜视地经过小六，他走过的空气留下一阵发油味，像是龙卷风从南京转道归来，迂回到蝼蚁超市，降落到厕所，变异而成的这一缕细弱的发油气味。小六垂下眼皮，踏将进去。驱赶苍蝇、清理排泄物、疏通积堵，把污水溢流的地面擦洗得光亮可鉴。她有种奇特的快意，越是低劣、污秽，越能得到一种无目的的满足感！

小六在擦得发亮的瓷砖里看到一个变形的、劳作的倒影，她用脚去踩，连踩好几脚，一边对自己发问。是真的享受这份差事？品味到什么狗屁的超脱感了？还是喜欢其中的自罚与服役意味？她判定自己犯下什么错了？这有点儿畸态吧，不正常了？此种追问，苟日新，日日新，最终总是变成一个空空如也的踩影子游戏。

有一天，她从男厕所干完活儿出来，照旧带着神清气爽的笑意，边脱下长胶皮手套边低声哼歌儿，说是愉悦或也不为过。一抬头，迎面看到几个同事，有保洁，也有理货与称重的，有意无意地，都站在那里瞅着她。像群像组雕一样，他们姿态僵硬、站位分散，紧密观察着小六的表情，显出结结实实的不解与谴责，有两个人互相交换着"你看，我没骗你,你现在也看到了"的眼色。他们碰碰手肘,不自然地散开了。

小六吸吸鼻子,一股齐心协力的敌意,流动着,煤气一样地泄漏了出来。她知道,她这种没原则的享受般的表情,伤害了他们看待劳作的基本原则,冒犯了这个小小国度的阶层本分。她赞同他们的这股敌意。

这就发生了一周之后的那桩天合之作。

这天,小六已经打了下班卡,正沿着侧走道去往换衣间,突然看到前面一大圈人,中间推车上一个两三岁的娃娃脸色青紫,小手往脖子那里直抓挠。两个保洁、一个理货的,还有个门口的保安,都在发声乱嚷,既要看个究竟又往后面躲,小六在这混乱中被推到最前面,各种催促声似乎都冲她来了。情况实在紧迫,只好麻着胆子,将小孩脸朝下趴在她膝盖上,短促地发力拍后背,到第四下,孩子嘴里"哇"地喷出个小东西:一粒黑豆。小孩奶奶这才一下瘫到地上,扯散头发向四周哭诉,"杂粮豆子,散称的嘛,小孩子抓到什么都会往嘴里送啊。这不能怪我的。"看闲的顾客也都相帮着,当然不能怪老人家了。那倒怪谁呢?小六扭头四顾,刚才还在眼角的几件橙色工作服都魔术般没了影子,他们只把她留在了舞台最当中,煤气的味道"刺刺"弥漫,一次集体无意识的大爆炸就要炸飞她了。小六一个激灵,扒开人头,扭身就走。

没躲过。路上就接到钱助理电话,"你把当时的情况说说。"

来了。肯定的,会把她这个临时工推出去抵挡。她拽着摇晃的公交车扶手,做戏般地勉强申诉,"那个时候我已经打卡下班了呀,只是没来得及脱工作服……"嘴角却不自觉地弯起。这是一个笑容。她有种轻飘飘的解脱感,像终于等到迎面射来的子弹,就此殒命了。她将会扯上官司，网络上会有各种讨论，会被人肉，会被翻出前传。她的背世之旅就此热热闹闹地 OVER！多圆满啊，还挺时代性的呢。

"就因为你下班了我才问你的。"钱助理打断，"人家电视台在等着，宣传部说要做头条，没准儿还能被评为'感动乌鹊人物'呢。小孩儿家连锦旗都送来了，但现在这里有三名员工都说是她们救了小孩，并且每个人都有证人！"她声音有点喜滋滋的忧虑，"反正跟你没关系，你说个实话。不能便宜了那些臭不要脸的。"

车子一个急刹，小六咧开的嘴巴撞到前面一个老头儿的秃顶上。真是悲喜莫辨哪。真有一只神奇的大手在拨弄算盘珠子吗？飞到眼跟前的子弹又拐弯了，冷枪放空了。这死去又活来的逆转使得她有点儿难以自控，老旦翻作小花脸似的，想也没想地就脱口而出："是啊，一个个都是干粗活儿使的，哪里上得了那大台面。只有钱助理您，才能代表国瑞超市。"这说的都是些什么呀！她差点儿被自己这谄媚的腔调给噎住，但旧时日里的某些规矩自动复苏了，陈词滥调娓娓而出，"钱助理，就是您出面最合适，做超市的新闻发言人，您可以这样介绍，我们超市的每一个员工，都接受了全面应急培训，上至管理下至保洁，包括临时性佣工，以便更好地为群众服务，社会正能量在我们超市早已蔚然成风……"钱助理突然纵声大笑，小六不得不把手机拿得远一点儿。同样的内容和笑声在当晚的电视台和广播里又分别听到了一次，估计整个乌鹊城的人都记住了。

次日，小六正在埋头对付一个堵住下水道的卫生用品，钱助理上厕所来了，她在另一个蹲坑"哗哗哗"完毕，即一只手提着裤子，另一只手伸过来，像总理接见掏粪工，跳跃性地用语录体给她励志："女人就要自强自立自爱。是珍珠不会被埋没。机会永远只留给有准备的人。"她用力晃动小六，突然发问，"会用电脑吗？"

"会一点儿。"小六轻轻抽回手，她的手真挺脏的。

"跟我来办公室一趟。"她威风地命令道，把裤子完全系好。

小六依言跟随其后。余光里可以看到，几个保洁与理货，从不近不远处射来失落、不解的目光。她们的样子，让小六深感痛楚。她对她们的冒犯更大了。

"我观察你很久了。"钱助理咬合肌一闪，脸上更加高矮有致，"不站队，不参与是非；脏活儿累活儿，假装，往前冲；小荣小誉，又假装，往后躲。我知道那小娃娃是你救的。"她得意地敲敲桌子，一副看穿小六底牌的样子，"你啊，野心大得不得了呢。"

小六张大嘴巴，只有这样，才能压住肚皮里痒痒的欢乐。

"女人有野心一般会怎样？用色。你晓得吗，楼下那帮死女人，排着队在给店长啊、副店长啊、办公室主任卖骚。可你不来那一套，你有脸有屁股的，却不卖！"她激动地停住，好像正是这一点让她特别震撼，"你这方面很像我，能够像男人一样地面对男人。就冲这一点，我打算破格任用你，试用期一结束，跳过理货，直接做收银员。怎么样？"她大咧开嘴，马脸稍许变圆，等着小六的激动。

小六迷瞪了。这又是要拿她怎么样啊。且别说种豆得瓜或种豆得豆了，她种的明明是已经煮熟了的死豆子，就没打算冒头发芽的呀。可她又怎么可能反对，说她更喜欢蹲在厕所里洗地……

钱助理不大满意："你就别再装了，林子私下里都找过我八百趟了。"

"没有没有，我只是太……"小六连忙堆出满脸俗笑。逆来顺受，顺来逆受吧。从来就做不了旁观客或卧底者,她又一次成了局中人,或者说,她从来就是局中人……那股从男厕所刮往高空刮往南京贸易大厦的龙卷风,直通通地再次裹挟而至,她被吹得四肢飘虚,踉跄欲倒,不得不伸手抓住钱助理的大手,借势晃动着,"意外,我只是太意外了。"

四

好在有个聚香,与少女聚香在一起是较为放松的。

聚香是林子的远房表妹,二十岁出头,在超市隔壁卖彩票,门面只有屁股大,进进出出的彩迷个个臊眉耷眼、没什么志气的样子,聚香却对他们投射了极其期待的目光,"世界各处都有人中大奖,就差乌鹊这一块了。迟早的事——我可等着呢。"好像中奖者的奖金会分她一半似的。

聚香这傻乎乎的乐观体现在各个方面。比如,她相信包装袋上的保质期戳印,超市打烊前她会抢购捆成一团的廉价面包,"还有一天才过期嘛。"她极勤快,除了卖彩票,还卖各种花花绿绿的杂志。夏天接个冰柜卖冷饮;天凉下来又支起炉子卖茶叶蛋、玉米棒之类。获利不值一提,有时货物积囤,还亏,她口气倒大,"这都是小钱儿。等着吧,这里要有人中大奖的。"她噘着嘴展望,唇上一层细密的汗毛。

她对小六总有处女式的敬意。"我只看你一眼就知道了!你是那种敢爱敢恨的人。"这口吻不容置疑。她闲时常翻看她兜售的那些杂志,故对小六的理解总在"情感故事"那一范畴。多角恋爱吧,跟兄弟两个,还是父子?对方是官员?是个同性恋?她把各种离奇纠葛都堆砌进小六的情史,并因此格外赞赏小六,"别看你灰不拉叽地夹着尾巴,实际上你可是个大肉包子,外面一张白皮,里头一肚子荤油。"小六哑然失笑,直摆手,聚香更得意了,"就晓得你不肯承认!"

聚香常带着求知的眼神来与小六讨论,"哎,你相信爱情吗?我是指一生一世的、唯一的?我认为,全世界的人就分为两种,一种相信爱情,一种不信。"

聚香那毛茸茸、尚未开化的样子,好像代表着——借用她的词——全世界的少女,这让小六感到一种刺痛般的美好。她,也有过聚香这样的明净、这种程度的愚昧吗?爱,爱情。绕树三匝,何枝可栖。栏杆拍遍无人会。千江有水千江月,过尽千帆皆不是。对这样的聚香,对这必将要流失的人间少女,该怎么说呢。她有种想要保护聚香,但更想破坏聚香的矛盾心理。她明白她为什么喜欢聚香了,这动念不纯的友谊,简直病态啊。

"全世界的人就分为两种,一种吃辣,一种不吃辣。一种认路,一种不认路。一种胸大,一种胸小。"小六模仿其一分为二的绝对,随即反问,"你先告诉我,你信不信爱情?"

"我,嗯,嗯。"聚香突然很爽快地道,"这事,我打算听你的。"

"你如果信,我就要劝你不要信。如果你不信,我又会让你信。"

"哟,绕口令似的!我怎么觉得,你有些玩世不恭啊。"聚香双目放光,"我就喜欢听你这样说话,一股邪劲儿。"

玩世不恭,还邪劲儿。这个连像样恋爱都没有一次的傻姑娘,倒真能看清她吗?小六在心头伤感地否认:不,她从来都是较真儿的,太较真儿,以致幻灭,广泛性的幻灭。

"你拿不拿我当闺密嘛。我什么都跟你说的。"聚香热衷于闺密这个词儿,急忙忙抖落几段被追求的经历,并以要紧的声调宣称,"你知道吗,我现在可到了最关键的时刻。到底是该死心塌地等待命中注定的那份爱情呢?还是实际点儿,图个钱啥的。你得帮我,我不想走弯路,我得既快又准又好。"好像这是一个小时内必须写好答案上交的几何卷子。

小六有些拗不过。那就替她撇去些五颜六色的浮沫子吧,这也是有功德的。

聚香见她面色松动,扭身从冰柜里拿出她最贵的三色冰淇淋,"我请客!"豪放地往小六手里直塞。

"我有过男人,四年。"小六谨慎开口,确保都是实话,哪怕仅仅是为了这盒三色冰淇淋。

"嗯嗯嗯。"聚香直点头,上唇的茸毛上有细小汗珠,滚动着快要痛饮甘霖的快活:"我就知道,你心里准有一大家伙。"大家伙是乌鹊本地话。生意好了,说赚了一大家伙。吃顿好的,说今天吃一大家伙。

"有一天,我晒在阳台上的一条薄被子,被风吹落,底楼邻居替我收了。我下去取时,女邻居礼貌邀我进去'坐一坐',出于感谢,我进去了。

"我和她面对面坐在沙发上开始寒暄。从洗衣粉谈到物业费谈到空气净化器,连男主人也不知从哪里冒出来加入了聊天儿。三人谈得挺热闹。

"我看到我家那条薄被子,很随便地被搁在她家沙发上,像在那儿搁了一百年似的。在我们家,这条薄被子也是这样搁在书房沙发上的。这家的男女主人,很自在地分坐在薄被子两侧,女主人一边说话一边很随意地用手捻动着被子一角。"

场景随着叙述历历再现。那花纹熟悉的薄被子与邻居夫妻的默契坐姿,仍像当时那样,在小六面前生出一串幻象——背景定格不动但搭配元素在不断地切换,小六忽而看到她坐到女主人之位,一会儿又看到贺西南坐到男主人之位,无论怎样轮转,隔着那床100%丝绸的薄被子,左男右女都在流畅地与身边的不同伴侣谈笑无间。

"就在那个时候……我须发一紧,简直有点儿魂魄于动,心头涌上极为震撼的感觉——你,听得明白吗?"

聚香费解地盯着小六,这显然跟她所期待的"一大家伙"相去甚远,"你那感觉,是指什么?"

"就是说,我相信,我绝对相信。"小六干巴巴地解释,好像也是在对贺西南解释,假如他们能谈及这个话题的话。当然,没谈过,这太荒谬了,"我与底楼这位主妇,或其他任一主妇,可以分饰A、B两角,交叉运行不同的家庭。我和她,都能够在对方床头找到睡衣,很快掌握不同型号的数字洗衣机,准确地从冰箱下层找到不够新鲜的冻带鱼扔到油锅里准备当天的晚饭。丈夫们也一样。对此,没有人会觉得有任何异样。"聚香不吭声,表情茫然,"这种替代性可以类推到各个方面——父母与孩子、上级与下级、人与某个角落、人与某年某日。一切都是七巧板式的,东一块西一块,凑成堆儿便完事。你辛辛苦苦像燕子衔泥一样搭建起的小窝,你与这个小窝的隶属关系,只是玩偶及其舞台……"聚香垂下眼皮,小六意识到自己扯远了,"总之这样说吧:你在这里卖彩票,我在超市做收银员,对面李大嫂是卖炒货的,咱们三个其实可以互相交换,一点儿不妨事儿。这下明白了?"

聚香急忙笑了,声音太响,"可为啥咱们三个要换呢?大家生意做得好好的!还是说那床薄被子吧。"她眼睛一挤,聪明了,"原来你是对底楼的男人有意思？然后被发现了，跟你的男人闹翻了，然后你就……"

"跟底楼男人没关系的。我讲的……也不是，爱不爱的。"小六有点儿气馁，冒出大实话，"老实讲，我好像谁都不爱的。"

"你跟你那个男人，即使过了四年，也不爱？"聚香的眼球黑白分明，像有鸽群飞过，翅膀拍打着远去，传达出她不自知的巨大同情——竟如迎面而来的强光，刺得小六仓促地一闭眼睛。金子般的愚钝，金子般的锋利啊。

爱不爱？晾晒薄被子的那个她，有没有爱过？

衣柜里的十三条领带；冬天一起泡脚；清晨刷牙洗手间镜子里一对满口泡沫的人；阳台上的衬衣在滴水；卡通杯里的茶垢；一部多么冗长又亲切的纪录片啊，快进、后退、慢动作、再次快进；密集重复的画面，如泥灰与碎石子，不停地堆砌成墙。耳鬓厮磨的面孔在其中显现、流动、淡白、隐去，似从未有过。

五

暑热终于过去了，鹊岭上满山的树木开始意见不合，有的着黄，有的趋红、有的苦褐、有的仍是深绿，各自按照它们的理想去变换着。而这些不可描摹的颜色，经过秋阳的透视，再进入乌水的倒影，而水镜又因秋风的搅动而荡起圆圈，荡漾着，抵达小六的眼底——以前好像从来没有留意到这些细致的部分。

她喜欢上了这个秋季的暮色，它散发安息与慈爱，如宽大旧衣，笼盖山水人物。她买下一颗很大的红艳石榴，一个月不吃，只欣赏它的萎缩与沧桑。租屋附近有条水泥小路，水泥里嵌着一只脚印，鞋底的纹路和脚码十分清晰，小六踏脚上去，如同与陌生人抵足。她警卫般地注意着季节、时辰或物件，常有日月飘摇之惊痛。当然小六总会迅速喝止掉这小儿女态的感伤。她而今只需要认真于两件事，不负责任地认真：浪费很多的时间，花光不多的余钱——譬如像今天这样，用整个休息天看鹊岭上的树，看乌水里的倒影。

林子照例陪着，他已把他的休息日调到与她同步，并扩大化地关照起她的各个方面：一起看电影去啊！新开张了一家自贡菜馆子，我带你去尝尝。闷吗，我们到市里去玩玩？摩托很快的。讲话时，他有意无意会碰到她的肩膀或腰。

小六能觉察到这是什么迹象，有点儿麻木地拖延着。所有人里面，林子是唯一确知她"身上有事情"的，还是能这样地待她。这很可贵，甜食般的，她有点儿贪念。

林子在乌水边不远不近地踱步，磨磨蹭蹭地兜转，最终坐近到小六身边，吭哧着，像是说出一句探索了很久的真理，"天暗了，反而显得你牙齿特别的白。"

"牙齿？"

"跟你说过的。外婆邻居家那个姐姐牙也很白，后来嫁到外地了，再也没见到了。我挺喜欢你……的牙齿。"林子有点儿结巴。

林子的脸这会儿距离很近。常年的骑行摩托使得他的皮肤相当粗糙，额上还有青春痘。在小六的目光中瞬间变瘦了似的，鼻翼和嘴唇都微微发红，呼吸费力。他有一种鲁莽的倾向。

"跟你讲讲我的牙齿吧。"小六忽然生硬地说。她不配吃这份甜食。

况且这显然是个误会：林子是在拔刀相助的男子气概中，派生出来的这份热情。

记得那天是个爱牙日，市口腔医院的门前广场秋阳懒怠，公益咨询的横幅下一片稀稀拉拉，几排空椅子被路人随意倚坐。小六也坐在其中。身边一个年轻人，昏昏欲睡地连打两个哈欠，受其传染，她也打了一个哈欠。二人视线无意中尴尬对视。年轻人突然搭讪，挺机灵的："爱牙咨询？不过您，牙齿真白呀。"小六注意到他黑衬衣口袋里露出一小角手绢，银灰色，与他的休闲鞋正好相配。这是个浮华之徒，她心里下判断。

"我妈常说，我这白牙像我爸，粗眉毛也像，我手上十个指头都没有螺，春天也对花粉过敏——通通都像。"小六又打一个哈欠，无意识的眼泪浸湿眼眶。

大概此前五分钟，她在广场上看到过一对父女。女儿三四岁，用她胖乎乎的手指故意蒙起自己的眼睛，假装什么也看不见，她纵意地、无忌惮地在人群中四处乱窜，年轻的父亲离她一步之遥，半蹲地倒退着小碎步，不时发出咳嗽、喘气、哼哼之声来引领女儿的方向，确保着她的每一步都不会碰到任何障碍物，并且只要一扑过来，就能扑到他一直张开的怀抱里。小六目不转睛地看着，眼睛瞪得发酸，脏腑里像有把倒钩在搅动，直到那对父女咯咯笑着离开很久，这受刑般的痛仍又延时了几分钟，直到被这家伙所传染，变成一连串红眼眶的哈欠。

"嗬，你这么困啊，要擦一擦吗？"年轻人殷勤相问，抖出那条银灰色手帕，像递来一只灰色鸽子。这不察人情，但姿态自然的样子，预示着他绝不可能成为一个合格的父亲，大概连有情有义之人都算不上。

世上有这样的人，也好。

"是有点儿困。"小六站起身。年轻人默然地走在她左后方不到一米的地方，若即若离，像一只在白天里点亮的灯笼，发散出不能为第三人所见的光焰。他向小六伸来胳膊，催眠般地轻挽着："我带你去休息一下。"

这坏家伙多么大胆而准确啊。他一眼看出她坠若气球，这是最虚弱的时刻，只需轻吹一口气就可以带走了。她厌恶地看着他，他的瞳孔在阳光下变小变黑变成了没有。瞧这么个花架空心坏子——被同类所吸引，罪过是否就轻一些呢。

他们一起走了三条街，等了两个红灯，他始终一言不发。直到进入汉庭快捷，直到彼此都没了衣服，他才慢慢贴近，吝啬地拿出他的第一个吻。

他的舌头起初像在丈量尺寸，把她口舌各处探了个遍。稍后变成击打器，重一拍轻一拍地轮番舔抵到牙龈、舌根、舌尖、上腭、腮部，使之酥痒难抑。再次，才如小提琴手一样，拉起主旋律，照顾到嘴唇、嘴角、外唇，分别与它们进行不对称的抚慰与厮磨……

林子果然向后让了让，腰身挺直，一个可能发生的吻被成功扼杀了。

可林子的眼神也并非想象中的沮丧退缩。"我不会介意那些的。反正从一开始，你整个人，就是黑乎乎的，不清不楚，就像这会儿的鹊岭。"他庄重地指出小六的"黑乎乎"，似乎这正是他所追求的，"要知道，规规矩矩、平淡无奇的女孩，乌鹊遍地都是，一抓一大把。我早受够了。"他轻拉起小六的手，拉到嘴边，像品尝一块有点儿烫的食物，快速触碰了一下。

小六有些不是滋味：在林子眼里，她不是规矩人，这说得不错。就由他拉着手吧。他们并肩坐着，像任何风景中的任何男女那样。

天色这时已彻底地黑下来，月亮从鹊山那边爬了上来。月色极细腻，像绸布，当它掠过裸露的手背时，都能感觉到那迟疑的拖曳感。

月亮还是那一枚，她还是那个她吗？

在乌鹊已大半年了，她感到自己像一张从大画报上剪下来的肖像，通过并不高明、并不娴熟的PS技术，已顺利嵌套进了乌鹊城。若那天不是羁留在乌鹊，而是漂移到别的某个地方，如排除语言障碍，甚至可以是大洋洲的某个小镇——无论哪里，都毫无妨碍，最终都会如此这般吧。乌鹊是不重要的，重要的是在别处。在别处又是虚设的，尽力跑动却宛在原地——瞧瞧，又有了手机、QQ，有了上司同事与工资，有了吃饭和躺下的住处，有了闺密可以讲些无聊话，有表达爱慕的异性在拉着手，当然也伴随着一些戏谑与幽默的烦恼。她扔掉什么，就又重新装备起了什么，且像是可以无限延续下去的。这是否再次验证了那个"薄被子"的原理呢……薄被子。小六遽然想起了贺西南，而今他的枕边，他的薄被子之下，是否也嵌套起了另一幅肖像呢？

啊！打住打住，她又有何脸面追究这个，她根本都没有资格往回看，没有资格变成盐柱。月亮可在头顶之上普照众生呢，只管举首望月吧，仔细感受此际的月色——它，自有它的意思。

第五章

一

公允地讲，绿茵女士造访贺西南的频次并未超过正常范围。贺西南所有的来客中，比如张灯、母亲、宽镜框小伙，当然还有那些失踪者家属，基本各怀目的，哪怕是隐在的。只有绿茵女士慨然无私，纯属助人为乐。正因为此，她具有真正的分量，以至于不久后的某一天，贺西南已对她，嗯，赤裸相见了。

主要的背景如下。

近期以来，绿茵女士每周六的到访中，除了原有的卫生工作外，还扩大到了当天的饭菜。早晨八点不到，她即手提肩挎，买来各种时蔬生鲜，来到贺西南家中。

休息日上午，对大部分为工作所役的人来说，总是昏死的懒觉。意志坚强的贺西南例外，他对自己有要求：双休日用来晨跑，数年如此，小六的出事没有改变这一点。这样，绿茵女士八点钟拎着菜上门时，他一般刚刚跑完步到家，生机勃勃地，正好替前者开门。晨跑后的贺西南，达到一周之中的状态之巅，他的腋下、后背，包括腰部，都分布有不同形状的汗渍，像男子汉词典一样，每一块都散发出强烈的指代性，指向动感、汗腺、能量、肌肉，等等，闪闪发亮。闪闪发亮但失去妻子的贺西南，就这样打开家门，迎入同样新鲜的、一周未见的绿茵女士。

但这些并没有什么。

一方面是贺西南的九成熟牛排式的思路，零负荷电棒。来人是小六的闺密不是吗，贺西南只会更加尊重。

另一方面是绿茵女士的淡然。她弯腰放下手中的东西，揉着胳膊，眼神随意掠过贺西南，"换下衣服吧，回头正好我一起洗。"像一位厮守多年、毫无逸趣的老妻。随后她就悄没声息一头扎进厨房，体贴地拉上移门，在里面独自忙弄。

但这天早上，贺西南的情况略有变化。这跟前一晚，即周五晚上张灯的来访有关。通过对小六电脑的攻入，张灯带来了一批他此前闻所未闻的信息，让贺西南心思大为失序，挣扎到凌晨3点才睡着，这一睡，他的生物钟便自作主张把他的起床时间顺延到上午10点多，算是构成了一次罕见的懒觉。

10点多，贺西南乍醒，手往边上一伸，瞧了瞧手机："操。"再瞧一次，"操，操。"他抽抽鼻子，嗅出一股子浓浓的食物香气。一定是幻觉。他在这个幻觉里呆滞了几分钟，有一丁点儿自怜：虽有四年婚史，他还从来没有在饭菜香中醒来过呢。也不能怪小六的，她周末从不吃早饭，午饭时分能爬起来就不错了，再说就是想怪，也得等她回来呀。可真能回来了，又哪里轮到讲这个事，得先跟她解决张灯的事、工作的事，还要搞清楚她电脑里的事情……贺西南闷闷不乐地乱想着，扒下睡衣往卫生间去。昨晚张灯走得太迟，他没有洗澡，这会儿冲冲，正好让头脑清醒一下。不过他妈的，为什么总闻到鸡汤味儿，还夹杂着葱姜蒜香。

哗哗哗，哗哗哗。厨房和卫生间，两个空间分别热气腾腾着，就像分镜头里的样板房。绿茵女士的战役已趋近尾声了，重头的荤肉、高汤已全部拿下了，在两个清炒时蔬之前，得先把鱼给做了，一斤二两的鲈鱼，清蒸好呢还是红烧好？都拿手，各有各好。绿茵女士一阵纠结，觉得最好还是问一下男主人的偏好。她瞅瞅表，又侧耳听听：那边有动静了！

绿茵女士在围裙上擦擦手，拉开厨房移门，小心地敲卧室门，静候半响才推开一道小缝，床上只一堆皱巴巴的被褥与睡衣，人呢？她有所犹豫，但想到鱼的紧迫问题，还是往里踏步了。主卧室而今早已不是禁地，床单都替贺西南换过三两回。但她还是踮起脚，尽量不发出声音，好像这样就礼貌多了。主卧别无其他出口，只一扇窄窄的毛玻璃门通向卫生间。绿茵女士并不造次，踮脚走到毛玻璃门口后，她举起右手，食指与中指弯曲，正打算向玻璃门发起击叩。

就在这时，光溜溜的贺西南拉开门，一抬脚出来了，他赤裸的身体与围裙里的绿茵女士撞个正着。

贺西南浑身散发着肥皂味儿的水汽，水汽中异相可观，这可能并非触景生发，只是仍在晨勃之态，"那儿"像刚剥掉包装的赤豆冰棍儿似的。绿茵目光躲闪，却像狭路相逢之下常会发生的同向躲闪，她的视线反复碰撞到贺西南胯下的突兀之物，像有个第三者活活横亘在她与他之间。

有人发声在叫，细一听，倒是贺西南。裸体者下意识里总像是要被侵犯的弱者。"你，怎么进来的？"一边说着，他胡乱找条内裤套上。

"我有你家钥匙呀。在小六包里找到的，一大串钥匙里头，我只拿了单元门和大门的，以防你万一睡着了或有什么事，我好进出。"绿茵的声音有点儿干，但依然保有妻子式的正确，"像你今天，睡到这个点儿，我要在门外死等，那菜怎么来得及弄啊？"她擦擦手，使得她所携带进来的，或者说尾随她进来的那股鸡汤香味儿更为明确了，"我就是来问你，鱼，鲈鱼，一斤多一点儿，很新鲜，你喜欢红烧，还是清蒸？"

"你，为什么要这样啊？"贺西南突然责问，只是他的口气太软，更像迷茫的自语。谁能做得到，对这样的殷切好意去吼叫？他拉扯他的内衣，企图掩饰有碍观瞻的棱角。他清楚地感觉到那股子奔涌的本能，带着持久的积蓄与能量。他很惊悚。

"第一天不就跟你说了，我是小六闺密呀。"绿茵惊讶地反问，很自然地把小六给抬出来，引进这个光明正大的第三者，以替代贺西南胯下的那个阴暗角色。"她这不是还没回来嘛，我就是代她来照顾你的。放心，她一回来我就走。"她飞快讲清全部要素。

贺西南瞪眼看绿茵身上的围裙，第一次注意到似的：这是"小六的围裙"。记得那是有一次超市促销，豆奶满五十赠送一条花布围裙，就为贪着这条围裙，小六买下那箱后来都没喝完的豆奶。事实上她不爱下厨，下班回来总累得像个坏脾气的骆驼，宁可叫外卖，或是随便弄个蛋炒饭，完成任务似的与贺西南分而食之。贺西南也习惯小六这样了。她对吃东西、搞卫生、出游、娱乐、花草，概括地说吧，就是对生活琐事，乃至对生活本身，都有种说不上来的冷淡，或懒惰——贺西南倾向于理解为懒惰。比如这条围裙，印象中她就系上过一次，做了两碗味道很糟的凉面。倒掉凉面时，她自嘲地向贺西南展示：记得吧？这是那条不要钱的赠品围裙。

贺西南突然间双目模糊，这条围裙，一直是半死的，直到这位热心的绿茵女士的到来，好像才真正赋予了它存在的意义。

绿茵女士也低头看看，"招你想小六了？我下周重买一条。我用到这条围裙也会想到她。看看，这么好的家，她怎么就不在了呢。"

"不用买，就用这个好了。"小六名字被提及之后，贺西南总算感到力比多有所消散，浑身都有些发凉了。他举起手，示意绿茵，好像一个昏聩的法官突然想起这位不起眼的证人，"对了，我该听听你的想法，作为朋友，你觉得小六……"

绿茵再次用围裙擦擦手，开始替贺西南整理床铺，语气非常谦逊，"反正不管外边人怎么想的，我相信你的判断：她总有一天会回来的。"贺西南使劲竖着耳朵使劲分辨。她当真相信？她为什么不像别的闺密那样，千方百计地要他节哀顺变？

"不过，"绿茵拍打他的亚麻枕巾，放到鼻子下嗅嗅，迅速动手拆换，"这几个月到你家里，我很惊讶。讲了你不要生气啊，我得说一句，小六她不能算一个好主妇。比方说这床席子，多好的亚麻啊，刚拿出来时可全是霉点子，说明她去年没有洗净烫晒就收起来了。加湿器里的水垢长绿毛了。阳台的纱窗早该换了。过期三年的感冒药还堆在柜子里。

还有，你内衣的尺号一直不对，男人不能穿太紧的内裤。你真不晓得，第一次扫你们这大床底下，我清出多厚的灰啊……想不到小六这样粗枝大叶的，等她回来，可要说说她。"她麻利地收拾好床铺，又一路清掉从卧室到卫生间的水印子，拈掉浴室地漏里的头发。

贺西南用目光追随着她矮下去的肢体，情绪复杂，若有所觉。没有比较就没有说服力。半年之前，要有谁说小六不好不贤惠，他会跟那人干上一架的，就算有些小懒小拖，又算啥，谁还没个缺点呢。可这会儿他没吭气儿。是的，小六真能回来的话，解决完大是大非之后，也要跟她谈谈这方面，但核心并不是做清洁烧鸡汤，而是，怎么说呢，热情，对家庭对生活的热情……

"你说，你继续说。"贺西南想多听点儿。

"别的也没什么，你肯定也都晓得的。在外头跟大家伙儿聚会时，小六那可是非常出众的。那该叫什么？社交魅力？"绿茵抱着贺西南的脏衣服和枕巾往外走，贺西南只得跟着，"茶馆里头，只要她往那儿一坐，哪怕就是一身黑衣服，配的还是灰色围巾，耳环也是哑光的，一句话不讲，可走来走去的人都会看到她的。你肯定晓得的，眼热她的人可多呢，光是我晓得的，就有她以前一位高中同学，还有一位客户，好像是哪家银行的信贷部经理。"

绿茵一口一个"你肯定晓得的"，其实贺西南哪里晓得。他所看到的小六都是下班后的妻子，旧毛衣，头发凌乱，隐形眼镜换成框镜，埋在沙发里看视频，周末一整天不换睡衣不下楼。偶尔叫她出来应酬，她会像个乡下小媳妇似的推三阻四。他真难以相信，绿茵所说的那种魅力，来自小六？……这让他猛然联想起昨晚张灯所提供的小六电脑里的东西。

"小六能摊到你，是大福气，天底下都找不到第二个你这样的好丈夫。我之所以过来帮忙，可以这么说，这完全是出于对你的景仰和欣赏。"绿茵表扬贺西南，用词简直都有点儿肉麻。不过贺西南是受用的，绿茵比张灯、比母亲、比任何人更明白他的辛苦，他为小六做到这个份儿上，虽是心甘情愿，但确实不易，多少值得表扬的。

"当然你的这片苦心也不是白费。小六可清高着呢，你大可放心，据我了解，她谁都看不上的，从无外心……"

贺西南突然打断，"清蒸。"

"什么？"

"鱼，那条鲈鱼的做法。我一直随小六，她口味清淡。"

"你开玩笑吧？她在外头可爱吃麻辣烫呢。对了，她还特能喝酒，各种酒混着，一斤八两的绝不在话下，你肯定是知道的。反正我从没瞧见她醉过。"

她！贺西南在心里惊呼。这些年，长年转战客户或上司之间，那些表演式、谄媚式、赌命式的酒战之中，他有多少酷烈的记忆啊，认下多少熊怂也结交下多少豪杰啊。他真要服气个什么人的话，酒量是一个极重大的指标，包括女人，他碰过不少女商人女记者女团干部女艺术家，太厉害了，他甘拜下风。可是，这酒量真要放在小六身上，他可就一点儿不佩服了，反而感到排斥，甚至有点儿反感……唉，有完没完啊，真不知小六背后到底有多少扇没有打开的门，门后面是妖怪还是天使。

"清蒸！"贺西南又重复了一遍，近乎发火，像是怪罪绿茵的听力。

"对不起，不再说小六了。清蒸。"绿茵急忙退到厨房去了。

贺西南坐在客厅里，坐在鸡汤、葱香、糖醋排骨的气味里，还有渐次加入的清蒸鲈鱼的鲜腥里，整个人都像他的下体一样，萎靡、悲伤地垂挂着。

二

现在补叙前一晚，贺西南的不眠之夜。这晚上，张灯过来了，要谈谈他在小六电脑里的发现。

从前至后，贺西南只揍过张灯一次，这一次看来够本了。距上次登门到现在，半个月过去了，但张灯张开和合拢下巴时，牙床都还会因为受力着痛而发出咝咝抽气声。

稍早一些时候，得知张灯要来，贺西南下班路上算是采买了一番。鸭四件、干切牛肉、辣海带丝、油炸花生米等下酒玩意儿。外加一扎黑啤，一回来就扔冰箱了。冰啤，是贺西南嗜到骨头缝的消夏之趣，尤其是跟哥们儿几个海吃胡塞一番，最为畅意。但今年这个夏季他没能喝上哪怕一次，小六还出着事呢，怎么可以？没人会喊上他的，他也绝不会参加的。但在张灯跟前就无所谓了，难道张灯还有权利来指责他吗？

即便如此，往冰箱塞黑啤的时候，贺西南还是感到几分羞耻。无论如何，怎么能跟那家伙一块儿喝冰啤呢。可退一步讲，那小子好歹是来帮忙的，虽说八成是瞎忙乎，就凭着这份苦劳，也该招待一顿吧。再说眼瞅着夏天都快要过去了，都快没机会喝冰的了。他颠三倒四地说服了自己，把几只熟菜餐盒挪来挪去，摆成他认为最好的样子，早早就等上了张灯。

张灯进门，简漫扫一眼餐桌，对贺西南几乎迸到脸上的"吹几支黑冰"的欲求明显瞧不上。"我一般在酒吧里喝，最常喝的是百利摇摇，B52 和 tequila 也行。如果酒保卖力、上臂肌肉也够发达的话，我就会加点一杯 mojito。"他喷了一堆贺西南听不清楚的酒名，抽了一下下颌："今天我这牙，最好喝粥。唑唑，你方便熬点白粥吗？再说，我们今天主要的任务是这个，我可是捣鼓了好几个通宵。"

他像过路人一样从餐桌边走过，径直坐到沙发上，落下双肩包，往外摆弄出小六的笔记本。贺西南对搓着双手，这小子在赌气吧，干吗跟冰啤和干切牛肉过不去，不就为了那几下拳脚吗，难道他不应该被揍？莫非倒要他这个做丈夫的红口白牙地来跌软吗？这儿并没别人，这光秃秃的脾气耍得有意思吗。贺西南正不服气着，张灯接下来一句话，让他一下子把冰啤从脑子里甩得远远的，意识到这个晚上所要面对的复杂形势。

"我找到了起码五个，唑唑，五个方向的异常状况。得抓紧时间，好好捋一捋。"张灯一字一顿，稍有点儿拿腔作势。他把小六的笔记本、他自己的笔记本分别支开，又建议贺西南也打开他的。三台笔记本，像一个小型研讨会，在茶几上拥挤着分布停当。

张灯的思路并不像他口中所说的那样清晰，所谓五个方向，可能是修辞意义上的虚指，意为"多，较多"。他弹着茶几，有点儿千头万绪不知从何说起的样子，"她的各种密码，比如邮箱、QQ、微博、当当、淘宝账户、包括网银……你知道是什么吗？"

"当然不知道！也从来没打算知道！这是她的隐私嘛。我们双方都有这个默契。"可贺西南随即又乱出主意，好像张灯反倒天赋神权，"试过她生日没？我不是给了你她身份证号的？手机末尾六位？还有邮政编码？我们家的WIFI密码就是这条街的邮政编码，输两遍即可，你看这

第五章

个很绝吧，一般人根本猜不到的……"

"只是问一下。我当然能找到。"张灯打断，"12位呢，喏，031……"

"停！别告诉我……我怕我忍不住要打开进去了。"贺西南显出一丝不自信。

"你进不进去都一样，我都代你看过了。我是想跟你探讨一下，这个12位密码有没有什么含义？毕竟，咝咝，你更了解她。"张灯扫视着三台电脑，斟字酌句，"从目前发现的数据来看，她还蛮……不一样的。"

贺西南听而不闻，跑题了，"12位，那跟我们的快递单号一样，要是再配个条形码，'嘀'一扫，就能查询到，某样货物，到哪个城市、到了哪个分部、什么人签收了。你想想，要是人从一生下来，身上就装个芯片，随便他（她）到哪儿了，'嘀'一扫，就出来了，该多好哇。"贺西南显得啰里啰唆，可以感觉到他的近乡情怯，不自知地，在竭力推迟张灯即将要披露出来的内容。

"据我的日本同行研究，"张灯真像在研讨会上发言，很简单的事情也要援引专家出处，"人们替自己设定的各种口令与密码，哪怕就是一只行李箱上的三位数密码，其排列组合都有微妙的心理指向，如果分析得当，就像捏着一把细长的密钥，一扭，就能进入这个人。不过，小六所有的密码全都一样，搞定一个就通通如入无人之境。12个数字，好像并没什么特别暗示……"张灯说得起兴，好一阵没有"咝咝"。

"她可没那些拐弯抹角的鸡肚肠子。我们谈恋爱时，她老抢着埋单。我只要送她一样东西，她不久准还过来一样，价钱更贵。"贺西南点根烟，有意识地打岔，"记得有一回……"

张灯恍然,"我就说呢。别的女人,哪个不拿腔作调、活像公主似的。她可好相处了,饭没请过一次,礼物没送过一个,只要短信一约就到。"张灯发觉不对,嘴里连忙"咝咝"了,"咱抓紧时间说具体的。咝咝。她的网站浏览、百度查询,有点儿怪,包括她的购物收藏夹。"

"那干脆点儿,别胡扯,直说。"贺西南脾气突然坏了,好像倒是张灯在拖着似的。

张灯却又闭嘴,转而忙活起键盘,向贺西南电脑里发送了一个文件,"我把她出事前半个月所搜索与百度过的链接地址通通都整理出来了。"张灯指点道,"双击这些地址,即可点开进入。"

——人在坠楼时会想些什么

——张国荣惊现智利,当地多名华人声称目击

——高级进口仿真指纹套

——明代民间喜话里的性暗示

——有没有真头发做成的假发套

——为什么窒息时会有快感

……

下面还有若干,贺西南只打开了几个就啪地合上了电脑。他不要看。贺西南的五官,有那么一会儿,卡在那里。他不仅没想好摆什么表情给张灯,更没想好摆什么表情给自己。

这超出了他"不锈钢板"的范畴,真不知道该如何定义这张搜索清单。说开放、恶心、不正经,都简单化了。他本以为已承受到最大的背叛(张灯),但眼前这个,却让贺西南心里更加胀疼,似乎这是更深一层的打击。这真是他结发四年的枕边人小六吗?这也正是他次日听绿茵讲起小六"社

交魅力"与"八两酒量"时失控发火的原因——他不认识这样的妻子！不认识这样的小六了！他想起早先，失踪家属们向他排数过的冷僻怪状，他当时那样不齿，实在是无知啊。

张灯瞟瞟贺西南，这个老派男人，在网络空间里面，代际跨度更是几何级的。他深有同情、感慨。

这种同情，始终浸染着他与贺西南的交往——作为一个被抓个现行的第三者，张灯本该对贺西南避之不及，可打一开始，张灯就愿意接触和帮忙，似有一股滑稽而慈怜的力量在如此这般地特意编排，好像小六的消失正是为了使他们结识。这同情中，更包含着一种人生整体况味上的感慨：眼前的这位贺西南，大概正相当于十年后的自己，张灯都可以活灵活现地预见到，他也将变成再一个贺西南，一个混沌的已婚人士，一个被背叛的丈夫，一个表面上获得地位与成功但已被时尚序列狠狠抛弃、成了垫底者的落后分子……张灯心里一阵不忍，竟有难兄难弟之感，真得出手拉拽，把贺西南往上面拉一拉！

"哝哝。你熬上白粥了吗？哝哝。"张灯捧着下巴，有意把贺西南从电脑前解救开来。他们一前一后进入厨房。

贺西南嘟囔着说只有煮好的干饭，张灯拉开冰箱，提议加上香肠、菜叶什么的做成菜泡饭。

贺西南推开他："我来我来。还得放虾米和香菇丁，起锅时最好撒小一撮榨菜。"贺西南勉强提起兴致。他在厨房四处转悠，打开一扇扇柜门拉开各个抽屉又陆续关上。他惊奇地发现，除了挂在墙上的那条小六的围裙还算眼熟外，他已不大熟悉这间厨房了。托绿茵的福，真是多日没有动过锅铲了。贺西南好不容易找到香肠，大力"咚咚咚"把它们切成丁,一边用余光瞅着小六围裙那个位置。他很有股子冲动,想跟张灯谈谈绿茵,可怎么也开不了口。

张灯倚在冰箱边,目光追随贺西南的菜刀,开口替小六辩护,更主要的是想帮贺西南化解。

张灯打8岁起就玩电脑,成年后即以此混饭,语气老到、又轻飘飘的——大意是,网络世界吧,说它是个大臭屁也好,是另一个星球、另一个次元也行(次元?贺西南不解打断,张灯摆摆手收回),反正一个人在那里头的所思所想、所作作为,跟生活中的人,既可以紧密相关,也可以完全割裂:哪怕小六在网上杀人越货吸毒叛国,也与现实之小六全无逻辑关联。就跟强奸犯捐资助读、知名教授满口脏话一样的呀。张灯甚至不惜自我举证,排数大铜钱似的,讲起他最近浏览的内容,他到客厅把电脑捧来,一一念出:"喏,听听我在看些什么。虐猫视频精粹、枪支拆零入境指南、女人的上嘴唇与下嘴唇亲哪个更兴奋、十大脏话排行榜……"

贺西南用动作打断,他粗暴地从冰箱前推开张灯,找出两只鸡蛋,"咔咔"敲碎:"既然网络跟现实没有狗屁关系,你他妈的就给我闭嘴。"

"那我们换个方向吧。喏喏,小六还有别的情况,比方说她的图片库……"

"我不想知道,我不要听。也不准你再去碰小六那些东西。这个委托,我收回。"贺西南死命搅打鸡蛋,像有仇。

"可我已经碰了,碰遍了。我都忙了一整个星期!嗳,你可不能缩回去!这能帮我们找到小六的。"

贺西南继续打鸡蛋,动作乱了一拍,被"找到小六"这几个字给扰乱了。

"那你直接告诉我，发现什么有用的东西没有？"贺西南像面对一个正在敲诈他的情报人员。他不要这些恼人的边边角角，他只要"料"。

"我怎会知道什么有用，什么没用？我反复说过，我并不了解她的呀。"张灯也急了，"所有这些信息，需要由你来做判断和分析。我们两人，"张灯把两只大拇指伸出来一碰，"要合作的。"

贺西南没吭声，旋转着弧线把鸡蛋花倒进菜泡饭，静候，看锅里各个角落一点点冒泡。

张灯揉揉鼻子，试图找出硬货色："她以前写过博客，后来也玩微博，不过都是些大路货。嗯，你晓得小六每天都写日记吧？"

"我再说一次，这是她的隐私。"贺西南简直冷冰冰的。

"嗯，写在 QQ 空间里，叫日志更合适，带密码锁定，仅自己可见。从那里可以看到，上上个月，她去了两趟医院。"

"你他妈的还真看她的日记！"贺西南把盛满菜泡饭的碗使劲一撅，"她要生病我肯定知道的，她一直好好的呀。"贺西南突然有了思考，"医保卡肯定有记录，我在医院也能找到熟人。这个我得查查。"这不是什么好消息，但可以把他兜头蒙住——小六是因为生病而出的岔子，这就顺理成章了。这样的小六，倒有点儿像他的爱妻呢。

张灯埋头开始喝菜泡饭，吞咽下电脑里其他几个方向的异常，同时咽下一些不便跟贺西南表达的感触。

对小六其人，尽管有多次肉体交欢，他仍是毫无确认感的，但"黑"入她的电脑之后，情况有了变化。连续一周，他反复进入链接、打开各种文件，一天天发掘到她的幽境，这跟快捷酒店的生理通道是绝然不同的。他不知道，他更倾向于哪一种打开。现在还不好说，毕竟，他正与她的丈夫一起吃菜泡饭，虾米很提鲜，味道不赖。

这会儿的贺西南心情明显好一些了，他调侃地道，"哎，不是说又有了女朋友的，她就没问你，这下巴是谁给打的？你怎么解释的？"

"嗨，一见面就办事，根本不会让她有时间留意我的下巴。"张灯露出花花公子的坏笑。实际上他最近谁也没见，时间全花在小六这里，"好在你那天手下留情，没揍我下边儿啊。"

别看这小兄弟满肚子荤腥肠子，人还是不坏的，贺西南拍拍冰箱里的啤酒，又拍拍张灯，发愿道："等你下巴好利落了，咱们好好喝上一顿。"

三

中秋前夕，贺西南打算去看看母亲，送盒月饼去。

这是小六不在家的第一个中秋，贺西南却收到八九盒月饼，有久不联系的朋友还专程大老远上门来送给他，人们就这么齐心协力地要他欢度中秋。他把所有的月饼都拿来招待前来串门的家属们。中秋节像一撮刺激性作料，使得他们更加彼此需要，从而形成了一个小小的聚会高峰。他们手忙脚乱地解开包装花哨的月饼，互相让着，苦笑着咒骂着，偶尔瞟瞟天上溜圆的月亮，就着茶水替贺西南消灭了所有的月饼。"中秋快乐。"他们干巴巴地彼此祝福。

只有一盒月饼没来得及处理，是宽镜框送来的，他送得很迟，一进门就直说抱歉，好像这是他欠着贺西南的。

宽镜框恭敬地放下月饼，但没有坐下。他匆匆向贺西南提起最近谈的几笔大项目，得到了什么层次的什么荣誉，他被推荐上了总部的培训班,下一步打算分期付款买部小车。注意到贺西南的无动于衷,他换了一个稍息的姿势,飞快地向贺西南讲了一个小故事。

在他老家,有个高中生暑假到水库游水,不幸出现意外,恰好路边有个小伙子看到,跳下去把他给救上来,自己却沉下去了。被救起的那个高中生,本来成绩好得不得了,上不了北大也得上南大,哪想到从此却没了灵气,最后连三本都没有考上,而今只在各处打工混日子。所有人都骂:白救他这条命了。

贺西南没有吭声。宽镜框只好自己总结:"大哥你放心。我不会像那个高中生的,我会比任何人都努力,这样才能对得起嫂子。"

"我很放心。"贺西南只得挤出点儿笑。这位小伙子的确是可塑之才,一个如此令人不适的逻辑,被他这么反复推销着,贺西南也只能附和了,"我相信,小六也一定希望你比她更出色,也不枉了她这一番……"怎么往下说?苦心孤诣?

"上头也有人一直帮我的,就是当时与嫂子 PK 一级主管的那位,她们俩本来是要一起旅游的嘛。"宽镜框向贺西南输送富有意味的眼色,"她们俩很交好的,偏偏得争个你死我活。唉,嫂子出事后,她就直升了!你想想她那心里头,肯定有个大秤砣压着吧!我看她就把这秤砣都转移到对我的帮衬上了。她也知道我一直与你保持联系,这月饼就是她托我捎来的,我不贪功。"

贺西南盯着宽镜框留下的那盒月饼,无法与之共处一室。正好久未看望母亲了,哪料后者在电话里一口拒绝,"别送了,我不吃那玩意儿。所有过节的东西,粽子元宵腊八粥年糕,我都不吃。我从不过节,也不过生日。不过说到月饼,我正好有个小六和月饼的故事讲给你听呢,还有小六父亲的事嘛。我过去好了,正好要出门散步。"

但不像散步,她一左一右拎着两个硕大的黑包。贺西南迎她入门的态度比上次要恭敬,或者说恭敬得不那么虚假了——毕竟,"黑纸灰、灰纸灰",算是有几分灵异。但失踪症嘛,哈,哈。

贺西南接过包,挺重。看起来母亲对这次谈话准备充分。贺西南都有些替母亲发笑,这里头是证据一类的东西?

母亲最大的证据,却是她自己的嘴,她在脸上比画着:"所有事情,都是由人这一张'嘴巴'说出来的。我不讲的话,谁晓得小六父亲的实情?这就好比现在,外面哪个人相信我们家小六并没死?只有最亲的人才有发言权——你应当最明白这个道理的。"

母亲瘦长的身体前倾,全身凝固,只有嘴巴在动,牙膏一样往外推挤出泛绿的往事。还是那种倒叙、插叙的混乱风格。贺西南已充分适应了。

在母亲的说法里,小六父亲的消失只得三言两句——婚礼前夕,父亲突然跑到北京出差,便再未返回。他永远错过了正在筹备中的婚礼,丢下肚子已经变大的新娘——母亲此前讲述家族里别的那些失踪者时,像展示长廊上的油画,有纵深、有细节,简直大鼻子大眼,可到了父亲这幅油画跟前,倒灯下黑了,仓皇、含混,只有一团乱笔。

"他呀,可了不得,看书只看英文的,听电台也只听英文的。我最喜欢听他读外语了,一句也不懂,越不懂越听得着迷。我们在一起,有一大半时间,他都在读外语给我听。"母亲的口气变成"现在进行时态",腮上有些微红,但随即跳过"关键一步",搞不清是否就是那些英文让两人昏了头、做出自由化的事情。总之肚子出来了,必须张罗结婚了。到单位开介绍信、到民政局排队、置办婚房与用品,父亲快一脚慢一脚地准备着，可每到半夜三更，倒花费起更长的时间听外国电台，再也坐不住似的，说得去一趟北京。"这时候了你还出差？"母亲很惊讶，她正忙于试穿嫁服，一套大红，一套粉紫。她尽力吸起肚子："哪一套更漂亮？"匆匆收拾行李的准新郎用温和的眼神抚过她的腹部，来来回回抚看了好久："你啊，随便穿什么我都喜欢的。"这是他留给小六母亲的最后一句体己之言。

"我反复回想他当时的神情。他带着笑，也带点儿忧虑，既想着我肚子里的小六，又不相干地想着很远处似的。我到现在都能记得他那个矛盾的样子。"

"你想想，北京，人多多啊，车子多多啊。能不去就不去的地方，他偏要去，不出事才怪呢。消息传回来，从单位领导到他们家里人，自然都对我表示同情与安抚，可个个遮遮掩掩的，让我不要追问，以免伤了胎气。不要讲尸首了，他们连骨灰都拿不出，只说直接撒到江里了。你看看，明显是骗我的嘛。"或许是为了进一步地宽慰她，父亲那边的亲友们开始旁征博引，为她回顾宗族里的各种不幸，每一朝每一代都会出点儿这样那样的事情，到这次，就摊到父亲了嘛……

贺西南忍不住打断："就是他们跟你说的，这么个失踪遗传病？"

母亲笑了："你真是傻，这也算家丑，他们才不会讲出来。完全是我自个儿琢磨出来的！好歹，我也听小六爸爸讲了那么多英文。我感觉到，就是到现在，他还时不时用英文跟我讲悄悄话呢，讲秘密的事情，讲重要的事情。虽然一句听不懂，可我心里……懂。"母亲大概都不知道自己在说些什么吧。

贺西南不好摇头，也不想点头。他偷眼瞧丈母娘，凋零过半的玫瑰了，花瓣锈边，茎条枯黄。她已独守二十八年。"您就没想过，小六父亲就算真活着，他的离开其实是，嗯，"贺西南艰难地选择着用词，"他性格上喜新厌旧、好高骛远？他犯下什么事情？又或者是胸怀天下？那一阵不是最流行出国发展的嘛。"

母亲眼神一闪，"你是认为我和肚子里的小六是被抛弃了是吧？这想法不奇怪的。所以我才顺水推舟，假装承认他是死了，我这是为着他的名声，他可绝不是浪荡子，他在意我和小六的。"母亲口气特别自信。

"那小六呢，她怎么看？"贺西南声音有些晃悠。这些年，小六跟他，说过任何知心话吗？

母亲眯起眼睛，颇有意味地笑了，"小六她，可比你聪明多啦。"

贺西南想到每年清明的江祭，空荡荡的江水，混浊地流向远方。母亲与小六默然并立，既不念祝，也谈不上哀伤，好像只是在看江水与风景。贺西南心里一阵寒凉。

"这些年，您一定特别恨小六爸爸吧。"贺西南强打精神敷衍。

"瞧你说的，这不就是发病嘛。"母亲语气责怪，"喏，打个最简单的比方好了，就好比一个人有心脏病有癫痫病有抑郁症，是怎么都摁不住的、是怎么都要发作的。我们只有替他伤心，哪里有怪罪的道理呢。"

灯光下，母亲的银发像刚吐出来的上等蚕丝，受难的表情带点儿骄傲。是该骄傲。如同一个旁门左派的建筑学家，她以一顺跑的楔子，首尾咬合地建立起了一个家族失踪大厦，曾伯爷、叔公公的往事足以让她把地基打到三代以前，小六姑姑、堂叔以及远房表亲则是层脊架梁，与小六同辈的儿女们则如延展方向的空中楼阁。贺西南现在明白了，小六出事初期，母亲那不闻不问的静默，并非迟钝了的悲痛，而是一种发酵状态的等待。她初次登门发表高见的那个口气,细想起来简直就是乐观其成的:"我早就知道,小六要失踪的!"

"因此呢,小六跟她父亲一样,只是发病。你可不能怪她,更不能生她的气啊。她也没有办法的。"

屋子里突然一坨子静。母亲这话让贺西南很是惭愧,更深感惊惧。他觉得他跟小六母亲的处境是一样的,同样陷身在某种想当然的格局里——他跑派出所、跑银行;他对所有熟人的乐观解释,跟那些神神叨叨的家属打成一片;他接受了宽眼镜框,甚至不知屈辱地拉上张灯其人,甚至与绿茵一起等待着小六。太阳穴一阵锯齿般的疼痛。

"喃,你现在家里挺不错嘛。"母亲这才有了闲情似的,目光扫过阳台上新换的蓝色纱窗,又转动脑袋四下瞧瞧。客厅矮柜上,绿茵昨天刚买来的百合,清丽无尘。厨房的对碰移门,被擦得透亮,如一双怪好看的大眼睛。母亲指指月饼盒子,"我看这盒月饼,有人吃了。"

贺西南不想解释,他并没做什么。"我还蛮喜欢吃月饼的,小六一直不吃。"他勉强答话。

"哟,看我这记性!讲前忘后。你晓得小六为什么不爱吃?这里头有缘故的。有一年,她大概才6岁吧,看别家小朋友都在吃月饼,也闹着要。我们家不过节的,可这也是个机会,那阵子我正好想骗她吃一种新药……"

"药,她那时怎么了?"小六到底还有多少新情况啊。

"怎么,我这也没跟你说过?是这样的——打小六一生下来,我就一直在给她治这个失踪病。吃过许多种药,看来挺有效的,最起码,在她婚前,我是控制住了。"

"您都说是遗传了,何苦还要治,这哪里控制得了。"像个处于下风的辩论赛选手,贺西南急急忙忙地挑起错来。

"遗传也挑人的,他们家大部分人也是一辈子平安无事。谁知道点名点到谁头上呢。我可不能坐等,天南海北辗转托人,好不容易才打听到各种民间偏方呢。"母亲列举起她用过的一些方子。

"马尾松针叶加莲子心,浸泡三时,日饮其水。"

"海蜇50克、荸荠4枚,煎煮20分钟取汁。"

"全蝎5个,大石榴1个,挖小洞放入全蝎,封口,用火煅至烟尽,研为细末,温水送服。"

"小蝌蚪麻油葱花鸡蛋羹,不放盐。"

"春蚕屎、糠皮、红小豆做枕芯,每晚枕眠。"

"棉籽仁24克,甜瓜蒂4克,羊脑1副,同煮至酥烂。汤肉同食。"

母亲看来是显摆她的劳苦,却听得贺西南胃里一阵阵儿的烟熏火燎。可怜的小六呀,可真是受罪了。

看贺西南五官皱成一团,母亲也叹息了,"是啊,都很难吃,为了骗她吃下去,我可真是下了大功夫。肉圆、香蕉、沙琪玛、动物饼干、奶油蛋糕、巧克力、麻团,但凡她喜欢吃的东西,我就千方百计地把药给加进去。比如这月饼,我特地买了广式的,别看她才五六岁,精灵着呢,吃了两口就吐得底朝天……那是她第一次吃月饼,也是最后一次。她记仇的,许多东西从此都不吃了。"母亲用揭开谜底的音调说道。

贺西南内外交惧,越听越冒汗。

固然,这些可怕偏方的折磨可以勉强解释掉小六对三餐饮食的全然冷淡,就忽略不计吧。但更大的忧患还是来自对小六本人信念的撼动,连日来的讯息，层层叠加，如一根又一根铁做的稻草，沉重得令他脚下发软。与小六有关的旧日场景像黑色羽毛从瞳孔上掠过，那个胆怯、内向、平常的妻子杳然不见了。渐渐浮现出来的，是一个什么样的小六啊，是另一个全然相反、不可触及的女人哪，他甚至感到一种可怕的恼悔，早知这样，当初就不去跑动小六的失踪了，就该好好接受她的……死亡。这就没有后面这一大出了。这完全是他自找的，是他亲手毁掉了他心里的小六哇。他真想大哭一场，他的那个爱妻小六，的确是死了，在事故当天就死去了。

母亲起身去了下卫生间，在里面待了好一会儿，出来后显得十分疲惫："你的卫生间，比客厅还干净呢。"她把带来的两只黑包堆到沙发边上靠墙的角落，叮嘱，"可别乱碰。我今天太累了，这袋子里的东西，且听下回分解。"她试图幽默一下，但气氛已经干涩了。

贺西南送母亲，两人在楼道里沉默地走着台阶，母亲几番张口，又闭嘴。直到出了单元门，才讲出来："以后不要让别人用小六的围裙。这不好。"

贺西南的脸一下子红了，同时心中不解，母亲今天什么时候去过厨房啊。

第六章

一

老远的，钱助理就挥动她粗壮的胳膊，把小六叫到办公室："成了！就等明天店长拍板通过。注意保密。"她讲得很隐晦，小六一下子听出，说的是"最佳员工"。

11月初，蝼蚁超市推出"年度最佳员工"评比，统共三个幸运儿，如若当选，不仅照片会放大到"五公升色拉油那么大"、挂在冲街面儿的橱窗里，会登上本地晚报，还有2000块钱奖金呢。着实吸引人。内场的情况小六不甚清楚，收银台这边的竞争可是颇为激烈，跟学术界差不多，总归是舆论先行，今天这个"为老人寻找丢失的手套"，明天那个"捡到钥匙送回顾客家中"，留言簿、感谢信、表扬电话如浪花簇涌。私下里的拉票更是十分活跃，请客烤红薯、请客五香瓜子、请客茶叶蛋等——后面这些是聚香告诉小六的，她的生意为此大好。小六是很熟悉这气氛的。重点项目评审、年终考核评级、境外培训计划。搭档给上司孝敬健身卡，她就下单多功能高级按摩椅。搭档请看演唱会，她就请客意大利餐……往事历历在目，与红薯瓜子茶叶蛋确乎如出一辙。聚香着急地提醒小六赶紧行动起来，"起码能入围也好啊。"口气像是在说奥斯卡。

　　林子更是急于大显身手，他向小六承诺，只需打一圈招呼，三天之内就能让小六收到二十封表扬信。林子压低声音，"别担心，到时候橱窗里挂的，不是身份证上的照片，而是你自己的照片。咱们一步步来，有了这个先进，转正就有希望。"

　　嘿，跟卡通人、保洁员、收银员比起来，把照片放到橱窗、登上报纸，等于在夜幕里向高空放出信号弹吧。当然这只是概率，可能压根儿没人注意到她的短暂闪现。但总得有点儿自我隐埋的样子吧，犯不着主动挑逗。

　　小六没费心编理由，只简单地表示不肯——她希望林子多少能领会到她的小禁忌，某些不可为之事。

　　林子手里颠来倒去地玩着一只打火机，嘴唇皮干裂。小六从包里拿出无色唇膏给他，他没有伸手来接，"看来那假身份证并不算个什么？实际上，是你本人，怕被人认出来？"他把小六往暗处拉一拉，语气却更富激情了，"你这人啊，简直太危险了。怎么就叫我碰上的，也亏得是叫我碰上了。唉呀，我真……"他眼里闪动着困惑的兴奋，把打火机对着空气啪啪打燃，"为什么，你越是这样，我就越来劲呢。行，咱不要那最佳员工了。"——这总算是按下了林子。

哪料到这大馅饼竟像是瞄准了她，怎么着也要砸到她头顶上。

小六刚要张口，钱助理拦住，很感慨地说，"我有个观点，这人的一生啊，就像爬梯子，不论你站在多么低的地方，只要好好干，就都能往上走。你想想你，当初就一个没头没脸的卡通人！这不过才大半年的工夫。"她眼神越过小六头顶，"你也看到的，我块儿头大、文化低、不讨喜，谁都瞧不上我，尤其是男人们，简直就把我当破烂要饭花子……"讲到这里，她身体紧绷，声音都有点儿发抖起来，像被往事撞了一下。她赶紧咳了一声，"可现在，你看看我，都到助理了，后面没准儿还会有进步的……总之，你记好了，要像蜗牛一样，一厘一厘地拼命爬。"

能听出来，钱助理在对她讲真心话，当然也只是平常道理，一种生存性的原始驱动力，小六自认为早就视若大粪的，可此时听来，却也有点儿感动，谁又敢说，他不要生活好一点儿、更好一点儿？这可是热乎乎的牛粪哪，正可供养所有的粗花野草。

这样想着，小六真有点儿开不了口，舌头像短了一截："来得及退出吧？我不要做'最佳'。"她结结巴巴地提起其他收银员，尽力粉饰她们的资历和经验、好人好事，她们都比她强多了。讲得很吃力，听上去虚伪得令人憎恨。

"谦虚一两句就够了，这里又没旁人。"钱助理皱皱眉止住她，"这个名单还要报工会，报服务行业协会，说不定将来还会有更大的荣誉！"她瞪瞪小六，"你晓得我把你推上去多不容易，她们有的跟副店长是亲戚，有的跟办公室主任有一腿，后台一个比一个硬。我特别反感这种歪风邪气。你是石头缝里蹦出来的，屁个背景没有，猜猜我帮你找的，是什么核心竞争力？"她男人一样打个榧子，"你文明礼貌用语很合格！并且还是普通话呢！"

文明用语。是要求收银员需得像小和尚那样不停地念经：您好，欢迎光临。请问您有会员卡吗？请问您的卡号？请输入您的密码。找零请拿好。感谢光临。欢迎再次光临。诸如此类。如果用乌鹊话说起来，会别扭得令人发笑。因此收银员一般都像沉默的寡妇，仅靠往各个方向上挑的眼神来完成一切沟通。小六因搞不来那一套眉目，加之不会方言，也就满嘴囫囵着跑跑那几句废话了……难为钱助理，凭这条把她给弄成最佳了。

小六决定换个角度试试。她提起她在鹊山看到的那片林子——一阵风来，少部分树叶会翻动起来，阳光下闪闪发亮，而大部分的树叶，只是一个静止的背景，作为颜色或形态而存在，它们动也不动，也没有人能看得见。她希望自己就是那些从不翻动、没有阳光闪烁、无人能看见但同样存在的树叶。这个说法，很形象，且十分接近她的内心想法，这也算是回报给钱助理的一份真心话。

钱助理脸色却不对了，她拗口地重复："从不翻动的树叶？"浓眉扭成僵蚕："一个人，正常的人，怎么能不要荣誉呢，再说还有奖金呢，难不成钱还咬人哪？这有名有利、争得头破血流的大好事！我看，这里头有问题。"她扭动指关节，拳击手一样发出咯咯声。

小六也自感难以为继，再拒绝下去，恐怕要出岔子了。"你为什么一定要推我入选？这件事，林子并没有托你。"她小心地质疑。

钱助理大手一摇，"讲实话吧，哪怕你就是一只猫一只狗，我也要推你上去。"她样子变得机密了，"统共三个最佳，我这边的人绝对要占到两个份额。你不晓得吗,明年要提一个副店长,我觉得应当提我。可财神娘娘,就是财务室那死妖精,现在要压下我哩。"她鼻孔气愤地变大,"你是我一手招来、一手提拔的,你若退出,换上的,可就是她的人了!"她连敲三下桌子,强调这当中的利害。

原来这最佳员工,竟有着总理内阁构成般的权重。她早该想到这一点的,蝼蚁国跟金陵城一样的……看来,真要把照片放大到"五公升色拉油那么大"了,搞不好这就是一个节点,那枚反复推迟、多次拐弯的子弹,这下总算要不辱使命,"噗"一声把她给结果掉了。也许很快,她就要重回那既无痛感亦无快意的旧日情境了。小六笑得很不自如——她发现她有点儿不情愿,她很想抵抗,她心里那根代表终点的绳子,应当还远着呢,绝不该在此刻被绊倒、终结。

钱助理连假笑都没了,用词粗鲁起来,"我就说呢,你有胸有屁股的,为什么从来不到店长跟前扭?到底有什么情况?你屁股上有屎?痛快跟我交个底吧。"

浑身都是汗。与"上进""好处""美好的生活"作对是行不通的,恰在人间啊。她必须顺应钱助理的角度。小六憋红起脸,像终于被逼出大实话,"就算评上最佳员工又怎么样,还只是一个小小收银员。不如这次让出来,以争取更好的群众基础。甘蔗没有两头甜,我要甜个大头。"她流利地说着,不知所云。

钱助理倒神奇地听明白了,一拍手,"我就说我不会看错人的。你这人啊,有一大家伙。"钱助理两只手抄起来,啪啪扭着关节,听上去像小鞭炮。"这么说,你是看中收银台小组长的位置了?"她由衷地露出笑意,对小六放心了。

小六点头。她这才知道有个收银台小组长的缺，谁当上了谁就在胸口别个"值班经理"的牌子，挺气派的，只管走来走去巡逻，不用值机干活儿。

　　"你这一着棋，高。"钱助理将军一样地沉思着，"你不晓得有多少人在瞄着这个位置呢。不过从现在起，我就是你的后台。"她突然伸手过来，郑重地跟小六握一握，"如你所说，群众基础，最重要。保洁组和理货组本就是我的。等你当上小组长，那整个收银台也归我了。"她用下巴在空气中点着几个方位，像分配世界版图。

　　小六心绪烦乱地追随着钱助理的空中愿景，突然想起她最初听说蟪蚁国的那个出处。当时是附庸风雅跟着闺密去省昆，看过半本《南柯梦》。男主人公淳于梦发现槐树小穴里头竟有一整个国都，大为惊奇。蟪蚁国公主比画着讲解，哪里没有国家呢，以前有个兜广国，就置在一只兜儿里，公主把手做成小包袱状；又有个孔安国，就安在一个小小孔儿里，公主又把手做成一个小孔洞状……小六重新咂摸着那一桌二椅的场景，似再次看到蟪蚁国公主的手指了，正虚虚地指向她这里。她心里一动，对眼下的情境，像有点儿含糊的敬畏与体恤之情了。她得将错就错接下这着"高棋"了。

二

　　上次那则"薄被子"故事看起来对聚香颇有作用，她不再跟小六探讨唯一、永恒、爱情之类的大词儿了。"南边来的，北边来的，东边来的，西边来的，男人全都一个样，打牌、打瞌睡、打老婆。我得图个最实惠的。"

聚香的口气老到了,并表示要向小六更多地请教,以更上层楼。她晚上也跟着小六回租屋,带着没卖完的茶叶蛋和过期杂志,分别赠予舒姨和籍工,得到双双的欢迎。

夜深了,聚香脚对脚跟小六挤在一张床上,不肯睡,"你是过来人了,得好好帮我。"

"过来人?"小六一顿,有所预感。

聚香突然把灯一关,房间黑了,"假如,假如不晓得会不会跟一个男人结婚,就跟他那个,能不能的?"她拍拍床。

"真白看那么多画报杂志了,像块裹脚布!"小六故意装着失望。聚香越是这样傻傻的怯怯的,她越是感到一种愤然的怜爱,更有种要加快幼苗成熟(毁灭)的迫切似的。

聚香委屈地说,"我多希望我能像你一样啊,想什么就做了什么!可你看看,这里到处都是死脑筋,扭扭捏捏的老一套!我能指望谁啊。"

倒也是,乌鹊这里仍讲究媒人、说亲、聘金、订婚等一套礼法。对聚香来说,撇掉爱情的浮沫子,才是第一步,真要到婚姻、性这些具体问题上,她更等于是埋在几尺深的冻土呢。世上的处女啊,总是这样,她们总需要不停地爬台阶、不停地跌跟头、不停地落下疤、又不停地长智齿,从浪漫主义到现实主义、到自由主义……小六忽有点儿好为人师的冲动,也许,她可以带着聚香三步并作两步走,十分钟年华老去,直抵弹荡晃悠的虚无之境。

"我送你一句话,要不要?没有黑暗、性与秘密的一辈子仅仅是半辈子。"聚香信这一套的,外国的名人名言。"一位法国大作家说的。"

"性、秘密、黑暗。"聚香女学生般地重复,从被窝那头坐起来。

外面风很大，呜呜的。"那你，一定有好几辈子了！"聚香热烈恭维。

小六哂笑。"性、秘密、黑暗"，像保险箱的三组密码，咔咔咔转动着，沉睡的面孔逐一浮现，短暂的明亮，又渐次黯灭，就像籍工混乱记忆中那些粉红色女性一样，一个人的生命里会有多少不可磨灭的异性？她脑中闪过各样的遭逢，淡淡的交集，惊心的对视，来不及犹豫的解脱……那边际不清的瞬间，尚不足以构成黑暗或秘密，更构成不了性。但吸引力恰恰就在此，这淡淡的湮没里，自有一种真谛般的吸引力。这才是性，最动人的性。

有一天清晨，她骤然早醒，悄悄爬起来，信步走到邻近的小区散步。小区嘛，总有着大同小异的景貌，跑动的狗、塑料袋、绿化、垃圾桶、体形臃肿的居民们。她突然看到一个男人，衣装十分正式，绝不像本地住户，他蹲在一丛灌木边，头勾在两腿间，一边抽烟，一边扯着手边的绿叶，颓唐的姿势极为触目。他的脚边，有好一堆烟头，起码是小半夜的产物。小六只是远远一瞥，连正脸都看不到，可他那种厌世之态立即使她产生出一股闪电般的爱意，一下子就爱上这个人了，爱到可以到搂抱交欢（哪怕仍然看不到他的脸）的地步。这感受抽象到难以置信，但像她的呼吸一样实在。她绕着绿化道，在他附近来回走了两遍，带着似乎已经得到满足的爱欲。

有一个下午，非高峰期的公交车，她坐在倒数第二排，很困，她把头歪倚在椅背上瞌睡过去。车身摇晃，她忽地醒来，感受到有只手在摩挲她的头发，幅度极小但持续不断，仿佛有着百般柔情。她继续装着打盹儿。她知道这番摩挲并非假想，是来自后排乘客的、正在发生的动作。这当然是某种滋扰，是下流行为。她应当激烈地摆脱，像任何一个有贞洁意识的女人那样,起码可以避让到前面的空位上去。但小六保持不动,有种平静、广袤的接纳。她专心致志地闭着眼睛,体味发丝间的多重意味:罪过、渴望与愉悦……到站了,她笔直地站起身走向车门,没有回头,连侧面的余光也完全避免。她一点儿不要看到那究竟是个什么人。

这样的瞬间,似乎正是她对性与性感的理解,不过这跟聚香是说不清楚的,大概跟任何人都说不清。

"要知道,在人家外国,还提倡在结婚以前……那个的呢。"小六只好就事论事,给她打比方,"这就跟吃饭吃菜一样,有人喜欢加盐加酱又倒醋,有人喜欢白水滋味。有人吃得好了就大呼小叫,有人一声不吭只管埋头扒拉。趁着有胃口有牙,多试试各种味道啦。"

"有道理。"聚香嗓子发哑,把腿往回缩了缩。

"别缩啊。这种事就得大大方方、理直气壮。"小六拍拍床板,嗓门儿变粗起来,"不要讲文明,不要懂礼貌,只管像两只在泥水坑里撒野的猪,明白吗?"

"看你说的,好好的人,干吗要做猪。"床尾传出聚香特有的憨笑,她放松一些了,"可万一最后跟那人结不了婚,那我不就吃亏了吗,起码也是吃了闷亏。"她像摆弄电子秤似的,称斤算两。

"你,怎么又往回倒了。"小六大摇其头,急得拔苗助长,以期聚香最终也能触及那种极富快感的罪感。"跟陌生人都可以的。我,我自己就这样做过!"最后一句是脱口而出的,欲收回,已来不及了,算了!不管了!她张口就来了,毫无遮掩地详陈了那个"爱牙日"的中午,她与那轻浮家伙的第一次。

"哦,哦。"聚香不断地感叹,满足地质疑道,"你们俩完全不认识?"

声音尖得刺耳。

记得稍后,小六保存那人号码时,头脑里莫名冒出来一个"黑"字,刚输入这个字,联系人就自动跳出"黑师傅"来,那是公司附近拉私活儿的相熟司机,女的。一想,这匹配倒也不错,便用新号码覆盖了。小六向聚香复述这个细节作为佐证,"瞧瞧,就是到现在,我都等于是不认识他呀!"

"你简直太感人了,简直太外国了,简直太无私了。"聚香声调颤动,胡乱地形容。

"得了得了。"这赞美听来有点儿怪。

"可是,我就想不通了。"聚香狐疑地追问,"就这么没头没脑的,两个人光是弄那个,不有点儿滑稽吗?你肯定有一个原因吧,你是图什么?你这到底算是什么意思?"

小六黑暗中猛地睁大双眼。聚香问得好。她也知道这确实没啥意思。可那许多有意思的、大家都在做的正确的事情,她反而完全提不起劲头。她没劲去闹恋爱,去争名头,去过小日子,去生小孩子,总觉得那像一个被分配的扮相与头面……只有像这样,既"无意义"且"不正当",简直都没法子讲、没法子定义的事情,她才乐意为之、反复为之,怎么着也要去干,这才让她有一种完全的"我"的感觉——"我"存在了,成立了,有感知了。

"嗯,这么说吧。"小六一本正经的,答得很认真,"平常你晓得自己有十个手指头吗,数钱也好、洗衣服也好,都不晓得的吧。可要是被针刺一下、开水烫一下,一疼,就感到手指头在那儿了。与那个黑师傅的事,对我来说,就是那根针,就是滚烫的水。"

聚香一定觉得她讲得狗屁不通，嗯嗯着敷衍了两声，突然吐露出她的计划，"反正跟陌生人我是不来的，啥也不图的话，那我更不愿意了。我是有重要原因的，你就等着我行动吧！"

"你指跟人睡觉？"小六发笑了。这傻丫头都还不会走道呢，怎么可能跑？

"是有这么一个人，也有未婚妻了。但条件真的是全乌鹊最好的，我一直在想办法。"聚香语气很谨慎，"得拼一拼。"

"这就对啦。黑暗、性、秘密！冲啊。"小六醉醺醺一般，像在挥动看不见的小黑旗。她确信聚香是在讲大话。就算真有那么个全乌鹊最好的未婚夫，哪里有她什么事。

"瞧着吧，我会'拿'下他的。"

小六一把扯亮灯，只见聚香郑重其事的，圆乎乎的脸蛋又红又白，像一个马上就要出发的圣战士。

三

性的问题看来喜欢结伴而来。

轮休日，林子骑着破摩托，依惯例是要载小六去发呆看乌水的。不过寒冬已深，那些翻动或不翻动的树叶皆零落将近，林子认为"实在没什么好看的了"。摩托车在冰冻的路面上打着滑，他"临时"有了主意，掉转头，突突突带着小六往他的小屋子去了。光秃秃的行道树忽快忽慢地往后撤退着，像在犹豫着是否加入这带有明显倾向的旅程。

林子顺路买了些炒货、水果和饼干，还有速溶咖啡和冲泡式奶茶，并专门挑了一对卡通杯子，要好好搞一番情调似的。一到家便忙着烧水备茶，打开空调，整理着显然已经整理过的各个角落。他竭力装出兴冲冲的样子，卖弄着半拉子的魔术，破绽百出地从零食堆里给小六变出一只女包，外国牌子。"噔噔……噔……噔……"他嘴里配着乐，"你那只绿挎包太旧了，正好我这个月一下子谈成三处房子！"

小六有数儿，就算真谈成三笔租屋生意，提成也买不到这只包。当然他除了在高颧骨老板那儿打工，还兼着介绍租客做装潢买家具电器，另外还替一个烟酒铺子跑腿拉货，不时倒卖些二手烟酒，但也都赚不了多少，他大概觉得不够体面，一直瞒着小六——这都是聚香暗中提供的情报。小六猛然想到，聚香会不会也把她的那些奇谈怪论，包括跟黑师傅的事情，转述给林子听？他们毕竟是亲戚。林子今天的如此这般，或正是基于那样的判断？

"唉呀太贵我不能要的。你连摩托车都舍不得换。"

"你不懂，旧摩托反而开得舒服的！"林子粗手粗脚替她拆开包装。大红色，很柔软，散发出好皮子特有的钝厚味。小六不禁伸手抚摸，同时有点儿不怀好意地回想着。上一次，是什么时候收到礼物的？接受被圈定的示爱？她忽然很不自在，排斥感如旧相识迎面而来。礼物是无法信任的，总是包裹着目的。礼物从来就不是礼物，是交换，是哀求或索取。林子这是想要跟她那个了？

"喜欢吗这颜色？聚香帮着挑的。"林子抬眼，留意到她的表情，结巴了，"呃，你别误会，我这只是……想让你……"他不晓得怎么往下讲了。

不能这样的。小六使劲抹一把脸，该有点儿平常女人在这种情况下的反应。像搬动一件重东西一样，小六把自己往林子那边挪了挪，面颊贴到他皲裂的脸皮上。就当这是礼数，是回赠。这也是事态发展应有的成本。她明明知道聚香是个实心眼的大嘴巴，她对此应当早有预知不是吗？她的潜意识里，也许就是想让林子知道的！

她的靠近让林子吃不住了。能看到他额头上的几粒小粉刺立即充血了，醉汉一般。他突然没轻没重地抱起小六，像大人抱小孩那样，把她横放到他腿上。挺大的一只沙发，他只坐到最边边角上，把头埋到小六胸前，是想遮羞：他勃起了。

被林子提到半空中时，小六尚处于惊愕的混沌之中，两只胳膊像假肢一样，生硬地钩住林子的脖子。她不知道，这份回礼要回到什么程度才算恰当。但一落到林子腿上，感觉到他大腿侧肌有力地顶拱到自己的臀部时，长久的僵硬一下子软了。突如其来的电极啪啪交互击闪，并不久远的经验像月圆之夜的浪头一样，把小六从深海之中打捞上来，冻肉一般的神经，反射性地苏醒、升腾，热胀感使得胸脯像鼓开的野雉毛那样，简直能把林子的整个头都收埋进去。她挣扎地摆动腰肢，反使得林子抓在她腰间的那两只手，齿轮般越卡越紧。生理反应上讲，她同样勃起了。

但与勃起同步而来的，是另一方向的意志。禁忌的、诅咒的意志，像暴君一样大怒，扶刀而起。无论如何，哪怕九死一生、人头落地，也要阻止这种事情的再次发生啊。曾经所撒的那些野还不够吗。她大费周折地抛离旧境，可绝非为了再次纵沦、再次自我厌弃。她需要新的能力，一种迟钝的能力，节欲的、干枯的能力。这是炼狱啊……

不过情况并不容她做此细想。林子突然起身扛起小六，没有脚似的，一下子蹿到房间的床上。老天爷啊，来了，又来了，像鼓点快速震荡空气，集合起所有搁置已久的荷尔蒙，小六的细胞们早已甩开她精神性的统领，自行组织和暴动起来。她十只手指熟稔地动作，帮林子和自己扒下衣服，她的颈部高高上昂，黏湿的舌头与牙齿舔咬着所能碰到的任何一块裸露，她的腰部和腿部折叠着，一会儿呈凹型，一会儿变成锐角，一会儿又拉成平线，形成嚣张的律动。上方的林子浑身抖动，热气扑面，如一个发烧的跑步者。

林子突然刹住发动机、停顿。他抓住小六的手，用她的手扯着他牛仔裤上的拉链，或者说，用她的手阻拦着他的拉链，那是最后一个启动按钮。他有些口齿不清："起码，你能不能告诉我，你是谁？"

我是谁？小六睁开眼，浓雾中传来嗡嗡嗡令耳膜为之震痛的钟声，钟声驱散着雾气，剥离开遮蔽与掩体，荒凉的旧景一一显现。问得好哇。小六颓然塌下腰肢，血液、细胞、骨头、神经，残败着迅速撤退。

林子俯看着她，额上一层细汗，眼神浸透了九层苦艾汁，"你别生气。我不愿意喊着吴梅的名字来跟你这样。你叫什么？我们都这样了，你总该告诉我这个吧。"

小六定睛不动，她在林子的瞳孔里看到自己的脸。她举步走入那个瞳孔，走入黑褐色深处，走入她曾在的往昔里，她焦急地四处搜罗，试图扒拉到一个现成的答复。我在哪里，我是谁，快出来呀。她情愿回答的！准确的响亮的。

"你还是瞧不上我？认为我扛不下事情？你若要我保密，我都能马上割下一只手指来发誓。"被性欲所牵制的林子发出血淋淋的誓言，"说吧，你身上背着的，到底是什么事？"

"别问这个。"小六用内衣蒙上头脸，不顾胸部完全地暴露，"我要能说清楚，早说了。"

"不想讲就算了。就只说说你的名字嘛,哪怕只是一个姓?"怕触电似的,林子一点点触摸着小六乳房周围的皮肤,触到哪里,哪里就浮现出微型的涟漪。他嗓子发出吞咽,"或者最末一个字?中间一个字?只要是来自你的就行。"他急切地出主意,不停地让步,"要不,小名儿也行,上学的绰号也行。连这也不肯说吗?"几乎哀求了,他的下体在内裤里直打晃,像蹬着手脚要奶的婴儿。

"你难道不是喜欢我这个人本身吗?这跟我的名字、我父母是谁、老家在哪里、我做过什么工作……有什么关系啊!"像要抓住正在收回的绳索,小六艰难地狡辩,她感到她正在下沉,徒劳的搏击中,她又倒退至黑暗冰冷的海底,温度越来越低。

"我只是想知道我喜欢的是谁。这也有错?"林子愤懑得几乎要掉泪了。

静默的结冰了的画面中,慢慢浮升起另一幕断章,那是她与黑师傅的场景。相似却又相反——他们那样轻松地就达成了反情义的约定:除了性,不涉及任何个人情况。不寒暄、不衍生、不假装情意绵绵。多少次,小六记得,当视觉的余光从战斗的红色慢慢变淡,剧烈摇晃的物件们又恢复到它们原来的位置,他或者她,偶尔会忘掉约定,开口谈心。另一方总会像风纪纠察似的,警觉地一下堵住这一方的嘴,用拳头、毛巾、嘴、或别的。再一次的性行动,被强迫执行了。变形、撕裂又弥合。他们的关系得以维持这么久,绝非因为性欲本身,而是因为这种彻底的无情。他们封闭了作为人的其他交流通道,只剩下这一单调的路径。这早已不是性刺激与性快感,这只是一种互助,苦涩又无聊。

重叠性的回忆让小六略有困惑。其实,林子这样才更加正当?更符合所谓的男欢女爱?但这种"欢爱",何其庸俗啊,为什么要配合着零零碎碎的身外之物,倘若她光秃秃的,就连爱、被爱与做爱都不可以了?

小六磕碰着上下牙,面目有些狰狞,像个打摆子的人。名字就在嘴边,但哪怕只说出半个字,那都会是她与外界这场对峙的妥协。她甚至可以把这一原则处理成一个双向的策略:她只要守口如瓶、保持无名之态,不仅可以阻绝掉林子的情爱发生学,同时也可一并消解她这方面的无耻肉欲。

胶着的时间并不长,性的激越与脆弱是一体化的,浓烈的几秒钟过去了。林子的泪水夺眶而出:"我就知道,你根本不喜欢我,从来就没喜欢过。"

他骤然离身,替小六整理衣服时,手指僵如木棍。一串眼泪掉到小六还光着的大腿上,如小火舌蹿咬。

衣服穿好后,他们都很自觉地离开对方很远。热乎乎的空调、打开的零食、咖啡的香味、大红的皮包,场景仍跟刚才一模一样,他们却变了,变成了同一笼子里的囚徒。关于"她是谁",成了一对纸镣铐,把他们彼此都锁死了。

小六喝了一口凉咖啡,忍不住向斜上方瞟了一眼。那只一直在她头顶上方暗中操劳的巨手,对她是多么严厉又多么关照啊。方才的这一关,如此急箭在弦、势若烈火,终还是委地为一摊虚空。真叫她悲欣莫辨哪。

四

一推门就知道今晚气氛有所不同。因被钱助理喊了加班,小六已迟了四十分钟到家,但桌上饭菜没动,籍工身穿一身挺括衣服,隆重地端坐于餐桌边。舒姨则站岗一样守在门后,小六刚一露面,她就急急忙忙迎上来,"今天!特地做了你最爱吃的!你最喜欢吃的是……"舒姨嘴巴半张,停在空气之中。

最喜欢吃的……小六徒然想到醉泥螺,同时震惊地意识到,这么久了呀,她一次也没吃过醉泥螺,要不是被舒姨这么问起,她差点儿都忘掉这一点。真奇怪,怎么忘得如此彻底?起初是结婚后,贺西南见她总是食欲不振,多次追问下她便如此作答,像是一个瞬间的决策。自此,这醉泥螺便成了她的安慰奶嘴,走到哪儿都要带着,她已记不得在多少个场合,扬扬自得般地对别人详尽地乃至渲染般介绍她的这个独特嗜好,闻者欣然点头,继而也会争抢着交代:我一天三顿都离不开豆腐乳!整条鱼上来,我只吃鱼腮上的那一小块窝子肉!我从不吃韭菜,味儿都不能闻!小六胃里一阵叽里咕噜,别人的情况她无权置喙,她只敢笑话自己:切,当真离不开醉泥螺吗,莫非连这也是假象,只是她在某个场域里的习惯性装备,用以区别于他人、用以确认自个儿的?

小六观望着舒姨口型的变化,不用回答的,标准答案只会在她那边。果然,舒姨得胜地一拍手,"你不用讲我都知道啦!年糕炒鸡蛋,对不对!记得以前菜场有破鸡蛋,全都打在塑料袋里,很便宜,我常买回家炒年糕,我能吃小半盘,小哥呢,包干掉大半盘……""又来了!这都什么时候了。"籍工挂下脸,指指手表打断。

小六咧开嘴。好吧,就这样,这将是她在乌鹊最爱吃的东西!

舒姨从厨房捧出一只细蓝花盘子,微焦的鸡蛋油汪汪地包裹着年糕,饱浸着菜籽油,黄灿灿的带着发泡与气孔,葱花点缀,构成星座一般不规则的图案。她逼迫着自己把筷子伸向鸡蛋,像恐高的人往悬崖边缘攀爬,只有半根筷子的长度,偏就是难以企及。口腔里突然涌上一股烂鸡屎的味道,一如从前、分毫不差——

那时多大?可能六七岁,记得是个初春天气,初开的梨花上挂着娇滴滴的露水,她在树下仰着脖子看。厨房里,母亲用甜腻的腔调叫唤,她端出一碗东西来,"好吃的鸡蛋羹!"这时候不是饭点儿,小六也没考一百分。小六瞅了瞅,鸡蛋羹上方铺着一层密密的葱花,像碧绿的浮萍遮住了河水,完全看不到下面的蛋。葱花上洒着麻油,油光折射。小六馋上了,接过碗和小勺,等不及地坐到梨树跟前开始吃。麻油、葱花、鸡蛋在嘴里搅拌着,往脖子里欢乐地滑动。浮萍似的葱花部分很快吃完了,露出下面的内容,这鸡蛋羹不是黄的,而是黑黄相间,黑的部分有些像碎木耳,但也不像,仔细一看,黑中还带有血管、有细尾巴、有小脑袋……

果然,又一次上当了。无数次之后,再加一次,还会加许多次的——她是母亲啊。母亲整天在厨房里捣弄,捧出各种玩意儿。它们要么骚味冲鼻,要么极其碜牙,或者甜得像倒了一整碗糖。她鼓着腮帮去找母亲,母亲似早有预料,她用更为疼爱的目光催促小六继续往嘴巴里塞:"小六乖,这都是为你好的。小蝌蚪,不是最可爱的吗。"

小六张开嘴巴,喉咙里卡着的鸡蛋羹自动蠕动起来,黑色的点与线不断地重组拼装,并复活成一只只蝌蚪,摇头摆尾地游动起来,有的甚至长出后腿与前肢,变成了绿莹莹黏糊糊的青蛙。她手中的碗掉地上了,嘴里的葱花、麻油与鸡蛋像彩色喷泉似的飞升到半空。母亲双目圆睁,嘶叫一声,扑向那团洒在地上的鸡蛋与蝌蚪,两手笨拙地掬着铲着,试图挽回,好像那些玩意儿还能重新回到碗里,并且小六还能重新吞下去似的。

如同移动大山，小六绷紧肌肉、竭尽全力把细蓝花盘子拉到面前，全神贯注地把筷子对准鸡蛋炒年糕伸过去。终于抵达了，并夹起最大的一块。她上下牵动腮帮，眼睛眯起，拼命往喉咙管儿里咽，年糕混杂着臭鸡屎味儿堵住嗓子眼儿，恶心得热泪如注。她再接再厉，筷头翻飞，好像要连同以前洒在地上的那些蝌蚪、麻油与葱花，通通都扔到嘴巴里。透过泪光，她拉长视线，试图寻找到母亲那迟来的欣慰笑容，泪花里却是一片刺目的空白……最终，她吃光了整一盘的年糕炒鸡蛋，并意犹未尽地抹了抹油光光的嘴、打个脆嗝："好吃。"

"好哇好哇，这胃口完全随我啊！"舒姨满足地收起空盘子，小步子迈得挺快，不知从哪里跌跌撞撞地变出一盒蛋糕来，冲小六发出新的指示，照旧是那种难以拒绝的态度，"来来来，点蜡烛、闭眼睛、许愿！"

小六干瞪起眼睛。就算照吴梅的身份证来说，生日都不是今天啊。

"我绝不会搞错，你就是今天生出来的啊。不信你问问观音娘娘！"舒姨半是请求半是传递天命。灯光下，她面色无华，眼睑厚垂，突然间显得弯腰驼背。小六一阵心软，行啦行啦，这有什么好计较的，就当真是舒姨以及她的菩萨的一番心意吧。

伴随着胃里正快速分泌的消化酶，小六听话地闭起双眼，过分用力地闭，像用胶水粘起来一样，多么陌生的动作……短暂的黑暗之后，眼球慢慢地复苏、有光了。她终于看到久违的母亲了。母亲的面孔悬浮在蛋糕与蜡烛之间，带着不屑的笑。她厌烦万家团聚、张灯结彩的大众节日气氛。"不就是虚头八脑地吃吃喝喝！"这种排斥也包括小家庭的生日或纪念日，那些本该快活庆祝的日子，倒成了必然要落下的、躲也躲不过去的雷雨，弄得小六也跟着惶恐起来。最终，她的生日如雷雨轰隆隆远去了，母亲又似有了歉意，绞着手要弥补，"你要吃蛋糕吗？我们可以连续吃上一个星期！"她拉着小六跟她一起照镜子，带点儿不自然的胜利感，还有更不自然的忧虑，好像小六会从镜子里消失似的："好哇好哇，又长一岁了！平平安安地没出任何事情。"

"许完愿了？"籍工看看表，念出一个不相干的日期，犹豫地补充道："好，今天是个好日子啊。"看来，对今晚的小六，他还没找到一位匹配的旧相识。他像侦探一样，不动声色地寻找一些提示，"鸡蛋，生日，蛋糕。哎，你许的什么愿？"他追问。

"许，许你知道我是谁。"小六随口说。她脑子还停留在闭眼的那个瞬间，暗黑里母亲的样子，像把钝刀。她感到对不住母亲，像是背叛了前面那些年，她竟然有了个好胃口、有了个新生日，并且这么花花绿绿、没心没肺地过将起来。

籍工接不上小六的话，他骤然面带苦恼，像受了欺负。舒姨也如听到了一句谶语似的，捂着胸口跑到白瓷观音那里，僵立了好一会儿才回转过来。

几分钟之后，小六知道她这句玩笑话的妙处了。

分完蛋糕之后——供给白瓷观音一块，他们每人吃了一小角，舒姨急不可待地把小六往小房间里拉。房间正当中，放着服装袋和鞋盒，"快穿上试试。我可连着跑了两家商场，才挑到最合适你的！"

所谓最合适的——小六大概能猜到，正是舒姨多次提起过的，她认为最好看的——黑白格毛衣与红色呢裙。舒姨手里还有一副珍珠耳环，她高翘着小手指，十分得意，"你不肯打耳洞嘛。好不容易才找到这种夹式的！"

从头到脚装扮完毕，舒姨把她带到大房间的穿衣镜跟前。她让小六提起裙角转半圈，然后两只脚以丁字形站立，一只手叉腰，一只手掠着头发，差不多要定格在那里了。小六默不作声地依言而行，一边打量镜子里的人。她往前挪了一步，又挪了半步，使劲儿地往镜子里看，连呢裙下摆的一根细线头、连额角的碎头发都能照得一清二楚，偏就是看不到她本人。她挪了又挪，不能够再近了，嘴巴里的热气都呼到镜面上了，却只看到镜子深处的舒姨，她正小心翼翼地碰碰籍工的胳膊，冲镜子努嘴，声音如同梦中人："是谁呀，她是谁？这回你该认出来了吧？"

籍工歪头端详，两只手孪开甩动，像沾到水珠似的，脸色涨红。舒姨挪到五斗橱前，从最下面的抽屉深处掏出一本影集，翻到某页，递到籍工眼前，塞进他的视线。籍工定住双目，他盯着照片，又瞟一眼小六："我认得你嘛。喏，这不就是你嘛。"他突然扭头看看舒姨，困惑地，"谁呢？我认识她的，真的，她是我们家的什么人……"

舒姨热泪滚滚，像在漫长隧道尽头见到些微曙光，她让籍工坐下，大声启发，声音像锤子一般，要把某个想法敲打到他的脑子里："当然认识！我告诉过你的，你想想！"

小六凑近去看，影集翻开的那一页，赫然入眼的是张年轻女人的照片，从眉眼看当是舒姨无疑：齐刘海儿、挂肩卷发，珍珠耳环，黑白格毛衣配红裙，一手叉腰，一手掠发。

小六心里一阵诡异的空荡。

"这就是她呀，你看，一个模子出来的，只能是她！"舒姨还在催促籍工，像对着空气压着打气筒。籍工畏惧地从肩上推开舒姨不停拍动的手，他看看表，脸上露出凄凉不忍的样子，挣扎着爬上床，拉起被子往头上一蒙。

舒姨散了骨头，掩耳盗铃地将影集合上，有些巴结地对小六强颜一笑，"我说，这套衣服还蛮合身的吧？"

"合身，很好。"小六目不转睛，心里有点儿轻微的厌恶，"籍工最后真能认出……你说的这个我来？"

她猛然涌上泪水，"他记得所有那些人，从七八岁记事起，到六十多岁发病前，随便哪一个，哪怕是过路人，他都记得一清二楚，更何况是你……他会认出你来的。"舒姨的白翳里闪过老年人特有的先知之感。

第七章

一

医院熟人递给贺西南小六过去一年的医保卡记录,有药费、检查费、消毒费、化验费、材料费、B超费等。熟人拍拍贺西南:"很抱歉还不能提供检查结果。不过,贺总你可以回去找找看,她应当保留了B超结果单——女人百分之百会保留这个,就像她们都爱拍照一样。B超就是她们内部的照片。"

贺西南爽朗大笑,笑声惊人,使得窗户都有些嗡嗡作响,活脱脱像那些刚刚得知自己快要做爸爸的人。他如此大笑着跟熟人告别,都不为此行编个像样的借口。他已为小六说过各种怪话、做过各种怪事,熟人们也并不以为怪了。

临近元旦，车堵得厉害，车与人都像是蛆虫在原地蠕动，贺西南脾气火爆地不停改道，像好不容易实现了一场杀戮的豹子急于要把猎物的尸体拖到树上去慢慢撕咬——贺西南认为，在漫长的大漠跋涉般的追寻之后，他终于找到小六出事的真正原因了：跟子宫有关。

妇科B超检查可以有许多情况，熟人解释过，比如子宫内膜炎、肌瘤、囊肿占位、增生，等等。总之出事前不久，小六与她的子宫之间，肯定发生过什么。而在贺西南看来，只有这一个可能：作为一位育龄女性，作为已婚四年的妻子，小六终于开始考虑生育怀孕这件事了。他在熟人面前的那一串大笑，并非全然作假：这正是他几年来日思夜想的事情啊。

如果说贺西南与小六之间真有什么实质性问题的话，只有这个：生孩子。

四年来，近一千五百个夜晚，他们从未达成共识。贺西南倒也没有特别生气，许多年轻女人都不愿生孩子。她们怕疼、怕发胖、怕喂奶、怕粉红乳头变得又大又黑像晒干的香菇、怕脸上长斑、怕掉头发、怕屁股垂到脚后跟、怕阴道松垮成大马路等。有的说情愿二人世界；有的抱怨教育竞争很可怕，食品和空气太糟糕；有的说人生就是受苦，何苦造个孩子再来受苦，等等。不过小六并没有拿出任何具体的托词，她只是务实地、一丝不苟地坚持避孕。贺西南难道还能强逼吗，他忍耐着，并在忍耐中一次次地失望：小六的月事像月亮一样准时而枯燥地挂在他们的夜空。贺西南后来已不再提这件事了，最近的还是去年的儿童节，他说了一句："我们好几个同事，今天都领到六十块补贴，说是独生子女费，国家发的。你猜怎么着，我真愿意倾家荡产，去换他们那个六十块。

可他们呢,还直嚷嚷着说不要,说马上就打算生二胎。"他用讲笑话的语气说道。

终于从车海中杀到家里,贺西南却只是在客厅胡乱绕着圈子,像快要蹲大便的人那样,无耻地拖着时间。他知道小六平常把病历、体检报告之类的东西放在什么地方。他远远张望那只抽屉,心里真是怕了小六,老觉得病历里会有个什么东西能把他炸翻在地。贺西南扭着手,像他最讨厌的娘娘腔那样,整个人裹足不前。他气得脸都涨红了。

幸而这时有人来访。来人自我介绍说他是贺西南快递公司城中分公司张会计的亲戚,具体说来,是连襟关系。

"张会计的连襟"自说自话地跨步进来,像其他那些访客一样,张口就说起他新近没了的一批鸽子。

他献宝似的展示出一张加过塑但仍然很破烂的会员卡,证明他是信鸽协会的资深会员,养鸽子已有十余年,历经数十次赛事,常有斩获,最远的连酒泉2000公里鸽赛都拿过奖牌。可最近一次,小不在意的开封500公里鸽赛,天气晴好,温度适中,风速正常,本该80%以上的返回率,可是咄咄怪事吧,两千多羽参赛鸽,最后只回来了三百多只。他的、他朋友的,包括资格更老的鸽主的,许多人都张大嘴巴守着空笼子!太可怕了,这简直相当于泰坦尼克号的沉没呀。要知道,我们放的都是两年鸽,体能正好的时候……

都他妈的什么玩意儿啊。贺西南不耐烦地一把拐起他的胳膊,推赶着他就往放病历的那个柜子走,像把他当作一个雷区探子。

"从下往上数第二个抽屉,靠左手有两本病历。第二本,你拿出来翻到最近一页。"

贺西南嘴中发出一连串指令。养鸽人嘴里"哎哎哎",脚下打着反抗的趔趄,听到最后一句,他一把甩开贺西南,上下拉一拉衣襟,又正正脖子,方依言行事:"要人帮忙也得客气点儿。"他哗啦啦翻动起病历,隐隐地医院味儿散发出来。他展开最近一页,向贺西南伸来。

"念给我听。"贺西南不肯接。他真恨这份胆怯。

"患者自诉右下腹阵发性……发烧……指压有明显跳痛……"养鸽人吃力地辨认。

"错了!这是她上一次割阑尾。"贺西南粗暴地要去抢病历。

养鸽人此时却眼睛一亮,胜利地把病历举得老高:"撕过的,这里被撕过了!页码从12跳到17!"随着他的高扬,病历当中滑出一张薄薄的影像单。

黑白,呈扇形,图像影影绰绰如宇宙星云。"这是热敏纸,喷墨打印,上面的图像很容易发黄,最后分解,挥发得光光的。"养鸽人捻捻报告单,"这个我懂,以前传真就用这种纸。你看看,字都发胖了、浦开来了。"

二人头碰头研究,从那些"发胖了、浦开来了"的字体中,勉强辨认出几个字,"……腔内可显见……低回声……"

"什么意思?"贺西南请教。

这位碰巧介入此事的来客,凭着对热敏纸的一知半解,把他的权威范围扩大了,"'可显见',那就确定嘛。'低回声'那就是里头有东西嘛。片子应该能看见个小白点,就是那'东西'。但热敏纸嘛,没办法看得到了。"迎着贺西南的狐疑,他偏偏脑袋,得意地补充,他老婆是个只要一碰就有的主儿,生下儿子后,又意外怀孕过三次,人流药流清宫都做过,"我最清楚女人肚子里的那些名堂了。"

养鸽人被客气地安顿到沙发上,跷腿啜饮着贺西南特地为他新泡的一杯茶:"这个 B 超图虽然啥也看不清,但十有八九,您老婆这肚子里,有情况了。为啥又把病历纸撕掉哇?不外乎两种可能:一是留下了,二是处理了。但不管哪种情况,看来都不愿被你发现。是不是?"他很有成就感地用茶水漱口,口腔里哗哗哗的。

贺西南消化着他完全正确的废话。该说些什么呢。

"那么,接着谈我的鸽子吧。"客人把 B 超单夹回到病历里,像做完了一份作业似的往茶几上一放,"我们这几个鸽友,加在一起,共没了 116 只鸽子,大家都不服气,分头请了几个老手老行家,专门碰了几次头。我们分析啊,这次开封 500 公里的怪事,应当有下面三个可能……"

一向讲究待客之道的贺西南这时失控了,他硬生生拎起对方的衣领口,把他的信鸽会员证什么的胡乱一塞,翻脸不认人地直接把他押送到门外,拍上门怒吼:"去你妈的 116 只鸽子!我这里刚刚没了个儿子,生死不详,连个照片都看不清!"

客人大为气愤。他可是倒了三趟公交车才摸到这里的,消失的鸽子、消失的女人哪怕就是这个消失的胎儿吧,这当中总有一些共通的东西不是吗,他们本可以好好交流一番的!这个没良心的,这还是他替他发现的呢!

"不就个白点点吗,还儿子呢,肯定是你的吗?"他捶着门吐字清晰地调笑道,"起码我知道哪些鸽子是我的!它们腿上都系着小脚环呢,116 只,其中有我 15 只!"

门后的贺西南被这句狠毒的话给罩住了,动弹不得——

好啊,好啊,一个不知道是不是他的,也不知道还在不在了的胎儿。

真是一根了不起的大稻草啊，压得他再也直不了腰了。小六你可真是干得绝啊。你呀你，还真是消失了才合适，是死是活都无所谓了。你跟我没关系了，我再不会等你找你了，我不要再见到你了。

二

关于小六的B超，本也是张灯想跟贺西南谈及的"起码五个，咝咝，五个方向的异常状况"之一，后由于贺西南的愤然拒绝，他遂仅摘要出"医院"一词奉上——这不干他的事。张灯更感兴趣的，是另一些情况。

在邮箱、OA系统、百度经验值、当当网等半公开性的空间里，小六有各种网名，如"正方超体""六六小顺""大陆"等，其表现中规中矩，像农夫撒种子一样均匀播散笑脸，进行着诸如火锅跑步化妆品之类的低级互动，对乏味的论题发表同样乏味的见解——张灯敲敲桌子，这是不对的，这是一种伪装过的现场，过分整洁、规律、谦逊。这恰恰证明着：她绝非如此。

果真，在一个购物收藏夹里，除了常用品小零食之外，张灯挖到不少抽冷子的怪力乱神。高仿人皮面具、魔力翘臀贴、手表式摄影机、会议打瞌睡专用眼镜、仿孕妇肚皮。他满意地一一点开，像是远远尾随在小六后面逛街，逐一查看她拿起的每一样东西，他甚至有种冲动，想把这些东西通通买下来送给小六，以讨她一个惊喜……张灯想起来，曾有个女郎这样问他：是否愿意替她的淘宝购物车付款？不愿意。张灯当时就特别反感地回绝了：他不会替任何上过床的女人埋单的，总觉得里面有种下作的隐喻。可这会儿，又为什么呢，他竟挺乐意的，挺巴不得的，想通通替小六买下，并想跟她一块儿搞点儿恶作剧什么的。张灯觉得自己好像变得俗气了。

更俗气的在后头，以至让张灯感到一种悚动。在小六的视频播放器里，张灯查阅到她的在线片源、BT 种子以及一长串的观影记录——张灯真要叫出声，简直想伸到屏幕那边去与小六紧紧握握手，同志式的握手！老天，80% 以上的相似度，这就是他本人这些年来的观影史啊，那些看了直想打瞌睡的，那些肮脏的画面，那些不容于常人的黑色。那么多沉闷的深夜，暗淡的一隅，面对不断闪动的屏幕，这个女人简直就像是一直倚在他肩膀上，与他共同度过的！

张灯突然另有灵感，他转脸就进入豆瓣，倒过来查，查找刚才那些冷门影片，进入其评论一页页查看，在一大堆轮番上场的新旧面孔中不断排除、筛选，最终，他坐实了一个昵称为"魔方乱了"的用户，以同一个密码打开——成了，他再一次进入了小六，进入了她在电影深处的呢喃独语。

这个晚上，张灯熬了整一个通宵，就算为了床上的欢爱也从未如此，更何况只是为了一些长句短篇，并且"魔方乱了"写得并不算很出色。可是，千真万确，她的感受与他的，是同步的，切肤的！她写的每一句，哪怕已离开电影十万八千里，哪怕不通顺，用词不当，还有打错的字，可包括那个错别字，都那样准确地挠在张灯的心尖尖子上。她就像代表他在写，就像他们二人之间，有独一无二的秘密感应，是在演双簧。

张灯定定神，绕着电脑桌转了几圈，如挖到一个巨物的寻宝人。他清楚地预知到，从这一刻起，他对小六所做的一切，不再是出于"偷情者"的抱歉，不再是为了帮贺西南的忙，不是了。现在，是出于他本人了。

张灯与女人们的交往，早年是由外而内的。比如总需要职业啊、业余爱好啊、喜欢吃什么、一起逛街啦等环节的铺垫，才得以剥开多余的菜叶帮子，诉求核心之事。近些年他技熟，懒得那么麻烦，也便放胆追求快捷不羁，他与女人们的交往，一开始就进入菜心，结束时还是菜心……可瞧瞧眼下这番情形呢，对这棵光溜溜的早就吃透了的菜心，自己正点灯熬油、上下求索地替她一件件穿上内衣、裙子、外套，还原为一个层叠包裹的女人，然后点头、握手、谈天气、谈电影。真是够别扭的呀——可张灯必须承认：他喜欢。

喜欢归喜欢，小六的私人日记，也即他跟贺西南提到过的 QQ 日志还是令他颇为惊讶。

加密为"仅本人可见"。蓝黑模板，清刻五号字体，背景音乐《BLUE SUNDY》。每天都写，一日不落。与如此郑重的形式相比，内容可真令张灯大为失望啊。全是些末微到毫无意义的日常细节，如一只蚂蚁在巨大地球之上的爬动之迹，里头竟没有半个字的爱憎抒情——

张灯飞速查看每个月的 15 号与 25 号，好歹那是他们的"日子"。只字全无！他劝说自己，或者也对，如果这种交往已成为常态，则不必再记录。那第一次呢？他往前拉动日志。他记得很清楚，那是个爱牙日，口腔医院门前的广场上，她在阳光下打哈欠，露出粉红的喉咙。

当天日志全文如下："9 月 20 日超市买梨子三斤，冀产丰水梨。晚有雨。"

张灯闭闭眼睛、不信，又往次日看，也许她反应滞后。"9 月 21 日新鞋磨脚，药店买创可贴。下班堵车。丢了一只发夹。"

这真叫张灯后背一阵发凉。简洁是女人罕见的美德。但对于与陌生男人初次上床这种事只字不提，也实在太过冷静了，连婉转或双关也不能有吗？他难道还不如丰水梨与创可贴值得一提？她并非无心之人哪，想想她的影评,动辄千言,她有那么丰富的触角与有力的喷发。

不,冷静一下。

如果,真的看到小六在这里甜丝丝水叽叽、大惊小怪地回味她和他的各种情状,他当真会喜欢?这是否正说明小六对此事的态度:她淡然于此、视若无物,如口渴即饮、伸手摘果般的平常?张灯欢喜地噎住:对的呀,这正是他对性爱的基本看法!由此,他背负着好色、花花公子、始乱终弃、朝三暮四等一长串无聊罪名,孤独地在如林的肉身中出入穿行。他从不敢奢想,能有一个女人,也会与他持有同样的立场。这才是他理解中的男女交合之至境。

张灯忽有种灭顶之颤。

唉呀,小六、魔方乱了、正方超体、大陆,随便你是谁啊小六。这个他替她脱下衣服,而今他又替她穿上衣服的女人,直到这时,直到她没了,他才猛然辨识出她!爱欲如海,一瓢在此。

天色亮了,凌晨的困倦中,张灯冲了一杯"TWININGS"原味红茶,很是浓酽,茶到舌上,却毫无滋味。眼前整个世界都是没有滋味的,窗外那发白了的、渐渐清晰起来的万物,与他都是没有关系的,都没有面前的这个电脑、都没有这个电脑里的小六那么让他惊心动魄。

他犹豫地猜想着:这像是……爱了。

机械地灌掉那杯红茶,抹掉嘴角水珠时,也抹到一夜之间变得刺手的胡茬儿,张灯这才想起身为黑客的小小使命所在。他强撑眼皮,集中扫视小六失踪前两个月的日志。

"街头买玉米棒子五根。去医院。"隔了几日。"《三联生活周刊》到货。拿 B 超单。"再隔几日。"给母亲买黑芝麻粉。风衣干洗。挂专家号。""淘宝到货三件。财务报销药费。看电影《惶然录》。"

各啬的记录里，灰尘下浮现出几点黑色星星。医院、B超、药费……这让张灯联想到稍早前在小六电脑里所注意到的一个文件夹，叫"阿猫阿狗"，但内容跟猫狗均无关系，而是各种子宫示意图。3D拟真内部构件。未育子宫与多育子宫、少女子宫与老年子宫对比图。印象最深的是一组宫内胎儿照，非常精微，从细胞分裂、胚胎发芽到胎体每一阶段的细小发育。那组图片毛茸茸、粉嘟嘟的，直看得张灯都有点儿腾云驾雾。子宫啊，那是所有男人女人的交会与出处。

看起来，小六对子宫太感兴趣了。她的子宫里发生什么了？这是否会指向她的反常？张灯十分偷懒地就此戛然而止了，成群结队的瞌睡虫及时地围拢上来了。他只需转告贺西南就完事了，这应当是做丈夫的去操心，去顺藤摸瓜，或摸不到什么瓜。

连电脑都来不及关掉，张灯趴倒在桌上。瞌睡的边缘里，出于潜意识里的自我保护，他扼要回顾了一遍他与女人们的性爱史。

各样的场景之中，他通通采取安全套模式，这是全球通用惯例不是吗。与小六亦是如此。他深喉里突然分泌出一股唾液：不排除偶有例外。尤其是进入到癫狂之时，下方的性器黏滑着扭动打圈，上方的唇舌亦同步抽动咬合，包括手掌与脚趾也在尽可能地交叉摩擦。那种直冲天灵盖般的嚣张气焰常使他们理智尽失，有时是小六，有时是他，同心协力地，中途就把安全套给扔了，管他的呢，像世界末日来临了那样地扔了。最终的发射之后，张灯会超级炮兵一样地声称，他的射程已经抵达了地球那一端。随后，炮兵会叮嘱小六服药，甚至会冲出去临时购买并要求小六马上到卫生间就着凉水吞下去。他记得她那像是青鱼般的修长背影，在卫生间的侧面灯光里,她捏着药片,回头冲他淡然一笑。是的,从记忆中的细节来看,他跟小六的子宫绝对是没有瓜葛的——他向自己确认,然后咕咚睡死。

三

贺西南认为信用很重,尤其在他和张灯之间,他要大气些,不是说好了要喝上几杯的嘛。最主要的是,他太需要醉一下了。没有别的消解之道,并且他妈的也别无人选。

张灯如约而至,土就土吧,喝冰啤,由着他——料想贺西南是去过医院了。

这个晚上的前半部分,他们谁都没有提起小六,简直比事先约好了的还要默契。他们耐心地喝着酒,等着酒精慢慢地发挥作用。

贺西南不停掐换电视频道,张灯则一会儿叫停、一会儿叫停,停下来不是为了看,而是为了痛斥某个栏目、某个主持人、某个嘉宾、某个狗屁新闻。贺西南在酒后的口头表达能力大幅下降,只以嘿嘿笑为主,但听力与理解力翻倍,他觉得张灯这小子真是太厉害了,简直帮助他重新看透了这个世界。原来这个军事评论员这么反动!原来德国控制了整个欧洲!而最后是黄金必然要统治整个世界!贺西南邀着张灯频频举杯,碰杯地点从餐厅挪到阳台挪到卫生间(张灯去撒尿时,贺西南也拎着瓶子追去)再挪到客厅,在哪儿都是"哐当"一碰,咕咚一大口,并且像数铜板一样地,把各人的瓶盖儿排在茶几上。

张灯本来还嫌弃啤酒撑肚子的,喝到现在,反而酒来疯了,脑子里像有风火轮在呼呼地转。他不想像贺西南那样一味傻笑，得干点儿什么才好。他百无聊赖地四处扫视，突然注意到沙发侧面靠墙放着两只大包，鼓囊囊的，这是什么？

血液搅拌着啤酒沫子，撑大了张灯的好奇心："这是什么？"他一迭连声地追问贺西南，不等后者回应，就迅速动手解包。竟还是个死结，张灯很高兴，他可喜欢解疙瘩了，如果两只大包里全是死疙瘩就好了，正好够他忙一个晚上的，这些酒也算没有白喝！

贺西南满嘴指挥着舌头试图阻止，发现无法调动。他想打手势，上肢和手指也不听指唤。他唯一能做的，也是他今天晚上一直在做的，就是：笑。他于是把嘴巴咧得更大了。从心情上讲，他一点儿都不开心，他几乎就处在开心的反面，可是当他一直这样笑着的时候，贺西南欣然地发现，他好像真的还挺无忧无虑的，干吗要拦张灯呢，又怎么可能拦得住呢，他简直想催着张灯快点儿了。

这么的，小六母亲临走前叮嘱贺西南不要动的两只包，此刻，借助张灯这醉鬼之手给打开了。

哈！瞧瞧，包里还是包裹，各种布袋子纸盒子木盒子塑料盒子，大部分都旧了，掉色了，有积灰，有的散发出怪味道。但每一个盒子都精心系着蝴蝶结呢。

真可以解疙瘩！张灯大为开心，一只只拉散蝴蝶结、打开盒子，贺西南则殷勤地打着下手，把酒瓶烟缸等从茶几上取下，腾出地方。包裹里的玩意儿很快摆满了整个桌面。Kitty带锁笔记本（锁已生锈）、日式玩偶、少女香水（基本风干了）、紫玉手镯、钻石胸针（变色了）、真皮手套，还有奶酪饼干和德国软糖，怪味道就是它们所贡献出来的。但毫无疑问，所有这些礼物，如果是崭新的话，绝对可以取悦到从小女孩到大姑娘这个阶段的任意女性。

张灯好奇坏了，拆一个，骂一声，"他妈的还以为你老实呢，这是给哪个小妖精准备的呀，都没敢寄出去呀，都发霉成这样了！你这眼光也太过时了，还风铃！还音乐盒！"

贺西南"呵呵呵"笑得都透不过气了，享受这个迷人的误会。家里怎么会有这么些女孩子的玩意儿？他脑瓜里一时还真盘算不过来，那就随张灯怎么想吧。贺西南现在感到，他并不开心地咧嘴大笑里，现在更掺入了一些讽刺或放纵的东西，他替两人又各开一瓶啤酒："我真要有个小妖精就好了，那我可就真快活了。"

"只要想，就会有，你就会快活。"张灯扭动一只音乐盒，随着走调的电子伴奏，上面搂抱着的玻璃小人一圈圈旋转起来，"这是所有男人的本性，无一例外。"

"所有？"贺西南不自信地笑着，不知他是否能划进这个庞大的圈子。他犹犹豫豫地想到了绿茵女士，尤其是那个赤裸一瞬的正面交会，在肉汤的香气中。要不要跟张灯说说绿茵呢，他也许可以替他分析一下？

"起码95%。"张灯闷一大口啤酒，精确地修正，"反正我是，否则我也不会坐在你这里。但老兄你，"他瞄一眼贺西南，伸手碰碰眉毛，模仿美国老兵敬礼，"您是那5%，一顶一的正派人。"

贺西南把到嘴边的绿茵给生生闷了下去，接受下这个令他有点儿失望的美誉，他捏起一只红发夹，掩饰地上下晃悠，"啊，我得想想，这些玩意儿哪儿来的，真是够送很多小妖精的呢……我要祝她情人节快乐、护士节快乐、儿童节快乐、教师节快乐、重阳节快乐、光棍节快乐、圣诞快乐、元宵节快乐。哈哈，天天快乐。"旧发夹突然断了，塑料片子飞进出去，贺西南脑子"叮"地一响：他想起来了。

唉呀！

贺西南一下扑到地上，嗫着嘴徒劳地要把断发夹拼合，同时如梦初醒，打量着摊成一桌子的杂货铺，脸色变了："看看你都干了些什么！"

贺西南惶然地竹筒倒豆，向张灯介绍母亲关于小六父亲的奇谈怪论，并痛心地指着这些包裹，"这都是她的证据啊。你！马上把它们全都恢复原样，装进盒子，扎好蝴蝶结。"他以醉汉的逻辑提出不可能的要求，"像从来没打开过一样。"

张灯参着手，愣愣地听着，对最末一句做出了同样是醉汉式的保证，"只要有502胶，那就包在我身上了。"

接下来一段时间，张灯就全都用来和502胶斗争了，像错乱的倒放镜头似的，那些发霉或残损的礼物，勉强被重新安放，胡乱缠上的丝带更像是为了掩盖伤口。

贺西南则袖着手，只作壁上观。突然提到小六及其母及其父，他终于停止了那麻木的咧嘴大笑了。他开始讲话，碎叨叨地向张灯抱怨起小六，全是些不值一提的琐事。她吃饭老是剩饭剩菜，她半夜里突然坐起来一言不发，她头发太长弄得下水道总是堵，她心不在焉连经常打碎东西。贺西南每想起一个，就非常顶真地指责上好大一会儿。

张灯专心于复原包裹，心里也不大痛快起来，听听这个贺西南，听听他！都开始寻起小六的不是了，那种皮毛小事中的怨恨，是最没出息，也是最说明问题的：这个做丈夫的，现在反倒不悲伤于小六了吗？他竟然都嫌弃上小六了？这变化也够大的呀！他发现什么特别的情况了？张灯感到心脏有点儿不舒服,先前灌下去的那些啤酒简直要回流到喉咙口似的,他把头越埋越低,都快要垂到裤裆了,绣花似的对付着那些蝴蝶结。

……这个晚上,他们的二人酒会是一个标准的抛物线,开始时不断上升,越来越欢乐,高潮是共同欣赏那些滑稽的破烂的礼物,此后就开始走下坡路了,持续地下沉,并很快要触底了——小六的子宫,像最后一瓶啤酒,横亘在他们中间。跟这个晚上的开局部分不同,他们现在都希望对方先开口点破,由对方来挑起话题,好像这会决定到彼此的责任大小……

最终还是好主人贺西南没撑住,他咬开了最后一瓶啤酒的盖子,让那被摁压了太久的沫子花翻涌出来,亲兄亲弟般地把啤酒递到张灯前面去:"查到了,十之八九,她是怀孕了。"

张灯没接瓶子,他抿着嘴,像决心滴酒不沾。

"结婚四年多。"贺西南自己喝。已经不冰了,苦味儿直冲鼻头,"我一直想有个孩子。"

张灯闷头不语,伸手要过酒。

贺西南眼馋地盯着张灯,后者只好又递还给他。好像他们正困在无边的沙漠,这是最后一口可供分享的液体。"你知道的吧,这孩子,是你的。"贺西南挤出一个薄得像刀片的笑容。

这笑容真能杀人。张灯又伸手把酒瓶要了过来,他用酒瓶堵住自己的嘴。他感到面前有一团熊熊的、足以致人成灰的火堆,他这会儿就得从上面跳过去。他眼前晃动起小六在卫生间向他回头一笑的侧影,他的确没有亲眼看到小六吞下那些药丸。但这一定是极小比例的。无论如何,做丈夫的更有优先权。可是,他难道要去询问贺西南与小六的孕产计划?做爱频率,是否避孕以及如何避孕?措施的失败概率,他妈的……这根本是无法谈下去的。

"你，也不要，太当真。把话，说回来，失踪，毕竟只是一个设想。更大的可能，她早就……"张灯挤牙膏般挤出来的这些词实在无耻至极。他们二人之间，小六的存在，是唯一前提，也是至高信念。张灯只是想用他的无耻来分散贺西南的痛苦。

"没区别了。"贺西南似笑非笑，"我只是在谈逻辑与动机，我们不是一直在找这个吗。她之所以跑出去，肯定就是因为这个孩子。"贺西南顽强地推进，一整个晚上，就数这会儿讲得最流利了。

"那她，是跑出去生孩子了？还是做掉孩子？"张灯不得不接口。以贺西南的谨慎与要面子，一定有十足的理由才会如此宣布：他张灯，是 B 超里胎儿的精子提供者……烈焰燃炽，他没跳得过去这火堆。

"反正随便哪种情况，都说明，孩子不是我的。"贺西南的表情都有点儿出凡逸俗了。

"我从来没让女人怀过孕。"张灯哀求地盯着贺西南，哀求他把他从熊熊大火里给拖出去。

"现在你不是了，我才是。"贺西南简短回击，他一仰脖子，喝掉了这晚上的最后一口酒。瓶子砸得粉碎。

四

母亲打量着两只包："这人啦，叫他不要动，肯定会动。就像有一个神仙老儿，答应给小孩子一样礼物，天上地下随便什么都行，除了一顶带白球的红帽子。你猜怎么着，到最后，这小孩子什么金山银山都不要，就偏偏想要一顶带白球的红帽子。"

贺西南沉闷地说:"对不起。"他没有供出张灯,更没有提及 B 超之类。哼哼,偷翻这两只包,而今算什么。

母亲正像那个吝啬神仙似的,早算好会有这么个结果,饶有兴致地问,"说说看呢,都看到什么了?有啥感想?"

母亲的眼力还是老了,她没看出来,眼前的女婿跟早前的女婿是有差别的了。他面色浮肿,缺乏活力,像有恶疾正在扑来。

"看到了。我不知道是怎么回事。"讲话无色无味。

"不动脑子!这通通都是小六父亲寄给她的呀!"母亲不满地直摇头,"从小六能记事就开始寄了,不拘节刻,有时赶着天冷天热换季,或外头流行什么女孩子的玩意儿,有时逢着开学或比赛拿到奖,小六找到工作什么的。看到彩带打成的那些小蝴蝶结没有,他从前给我东西,就都是这么扎的。"她露出贪心的样子,活像是借贺西南之手在察看赃物的幕后大盗:"对了,你好好跟我讲讲,里面都是些什么?"

"你们为什么不打开?"贺西南声音空洞,像个卖旧货的:"音乐盒、日本玩偶、发夹、手镯、胸针、项链、围巾、化妆盒、风铃。"

母亲饥饿地听着,好像有一阵寒风突然吹到了脸上,从眼睛到鼻子都发红了,却又捂起嘴巴挺满意地笑,"听听啊,全是小六最喜欢的东西!到底是做爸爸的!我怎么好打开呢?给小六的礼物嘛。可惜小六那孩子这事上很不听话。"

又来了,这些真假莫辨的说辞。贺西南心里涌起强烈的不适,像个被迫加班的记者,为了凑满篇幅,他从采访本上又找了一个下脚料问题,"那包裹打哪儿寄来的?另外写了什么?"

"你以为是他自己出面寄的？写上真实地址？还夹封平安家书？"母亲嘲笑起他的智力，"那还能叫失踪病吗？"

"小六不肯拆包裹，说明小六根本就不信她爸爸还在。"他用最后一丝残存的毅力反驳。

"这事不存在信不信的。你信太阳也好，不信月亮也好，它们不都挂在天上吗。再说，你也知道的，"母亲低头察看指甲上有没有肉刺，"小六哪里是实话实说的人呢。"

够了，贺西南被讲到痛处，他不想再听哪怕一秒钟了。随便关于小六或小六爸爸什么的，都要彻底撂开手了。他不加掩饰地看看表。

母亲终于注意到了，"累了？也是，明天一早要上班的，反正我把事情跟你都说清楚了。总之你不要太担心，小六会回来的。"母亲小心拢齐两只包，起身往外走了。冬天的母亲穿得非常臃肿，加上这两只鼓鼓囊囊的大黑包，像提着她半辈子的收藏，显得很富足，都可以回家过个肥年了。

"连父亲到现在都没影子，凭什么小六就会回来？"贺西南应付着最后的寒暄。他恶心得牙齿都有点打颤。

"家族遗传，还要往下传嘛。小六不是还没生养吗，相信我，她会回来的，起码还要替你生个孩子呢。"母亲笑得像个十拿九稳的妇科大夫。

母亲这富有创意的预言，如冰做成的暗器，一下子戳入贺西南的肋骨，断裂中的彻痛，让他差点儿尖叫出来：哈，小六都已经怀上了呢，并已遗传给了胎儿了呢，连胎儿也已发起失踪症呢。OVER！就此 OVER！"

所有的寒气，这会儿都转移和集中到贺西南的肋骨上了，就是从这一天起，那里开始了隐隐的疼痛。

第八章

一

恋人之间,一旦有了那种动作,刚点着了又给强行捂掉,就会弥漫成令人窒息的浓烟。小六与林子,而今就陷入了这种很不舒服的情境。天很冷,他们总是穿着厚外套,在公共茶馆里端正地约会,彼此客气,客气得带有怒气。他们中间隔着半只手臂再加一张桌子的距离,似皆视对方为沼泽地,一脚进去便会没顶至死。越是如此,越是欲盖弥彰。茶杯上、桌面上、手指上、外套上,处处重现出那天的不堪,那差点儿进入彼此、却仓促夭折的赤裸场面。

小六颇为内疚。内疚之外,更有一种毛茸茸的、坐立不安的急躁感,四肢百骸里似有众声喧嚣。她清楚,这是肉身里的荷尔蒙在作怪,近似冬眠乍醒之兽。也没什么丢人的,她可以正面承认。承认,是很方便的事情,要制服这只猛虎,恐怕需要费点心思:假装拉拢那只老虎,然后周旋之、变异之,直至其消解至死?她有点儿同情林子,他不该沾上她的。

"其实,很想跟我……那个的吧?"她突然眯起眼睛,直接地问林子。

茶馆里很吵闹,忙于年底聚会的人们,吆五喝六地彼此感谢,约定着来年的互惠互利。依稀可以听到背景乐,旧舞曲,三拍。

"那个?"林子虎着脸,懂了。点点头,幅度很小。

"但不能?"

"直到你告诉我名字。"林子机械背诵他的条例。

"是啊是啊。"小六赞同,"其实我们可以变通一下的。"小六朝林子眨眨眼睛,扔过去一条邀请的钩子。林子瞪起眼瞅她。"你仔细听,听到那舞曲没?三拍子的。我们现在就开始,随着那节拍,就这么地做起来……"她身体一动不动,仍旧握着半杯茶,只有眼睛里的魅影冲着林子左右荡漾,跟舞曲完全合拍。

林子身体本能地前倾,像寻找食物与光亮。

"听到了?来,我们就这样来。"小六声音滑溜溜的,用力一抬下巴,像把两人猛地扯近,哧地一下,就拉着林子穿过层层包裹,共同跃入到柔软的草丛,"开始你要慢一点。慢三的第一步,就得踩得久一点,深一点。到第二拍,你再高高地抬昂起来。得有节奏。"

林子周身紧张,紧盯着小六的嘴形。

"一……二、三。对了,就是这样的。"小六身体微微后仰,她用脚钩住凳子脚,附和着节拍,呼吸随之深重,"第一步,深而慢,到最深的地方。第二步,轻轻拎起来,像要抽离出来,悬在半空,差不多定格在那里,两个人都悬吊着,啊,好,好。现在是第三步,你要忍住,这是最轻的拍子,只是点一下,原地快速安抚地揉一下就走……然后我们又回到第一步,缓慢但用力,深一点久一点。"

"二……二、三。三……二、三。"林子这时已心领神会,念念有词地打起拍子,像在温暖的小溪里划动小船,与小六一起创造出快慢变换的律动,淫邪到真切。这算是个望梅止渴的可怜法子?还是自虐性的小刺激?小六也闹不清,反正感觉不坏。

自此起,更多的尝试纷至沓来,她与林子的关系,浸染上一层苦涩而可笑的色彩。

比如,"当着对方的面小便"。小六袖起双手、缩着脖子沿着乌水边走,鞋跟轻轻敲打着结冰的地面。林子在她后面跟着。路边,冬天的树干全都光秃秃的,像一排又高又瘦的人。"都要露出整个器官来。两个人要一起来,注视液体如何从对方的那里流出,世界上最小的嘴巴吧,纯净、均匀地流泻……"多么污秽的虚拟画面啊,却带来神奇的满足感。他们真的眼睁睁地看到了,看到他和她的性器,像青梅竹马的孩子一样,对着彼此尽情地戏耍喷射、缠绕问候。

浴缸里,粗大丰沛的水柱参与到双方的玩弄,每一个动作都带着涟漪般的呼应与震荡……比赛说出各种下流话,并一丝不苟地命令对方执行那些下流话……置身一个透明屋,光线强烈,人们在外面眼睁睁看着,毫无遮掩的他们被要求执行24式交欢,必须不知疲惫,直到最后一个看客离去……

小六感到自己像是《一千零一夜》里的枕边人,没有任何威胁,却比山鲁佐德更为卖力。她既置身舞台中心，又是帷幕后的操纵者。她带着双重的视角与罪恶感，旁门左道地无耻创新，揭露和剥落出那个万劫不复、暗无天日的自己。

最接近性爱乌托邦的，是镜子前的那一次。

那是一个狭小的包间，店家为了扩大视觉效果，把一圈墙都装上了镜子，茶色的，镜中人的衣着与肤色因此都暗了一层。来回反复的折射中，一群暗色的小六与一群暗色的林子在共进晚餐。

"你看镜子里！"她冲着茶色镜子发笑，里面的一长串女郎也在微微发笑，有点妖冶躁动之态。她往林子身上倚靠，里面的一排女人也同样靠近着镜中的一排男人，动作整齐得有如军队。小六捅捅林子，"瞧，我们现在不是我们，我们在镜子里，我们成了那里面的两个人。明白吗，我们获得了完全的免责。随便做什么，那都只是镜子里的那两排男女在做。你说，咱们让他们干点儿什么？"小六浮躁地催促着林子，急于要进入镜子里那片规模庞大的爱欲之林。

"你有病吧！"林子腮上突现肌肉，像刚刚连壳吞下一只带毛的鸡蛋。他扭过脸避让小六，抵御住镜里镜外的双重邀约。"不要再这样了。你不觉得太恶心了吗？"林子点起烟，打火机的火苗在镜子深处像一簇簇小火把，映射出林子爆发式的憔悴，"我给你两个选择。要么讲清楚你的事情，我发誓你什么情况都能接受，然后我们上床，像正常人那样做爱。要么……"林子停下，不想往下说。

小六凝望着镜子里的两纵队男女，现在他们也完全静止了，像一排木头模特儿。可惜了，这个没能玩成。她小幅度地思考着，是的，林子讲得正确。她的确是有些畸态了，自己的病，不轻。

"我很早就跟你说过,我瞧不上那些安安生生的本地女人。你跟她们不一样,你就是她们的反义词,我喜欢的就是你这一点。因此完全没必要对我遮掩,能有什么大不了的事?我都能猜到。"

林子故意放淡口气,有如拉家常,分析起他"都能猜到"的事情,"你晓得我在网上查了多少的无头案子啊。有钱人被小保姆投毒致死的,教授开房间被女学生勒死的,老总情人被老总夫人推下河的,站街小姐被刀砍的,等等。反正我一有空就到公安局网站查看新的通缉令,跟你进行各种比对。"他扫描小六的表情,像扫雷兵测探地下引信,"就是那个吴梅对不对,你到底把她给怎么着了?"他满嘴的烟味,泄露出一股焦愁。

小六一直不吭声,她想看看林子对她的想象,能够危险到什么程度,他又能包容到什么程度。

林子努力补充着,"还有雨天开夜车撞到人的,你到乌鹊之前就发生过好几起,有时其实并没有出人命。"他有意强调,"但当事人并不知道……"

"真觉得我像?"小六开口反问,带点儿残忍的喜悦。她的确是个逃犯,是个肇事者,是个害人精,是个反社会。她的罪过绝不轻于林子所提到的那些。

林子叹息一声,"所以你那么轻易地就跟我谈起了恋爱。"他随即又做个"算了"的手势,"当然我愿意替你打掩护。我生气的是,你总也看不上我的本事。"

"根本没有那些事的……"小六明白自己再一次陷入了沙地,她这会儿就算说出实话,林子准也以为是瞎扯,是对他的大不敬。就像上次与钱助理的分歧一样,她得顺着林子的逻辑,她只有承认或伪装出另一桩更严重的罪行,来覆盖林子的这些……她瞥向镜子,里面的一排小六脸色发白,警觉地竖着耳朵,寄希望于空中巨手的再次豁免。

镜子里的林子摆摆肩膀,有点儿凄凉:"你说出来是怕我搞不定?其实我早就想了个特别牛的主意,再大的事情都能迎刃而解——我可以去替你顶包的呀,什么事都算到我头上,大不了一命偿一命对不对。"他一口气地说,像也怕自己会打顿,"这些天,我过得很难!我吃不消你的那些胡闹。受不了的时候,我就拿这个事情来逼问我自己。我到底敢不敢去替你顶罪、去替你死。一直到刚才,看到镜子里的你和我,我确定了,我能做到。"

小六很想对他笑一下,没做到。

"只要能结案你就没事了,然后你就可以光明正大、真真正正地做你自己了。"林子讲得都有点儿慷慨了。

她把脸埋到林子衣领里,他脖子这块儿可真暖和,带着年轻男人特有的体味,"万一我不要做原来那个我呢。"

"别讲蠢话。咱们先好好过年,过完年你跟我讲清楚,然后我替你去自首。"林子像一板一眼写合同,又一份黑合同。

"没法儿讲的,没什么好讲。咱们就这样下去,不挺好的嘛。"这话连自己也觉得假得很。

"必须说。"他打断,"我说过的,要么我们真正相好。"林子语气严厉,脸庞都涨大了,"要么,我就……"

"什么?"镜子里面的光线突然变得锐利了,照得他的轮廓像黑色剪影。

"要么我就去举报你,哪怕让你给判了刑坐了牢。然后,我再跟你求婚。"他坚决地,带着悲怆的威胁。一对眼睛黑洞洞的。

二

漫长的春节,所有乌鹊人都在神圣地过节,不容打扰地打麻将、醉酒、吃瓜子、走亲戚、订婚、做寿。谁都不能够劳作。小六在收银台连轴加班,晚饭也在超市随便对付,打烊回家,累得倒头就睡。

她很愿意这样。疲惫中,混沌地等着,等自己的好看,带着"瞧瞧吧,接下来会怎么样,最终又会怎么样"的幸灾乐祸。

她现在可真像是一团陶土了。这只手来捏一下,那只手来揉两把,倒收拾得她有鼻子有眼,好几个鼻子,好几对眼了。蝼蚁超市那边,是曲线前进的野心人物。聚香眼里,算是开放型导师。在林子怀里,又成了做下恶事的逃犯。当然,还有舒姨这边,小六都有些着急了,不就是要扮作年轻时的她吗,行呀,挺浪漫的。她会乖乖配合地去与各种可能性勾肩搭背。

遗憾的是,籍工近期呈现出颓势,好久不进行隆重的"大扫除之夜"了,对指认小六的游戏似也暂时失去兴趣。只有读旧报纸的习惯还照旧保留,像最后一枚护身符。他拿起旧报纸,校准一下腕表上的日期,然后安然沉浸在那些过时的天气预报、飞机空难、边境停火协议、总统大选预测、时装看台、招聘启事里。他没完没了、翻来覆去地读。小六有时也坐到他边上,就手读上几份。得承认,一条条旧闻挨个儿看过去,倒也不坏,乃至有种真切的抚慰之感,好像只有那些停滞的时光才是确凿可信的;

正在与将要发生的,反而是无意义的、不值得托付的。

舒姨也把注意力转移到了"过年"上。她腌制咸肉咸鱼,囤积白菜萝卜粉条,制作大量肉圆汤团蛋饺,等等。整个正月,他们都在吃剩饭剩菜,舒姨深表满意:"终于是个过年的样子了,家里有三个人!热热闹闹的!"

"要是小哥也在家就好了。"小六是故意提及的。她嗅嗅鼻子,阳台上不知是什么肉,发出腐烂之前的浓烈香气。

舒姨果真抓住话头,她当然乐于细谈,春节里不就正好说说闲话嘛。她把阳台门关上。

"他小时候可灵光了,小学中学跳两次级啊,乌鹊谁人不知哪个不晓,我家出了个天才小神童!老籍走到哪儿都把小哥挂在嘴边,我连到菜场买菜都有人认出我来,'这不是小神童的妈妈吗?这把香菜送您了!不要钱!'

"谁能想到他会高考失手呢,太惨了,只录了个外地大专,他年纪又小,整个人一下子打蔫掉,再不肯见老师同学。老籍最是要面子的,就此大失元气,绝口不再于人前提起小哥了。本指望小哥毕业后找份好工作,多少翻个身吧,那也没成。他这里跳到那里,全是小城市小公司,都是打杂打下手的小喽啰,偶尔回家来过节,老籍都不愿让他去见亲戚。有一天父子俩大吵,老籍摔掉小哥从小到大的所有东西,把整个房间都扔空了,'没个人样就再不要回来丢人现眼!'你听听这话。

"没承想,这狠话倒也管用,小哥连着几年不回来,然后七弄八弄地,终于到美国去了。'好嘛,全乌鹊能有几个留洋的?这才是我家小哥!'老籍人前人后又认下这儿子了,一心等着小哥回来扬眉吐气。可这孩子也倔上了,说是不拿到博士绝不回来,不找到大公司绝不回来,不拿到绿卡绝不回来。老籍一听,有道理!于是一年一年又一年……"隔着阳台可以看到沙发上的籍工,举报纸挡着脸,睡着了。

"可他到那时回家,就成了外国人呀。"小六觉得有些怪怪的。

"那可不就有大出息了吗。我有时候真羡慕老籍这糊涂脑子的,等得都忘了他在等谁了。"舒姨挺平静的,像笔直地看到路的尽头,那里没有任何可见之物,"其实我也差不多忘了,谁知道那什么密苏里到底是在哪里啊。眼见才为实啊。"她把视线放回小六身上,"好在有个你在跟前。因此我现在就只盼着老籍能记起你来,那我们老两口儿,还能有点儿奔头……"

"他要真把我认成年轻时的你,那现在的你怎么弄呢?怎么来统一我们两个人呢?"小六索性挑明,探讨起实际的操作性来。

"你想到哪里去了!"舒姨倒惊讶了,"家里怎么会有两个我呢?那不乱套啦。我只要他认出你啊。"

"认出我?认出我是谁?"

"当然是你本人啦!"简直像讲绕口令,舒姨掀高眼皮,眼白变大,"你,真不知道你是谁吗?"老太太拉着她到客厅去,正对着白瓷观音,好像后者是一个重要证人,"我只问你,你怎么会到我家来的?"

"这哪说得清楚,我连我怎么到乌鹊的,都有点儿糊涂呢。"总不好跟她说,是"纸猪头"的决定,是林子要昧下那点儿中介费吧。

"为什么不是别人而是你,不是别人家而是我家。"舒姨像是天机在握,闭闭眼睛,又睁开,"要知道,你第一天来,连件像样行李都没有,身份证上照片都不对。一般人家根本都不会收留你。"

"原来您……"小六睒一眼白瓷观音，飘逸长袍的每一道皱褶似乎都透露出某些玄妙，"直说吧，为什么留下我？"

"啊。"舒姨乌鸦般地低叫，那是快要泄露重要内容前的嘶哑，"你来我家的前一天晚上，我做了个梦。"她声音带点儿梦境的荡悠，"我梦到个小娃娃，赤条条地躺在木桶里，是个女娃娃，还拖着脐带。外面正下大雪，我看到雪地里开着腊梅花呢，香香的，我嗅着那花香，一边担心着，唉呀刚生下来怎么就被扔在这儿的呀，可是要冻坏的啊，我心疼得不得了，赶紧跑过去要把娃娃给抱起来。这一跑，就醒了。第二天，你就坐着林子的摩托来了。身份证上还有个'梅'字。我一下子明白，是观世音大慈大悲托梦给我的呀。"

小六无话可应，舒姨这脑子比籍工更离谱了。

"我开始也有点儿半信半疑，真会有这么神灵的事？莫不是我也老糊涂了。"舒姨站起来给白瓷观音上了一炷香，这才往下辩说，"可一天天看下来，越看越相信了。你只要改个发型，换身儿衣服，稍微弄一下，就是了。你不要看老籍一直对着你讲这个人讲那个人，他其实打第一天就认出来了，就是绕来绕去地不敢相认。他生怕不是你啊！因此到你生日那天，我才让他比着我的照片看……"

"我到底是谁？我是那天生日？"小六都没法失笑了。这份痴呆的胡思乱想，有种南辕北辙的悲伤，必须严肃对待。

"我这就要告诉你的。"舒姨几乎要向小六伸过双手来，"小哥之后，我又怀过一次，当时不准生二胎的，但如果想办法躲起来、认罚款，也能偷着生下。我们托人看了B超，正好是我们想要的女娃娃，我和老籍连名字都取好了，就叫小妹。可到底胆子小，后来风声也紧，说要双双开除工作,我已经躲到快八个月啦,还是给强拉去引产了。我在手术室里,老籍在外头等,我们两个人都亲耳听到娃娃哭的,真的,隔壁床一个做流产的妈妈也听到的。小妹活生生地就被我们扔掉了呀。天那么冷,你刚生出来,下起了第一场大雪……"舒姨眼里泪水直滚,她也不擦,把脸转向白瓷观音,"我从医院一回来,就请了这尊白瓷观音,天天烧香求罪,保佑你。我和老籍都知道,你肯定是活着的。你今年多少岁,这观音到我家来就有多少年了。"

舒姨停下来,带着幸福的颤抖,像最终揭开锅盖看看馒头的火候是不是正正好:"你这下子明白了?你当然搞不清自己怎么会到乌鹊来的,因为这是老天爷安排着的、带你回家来了呀。"那炷香袅袅地冒着,烟火气往小六鼻子里直钻,好像也在替老人家进一步佐证,"大慈大悲的菩萨终于把你还给我们了。你发现没?生日过后,老籍就没再把你认作别人了吧。他差不多已经认定你了,就差这一点点了。"舒姨用两只手指比画着距离,先是一厘米,然后又压挤到只有两三毫米,"等哪一天,他精神稍微好一些,你叫他一声'爸爸'那就成了!我敢保证,他一听到,就晓得小妹真的回来了。我们这个家,就可以有模有样地过日子了。"舒姨被这圆满的前景给迷住了,露出满怀希冀的笑,"来,我带着你,好好拜谢菩萨。"

舒姨把她拉到正对佛龛的位置,庄严地闭起眼。白瓷观音长眉细眼,正无限慈善地垂怜着舒姨。小六微微挣脱,往边上让让。

这……还真挺打动她的。她都有点儿愿意相信舒姨的这份痴想了,那个本该夭折的胎儿真的还活着呢,大雪天的木桶里,刚刚离开母亲的子宫,在梅花的冷香里等待命运签条的重新发落。她怎么就不能是小妹呢，这下好了，她找到自己的落脚处了，像进入一张全家福照片，她进入像模像样的三口之家了。这不挺不错的吗？

"只需要叫他……爸爸？"小六重复这催眠般的口令。B—A—BA，BA-BA。一阵眩晕突然袭来，像是来自时间深处的血缘，扭曲了好几道弯的拉扯……她闭上眼睛，咬牙默念她的教义：顺从，顺从，顺从……

三

午间进食时间，两人照例脑袋相碰，各自咀嚼吞咽，聚香突然捅捅小六，却嗫着嘴巴不开口。聚香春节里吃胖了，肤色粉红，脸上一圈按捺不住的喷薄笑意。小六顿感不安。

"我说你。"聚香终于问，"应该是怀过孕的吧？"

"干吗问这？"小六耳边有只小鼓敲了起来，"我不想生小孩的。"外交式地偷换概念。

聚香不介意地嘿然一笑，原来并非要拷问小六，"这个月我大姨妈没来。但是也不恶心，能吃能睡，根本没啥感觉嘛。"

"什么？"小六呻吟一声。

"我真做到了。"语气是炫耀的，简直要等着小六表扬。

"是那个有了未婚妻的男人？"老天，那个呼呼刮风的晚上，她都跟聚香说了些什么啊，起码该说说避孕呀，聚香还没男朋友呢。小六浑身冒汗。

"当然是他！他条件全乌鹊最好！这人哪，一旦下了决心，行动就不困难了。等有空我跟你细细讲，主要是时机选得好。你晓得的，春节里头,所有人都在吃喝玩乐图快活,做什么事情都可以,我也就是趁着这个乱子,也做了点乱子……有个大作家不是写过,人生最关键的就是那几步!"聚香带点儿夸口,沉浸在突破常规的光彩里。

小六懊恼到极点,无心追问"做乱子"的细节。这账得算在她头上,多么巨大的蠢事啊。那个男人,既是"全乌鹊条件最好的",肯定会被未婚妻咬得死死的。聚香这事弄的!

"我不喜欢这句话。就算真有最关键的那几步,你以为你自己能算计?有些事情,是他老天爷负责安排的。"小六不觉中采信了舒姨的托词,"是,我是怀过孕,不妨跟你讲讲。呀,那可真是一大家伙——"小六强作洒脱地来了一句乌鹊话,当务之急,是一定要设法让聚香把这胎儿给解决掉,哪怕再出卖一些往事,只愿能歪打正着。

聚香略感意外,指挥家似的做个暂停手势,把锅里"嘟里嘟噜"着的茶叶蛋挨个儿敲打了一遍,通通翻了个儿,然后才冲小六点点头,"可以开始了。"

小六应声翻动嘴皮,开始宣叙曲,"女人嘛,天赋此道,有卵子有肥臀有产道有热乎乎的乳汁有肉滚滚的怀抱,不就该生孩子嘛,然后一把屎一把尿地侍弄,为这个欢乐祥和或无聊悲惨的世界再增加一个欢乐祥和或无聊悲惨的小人儿……"

聚香犹豫地笑着,并不欣赏小六这口气。

"既然我也是女人嘛。当然了,好像是有过那么一次,有了!""好像",这听上去多么不严肃呐。

是啊。起初,她的确出现了一连串症状,停经,尿频,眩晕,食欲不振。但"早早孕"测试纸的两次结果截然相反,那道淡蓝色的"阳性"杠杠像恶作剧的猴子,上蹿下落。她被要求去做 B 超与 HGG,出来的报告就更加圆滑了,前者"宫内小无回声""孕囊尚不可显见",后者则表明绒毛膜促性腺激素与孕酮值皆稳步上升。反着的!

小六挺认真地在两家大医院分别挂了专家号,一边是位男专家,他百分之百认定 "很好",接生婆的腔调:"人家小东西刚来,还没显形儿,只管回家等着。"另一边是位女专家,瞥一眼小六,目光如剑,随即让实习生开缴费单,"得啦,别拖了,早做早轻松。"小六心虚地收下清宫预约单,像接下一枚不知名的凶器。她左藏右掖,一会儿压到抽屉最下一层,一会儿塞到旧衣服口袋里,一会儿假装忘了这回事儿。奇妙的是,正是从拿到手术单的这一刻开始,婴儿的存在反而坐实了。它开始在她肚子里动手动脚,偶尔还发出啼哭,忽而响亮,忽而隐约,忽在近旁,忽又远去。上午 9 点在公司讲 PPT,晚上出去看电影,周末与闺密吃火锅。随时随地,毫无规律,婴儿就在她耳边千言万语地哭诉个没完……

聚香毫不客气,"孩子是谁的?"

小六呛住,猛然被这发问给堵住了气管。极短的停顿,深渊般的停顿。答不出,她的确不知道。

骨子里,她根本就惧怕制造出一个新的生命。存在本已是罪过,为何要累加新的不幸,延续这苦行环道?她采取了一切必要的甚至是多余的措施。她体内有节育器,同时暗中吃长效药以做双保险,并尽量配合安全期与安全套,偶有失手,亦补服事后药。难道最终这是她自个儿跟自个儿怀上的胎儿?一个物极必反的大耳光?小六闭闭眼,洒脱地一挥手:"是谁的不重要。你往后听啊,精彩的是下面。"

是的,就在约定清宫术的前一天晚上,小六的月事又结结巴巴地来了！粉红稀淡的经血，构成抽象的史前符号，像一个差劲的笑话，到最后一刻才抖落出笨重的包袱。

小六赌气地又挂了那两位男女专家。这次他们达成了高度的一致，好像有人替他们统一编写好了台词：生化妊娠！稽留流产！假性怀孕！有些过分敏感的女人光是心理暗示都能怀上三四个月呢。女专家边上的那位实习生，体谅地替她撕下了那两页病历纸。小六默认了：她也想把这个大耳光的巴掌印给抹掉。

"就这样？"聚香的语气含有锐意，眼睛匕斜着。

"百分之百实话。"小六目光忡直，像没了弹性的虚线。

"根本没把我当闺密。"聚香谴责地慨叹，"都不肯告诉我那孩子是谁的？多可怜的宝宝！完全是你自己把这孩子给折腾没了呀。"两人的关系好像突然倒了个个儿，她溜圆的脸变得很严厉，"你干吗要乱七八糟胡扯呢，好好一个宝宝能从妈妈肚子里自己跑了？"

小六张大嘴巴，但舌头上没词儿。被实习生撕成锯齿状的专家手书就在她的AA包里，鬼画符般地写着她的孕期反应、化验结果与手术建议，这就是她造人与杀人的证据。但唯一的证人，那个婴孩，早就洞悉父亲的悬疑，预知到那可怕的清宫术，他不想作难这无能力的母亲。故此，他机灵地决定飘逸而去，永别这满是麻烦的人间。

"随便你怎么想。我干的或老天爷干的，反正结果都是很圆满的。听我的，做掉吧。"小六口气里带着过来人的权威。

"你怎么能用圆满这个词！宝宝太可怜了，我可下不了这样的手！"聚香摸摸她的肚皮，那里还平平的，她却满脸顽冥的慈怜之色。

"你硬要生下来，对宝宝，对你，那才双双悲惨到家了！好好用脑袋瓜想想吧。明天就去医院,越快越好!"小六直接把秤砣压到聚香肚子上。

聚香手黏在肚皮上,动作是防御性的,好像小六马上就要拖她出去,"你会陪我去吗?"

"不会,这样的事情,得自己解决。"小六掩盖掉声音里的畏缩。她清楚自己并没有这个勇气:婴儿的呢喃与啼哭再一次在耳边轰鸣,世界上最大的瀑布在深渊间回响。哇哇哇,哇哇哇,那是恳求和呼唤。她无法分辨,这哭声是来自她那个婴儿,还是聚香这个婴儿。

四

第三次了,钱助理又在劝小六出去陪酒席。这一阶段,为着副店长一职,钱助理在主攻各个方向的头面人物,今晚这一桌,是商业局的要人。此前两次,借口这、借口那,小六都推掉了。

钱助理摊手摊脚地坐在一堆报纸杂志、空豆荚和菜叶帮子当中,耐心地再次陈述她的理由。第一,小六"有屁股有腰";第二,能看出来的,她"有量";第三,她是小六的靠山,去跟靠山的靠山喝,等于也是为自己喝不是吗。

诚然,小六早有体会。凭着钱助理这一靠山,她在超市的境况已发生了巨变。小六每天在收银台下完班,即会被钱助理钦点去做事,在库房、货单、电脑、大堂之间来回奔走,在各种票据与表格上盖上钱助理的名章,有时还负责替她接电话、接受上级指令、往下发布号令并协调某些纷争,像一个冒名顶替的小机器人,上足了发条似的忙个不停。还有家务事的荣幸,比如,休息日去辅导她儿子作业,陪家里老人到医院挂水,周末陪她做头发并为之埋单。如此种种。多么富有人情味儿！人们现在都瞧出来她的分量了。她们酸溜溜地委托小六转交对钱助理的效忠：面点区是新炸的萝卜肉圆子，水果部则提供剥好的榴莲，有时也有小六的一份。小六通常转给聚香，聚香对这些贿赂之物十分倾倒，感喟不已，"还是做官好哇，怪不得……"聚香受此感染，也忍不住巴结起钱助理来，每天固定地孝敬上报纸与杂志。

于是，钱助理总是一边翻看杂志报纸，一边剥豌豆、剥蚕豆或剥毛豆：剥好的豆子价格可翻三倍，剥豆者可从中得到一份令人满意的"加工费"。同时还跟小六谈心、忆往昔。

她老家在山里头，小时候一天只吃两顿饭，到18岁进城后才尝到鱼肉与羊肉。她最多时同时打过五份工，累了坐在路牙子上睡觉，连野猫都来咬她。大夏天的日头，她一个人下过5吨车的货，搬到最后砸了脚趾。她半夜里挨家挨户送牛奶，爬楼梯爬得膝骨节错位。她替一个喜欢她的老板免费打工，完了还替这个老板打胎，被老板娘揪掉半块头皮。她掏心掏肺帮过一个老乡，管吃管住管找工作，有一天回去发现她的东西全被老乡一卷而空，连灯泡都给拧走。同样的一小步台阶，别的女人只要轻飘飘一个眼神，她起码要卖力气跑上一万米外加倒贴送东西，最后还不见得能成。她骄傲地苦笑：这可不就是"奋斗"吗。比如这个副店长，奋斗得狠了，光春节期间就送出去了几千块大礼，节后又陆续请了四五拨儿人。

"你也要奋斗的。"话锋转到小六身上，"请你出来陪吃饭，就是个机会嘛。老娘可都找你三次了。"钱助理又把"收银台小组长"拿出来拍打拍打，"那职位，又不是我家的桌子椅子，说给你就肯定能给你的。你也要好好表现的。就算你不情愿，你比比我当初呢。"

小六确实感到惭愧，又有一种焦渴感，似乎也想喝上一场了，"好，我去。"

小六不很清楚自己的酒量。公务宴请上，总是她的好友兼搭档包圆了全场，她擅长闹酒，浅浅一两酒，花舌起码要上十分钟，从单口讲到对口讲到群口，偶尔对大客户抚肩拍背，甚至会来两支甜曲儿。总之轮不到小六什么事情。小六私下跟闺密们出去，有人会叫金汤力叫黑方或芝华士，比着骰子大小来粗暴地喝，小六于是各样都胡乱尝一点儿，并没什么感觉。

这次既是要为钱助理效力，小六打算实打实。像一头本来一心耕田、现在被拉来饮水的黄牛，只顾听令行事。钱助理一抬手指向某位，小六即刻一"咕咚"；某位欲还酒，还没等对方张口嬉笑，她已站起来也是一"咕咚"。这样子，爽气是爽气，但也很索然……才喝了半席，小六已把对方蔫软了两位，她却还是老样子，麻利地自己把杯子重新倒满，像个愚忠的士兵，只紧密留意着长官的眼神，随时打算再一"咕咚"。

商业局的贵客们相当疲惫了，他们闷闷不乐地吃菜，有个满脸油汗的家伙对钱助理抗议："这是急行军打山头嘛，哪里是喝酒？"

钱助理老早就在桌子下面踩小六的脚了，这时又接连踩了几下。但小六的脚已麻木了，整个人也是麻木的了，怎么踩都没有用。小六还没喝够呢，这前面，是替钱助理喝的，接下来，她想替自己喝两三杯，替舒姨那无所不知的白瓷观音喝三四杯，替打算去告发她的林子喝四五杯，替聚香和她的腹中胎儿喝五六杯。

喝着喝着，像在对自己进行调校和修正一样，小六慢慢挣脱那种执行任务式的木讷了，她开始启动马达，指针活跃地偏动，她有板有眼地学习起她的搭档兼好友来。一个走形的致敬,她哧哧发笑,讲起逗趣话,撒起酒杯耍脾气,带着奇异的忧患与激愤,简直都有点儿光彩照人。刚才生闷气佯醉的两位科长这会儿已回过元神,喜出望外地重新投入酒海,满脸油汗的家伙更是极其配合地为小六捧哏。一咕咚又一咕咚,干杯呀再干杯,他们几个简直就把钱助理完全扔到一边了,尤其是小六,一迭连声地差使着钱助理再开一瓶酒、再加两盘下酒菜、一会儿把空调关上一会儿又打开窗户。

直到席终,醉意朦胧的长官们横着斜着相互吆喝着回去了,小六看看桌上还剩两根大肉骨头,挺不错,她劲头十足地啃了一根,又问服务员要了一个餐盒,想带回去给路口的那只黄狗吃。那狗现在对小六越来越亲了,无论她多迟回去,都会守在路口见她一面。这骨头正好可以回报它一下。小六一边挟肉骨头,一边跟钱助理讲起这只狗。

"你今天,这到底是什么意思?"钱助理根本不要听狗和肉骨头,她打断小六,难以置信。

"怎么?还嫌我喝得不够?你数数这些空瓶子!我起码喝了五分之二。"小六指着地上几只酒瓶。

钱助理走到墙边,把那些酒瓶子全都用脚撂倒,清清楚楚地骂了一句:"妈个B算我瞎眼了。"粗话,听上去十分悲怆。

"您这是怎么啦?他们不都挺高兴的!这下算有经验了,下次我还可以来。"小六把被踢倒的酒瓶儿又毫无必要地一一扶了起来。她心里也不大好受。

"你这完全是成心的。好几年没这样了,我又被人给耍了、给欺负了。"钱助理慢慢地说着,神情酌疼。

"要不您就收回'收银台小组长'吧。不要给我了。"小六声音小小的，内疚地祈祷：生气吧，惩罚我吧，收回那个允诺！

"我这么一心一意、从无到有地帮衬着你，你为什么不抓住这个机会？我真是不懂，你到底算是怎么回事？"钱助理的长马脸显出绝对的困愤，"你，一会儿十项全能，一会儿又出乱拳。你做牛做马这么久，到今晚就等于通通白忙。你为什么要这样对自己？又为什么这样对我？"她几乎迸出眼泪珠子，最"正常"的逻辑被"不正常"的逻辑所伤害的失败感，她沙哑地嘶吼，"除非你跟我讲讲清楚，否则这庙还真供不上你了，你哪儿来还滚哪儿去。哈，我记得的，卡通人偶，没头没脸的，你就配那个了！"

从钱助理宴席出来，找到路口的黄狗喂完大骨头，黄狗已冲着她摇了好久的尾巴以示感谢，小六还在它身边磨蹭着，好像汽车陷进一个大泥淖。稍早前她灌给自己的酒精，这会儿都成了起义之师暴动之师，绝对挨不过今晚，她没法儿回租屋去，去安于平常了。她要另行动作。

她蹲在那里，在脑子里捋。现在的情况可以如此概括：大半年下来，她不仅没把自己给弄"没"了，似乎还弄得更"在"了，更高低不平、磕磕绊绊的了，乃至有点儿烽烟四起，无数的声音如高低音的不同声部，此起彼伏地对她发出不同的逼问。这逼问里，也包括小六自己的细嗓门儿，她在高音区，她比谁都更为迫切、更尖利。

她往四周看看，都是路，半生不熟。也有人影，近了又远。唯一的旧相识还是只有天上那轮月亮，全世界共有的、又独属于她一个的月亮，白泠泠地发着寒气，像面巨大的镜子，均匀地照着几百年前，也照到几百年后，照到北京南京，照到乌水鹊山。它能听到小六的细嗓门儿吗？爱，肉身，孤独，宿命，亲人，生活，伴侣，这忧郁而渺茫的追寻，是否能有一个确切的托付与解答？

小六在月光下的寒风里半蹲着，酒精所分解出的一百个影子也在蹲着，共同参与了这场盛大而蠢动的追问。为了尽量接近那个有名雕塑的姿势，小六带领着一百个影子挪动着做出细微的调整，好像这样一来，她和它们的思考就具有纵深广袤的历史感了。

当然这种假想并没有能够支撑太久，酒寒很快上来了。身体内部的寒加上料峭三月的寒，使得小六全身都打起哆嗦，两只腿也没面子地酸胀起来。脑细胞的激越奔走如听到紧急口令似的，通通扭向了一个世俗的具体诉求：她想坐下来暖和暖和，哪怕就此全盘交代。

条目性纲要性的交代，注释性引文性的交代，内涵加外延的交代。姓甚名谁，祖宗籍贯，家庭职业，血型指纹，社交性交，梦境幻觉，痴心妄想，卑鄙下流……她并不能够保证，这一套要素所框定出的"小六"是否就指向真正的她。随便吧，行了，完成任务，然后她就可以好好歇下了、不再闹腾了。

想到这里，小六猛然间挺高兴的。有月亮为证，这正是思想、意志、酒精和身体四方会谈协商后所达成的高度一致。她只需付诸行动，找到一对正当的耳朵即可。

她搀扶着自己慢慢站直，端庄地走到马路中间，招到一辆夜行的士。

"派出所。"她含糊但非常肯定地命令道。

车子飞快开过空荡的路面，她看着窗外，醉眼里看到自己在乌鹊城的一百个身影，如分子原子电子离子质子中子，在分崩离析中慢慢消失了。

第九章

一

　　幽暗子宫的深处，端端正正地埋伏着一个胚胎，正以几何级的速度分裂和爆炸，正长出嘴巴、胳膊和生殖器，很快就会哇哇大哭着跑到他面前来了！他迎面看到的每一个婴孩，从襁褓之中到满地走路到吮着指头咯咯发笑的，都无邪地在盯着他、蹒跚着扑向他，用高低不同的奶音嚷嚷着叫他"爸爸爸爸"。他不敢计算时间，因为小六应当已经快要临盆了，也许就在前一分钟或后一分钟，他张灯已经做了爸爸，一个私生子……停下，停下！像噩梦一样地惊醒吧！张灯有点儿不敢上街了，他连续顶下一个月的网络部夜间值班，昼伏夜出。

眼前像有盏坏掉的日光灯，忽明忽暗、刺啦作响。张灯懊恼地把事情往前回放，一直倒退到他刚刚捣鼓起小六电脑的那阵子。他一万个诅咒自己，为什么要主动请战，想这么一出呢，把射出去的箭准确地戳到自己身上？也许该感到庆幸，幸亏是他，而非其他人黑进了小六的电脑，这整件事好歹是个内部的闭环，没有发酵、败落为丑闻……

不！也许该换个角度。他所发现的那一大堆浏览与收藏、空间日记、子宫照片以及枝枝蔓蔓的衍生玩意，只是0101010101比特单位，是兆吉太，是光标指针磁道与扇区，是一些数据流与云空间而已——无视掉这些鬼玩意儿，小六不就还是原先那个无色无味的陌生女人吗？甚至可以说，这一切，在现实中根本就没有发生过，为什么不？网络就是异次元，并非"现实之在"。张灯很喜欢这个歪歪倒倒但未尝不可以附会的想法。

他带着这个想法站起身，在机房里漫步。巨大的机房空无一人，只有满满登登的服务器，记录着整个公司全部运转信息，微暗的光线里，金属色与铁灰色排立如林，像锋芒不露的士兵，轻微震动的散热器嗡嗡嗡地排出令人酥痒的微风，散发出甜丝丝的电力味儿。张灯一会儿走直线，一会儿拐弯，一会儿倒着走，一遍遍地巡逻，敌意而臣服地在机器间漫步，像看管着全世界。

嘿嘿，他突然笑起来。小六的这种吊诡情形可不是孤例呢，而是一个寓意万千的信号弹。所有人都是下一个小六。他张灯也好，近期约会的、大有谈婚论嫁趋势的那位姑娘也好，路人甲或某位著名人士也好。人人都一样，都遵循着一个标准的三段式：

第一，倘若人是一个360°的圆。肉眼所见中，他所裸露出的，仅是一个极小的锐角，并且还是陷阱式的裸露，几株浮草与一把焦土而已。

其大钝角的主要部分,苦闷与旖旎,都深深隐埋于海洋似的网络。

第二,大海似的网络啊,自由、丰富、深沉,人们忘乎所以地在其中游弋。它同时还是一位勤劳的书记官,一个全天候记录仪。人们的任何一个动作,无心或刻意,哪怕只是闪电式的念头,都将留下刺青式的精微刻印。

第三,好了,现在,只需一个密码,像轻佻地解开第一粒纽扣。不,都不需要,一个拙劣的业余黑客即可以让这个书记官瞬间宽衣解带、放荡地袒露。人们在第一个圆里包裹得越是严实,在大钝角的海洋里游弋得越是忘形,这第三步的背叛就越是彻底,如回力球反弹,如耳光响亮,如海水倒灌没顶至死。

太他妈妙了。

张灯四脚朝天跌坐在机房的透气小天井里,嗓子里挤出悲喜交加的号叫。他看到机房天崩地坏、烟雾弥漫,他看到许多人从机器里走出来,每张面孔都闪烁着组合原码,像持续滚动的显示屏。他们层层包裹,却无可蔽体……张灯挣扎着爬向他的办公桌。

接下来的几个通宵,张灯成了埋头苦干的农夫,他对自己的手机、笔记本、电脑、硬盘等所有的自留地彻底深翻了一遍,包括那些保存在网盘、云盘、邮箱里的各种远程文件皆无一放过,挨个儿提审过堂,寻找各种毛刺与破绽,想象着未来可能发生的入侵、鞭打与背叛……他很疲劳,也很亢奋,甚至有点儿癫狂,对骨肉沉重的这个自己、对网络里那个薄薄的自己,都有点儿真假难辨、难以取舍了……

清晨来与他交班的同事瞅瞅他血红的眼球,嘲弄地关心道:"新谈的女朋友有时差吗?不要闹太猛哦!"

张灯随和地笑笑。瞧瞧,他们并不"认识"他,他也不"认识"这个同事。面熟,人们就只是相互面熟。在所有的人当中,他目前真正能称得上认识的,只有一个:小六,不是吗?

像小狗咬着自己尾巴转圈似的,张灯一次又一次地进入小六的电脑。像扫地机器人一样,在她电脑的各个角落、各处记录里反复转悠,搜集每一丝被遗落的灰尘或痕迹。这已经成了他的避身之所。

沉梦将醒的城市,街面间或传来重型运输车碾轧过马路的隆隆声,对面的居民楼里,伴随着小小的啪啪声,偶尔会升腾起一小撮亮闪闪的烟花。新的一年已经来到了。他的脸被屏幕映照得一会儿黄、一会儿绿、一会儿蓝。好像在屏幕深处,也升起了一阵确凿的烟花。

这个瞬间,张灯明确地意识到,他已经没有办法放下小六了。

二

这个冬季对贺西南同样难熬,问题出在肋骨上。

从母亲做出"小六会回来生孩子"的预言之后,这肋骨就隐隐开始作痛。随后,这痛成了一只耐心的蜗牛,每天往骨肉深处爬一点儿,爬得毫不起眼、不值一提。贺西南照样奋战于年底冲刺,创造出总量倍增、份额扩张、全国总排名上升等一系列漂亮纪录。等他终于有工夫意识到的时候,这只从没停步的蜗牛已爬到最高一层,累积出无穷大的破坏力,并在春节期间大肆爆发了。

这种痛不是单纯的疼,还交织着刺冷,恶性循环,越冷越疼,越疼越刺。贺西南惊讶极了。他从没有想到,春节竟可以刺骨到这种地步。

有人替他预料到了,宽镜框小伙子。一个半月前,他就自作主张替贺西南预订了海南岛度假游,"您只要打个电话,报一下身份证号就可以了。"贺西南激烈推辞,莫非他还要享用小六失踪的红利吗?春节去往海南岛是昂贵的。

小伙子比他力气大,又把信封往他手里塞:"这不仅是我的意思,还有我们一级主管的心意,她还特地叮嘱……要另外安排些特色项目,我在考虑,是不是,嗯?"他眼神拐弯,做出那种表情来,"大哥需要放松放松,这么长时间了,您一个人不容易。"贺西南一听,立时翻脸,把宽镜框直往外推,"你个下流东西,把我想成什么人了。"宽镜框大为委屈,抢在被推出大门之前解释,"我又不是外人哪,大哥的苦处小弟我最清楚啦。"

最终贺西南哪儿都没去。他24小时开着空调,温度打到20摄氏度以上,家里还摆上了喜气洋洋的金橘与蝴蝶兰,这是两个拍马屁的手下送的。另一些拍马屁的,则分头送了瓜子零食、包子年糕、旺旺礼包,冰箱里还有羊肉片、带鱼、干切牛肉及许多饺子。

自然还有那些"失踪者家属",他们成群结队上门,带来厚厚一摞子喜符,但凡有门窗、玻璃甚至空白墙面的地方,都被他们贴上了福字、剪纸、对联或卡通生肖。整个家都被装点得红通通的。他们还建议贺西南,最好一直开着电视,连环不断地播放小品,自带笑声的那种,这是他们的经验之谈。第一个春节,难的。

贺西南一一照办。他忍着肋骨疼,全力以赴地陷在沙发里,专注地吃瓜子糖果、看小品、嘿嘿发笑。然而,天知道啊,还是觉得冷。这会儿他有点儿想念宽镜框那信封里的海南岛了,他真要冻死了。这哪里是家,是废弃了几万年的旧宫殿啊,四处漏风,没有一丝活人气儿。他每笑一次，牵动一下嘴角，那肋骨处就毫不留情地刺一回。

疼痛难忍的除夕夜，贺西南给小六母亲打过一个电话拜年，发自内心的，他要挽回他曾经的怠慢。他到这个时候，才头一次觉悟到：小六母亲的这么些年，需要高度的尊敬。她的所想、所说、所做，再荒唐都是可以宽容的。从另一角度来看，他是否会一步步变得跟母亲似的，再不要过任何节日或生日了？最终也成为一个胡思乱想的老怪物？

电话那边的母亲也在看小品，声音比他开得还大，在配套的鼓掌与笑声中，母亲扯着嗓子："你猜我刚才想到什么？小六说不定也在哪里看着小品，没准儿跟我们看的还是同一个频道呢。你呀，也别太想她了。"母亲这一说，贺西南反而慌了，支吾几句急忙忙挂了电话。他突然明白自己为什么肋骨这么疼了。

——这整个枯索的春节，他根本没有在想着小六，而是翻来覆去想着一句话，"看看，一个家里哪里能离得了女人呢？"这是绿茵头一次踏进家门所说的那句话，这话当然是正确的，但贺西南因此而展开的联想不正确：他应当想着小六不是吗？没有，他想着的是绿茵。

绿茵年前回了老家，连春节带年休假带请假，一个多月，说是有事情要办。她挺随便地跟贺西南打个招呼就走了，贺西南也更加随便地吱应了一声。这又算不得个什么事情。然而，某种影响超乎寻常：就好像继小六之后，他又遭遇了一次身边人的消失！

这也不能全怪贺西南。如今，哪怕是刻意寻找，家中也已看不到小六的任何东西了。一切皆有法，一切皆于无形中变幻，这不是偈语，而是无法躲闪的现实——他走到厨房，里面挂着绿茵的洗碗手套和绿茵的围裙（因母亲那句话，贺西南收起了小六的围裙），他看到那围裙里的绿茵正在炒菜，舀起一口汤尝淡咸，露出极为慎重的表情。卫生间里，是绿茵挑选的橙色马桶圈，她经常蹲在那里，连马桶根部都擦得能用舌头去舔。客厅茶几上，摆了一套功夫茶具，在她有意无意地引导下，贺西南开始改喝老陈熟普。阳台上，晒着她的女式棉拖，她的脚比小六肥大多了。她常站在阳台上梳头，并把头伸到窗户外边，以免掉下的头发弄脏地面。诸如此类。是的，她把这里照料得太好了，像金丝线一样镶入了贺西南的视线与记忆，以致他怎么也"看不到"小六了，绿茵取而代之，取代得如此浑然，像木餐桌上一块年深日久的小结疤那样不容置疑，好像他自成家立业以来一直就是跟绿茵在这个屋檐下过日子的，贺西南陷入一种哲学般的迷惑：她们两个，到底谁是谁的插曲，谁嵌套入了谁的主题……真不敢继续往下想。

贺西南真有些生绿茵的气，她要是不这么能干、不这么令人舒适就好了。这个家就不会像现在这么荒凉了。是她的缺席显现和放大了这个事实：这里已不能没有她了。这，意味着什么？

每每想到这里，贺西南那根正直的肋骨就越发难以忍受了。他没有发觉天气都有点儿暖和起来了，人们都进入春天了，只有他还留在冬季里。他哈着气，瑟瑟发抖地拿起手机，猛然注意到上面的日期，已是3月！竟又是3月！一年前的3月21日，一下子历历在目，像听到什么口诀似的，健壮如牛的贺西南摇晃着，随即裹着被子病倒了。

三

绿茵刚推开屋子，一股生病的味道扑上脸来。她扔下手里的东西，像闻到火药味的消防战士，一下子冲进卧室里。

贺西南陷在被子和枕头里，脸色绯红、双唇焦干，胡子拉碴里发出气息微弱的求助："所有的骨头都疼，尤其是两排肋骨……讲每一个字都疼。"

绿茵差点儿掉泪，更夹杂着一丝莫名的激动。这可得要大大地料理一番了。

肋骨的发作看来非常厉害，不仅使贺西南失去了基本体力，也失去了他一直以来的教条主义。贺西南对绿茵，原先起码隔着好几座大山，主客之道、男女之防、失妻之痛、闺密之嫌，等等，可这病，来如山倒，使得高耸的众山也都成了一马平川。贺西南像个还不到10岁的娃娃，虚弱地由着绿茵喂水喂粥，扶他去洗手间，替他漱口、剃须、洗脸、擦身、换衣、热水泡脚、按摩脚心。

两个多小时的大规模护理过去之后，贺西南的头脸手脚通通都干净了，肚子里热乎乎了，他稍许好转，但仍然带着病人的高度自我关注："现在呼吸不那么疼了。但是，"他碰碰肋骨，又假咳一声，"这样还是疼。"与此同时，他开始羞耻了，他内部像有一个平衡装置，随着病痛的减轻，理性又有所抬头。他试图挣脱开绿茵，其实还没这个力气，也或者，没这样的意志。

绿茵侧坐在床头，一只腿挨着床边下垂，另一只大腿叠放，形成一个三角形的微凹区域。妈妈抱小孩一般，她把贺西南的上半身置于这三角区域，轻轻拍打着他的肩，抚慰性地呢喃，像是下定决心要把贺西南限制在10岁以内、限制在这样一个亲密又不失纯真的动作里。

绿茵算不上胖，但具备婚后女性通常的体形体征,这样侧盘腿的时候,整个下半身的脂肪就全部淤积到腹部与腿部,那个区域由此变得异常柔软,像最高级的棉花垫,却又带着血液的流动,如温暖的潮汐。贺西南用脑袋轻轻顶着、脸皮磨蹭着,几乎要钻到绿茵的子宫里去了。

他的声音听上去如同来自深深的羊水,"你猜我在想什么?请不要笑话我。我一直在想,如果这肚皮里有个宝宝会是什么样儿?我纯粹只是好奇……"

绿茵没有笑话。她一声不吭地把薄毛衣掀了起来,尽可能大范围地把肚皮裸露出来,然后不由分说地去抓住贺西南的手。后者紧张地把指头往掌心里蜷缩,绿茵把他的手掰开、拉近、往肚皮上贴,推着他缓慢地共同移动。

她这才开口,"比方说,这里有个宝宝,你摸到没?它在里面伸手蹬脚,在打转转玩手指。别动别动,就这里。你别老喘气,屏住,听到它在肚子里咕里咕噜的没?小家伙在冒泡呢,这就是宝宝在跟你打招呼……"

贺西南紧闭眼睛、竖起耳朵,缺乏经验的手指僵硬地停住:"打招呼?喊我什么呢?爸爸?爸爸吗?"他像个傻子似的轻声重复。突然有东西砸到脸上,是眼泪。

贺西南被这从天而降的泪水砸得一个激灵,理性与道德像左右两根拐杖似的,把他扶了起来。他坚决地猛地推开绿茵,好像刚才那一幕只是为了深入洞穴、诱捕猎物。他忍住肋骨之疼,冷静了:"一切到此为止。你今天给我说说清楚,为什么要对我这样……"他咽下了"好"字,"你到底想干吗?有什么目的?"语气完全是吵架,像是承受了巨大的蒙蔽。这算是好人好事?为了帮小六?有这么帮人的吗?

病人的力气并谈不上大,但绿茵毫无提防,一下子被推到了床沿外,随之一屁股滑落到地上,整个人都矮没了。像个被戳破了气的塑料娃娃,她尽情哭泣起来。

真看不得绿茵这么哭,贺西南挪开眼睛,坚持住:"这是不是你们女人间的那套鬼把戏,你跟小六有过节?趁着她人不见了,跑上门来算计我、勾引我,想破坏我们家庭对不对?你就老老实实承认吧。"这是贺西南盘算了一个冬季所得出来的阴谋论。他一口气说出来,像扔出颗大炸弹。

绿茵抽抽咽咽的。两人之中,现在她变成了较软弱的那一个。她被贺西南这个假设给噎住了,"破坏?你想到哪里去了?我只想好好陪着你等小六,你等一天我陪一天,你等一年我陪一年,你等一辈子我……陪一辈子。"贺西南摸摸杯子,还是热的,绿茵刚才给他做的红糖姜汁。他递给绿茵,打断她接着往下的排比。

绿茵喝了一口姜汁,她脸上线条变紧了,是说实话的模样,"女人的朋友,能分好几个圆圈,最中间的圆圈才叫闺密,第二圈、第三圈、第四圈,算是哥儿们、好朋友、一般朋友之类的。我,甚至都还没有进圈子。小六应当认识我,也可能没什么印象。"

"你到我家来,第一句是讲,一个家里不能没有女人。第二句,张口就说你是她的闺密。原来你,骗我的。"贺西南忍不住呻吟了,肋骨那边疼得要出人命。这女人到底要干什么呀。

"这主要是为了能够进门。还记得我第一次来吗,你几乎把门拍到我鼻子上。我迟早会跟你讲的:我不是小六闺密。"绿茵有条不紊地解释,"再说也不完全算骗。我敢打赌,我比她那些闺密更了解她。"

"就直说吧,你到底是什么人?"贺西南打断。他很失望。在说出刚才那个指控的时候,他已经做好了原谅的打算,毕竟,绿茵的手段只是"对他好",总体来看,有益无害。真的,一整个冬季,他既找到了致命的怀疑,又找到了接受的理由。他都盘算好了,可绿茵偏偏又否认了!

"鼓楼街往西,第一个十字路口拐角,有个茶餐馆,可以喝咖啡喝酒,也有各种简餐,不定期地推出一些特色,比如日餐、意餐、法餐什么的。你晓得那家餐馆吗?"绿茵像在跟贺西南约一个地方吃饭。

"我不太熟悉那一带。馆子叫什么?"贺西南对情调之类的从来不屑,他老觉得那会吃不饱。绿茵这到底是在讲什么呢?

"叫'绿茵'。我没告诉你真名儿,借用的就是这个茶餐馆的店名。"她详细解释道,"那里离小六公司很近,她们闺密聚会,都在那里。我是那儿的轮班大堂经理。小六经常打电话过来,开口就是,'绿茵吗,中午替我留个四人座,越式餐,配料多备点儿薄荷……'"

贺西南惊得都忘了他的肋骨。绿茵餐厅的绿茵女士!

"我对小六的熟悉,也算是工作之便吧。你晓得吗,人们在服务员面前讲话总是毫无顾忌,好像我们走来走去的压根儿就不是人。嘿,这倒也挺好。我那耳朵可一直竖得老高呢,一来二去的,把小六和她闺密们的零碎都搞得清清楚楚。这个失眠吃什么名字的药,那个便秘很厉害,谁最中意某个健身教练,家里小狗的名字,隔壁邻居会梦游。"绿茵都有点儿眉飞色舞了,像在展示一片她独自开发但从未对外界透露过的纵深地带。

"不过,闺密嘛,最喜欢的就是比来比去。抢着吹嘘饭量,整天海吃胡塞从不减肥。有时又交换修身之道,这个在拜师学古琴,那个在禅修茹素。或者个个都是女强人,手上有各种项目。我最喜欢听她们讲罗曼史，可来劲呐。有的同时交往三个男的，有的战线从国外拉到国内，有的被苦苦追了12年。你家小六，嗯，她好像讲了一个大学同学……但你放心好了，我上次就跟你说过，她谁都不搭理的。最有趣的是，这话音刚落没几天，她们又开始比赛夫妻恩爱……"

"这最后一条，小六怎么讲的？"贺西南忍不住插问。他联想起男人之间的各种神侃胡吹，投资啊秘史啊冒险啊，鉴于不同的场合，他们的观点也在不停地变化、前后矛盾。但这不代表撒谎。他们也好，她们也好，在讲述的那个时刻，总是真诚和当真的。

"我得想想。"绿茵眼神远眺，像在从琐屑话语构成的漂浮物里打捞，"她啊，虽然每个话题也总是绘声绘色的，但就我冷眼旁观，多半是在乱扯，也就只是为了参与进去、说说而已。她经常走神，似笑非笑地抱着膀子，旁边人一推，像推了个木头人，她倒吓一跳。她对我蛮客气，经常介绍朋友过来，可我们在大街上迎头碰到，她却认不出我……哦，想起来了，她表扬过你的，说是你长年替她买一样小菜，家里四季不断货，叫醉泥螺，连出差，你都会替她塞行李包里。"

贺西南心中一颤，绿茵前面所讲的一切全都可信了，也再次印证小六的复杂不可测，哪里还有一个大学同学……啊得了，无所谓了，他不是唯一被蒙蔽的，张灯、母亲、闺密们，包括眼前这位绿茵，谁知道真正的小六啊。贺西南甚至觉得醉泥螺，是很可笑的玩意儿了！

他感慨万千地看看绿茵。后者不知什么时候，已经从床下挪到了飘窗台那边。由于户外耀眼春光的反衬，她显得有点儿黑。他像初次见到似的瞅着，注意到她的头发梳得一丝不苟，眉毛有点儿粗，腮上有几丛斑。可整个儿看上去，跟家里特别的适配。她站在厨房，就该在那里做饭。

往阳台去，就合适洗洗晒晒。这会儿在卧室，又像是刚刚从被窝里起来，妥帖极了。这让贺西南感到一阵迷惑，深一脚浅一脚地迷惑了好一阵，才终于想起他们谈话的初衷。

"你是不是小六闺密，也没那么重要。我们只就事论事，你就没觉得，你现在这样对我，有点儿太那个了？"像个被打乱了节奏的主持人，贺西南又把话题给辛苦地拉了回来。"你直接讲目的好了！别再把我蒙在鼓里当傻子耍了。"贺西南语调干涩，肋骨处的尖针又开始不停地戳了。

绿茵做了个手势，意思是她正在往这个核心上靠拢，"小六刚出事那一阵，她的闺密圈子聚得更频繁了，我听她们讲了许多你的事情。她们纷纷接到你的电话，你那笃信小六会回来的执着口气，让她们一致觉得你脑子不正常了。她们交换了很多信息证明这一点：你家里人来人往全是陌生人，你一个月不换外套，你要求各个银行保留小六的信用卡，你愚蠢地继续缴纳五险一金。她们一直说一直说，我也一直听一直听，借着续茶水、打碎盘子、赠送水果的机会，小猫一样地绕着她们，越听越坐不住，世界上竟有这么好的丈夫呀。我得做点儿什么！当然我也知道这听上去很奇怪，我实在是拖了很久，最终，我能去敲你家的门——是很不容易的，一敲门你还那个样子。"

"我为那天的态度道歉。"贺西南迅速地小声地道歉。他开始不安了。

"我结过婚也有小孩，不过这都是过去的事情了。这次春节回去，我办完了最后的手续。"绿茵声音变细，顺着窗帘缝儿小心地传过来，"现在我什么都没有了。"

"才办完的？"贺西南重复，坐实了他的惊惧："因为……你老到我这儿？反而是我破坏了你的家庭？"

绿茵拍腿，口气很是失笑："得啦，跟任何人都没关系的。这就是我的命。我是个很平常的人，对生活没什么要求，能有个热乎乎的小家庭就成了，可说来滑稽，怎么着都不行，没有一个家能长久，总是破破烂烂地四处漏风。"她长长地停了一会儿，好像在肚子里总结、提纲挈领，以免过分冗长，"前前后后，我统共跟过五个男人，其中三次结了婚，包括最近离的这个。每一次我都全心全意，可他们不。他们吃了碗里想锅里，见到嫩的扔老的，他们要新鲜劲儿，要偷鸡摸狗，最好三妻四妾。每一个男人都是狗，每一只狗都吃屎。我已经拿定主意，再也不要跟任何男人好了。"绿茵声音刺耳，脸上像覆了一层薄灰，显得有几分狰狞，看得贺西南都有点儿恐慌起来。

绿茵也猛觉失态，她收拾起凉了的红糖姜茶，还有地上团成一把的面巾纸，借助做家务的动作，把自己又调整了回去："对不起，我讲岔开了。你不是狗男人。我一直在观察你，我倒要看看，你对小六的忠诚能坚守多久。到目前为止，我在你家里、在你身上、你床上，没有发现任何变心的迹象。你没有在外头过夜，没带女人回来，工资如数存下，衣服上从来没有别的味道……这就是为什么我要这样对你的原因。你配得上的。"

贺西南真不知如何答话才好。这么说，绿茵一直在替小六站岗，而他，像个大铁笼子里的雄猩猩？当然，他自恃他经得住24小时全方位地监控，他连做梦都没有梦过别的母猩猩。绿茵一口把他排除在"狗男人"之外，这未尝不是一种褒奖和高看。可，他真没法想象绿茵嗅闻他衣服味道的那种场景。"你，就不问问我怎么想的？"

"你不必有任何负担。我做这些，不是为了小六，也不是为了你。

自私点儿说，是为我自己。这样我心里有种满足感，就好像我是守着一个家、守着一个好男人似的。你一百个放心好了，只要小六一回来，我即刻离开，绝不纠缠。"

绿茵像拉拉链一样，把她的想法拉开来给贺西南看过了，现在又"哧"地合上，算是交代完毕。说完这通话，她恢复常态，托起贺西南上半身，安置他重新躺下，语调日常："看你，身上都没热气了。我马上给你弄个暖宝宝来，好好睡上一觉吧。"

贺西南怔怔的，有点儿沉重。搞了半天，从一个抽象的角度来看，绿茵跟那些找上门来的、宣称丢狗丢镯子的访客们差不多吧，她就是个丢失了家的女人，她跑到这里，就是来找"家"的，于是，他便莫名其妙享用到这怪味豆般的伺候……这应该算是个好消息吗？他只能听之任之吧？贺西南使劲顶顶肋骨，还疼呢，自己还是病人呢。于是缩缩脖子，往被窝深处蜷去。

这个晚上的后半夜，贺西南起来小解，迷糊中走错道儿了，拐到厨房去了，托着阳物却到处找不到马桶口。他猛然醒了，发现自己正对着冰箱。他牙齿一酸，就手打开冰箱门，侧面有一溜儿排醉泥螺，像在彻夜值班。这是小六出事后他专门跑出去买的，以备小六突然回家好有的吃。他甚至还做过一次那样的梦，小六悄悄潜回家来，拿上几瓶带走，又继续消失了。醒来后他想了想，就算那样，也好的，他没白买。

贺西南拿出一瓶醉泥螺来查看，已经过期了。也是啊，这不是又快到三月了嘛。

贺西南膀胱处饱胀，他忍住便意，在厨房坐了下来。怎么就拐到厨房了呢，他甚至感到自己整个人都拐弯了，拐到另一条道儿上去了。他抬眼往客厅看去，节日与病中，如废旧物仓库一般的家里，又洁净如新了。上一季的毛衣、线裤、衬衫，有长有短地在阳台上挂了两排。他承认，对这样的场景，他无力抵抗。

他按着冰箱的门，感受着那一阵阵的冷气，然后一瓶接着一瓶，把醉泥螺给拿出来，尽量不发出一点儿声音地扔到垃圾桶里，好像怕玻璃罐子那轻微的撞击声会惊动什么似的。

关冰箱门时，他的手肘无意间碰到肋骨，那里已经不疼了。

四

刚一恢复，贺西南就上班了。接近午餐的时候，他正跟一个打算跳槽的中层谈话。张灯突然打电话来。贺西南心里算了算：自啤酒之夜说破胎儿之后，两人有一阵儿没联系了。

张灯请他帮忙做一个证明，"你猜怎么回事？就我那位在交往的女朋友，因为最近老见不着我，抽风了，一定要我交代出上个周末跟谁在一块儿。我想请你证明一下，上个周末的晚上，我是在你那儿。"

"你以前倒的确是每个周末都来的。"贺西南谨慎地道，"但上周末，我肋骨疼得爬不起来。"他看一眼桌子对面，那位中层忙流露出关切之情。他明白了，这位不是真的要跳槽。

"你病了？那正好，就说我在你家呗。"

"可我，不是一个人。"贺西南决定晾一会儿这个要提年薪的部下，出了办公室，往小会议室走。

"小六母亲来了?那就我们三个人在一块儿聊小六的事情呗。不,不对,这个证明里不能提到小六。周末,是她老人家来了吗?"

"不是。"小会议室也有个人在打电话,同样鬼祟地捂着嘴。他只得退回到走廊。

"谁呀?"

"你不认识。"贺西南随即反问,"那你上个周末到哪儿去了?又去汉庭快捷了?"贺西南现在进入了消防通道,责问在楼梯间产生了回声。贺西南心头有点儿古怪的滋味。这是张灯的事儿,早不关小六的事儿了,就算关小六的事儿,也不关他贺西南的事儿。

"没去那儿。你别问了。"

"那叫我怎么帮你呀。"贺西南占上理了,张灯应当对他坦诚啊。

张灯抱怨着,"我真受够了谈恋爱这种事,女人真有一百个心眼儿。对了,证明的话,你也不能说出我们俩的关系……"

得了,谁想说啊。贺西南更不乐意了,"说一个谎,得补一百个谎。万一她找上门来问我呢?"

"其实上个周末,我,是找你去了。"张灯的声音,突然显得有点儿哀伤。

贺西南明白了,张灯并不是真的要什么"行踪证明"。

当晚,中断近两个月后,久违的张灯重新登门。二人互相丢烟,张灯把烟叼在嘴里,照旧往阳台方向去。贺西南说过多次,小六最讨厌房间里有烟味。今天却挥挥手,"算了,我早就在家里抽了,反正……"张灯皱皱眉,还是倚在阳台那边抽。贺西南现在都不讲究小六的这些规矩了?

贺西南站在客厅,三口两口抽光烟。他扭扭手腕、又扭扭指关节,像临要上阵的拳击手。这是跟白天那个嚷嚷着要跳槽的家伙学来的,贺西南当时好奇地问他,干吗要扭关节呢?自知处于下风的中层老老实实地答:因为我有点儿不自在。两手空空的贺西南于是也扭起了关节。

张灯听了一会儿贺西南关节咯咯咯的声音:"我本来不打算再来打扰了。小六的账,现在都算在我头上。你肯定是不想要见我了。"

贺西南认真思忖了一会儿,发现他已经不生张灯的气了;他应当不会再因小六的任何事生气了。但他不想那么说。像是斗争了一会儿似的,他大度地挥挥手,"一码归一码。我们还是可以……走动走动。"

"嗯,我同意。"张灯嘘一口气,"我前一阵过得很糟,又没地方可去,连着要了一个月夜班。可我那所谓的女朋友就起疑心了,抓住这事大闹一出。"

"女朋友嘛,多哄哄。"贺西南又捏关节,"我是一百个欢迎你来呀,随便谈谈……别的,除了小六之外,我们的生活啊什么的。"一种溢出旧格局,也溢出此刻画面的什么东西,使空气显得滑腻腻的。贺西南咳了一声,心里很是遗憾,要是早点儿跟张灯说一下绿茵其人就好了。这会儿不就有话可说了嘛。

"上个周末,其实都到你楼下了,抬头一看,不大对。一个不高不胖的人影,一会儿阳台一会儿厨房一会儿卫生间,各处走动,我也跟着,绕着你这幢房子转圈。看来是女的。不是小六母亲,那是?"

"哦。"贺西南声音闷了下来,"她是来照料我的。你不晓得我当时病得多重,肋骨疼得像断了。"

张灯不作声,只玩烟盒,动作很单调。

咳,他要主动说出绿茵来,是一回事。可让张灯这么盘问着,反成了另一回事。贺西南心里很不舒服,勉强继续:"我们走动也有一阵了。是个热心人。"很快又补充,沿用了绿茵最早期的说法,"小六的闺密,叫绿茵。"

张灯的沉默真令人讨厌。他难道对小六就好?又有女朋友,又约新炮友。贺西南心里很气,嘴里只不住地说,像往要翘起来的天平上不断加砝码。"我从没跟别人提过她,怕增加不必要的误会,尤其是小六母亲。但如果要说的话,第一个肯定就要跟你说的。"贺西南一点儿不喜欢自己这解释般的语调。

"她什么都做的,我是指家务方面,她烧菜好吃,搞卫生也麻利,你瞧瞧这家里。

"她长得也谈不上好看,有点儿胖,平常话不多。"

"有一次不小心……我在洗澡呢,被她给撞上了。"

"这次我生病,她喂我吃粥、替我洗脚、替我擦身了。"贺西南说到最后几句,声音越说越大,近乎怒气冲冲,"我们可什么都没做的。你不要这个样子,不许玩烟盒!你讲话!"

张灯听话地放下烟盒,放歪了,又把它摆摆正。叹息一声,"你喜欢她?"

"那倒谈不上。"贺西南一愣。他从来没考虑过这个问题,"她太普通了,扔到人堆里都不显眼,天生就是一个老婆的样子,在她面前,男人会觉得自己特别像丈夫。"他犹犹豫豫地回味着,发现自己有意回避了绿茵新近交代的那部分情况,被多次抛弃,对狗男人的激烈态度,对他贺某人的格外赏识等。那就更说不清楚了。

"那么，你想睡她？"张灯声调刻板，像在提审。

"你以为我是你呀！你丫的才老想着睡女人呢！"贺西南跳起来，太冤枉了，真要是那么回事就算了！贺西南用手直指张灯，"他妈的，别说我不肯替你证明，就是我出面替你证明了也没有用！你女朋友不怀疑你才怪！你就是个天下一字号的大花花肠子，想想你电脑里那些乱七八糟的玩意儿，嗯？女人的上嘴唇与下嘴唇亲哪个更兴奋、两根手指让她高潮迭起、人兽交三维视频……"

张灯忍不住哈哈大笑："唉呀你看你，我那天随便举的几个例子，这都过去一年了，你倒记得这么清楚！"

贺西南绷住，不肯笑。真的太不公平了。两个人中间，他从未越雷池半步，规矩得像个僧侣。他要让张灯也交代，"你不是动不动就那个的嘛，也得全部跟我说！"

张灯耸耸肩膀，这可怜的人啊。张灯从手机里调出女朋友的照片，有几张衣服穿得很少，他怂恿贺西南评点："怎么样？你说说？"

贺西南扭过头："这是你女朋友，我咋说？"

"嗳——"张灯拖长声音。

贺西南只好睃了两眼："看上去很小啊，就是这女孩儿找你麻烦的？说明她在乎你啊。"

"我再调几个你看看。"张灯来回拉着屏幕，带动贺西南进入纯粹物化的讨论："皮肤很重要。比如这个，她的皮肤真是滑嫩，很刺激的。这是个胖妹妹，你晓得不，胖有胖的好呀，摸起来很舒服。噢这个，你好好看看，老实讲，短头发够不够味？"

贺西南嗫嚅着打断，"我还是觉得你女朋友漂亮些。"

"漂亮算个屁啦，小学生才讲究漂亮。成熟男人不该这样。"张灯不屑地教导，"起码对于我，'陌生'才是唯一的验证码。只要是陌生女人，就特别吸引我，每一个都像宝藏，挖了一个可以再挖一个，永不疲劳。你说，整天盯着一个，就算赛过天仙，又有什么意思？你呀，别活成个悲剧！"

贺西南失神地盯着张灯，忍受着后者的同情。他感到两股子风，一个热辣，一个清冷，从不同的方向鼓吹着他。张灯的所思所为，正验证了绿茵对"狗男人"的批判。他贺西南不是狗男人，可是个悲剧。他真要做个悲剧吗？

张灯拍拍贺西南，更卖力地向贺西南贡献出各种生猛。这个起初还有点儿汪汪汪互咬的夜晚，现在完全进入了"成人教育频道"。张灯讲在日本培训时半夜里看的那些色情节目。到东南亚旅行，那里的男人用勃起的生殖器敲鼓娱乐。用拳头伸入肛门，那叫拳交，听说过吗？再有恋老网，你上去过吗，越有皱纹有肚腩有色斑的老头子越受欢迎呢。他像淫学考官一样，对贺西南提问：第一，女人身上一共有多少个器官可以用来做爱？第二，可以同时由几个男人来执行对这些器官的操作？第三，请描述或模拟一下这种同时操作的体位？

这是他们两人头一次完全抛开小六，抛开两人关系的别扭背景，毫无保留地畅所欲言。张灯明显感觉到，贺西南正艰难地褪去他身上的那层老垢厚壳。他脸色微红，表情一会儿恶心一会儿奇幻，又使劲绷住。直到张灯给他讲笑话，并把男主人公通通都换成了贺西南，后者这才借机会笑得直抖肩膀。

——从前啊,"贺西南"给人拉去参加"读首诗再睡觉"的线下活动,"贺西南"高高兴兴收拾一番,连杜蕾斯都准备好了。果然,一屋子年轻男女,全不认识,挨个儿上去读诗。好不容易等诗读完,看看人怎么都要散了,"贺西南"可急了,扯住身边一位姑娘不让走:"诗读完了,现在我们好去睡觉了吧。"

　　——又一个从前啊,"贺西南"接到邀请出席一个高级宴会,通知说明"请打领带出席","贺西南"遵嘱打上领带兴冲冲地去了,到那里了,环顾众人,大吃一惊:宴请通知上没说,还要穿衣服呀。

　　大笑声中,贺西南终于完全松脱,跟着张灯跑到野花野草野路子上去了。他大胆讨论起前不久的换妻新闻,还有在电梯里与陌生女人做爱的可能性,等等。绕了一阵儿,他忍不住诚心求教,看来这是他长久的疑惑:"那到底,你后来搜到的,亲吻上嘴唇和下嘴唇,哪个更……更容易让女人兴奋?难道差别会很大吗?"

　　"哦,不是上嘴唇、下嘴唇。"张灯语气变得很仁厚,不敢带一丝嘲弄,"我是说上面的唇,还是下面的唇。"一边用手在身体上下比画。

　　"什么?"贺西南眼睛瞪得老大,半秒钟后,他恍然大悟,兴奋得跺脚大骂:"真不要脸,他妈的你这家伙太下流了。这叫我以后可怎么再看着女人的嘴说话哪,岂不是一看到上面的就想到下面的啊。"

　　二人的邦交就此恢复,某种程度上讲,还略有升华。

　　由于贺西南病体初愈,在张灯告辞前,他们还干了点儿体力活。主要是贺西南提要求,张灯出力气。

　　他们把卧室的床从横放变作了竖放,小六原来比较惧光,即便有窗帘,也坚持要把床摆在角落里。现在这么一挪,床头正挨着窗户,"早上,让第一缕阳光叫醒我!怎么样,像一句诗吧。读首诗再睡觉!"贺西南开玩笑,以掩饰不安。这张双人床,载有全部夫妻生活的回忆。

阳台有两盆芦荟、一个带假山的盆景,是小六从前兴起买回的,却在她手上枯的枯败的败。贺西南早就想扔,绿茵一直不接话茬儿。这次索性也烦请张灯动手,替他搬出去,搬到楼下,放到垃圾桶边。贺西南一副大大咧咧的样子,"看,全是灰!太多的灰。天气也快要热了,招蚊子!"张灯连连应声,他尽量不看贺西南,后者的眼神像蛾子那样乱闪。

张灯楼上楼下跑了几个来回,很快把阳台收拾空了,贺西南挠挠头,像个害羞的推销员:"我早就在网上买了个室内脚踏车,送货的只肯送到楼下,我一直放在地下室,就想等你来帮我搬一下。那位……绿茵女士,家常菜烧得不错,把我都给吃胖了。"

去地下室前,贺西南临时想起来似的,一拍头,又推给张灯两个半人高的大编织袋,"瞧我这记性,喏,还有这些杂物,也替我搭把手,一并带到地下室。"张灯用手捏了捏,像是鞋子、皮包、毛衣一类。他明白了,贺西南不是大病初愈、不是腰不好力气不够,他是做不了这一连串的动作。

"这些,都是绿茵女士的建议吧?"张灯轻声问了一句。

"不是她。"贺西南直率地说,"是我的。你也可以说是时间的主意。"

贺西南给张灯打比方。你见过水果摊主怎么摆水果的吧?"时间"也跟水果摊主差不多,越是在时令上的、经常用到的、红光满面的那些东西,放在最前排。反之,则往后、往下、往角落里摆,摆到床底下的纸盒子里,摆到够不着的橱顶上,摆到黑乎乎的阁楼,摆到潮湿的地下室,最后摆到楼下垃圾桶边……这也谈不上恶意或偏颇，只是比较的实用主义，对不对？"

"明白，我明白的。万物不灭，它们只是换了个地方存在而已。"张灯没有再说别的。他配合贺西南打开包装，崭新的脚踏车，一股子胶圈与钢铁的味道，像一个新的家庭成员，散发出冷冷的哑光，蹲在阳台一角。贺西南邀请张灯试试，张灯没试，贺西南也没试。两人光是站着，看了好大一会儿，谁也没有发表评论，像在共同适应这个铁家伙。

五

离开贺西南家时，张灯从垃圾箱边带走一盆萎黄得还剩最后两口气的芦荟。他带回去，放到了小六电脑边上。那盆芦荟，可劲照料一番没准儿还会活转过来，绽放出新的绿意。张灯没有侍弄，他就是每天看两眼，淡漠地看着，眼睁睁地看着它彻底死透。

张灯不知自己为何要这样，这并没有什么寓意。他只是感到一丝奇异的轻松，好像这样一来，就更彻底地断掉贺西南的旧账了。他很高兴贺西南有了那个叫绿茵的女人，包括他那趋向自我解放的苗头。他也愿意看到小六的东西在家里渐次退场，归于尘埃。这些都是必然的，也是科学的。随着小六肉体的撤退与消失，终究会发生的边际性的诸种撤退与消失，很好。

这反倒空出一个新的领域——他，张灯，可以全面地接盘和认领过来，并且重建起一个……无须肉体、超越肉体的小六。

这不难。他熟知小六的一切，所有的阴影与隐匿的构成。他就好比一位面包师，电脑算一个烤箱，网络差不多可算作面粉，QQ空间、微信微博、浏览历史、观影记录、购物车、豆瓣评论、邮箱附件等则作为奶油、糖、水果丁、巧克力粉等添加剂，食材们相互杂糅，在芬芳的气息中发酵。最终，他会烤制出他的"这一个"小六。

张灯半躺着，笑眯眯的，发挥出全部的特长与想象力，像女娲一样操劳起来。这小六嗜爱甜品，腰细但屁股大。她懂球赛，偏爱皇马队。她看吸血鬼片会惊叫，浑身起鸡皮疙瘩。她左乳上方应当个有小痦子，兴奋时那里会变红。她一到下雨天就会失眠，深夜里只能没完没了地做爱……真是万能如意啊，想到什么就加上什么，一把泥一把土地捏，捏她的睫毛，捏她的鬼脸，捏她的毛孔与汗腺，捏她的呼吸与排泄……贺西南的那个小六，芦荟一样的死透了。他的这一个，却就此新生了，她拥有张灯需要的一切，又没有张灯所恐惧的一切。失踪是什么？胎儿是什么？结婚又算什么，就算生出一堆娃儿来又何妨？太——美——妙——了。

狂喜与情动之下，张灯还做了一件冒进之事，或也是必然之事：与小六联系。当然，通过网络。

本可以在同一个电脑上完成这件事，但张灯还是烦琐地分别打开他和小六的两台电脑，并形式感地把小六电脑放到另一张桌上，替小六输入QQ密码登录，她的那个头像就变成了彩色的了。他细心地确认了漫游功能，这样，她随时可以看到，天涯海角地看到了。

然后，他又坐回自己的电脑前面，申请加小六为好友，备注：黑师傅。随即，他跑到另一张桌子前代表小六接受了他的"好友申请"。

看，很简单，这就接上头了。

他高兴地端坐在对话框前面。"小六,你好。"张灯输入道,心里十分安详。来日方长呢,从此都可以与小六两相厮守了。张灯每天都要跟她谈情说爱,以原码的形式咕噜咕噜地替她浇水施肥输送阳光,让她在网络里拔节抽枝、葱葱郁郁。

只有一件小事还没弄妥:对女朋友的解释。

其实张灯的随身背包里,起码库存有五公斤以上的谎话,公关式的、委屈式的、欲扬先抑式的,他可以随意组合出若干托词……女朋友会识破,会继续闹,那就再接着编。世人所谓的谈恋爱,不就是这些磨磨叽叽的无聊拉锯战嘛。

与网络小六"接上头"之后,张灯突然厌烦这一套了。他决定实话实说,爱散就散,他巴不得呢。"凡所有相,皆为虚妄",不要说具体的女友了,不要说炮友了,哪怕就是个无须伺候的充气娃娃,跟小六比起来,都太世俗太累赘了。他不再需要她们了。

他随即打通电话,一五一十地从很久以前那个爱牙日开始,连根带泥、口干舌燥地连讲一个半钟头,中间换过一块电池,后来两人双双换成座机。在这个过程中,他不时提防着女朋友,会像以前那样尖叫着大骂"骗子""恶心""花心大萝卜"之类。相比此前那些精心而为的谎言,这次的内容——消失的女人、与女人丈夫成为好友、女人怀上胎儿之类——实在至为混乱。张灯几乎是期盼般地等着,等着对方遽然翻脸、宣布分手,然后哐当摔掉电话,耳膜被震得发疼。

没有。这位女朋友一定有着天才的直觉,或者说,事情的真实原貌,具有无法被掩埋的独特魅力。在张灯疲劳的叙述中,她自始至终都温顺得像只绵羊,并把这种安静持续到二人通话的尾部。张灯震惊地品味着对面的沉默,这个无限宁静的瞬间,他很感动。这正是小六所带来的微妙影响力吧。他多么喜爱这不存在的小六啊。

"嗯。我马上来看你。"这位挺难缠的女友全面让步了。她半小时内就赶到张灯住处,带着小牛犊般的热情一下子抵到张灯怀里。张灯侧头,与虚空中的小六对个眼神,心领神会,相视而笑。

第十章

一

小六扶着自己到达派出所的时候，已是夜里11点了。一个脸部瘦长，形容衰败的老警员接待了她。他上半身是警服，下半身不伦不类地穿了条运动裤，脚上一双满是裂口的旧运动鞋，像是跑了十万八千里到这里值夜班似的。小六笑嘻嘻地打量警员，脑子里嗡嗡直响，所有的酒精都在喧嚣。她的口气如献宝物："我是来交代我自己的。"

瘦脸老警员粗粗看小六一眼，倒杯茶水："坐。"

"我没有违犯任何法律。"小六含了一口热茶，精明地这样开头。她往四周瞧瞧，沿墙根一排塑料椅子，掉色得厉害，夏天的吊扇还挂着，上面灰尘累累。左边墙上一排大字：建设平安乌鹊，保障人民幸福。另一边墙则写着：人民警察为人民。

干得漂亮，门摸得可真准。她涌上一丝辛辣的快慰。小偷与警察、凶手与侦探、老猫与小鸟，永远是成双成对的知心人。她又喝了一口水，动作不大准确，茶水从唇边漏下来一些。既来之，则说之。不是憋得太久，憋得变味儿了，都把自己憋醉了吗？没准儿这对耳朵就是最合适的。只是，从哪里开始呢？她对着老警员，喜滋滋地发起愁来。

"姓名、户籍、单位、身份证……"老警员理理手里的本子，声音枯燥地提示，"自然情况。"

"啊哈。"小六高兴地直晃脑袋，像在麻绳堆里找到发言要点，"我大半夜的特地过来，要跟您交代的，正是这个，正是这个！名字啊单位啊户籍啊身份啊，您刚才说的这些，我通通都没有。"

"只要是个人，生下来就有。"老警员再次粗略地扫她，好像她只配这样大概看看。

"一个人，不要这些名堂，并不能算是有罪。对吧？"小六诚心请教，算是找到专业对口的了。

瘦脸老警员平淡地思忖了一下，像医生诊断病人为普通肺炎，"看来，你是跑出来的。"利落地在电脑上啪啪敲。

可以啊这老家伙！她一直小心捂着、有毒气般的这份羞耻，这么轻易地就给戳破了。小六勉强抗议，"怎么能叫跑，我原来又不是被关起来的。我一上来就说了，我没有违犯任何法律。"

瘦脸老警员对她的计较不以为然，"随便，那么就叫失踪、失联、自由行、走失、失忆。"他在电脑里继续翻弄，"干这一行快四十年，见得多了。有跑的，就有找的。真要动用上各种手段，不论活的死的，到最后基本都能有个准信。仓库里头堆着好多锦旗呢，我们都懒得挂。"瘦脸老警官面色干硬。

"啊哈——"小六拖长声音，真想替自己鼓掌。也不用人家动用什么手段了，她自个儿放倒了，脱了毛、油炸了，盛到盘子里，撒上黑椒末，直接送到老猫嘴边了。

老猫并不高兴，"偶尔也有例外。我以前是在市里，手里就碰上这么个人。"他往后靠靠，看一眼墙上的钟，闲聊的语气，"那家伙不简单，当过兵留过洋，后来又混到政府里做了高官，有一天突然留张条子就不见了。方方面面都急着要找他出来。这种人最难搞了，最穷恶的山水，最花花肠子的地方，都可能去。我找了两年都没结果。上面却突然叫停，并有传言说我其实早就找到了，只是被那家伙收买了，内部还给了我个处分，并把我发落回老家来。"

瘦脸老警察身体离开靠背，"反正还有一年就要退休了，正好混吃等死。"他脸上浮现出一种说不大来的神情，拖动鼠标，"不扯了……现在你，要么直接告诉我姓名住址，要么我到失踪人口库里去比对，迟早也能翻出来。然后就送你回去。"他敲敲本子，像要速战速决，"别跟我扯吴梅什么的。"

怎么？他竟知道吴梅！小六大为吃惊，酒意退下去一层。"可我来这儿，压根儿不是为这个。"她试探性地争取，就像还有机会把端上去的盘子再撤下来、把炸熟的鸟儿再放走似的。

"人民警察为人民啊，我们总得站在报案人这一边。"他喉咙里发出呼呼的痰音，瘪起腮帮子吸掉最后一口烟，"就我来讲，倒也是理解的，你们这些人，不容易。打个比方说，相当于有一扇秘密的小窄门儿，你们旁路左道、费尽心思地跑过去了，但门这边的人呢，又哭着喊着拼命要求我们去找、去拖你们回来。怎么办呢？我们听谁的呢？"

小六点头，幅度不敢大，她涌上一层薄薄的安慰，老猫反而最了解小鸟，她甚至觉得他在给她这种暗示：他一直站在小鸟那边的，只是不得不履行老猫的公职……

瘦脸老警官用讲童话般的声调启发着："咱们，就谈那道小门儿吧。从你的角度讲讲，为什么要跑出这道门？"

小六摇摇脑袋，酒精也许只剩下五分之一了，现在开始头疼，要么就是这个问题勾起了她的头疼——她在乌鹊，那样努力地百般遮掩，忍耐各种误会、变形，就是为了挡住这个问题。承认"跑出来"或"离家出走"并不难，口一张就行，但这只是第一级台阶，第二级或第三级的责问紧急就要拾级而上，"为什么呢？""你到底想干什么呢？"这才是她真正的麻烦，狼藉无解，理屈词穷。

"也没啥具体原因。不是每一样事情都有前因与后果，都像数学题那样，4+6=10，3+7=10。"答得还挺俏皮。

"还 2+8、5+5 呢。不想说也不勉强。"他无所谓的样子，"那我们就只好听门这边的啦，谁让这边总有道理呢。"语调里似有点儿讨价还价的空间——倘使她能说出一套通顺的缘由来，事情没准儿也会朝着有利于她的方向发展。

这让小六升腾起一点儿希望。是的，她应当据理力争啊。等出了这间刷着标语、吊扇积灰的小房间，都不会再有这样的机会了。说吧，说说为什么！大声告诉他！小六调动全身意愿、集中全部智力，张大嘴巴，亮出齿舌，可舌尖上空空如也，一如既往的虚空，一如她在无数个夜晚躬身自问、严厉敲打但仍然遍寻不着，一如没有果实没有树叶更没有麻雀的寒冬枯枝。

她只得期期艾艾地讲起了车祸当天的情形，不是说现象就是本质吗——嘈杂的现场，本能的避退，溺水的女人，一阵迎面而来的微风，血液与骨骼深处的回声，弄假成真的顺应，捡拾起他人的绿挎包。她竹筒倒豆，注意不落下任何一个细节。

"然后到乌鹊？然后租住到舒姨家？别跟我扯这些边边角角的。我的问题只一个：为什么要离开你原来的生活？"瘦脸老警官毫不客气地打断，好像她尽心尽力的招供全是次等货色。还知道舒姨？这位老警官真是个什么天外高人吗？还是她早就被注意上了？小六脸色都变了。

瘦脸老警官看来也满意于这种效果，他看一眼挂钟，时间还早，"我们以前经手过一位画家，他失踪前的画价行情，差不多在欧米茄那个层次，有时还滑到浪琴，可是他一出事，嗬，原来的秤砣全打不住了，价位都快蹿到劳力士了，有人说下一步就该江诗丹顿了。实际上，这就是他失踪的目的。

"也有人是'被动'消失的，否则他可能就会被跳楼、被抑郁症什么的。你如果属于这种情况，更要直说。我一直记得有个怪文静的小伙子，律师，喜欢喝街边上那种奶茶，前后花了六个多月，我才找到他。他回来第一件事就跑到街转角买了一杯奶茶，他对我说，这可能是他的最后一杯奶茶。我认为他在讲笑话。四天之后，他就出了车祸，开车人来回碾轧了他两趟。可我们仓库里，倒多了一面锦旗。"他又提到锦旗，脸上一层陈年的灰。

"最恶赖的是生意人，我们都懒得立案。"老警官模拟广东口音："妈的我丝（是）替所有的蚂蚱受过，会（否）则的话，银行、政火（府）、原材料桑（商）、销售桑（商）通通要倒霉的嘛，必须从我这儿断掉。隔个一年半载、躲过这阵子浑（风）头就好了！

"有个胖小子我印象很深，拖着行李箱去外地念大学，每月只管问家里要生活费，父亲有天出差去学校看他，大学里查无此人，他根本就没有注册过！于是报失踪。最后你猜怎么回事，他就在家附近住了间群租房，门一关，只做一件事：看连续剧，美国的英国的日本的中国的，一部接一部地看。找到他时，他还嘻嘻地开玩笑呢，"知道我是谁吗？我是主刀医生，我是越狱者、外星人、制毒师、刽子手、总统、华尔街妓女、黑人神父、不死僵尸。你们真不该打扰我的，现在到了最关键的时刻，我已经被吊在摩天大楼外边了知道吗，还有两个被困在冰室的助手等我去救呢。"

瘦脸老警官拢着水杯，很有分量地摇头，"这些个，我能讲上一天一夜。个个儿眼花缭乱，花蝴蝶似的，花色品种各不相同。说说你是什么花色呗。"他戛然而止，安安心心地等着。

小六这会儿感觉反倒不那么糟了。老警官所讲的那些例子，都有具体的谋求，迂回性的策略，不过披上了"失踪"这件灰色风衣而已。她不一样，她所求的就是消失本身。她骄傲地，与那些人划清界限："您就当我是一只最普通的白蝴蝶吧，我没有花纹。"

"世界上绝对没有无缘无故的事情。没缘故那就是个大缘故了。"真像一个蝴蝶收藏者似的，瘦脸警官兴趣上来了。他上下看看小六，像打量一个夹带私货的贼。突然间目光一闪，拎起她桌子上的绿挎包，他意识到这有些粗鲁，又放回，"里头有什么？"

小六尽量自然地理理包带子："刚刚不是跟你说了，车祸当天捡别人的。"她的蓝色AA包就在袋口，露出无辜的一角。她把视线挪开。

瘦脸警官却一伸手就把AA包掏去了，"白蝴蝶也好，花蝴蝶也好，都要变成毛毛虫。说说不好吗。这就跟人身上害病一样，你就不想知道自己哪里出了毛病？"他胡乱打着比方，手放在蓝包拉链上，作势要打开，"外国人爱玩一种时间胶囊，里面装上过去的各种东西，带到空间站去给未来的人类。哈哈你这里头，是不是？"

"我自己来吧。"小六尽量坦然，她又不是贼，最多积藏了些时间的脂肪，"零碎玩意儿，恐怕会让您失望的。"

二

一张全家福，用塑封套着的——瘦脸警官手伸得老长，像索取最重要的物证，小六客气地双手奉上——上面有一家三口，年轻爸爸穿枪驳领西装，年轻妈妈穿鸡心领毛衣，小女孩一对冲天辫。不，这不是我，这张全家福也不是我家的。嘿嘿，您一定打死也猜不到。这是从我小学同学家里拿的，说成偷我也不反对。我没有，她正好有，拿一张算什么，她还可以再洗嘛，洗一百张都可以的。八岁左右时拿的吧，随身放了也有二十年了，后来有了塑封，我就封上了，得保护好这稀罕东西啊。我到哪儿都带着，得空就拿出来瞅两眼。这三口之家的画面，我可喜欢了，怎么看也看不够，连"全家福"这三个字我都喜欢，念在舌头上像嚼花生糖一样。您念一下试试？

一把旧钥匙——小六主动递去,警官搓搓手,恨不能戴上雪白手套,以免留下指纹。他用两根指头捏着钥匙,对着头顶的日光灯照。已过子夜,灯光白得骇人——您不用这么小心,又不是银行保险箱。是我高中住校时的宿舍门钥匙,纯粹出于好玩,毕业时我昧下了这把钥匙,另配了一把新的交还校方。实际两年后学校就搬迁了,它早没用了,我却更加喜欢了。钥匙这小不点,人们总是特别重视,叮叮当当地随时要摸到,好像当真代表着对某个空间的占有似的。您仔细看看这钥匙,这参差的起伏造型,您不觉得它们都有点儿性感吗,对准孔洞插入与扭转,爽利的咔嚓声。哦,您当心点儿,它是铝的,很容易折断。它在我这儿,嗯,算算都有十年了。

这是个黑色垃圾袋。别担心,没用过。倒是想着能带上真正的垃圾呢,只是不方便,小六笑哈哈的。瘦脸警员没有伸手,疲劳了似的,小六越发哗哗地搅动着空气,把垃圾袋撑开,执意递去——人和袋子,关系很紧密。我们每天拎着各种袋子上楼进门,再拎着各种袋子下楼出门,这就是过日子,就是活着的生命指征。我不算个好主妇,但挺喜欢垃圾袋的。有时我会不远不近地站在垃圾箱附近,像野猫一样悄悄转着圈子,偷眼看着我的邻居们,各自以什么样的弧度什么样的手势扔下他们一天的生活残余与物质排泄,并从中感受到一种奇异的满足和……惊心动魄。他们扔掉了他们的一天、他们生命的一部分。

哦,这两张纸是从病历上扯下来的——老警官这次又伸出手来了,随即却直皱眉——瞧,您也认不清上面的字儿吧,大夫必须写"天书"的。我敢说,病历可比学历、简历、家庭成员表什么的更带劲儿。所有疾病的根源,并非疾病本身,而是生活。假如把每个人病历纸上面的内容通通给破译出来，串一串搞成一出戏，估计够精彩的，病老离散，心肝头脚，缝缝补补割割扔扔，大好一部身体史呢！

还有什么吗，我再翻翻。哦，这是张包裹单，连我都差点儿忘了——警官无力地摇摇手，有瞌睡虫爬上了他的脑袋，哪怕这倒真有点儿像一桩罪行——是偷的，从我母亲大人那里。从我记事起，家里隔三岔五地就会收到各种包装讲究的礼物。"不是想要一个会哭会唱歌会闭眼的公主吗？"母亲诱惑我打开，兜着圈子暗示这礼物来自一个不为外人所知的重要人物，他一直在惦记着我。我不会打开的。我害怕看到盒子里果真躺着那个公主，她冲我闪动长睫毛，心知肚明地嘲笑我母亲的笨拙。我太熟悉母亲这鬼把戏了。我真希望是真的。十一岁那年，我从母亲那里偷出了这张包裹单，我一眼就认出了上面的笔迹。我彻底死了心。

啊，还有这个，一份小剪报——警官强撑着把眼睛睁大，反而更显无神，他着实困得厉害——算了，我就直接念给您听吧，很短的一条花边新闻，晚报上随手剪下来的。"八旬老翁拒付百元嫖资，卖淫女报警求助被拘扣"。别这个表情啊，我不是这里头的事主。我只是特别喜欢这两个主人公，瞧他俩，多么蓬勃多么热情多么认真，这劲头简直让我崇拜，您能理解吗？我就不行，我就没法儿拿什么东西当真。撕下这条小新闻，就是想激励自己，向他们学习。

"行了。"瘦脸警员终于觉察到，这谈话像是一条杂草丛生、越来越僻远的小路。他又看一眼墙，3点多，凌晨中最瘦弱的时分。

小六也如强弩之末，但还是拿出胜利者的姿态发出最后一丝责问，"嗅不出任何东西吧？我就是没有花纹的白蝴蝶。您要真能分析出什么原因，我不仅一百个谢谢您，还保证乖乖地听凭处理，送我回去都成！"

老警官焦躁地挠头，红眼睛眨动如困兽。他摸出一根烟，饥饿地吸了两口："其实这包里的每样东西，都有点儿羚羊挂角。现在我脑子太糊涂了，年纪不饶人哪。要在从前，我肯定能捋出来。"

困倦像山峰向小六倾压而来，可她耳朵里还嗡嗡嗡回响着方才的那些滔滔不绝。她语速流利、吐字清楚，并不停地开玩笑。可这饶舌背后，有一股羞耻感，她不仅把外套给脱了，内衣给解了，连表皮也撕开来了，直接裸露出五脏六腑、经络骨骼。

那些虚抛的旧日情景，细若游丝、翩若惊鸿，他们浮游着再现了，亲切地冲她微笑，不着痕迹地抚摸着她。她感到她依稀碰到了一个滑溜溜的核心，核心中的自己，那渺小的、苦苦求索的身影……她真不甘哪，几乎要大哭的不甘：最终为什么竟会对这么一个不相干的人、一个老警察说出这些？她一直留着的，她多么渴望向一个至爱的血肉相连之人说出来呀——只是，时至今日，她难道还相信并在等待着，世界上果真有这样的一个人吗？

瘦脸警官疲倦地吐着烟圈，"总之你这些没风没影子的，的确讲不通。我啊，还是为这边的人民服务吧。"他抬脸指指墙上的"人民警察为人民"。

小六也看看标语，同时注意到窗户外面带点灰白的微光，天要亮起来了。灵感突至。小六喷出腹腔里的最后一丝酒气，猛然间神清气爽，好像在乌鹊街头倒下的那些个'她'复活了、并歪歪斜斜地相扶着站了起来，"不对啊，现在是我来找您求助的。"她也抬抬下巴，"我也是人民哪，您得站在我这边。这不违反规定。"

瘦脸老警员一愣,五官向不同的方向拉,好像小六塞给他一粒怪味豆,"你这说法倒也是成立的。只是总得有个先来后到吧。你慢了一步。"小六惊愕万分,几乎是恐惧地盯着瘦脸老警官,后者敲着他的记录本,"就在三天前,另一位'人民',专程来报过你的案,拿着你的照片和照片不对的身份证复印件。"

警员敲记录本时,小六想到了:是林子,他等不及她的坦白,或者根本就没指望她会坦白。

她飞速回忆这个长宵的对话,怪不得瘦脸老警官那笃笃定定、无所不知的样子!还装得像个失踪者知音似的!他没准儿早就从吴梅身上顺藤摸瓜查到了321车祸,眼睛都不眨地就能把她给遣回……她一时失语,感到一种冷冷的厌恶。

"你一进门时说得没错,你确实清清白白。"瘦脸警官像追加什么荣誉似的,挺正式地这么宣布道,"我也会这么答复报案人的。从正式的工作程序上讲,我不会记录你的来访和这些闲扯。也不会告知报案人。"他慢吞吞地补充,"希望你也一样。"

小六此时的不适已达到极点。头胀、发冷,又想呕吐。可以听到外面依稀传来那种万物乍醒的动静,更反衬出他们这屋子里的惨淡。

瘦脸老警官接来一盆水,泼洗他的头脸:"还有半小时就交接班了,就到这里吧。"

他不打算管她?好像也有盆冷水浇了一头一脸,小六浑身起了一层疙瘩。

"那报案人,后来又专门托了熟人跟我打招呼,说如果你没什么事情,就不要干预你的任何方面。"老警官灵巧地勾起她的 AA 包,放置到角落里一只灰扑扑的保险柜里,"只是这个,我要留着。我还是想再琢磨琢磨,你是只什么蝴蝶。你过一阵来拿也行,别超过一年,那时我就退了。有句话我可要说清楚,再见面的话,我就得履行公务了。"

嗬,到底是老猫。她拿眼睛睃一眼小蓝包,经脉惊痛,像给生扯走一块肉。

警官嘲笑了:"如果连这点儿东西都放不下,这说明啊,你根本就了断不了。"他扭着老式保险箱上的数字齿轮,发出咔咔声,"那真不如公事公办,我现在就送你回去呢。"他煞有介事地停下扭保险箱的动作,等小六选择。

她多么反感他这促狭的逼迫,好像她果真站在一扇不可逆转、如同阴阳阻隔的巨门之前似的,大门正在拍合,最后一道细缝也就要消失了……

小六拎起空荡荡的绿挎包,抬脚就走。

三

直到坐在路边摊子上吃光一碗豆腐脑——小六使劲儿倒调料,醋酱油辣混作一团,肠胃得到过分的刺激——才考虑起林子报案的事情。刚刚过去的那个派出所长夜,始终像是一种半对峙的状态,直到从中脱身,林子便也自某个角落里跑了出来。

一想到这,有点儿坐不住。小六离开早点摊子,脚下有意识地往歪斜的小巷深处走,似乎越杂乱的视线越能有助于集中智力,帮助自己做出判断。

乱走了一大程，发现自己怪罪不起林子来，更没有愤怒之意。她本来是等着这样的红色的、反击性的情绪。不仅没有，反倒派生出一种令她意外的东西，像个柔软的胞块，即使不碰，也还是暗中酸胀。想想看啊，林子这么不信任她、这么失望于她啊，他是怀着怎样的心情去报案，这会儿又如何地在等待回复？她怎么就把跟林子的关系给弄到了这一步？眼前浮现出林子那张不明所以、又充满热忱的脸，更感到水银泻地般的哀伤，脑门儿都要差点儿撞到一堵围墙上，才晓得前面要拐弯。她意识到这份失态，随之产生了新的忧虑，或者说惊讶：怎么，倒在乎起林子了？这倒新鲜，她什么时候变得这样黏黏糊糊的了。

小六高一脚低一脚，有些消沉地、带着不解地走着。眼前的实景往后退却，新一层的虚画涌起，如海浪滚动，随着她对林子的心中一软，四肢百骸竟如多米诺骨牌一样，一个推一个地倒下，疼痛感竟相激活，报复性地拍打着一无所有的沙滩。浪花飞白，溅起扑鼻的水腥味。她睁大眼睛，猛然看见了门那边的一切，雪白洞明、纤细如发：贺西南在冷冰冰的客厅里呆坐；母亲引颈扭向窗外凝神谛听；黑师傅在汉庭快捷与另一位女郎交欢；绿茵茶馆里，闺密们像守灵人一样围坐；公司的格子间，搭档兼好友，眼光绕开她曾经的位置……在最深处，她看到了她自己，从不曾离地万尺、腾空而去，她一直在那里，在众人所不见的角落里，被重重误会包裹，被情义缠绕，被往事挂碍，在渴求着亲与爱，爱衰老之脸，爱具体的物，爱一面镜子及镜中的幻象。

巷子里开始走动上班的人，阳台上睡眼惺忪的女人嘴里含着牙刷，男人跨着摩托车催骂小孩子，老头子坐在门口扭开收音机洗刷假牙套。他们的样子很不讲究，陈旧而费劲，却让小六深为羡慕。她痴呆地旁观着，有如初见。

　　脚下不觉中走到一处石径，遂就势坐下。她还不知道自己已经开始发烧，只顾注意着眼前这片池塘了。

　　春色十分浓郁，池塘上方，正飘着柳絮，也可能是杨花，因为太轻，加之风速不够，它们的飘动特别缓慢，如悬置在半空，却又保持着微小的、连绵不断的移动，若以杨花这种半静止式的坠落做参照，那整个世界就可谓极速狂飙了。小六呆呆地看着，心里含糊地开心起来。此时此刻，全世界都在上升吧，只有她一人，跟飞絮是一伙儿的，在这一刻里缓慢地荡着秋千。影影绰绰的摇晃中，时间与空间都在扭转，像拧一条毛巾或一根铁丝，自由地弯曲、折叠，组合成新的架构。多好哇。所有的秩序、占有、离别、希望、死亡，都不存在啦。对她和杨花而言，就只有这溢出速度之外的静止了。

　　这时候她的热度已经相当之高了，她蹭挨着一处稍高的大石块，把绿挎包垫在手下，头枕在手上，让地上的凉气隐隐透上来。这地方好。眼睛正好对着一个大石头缝，石头缝里全是青苔，青苔里有株老树根，老树根上正发出新芽。枯黑的根与娇绿的芽，二者相映，十分触目，好像只有那么枯萎的地方才能有这么柔嫩的新生。从没想到枯木逢春竟是这么打击人，又鼓舞人。

　　小六听凭自己滚下眼泪，听凭脑子里的本我、自我、超我，都在争先恐后地淌下热泪……她畅快地哭着，一边回想，什么时候哭过呀，最近一次是什么时候？完全想不起来了，在乌鹊肯定是没哭过，在南京也是很久没哭了。哭泣真是很高级的本领啊。

　　她看到吊扇转动，在面孔上投下阴影。火车缓慢离开，她腼腆地挥手道别。房间里柜箱大开，灰尘厚重，她以手写字。黑夜里星空喧哗，她独自披衣仰头承接。她向年轻的母亲张开手掌，露出第一次掉落的细小乳牙。她在道路尽头与风尘仆仆的自己长路相逢，拥抱求和。

大约两个半小时之后，林子找到池塘边的小六，后者浑身滚烫，睡态可掬，颊上犹带笑容。

第十一章

一

有时候人会被怪东西缠住,哪怕那东西细小得像草茎。这情形挺讨厌的。贺西南现在就碰到了这种情况。他耳朵里老是回想着张灯的问话,广告一样循环往复:"你喜欢她?""那么,你想睡她?"随后一长串正片,是张灯讲过的若干色情故事与黄色笑话。张灯讲起这些总是绘声绘色,令人过耳不忘。几则回想之后,广告台词又插入了,"你喜欢她?""那么,你想睡她?"

贺西南真是给气坏了。这问题,像个两岁的大眼睛娃娃不停地跟贺西南要糖吃,怎么也无法不理会这不懂事的娃娃啊。掰指头算算,那个极为放肆的"成人频道之夜"是在初春,现时已是仲夏了——他给缠了多久啊。真恼火极了。

这天下午是员工轮训,公司里一多半快递员只是高中毕业,贺西南像个操心的老式家长,时不时要亲自带着他们集训。这会儿,显示屏正定格在最后一帧PPT上,啪啪啪推出三行英文大字。

To　do

To　be

To　get

贺西南看着那几行字母,硕大无比,咄咄逼人。培训师的鼓动混杂着张灯的耳语,半空中混响着,热血一下子涌上他的脑袋。

课程最多还有五分钟,下面本该是贺西南上去训诫员工。不过这五分钟也等不得了,像突然要闹肚子,他无礼地碰撞着桌椅,冲了出去。

没什么紧急事情。他只是离开会议室,离开公司,走出大楼,走到转弯口一个勉强算是公共绿地的地方。很小的三角形地带,瘦巴巴的几棵树,有石凳和一小圈灌木,丝毫挡不住街面上的喧嚣烟尘。但贺西南满意了,他坐到石凳上,在满鼻子的汽车尾气中,全心全意开始了思考。

问题远不是"喜欢"或"睡"这么简单,这只是庸俗的部分,是张灯那小色鬼所能注意到的表层部分。他与绿茵之间,像是已溢出了这些层次,或许又远远落后于这个。到底处于什么阶段?贺西南深为困扰。

自交代出她闯入这个家的真实缘由之后,绿茵好像获得了某些自我授权,但对这种授权又把握得不好,忽左忽右。

她原先的菜式较保守,无非是红烧清蒸爆炒老三篇,上个月她自行添置了一些厨具和调料,劲头很大地折腾起烤焙、寿司、意面之类。"从后面大厨那儿现学的!"她得意地宣称。再比如说,她一贯克己、紧绷,从不跟贺西南一块儿上桌吃饭。现在却会收拾一番,坐上桌来与贺西南谈天,相当活泼。她模仿不停打酒嗝的客人;学小六某个闺密嗲声嗲气地讲话;学男人发酒疯调戏服务员,她指派贺西南扮作醉鬼,自己则是被调戏的。贺西南局促地推辞,他不会演戏,也吃喝不出这些洋玩意儿的好来。绿茵享受着她所掀起的这种气氛,笑得身子往后直仰——视线无意间掠过阳台,她神情骤冷,飞快地把桌上的东西撤了,连声抱歉,重新钻到厨房去给贺西南做面片儿汤,甚至是特别麻烦的饺子,似借此惩罚自己的忘形。重新出来时,她恢复老样子,粗服乱发,表情僵硬。

有个周末她来得迟一些,动作明显走形,老往贺西南跟前凑。贺西南在看电视,她就坐在沙发一侧剥毛豆米,嘴里偶尔叽里咕噜,贺西南看部旧港片正带劲,觉得她有些碍事。晚饭时分,绿茵只端出一大盆毛豆米咸菜干子放到桌上,说天气不好,提前要走。贺西南满嘴塞着咸菜毛豆,这是他最爱吃的下饭菜,含糊称谢,"这一大盆,刚好够我吃一个星期的了。咦,外面天气很好啊。"绿茵站在门边,索然说,"我说,你真的就一直没注意到,我新烫了个头吗?"

最离奇的是,她有一段时间还带上了那个判给男方的儿子——过家家式的假动作。就好像真有个儿子在眼跟前,绿茵装模作样地带儿子扔球、认数字、吃水果,甚至在餐桌上替他摆一套小碗小勺,对贺西南满口夸耀儿子的顽皮。有个周末,天气很闷,她来了劲头,请求贺西南穿上她买的一套男女同款T恤,到玄武湖去划船吹风。等船离开岸边,她忙不迭从包里掏出同样款式的小孩T恤,放在她和贺西南中间,好像儿子也一起在划船似的。这举动当然很荒唐,连绿茵自己也哧哧发笑了,她醉红着脸："你要看不惯，我马上就收起来……我一直觉得，爸爸带妈妈带小孩儿在玄武湖划条小船，是最像一个家的事儿！"

贺西南没有应声，他理理小男孩的卡通 T 恤。"一家三口"往玄武湖中间漂荡而去。

贺西南心中甚为酸涩。他感觉到，绿茵是把他这里当成片场了，到点儿来，踩点儿走。大部分情况下，她只是雇佣演员，只管扮好"替代小六"的那个假名绿茵就成。可有时，她把她自个儿给混进来了，主体代入，弄假成真了。很难说，这两者哪个更好。可有一样都不好，在实质问题上，夜晚的那部分，这个家就黑屏了、自动跳过了。而可恶的张灯还在耳边催问："你喜欢她？""你想睡她？"

"你是希望，我们这算个家？"贺西南尽量淡着声调问，他们的船正漂向湖心，有渐离尘世之感。

"我怎么能希望那个呢。只要这一时半刻的，我就很满足了。"她把男孩儿的 T 恤抱在怀里，谨慎地往贺西南这边靠了靠，演技很好地笑了，"你要觉得很枯燥的话，也可以把我想象成小六，而中间坐着的，是你们的孩子。你试着想想……然后就会跟真的一样，比真的还要好呢。心里头可舒服了。"她保持着那有点儿僵化的依偎，听凭小船在湖中间打晃。

想象与扮演，能当饭吃、当汤喝？不能。贺西南永远是现实主义的。关于这一点，那些失踪者家属也多次指点过他了。

这个上半年，访客们登门的频次开始越拉越长，热恋期结束了似的，最近的一次来访，还是 3 月份左右。"快满一年了吧，这是你最后一个坎。新生活可以开始了。往后你再怎样，外人也不好说了。"他们用总结的口气劝告。春去秋来,冷暖变换,节庆假日,以供痛苦,以供解脱。老天爷安排好的,12个月,一个周期。

"苦海啊,我们已经游了整整一年了,该到岸了。"一个老太太向贺西南展示她新配的深茶色眼镜,戴上之后,完全看不出她因长期淌眼泪而红烂的眼睛。

"是啊,哪怕是最好的呢绒料子,不晒不淋,就那么放着,一年过去,都会掉色了。"一个做布料生意的这么说,此人失踪的是女儿,去年此时,他几乎死掉。现在,他已可以打这个比方了,并讲过多次,以冲淡他的罪孽感。别的人也差不多,纷纷用进步了的语气与贺西南分享他们的"新生活"。有人搬到郊区,有了个巴掌大的院子,种上了薄荷和黄瓜。有人学会了钓鱼,几乎扫遍邻近的每一处水域,最大的钓到9斤的一条鱼。有人风雨无阻练习跑步,并报名下个月的扬州半马。

他们各自讲着类似这样的事情,不全是冲贺西南,也是相互间的开导与启发。不过贺西南都在不住地点头。以前,也许仅仅是半年之前,若有人怀疑他对小六的等待、或劝他忘掉小六、转移注意力什么的,他会勃然大怒。后来他不怒了,最多不大赞同。再后来,他认同起这道理,甚至是需要听这些说辞了。是的,他需要听。

家属们在道别时,难友般地拍拍他肩膀:"行了,我们可比失踪的人可怜多了,该体谅体谅自己啦!"有位男士还带着怪罪的口气,他在寻找妻子的过程中阴差阳错与初恋女友好上了:"我说兄弟,你这样可叫我怎么做呢。"

最富有行动力的是宽镜框小伙子,海南之行被贺西南粗暴拒绝后,他采取了新的方式,不到西天不罢休。"看来大哥您不是随随便便的人。"

他让自己摇身变成了"非诚勿扰"主持人,他从随身iPad里一张张拉出各种女人的照片和资料。"我替大哥申请了一个账户,这里面可全是正经谈婚论嫁的。"贺西南不看iPad,只看他。小伙子挺勇敢地迎上目光,"大哥,您再这么悬着、守着,真让我们太不安了。尤其我们主管,她老拐弯抹角地向我打听您这里的动静。主要她跟嫂子的关系太不一般了,这一年,唉,我可看在眼里呢,她脸色就没松落过,就专等您这一只靴子能够落地啊。说了您可别介意,这其实真不是您一个人的私事!"贺西南都被他说得要点头了,挺有道理不是吗,他这样太自私了?宽镜框继续道,"老话儿说骑马找马,您现在可是什么马都没有哇。这都快一年半了,我真担心您都要忘掉怎么骑马了。"他继续拉动女人们,即他比喻中马儿们的照片。

所有这些令人疲乏的帮助与劝告,嗡嗡嗡争抢着向贺西南涌来,浮动于眼前的夏日景象之上:女人们通通露出她们的光腿,她们的上衣通通能透视到里面的内衣,她们笑的时候通通能看见她们的胸脯子在抖动。贺西南忍不住一声呻吟。

8月的最后一周,天气预报说,南京这一周的平均气温创下了近十年最高纪录。可不是嘛,贺西南果真也觉得热得要命了。他赤着大膊还不停地出汗,冲澡、喝冰水、吃西瓜,仍是烦躁。电台里也说的,这种天气,人的情绪最容易失控。可不是嘛。

绿茵也挺辛苦。天越热,卫生问题就越多,席子、地板、沙发靠垫、阳台、浴缸,她一来就要撅着屁股抹一遍,穿着家常中裤,上面一件松垮垮的旧汗衫,头发盘上去。她抹到书房时,让贺西南把脚跷起来,贺西南依言，斜眼盯着她，突然涌上一个急切而无聊的问题：她，穿胸罩了吗？天这么热，贺西南恨不得连汗毛都要褪掉，她难道还穿着厚厚的带有海绵与钢圈的胸罩吗？以前小六在家从来不穿，如果她把自己完全替代成小六，就应当也不穿。当然她不是。她实际上是一个"陌生"女人，要照张灯那说法，陌生就是刺激，陌生就是验证码与通行证……贺西南胡思乱想地盯着绿茵的胸部，汗衫太肥，颜色又深，她又老是跪着在地上往前推，还真是一时难以目测，也许只有伸手过去摸一摸才能弄得清呢。贺西南听凭自己沉沦着，一边深感下流，下流得脾气都上来了。他手臂故意地一歪，把桌上一杯茶水给打翻了。

虽只是一杯茶，洒出来却是桌上一片，湿了手机，还溢出桌沿流淌到绿茵好不容易才抹干净的地板上，更有一部分溅到了贺西南裤衩儿与裸露的大腿上。

"你也不小心点儿！这茶我才泡的，看烫着了没？"绿茵起身来看。她的脸儿忙得红通通的，发丝贴在腮边。

"什么叫小心点儿。这难道还是有意的？天这么热，你为什么弄这么烫的茶！"贺西南提高声量，像满肚子的气。他惊讶了，也挺得意：拌上嘴了！

绿茵咬着嘴唇，忙中不乱，先擦干贺西南的手机，然后弄贺西南身上，先掸一掸他裤衩儿上的茶叶，腿上的则用纸头擦拭。她热腾腾的鼻息直喷到贺西南光赤着的胸口与肚皮上。她倒是若无其事。的确，这算什么呀，以前她还见过贺西南光身呢，还替病中的他擦过洗过呢。弄完了身上，她又立即矮下身去，几乎钻到贺西南胯下，收拾地上的茶叶和水。贺西南傲慢地站在原地，一动不动——他得逞了，从这个俯视的角度可以看到：

绿茵穿了胸罩。随着她左右抹地的动作，他一会儿可以看到她左边半个乳房，一会是右边半个乳房，一会儿只有一条乳沟，一会儿又什么也不见了。因为这时绿茵远离了他的胯下，又抹到别的区域去了，再也看不到那块胸部了——贺西南下半身却有了觉醒的反应。

"你……我烫着了，我很难受！"贺西南提高嗓门儿，要把绿茵唤过来。他真的气愤极了。天这么热，人在家里，又在干活儿，绿茵竟然还穿着胸罩，这算什么意思。这里不就他一个人吗，还防着他呀，防他什么？她倒是说说！

绿茵把抹布扔下，重走来，弯腰察看贺西南的大腿，用手轻轻按一按，"还好呀，要不我去给你弄点儿冰块吧。"她又转身要走。

"你逃避责任，还想离开现场！"贺西南真的来火了，他一把揪住绿茵，汗衫没个抓手，他只好抓住她的衣襟口，连同内衣一起抓，他用力过大，简直把绿茵给提到他胸口，"你！看看你干的好事！你看看我都成什么样子了！"贺西南责骂着，简直要咬人了。他下体的情况太明显了，绿茵也一样看得分明。

这是第二次了，他以如此的状态面对绿茵。

他还记得上次那个懒觉的早晨，那是反射性的、近乎无辜的纯生理反应，那是能守得住的，忍饥挨饿一样地忍挨。今天不同了。多少的时间过去了，人人都在变化，小六、绿茵、张灯，包括他。他决计要睡绿茵了。这里更多一些意志的成分，他在有意识地推动自己，声张他作为男人、作为人的权利，他应当匹配一个异性。他早前的忠贞是正当的，而今的逾越更是——正当的。他要执行这一正当性。

"嗳，你怎么啦？"绿茵扭着脖子挣扎，盘着的头发甩得散下来，好像贺西南要对她用强力。她用手使劲顶着，想让两具身体尽可能地远。而这是不可能的。她的手一上来，碰到的就是贺西南光着的脖子、胸口与腰。她反而等于是抱住了贺西南。

贺西南不再说话，只拽着绿茵移动，脚下的地滑溜溜的，两人的身体也是滑溜溜的，他们打着转，连转带拖，一起往书房里那张单人沙发上倒去。贺西南揪着绿茵的汗衫，从绿茵头上一翻，连带着把勾起他原始好奇的那胸罩，一起都给扒掉了。绿茵现在跟贺西南一样，也打赤膊了。情况完全失控。

贺西南清清楚楚地观察到，在他的视线下，绿茵的身体松软了，腰肢带着经验的弧线向后仰倒。她眼睛紧闭，眉头深蹙，深褐色的乳头挺立起来。以此乳头为代表的整个乳房，是一个多么贤妻良母的温柔乳房啊，唤起了他全部的认领感。他真是感动。

贺西南褪下短裤，拉弓上去了。绿茵突然伸手来挡，动作并不大，但那只手巴掌冰凉，与此同时，她发出一阵尖利的呜咽："小六……"贺西南一愣，绿茵为什么偏要这样啊。"不——能——我不能的。"绿茵蜷起腿，滚到沙发一侧，脸色难看极了。

"你非得这样？非得拿我、拿你自己当一对活道具？你讲实话。"

绿茵嗓门儿走调，答非所问，"我到这里，可不是要寻欢作乐。我最恨这样的事了，我怎么可能也去破坏别人的家庭呢。"她抽出了这条道德绳子，一下子把她自己给五花大绑了，"都一年半了，还在为小六守着，你越这样守着，我越是稀罕你。但反过来讲，你要是背叛小六了，像刚才这样，我反而……"她身体的状态此刻已经完全消退了，乳房成了两块僵死的脂肪。

"你不是想要一个家吗？我也想要的。我们应当真的像个家呀，什么都一样。"贺西南干巴巴地争取。他短裤扯到一半，极为狼狈，更狼狈的是，竟不得不这样分辩起来，"你是知道的，所有人都知道，小六，回不来了，她……早就不在了。我这，等于是单身呀。"

"我不这样想，你，更不许这样想。我之所以在这儿，就因为你是小六的丈夫啊，这怎么能说是单身呢。"绿茵毫不含糊地纠正，一边从沙发下面捞出内衣和汗衫，有条不紊地把自己重新包裹起来了。她走到刚才丢下抹布的地方，捡起来，接着撅起屁股往前推着抹地，表明这一段肉搏式的插曲就此告一段落。

贺西南明白，他今天的起意、进攻完全失败了。事情办不成他认，但话既说到这里，他想要探到绿茵的底，"那假如我真的单身了呢？我单了你是否愿意？"他歪坐在沙发一角，都不知道自己在问什么。

绿茵动作停住，脸对着地板，"你指睡觉？"

"我……"他语塞。他的确是这个意思，可又不全然是这个意思。

"如果真的到了那种情况的话，你不觉得，你首先应当问问，我叫什么名字吗？"绿茵用缓慢的近乎严厉的语速反问，她又开始劳作，反复擦拭同一个地方，可以感到她压抑着的愤怒像麝香一样，浓烈刺鼻。

"我……怕你不愿讲。"贺西南补救。为什么从没想到要问？他暗中匆匆检讨，看来他并不真的在意这个女人本身，她在他眼里，似乎是抽象的……"这确实很不礼貌。现在，我现在问，可以吗？"贺西南还挺彬彬有礼的。

"这哪里是礼貌问题。行了行了。我哪有资格介意这个？我也太搞笑了。"她好像气过头了，反不生气了，随意拿湿手指在地上画着"绿茵"，

"就叫这个吧,你反正喊得习惯了。"

贺西南明白的。眼下这个阶段,绿茵不会告诉他名字的,更无法同他睡觉。只要小六还在消失状态,她就会一直横亘在他们中间,并使他们永远胶着在这种互为道具的意淫关系里。悲哀的。

他把目光从绿茵身上移到书桌下方,寻找着已经蒸发掉的那块茶水渍,心头极为空洞。这不是求欢未遂的空洞,而是对"家"这个单位、对眼前这个空间的绝望。这里满屋子东西,干净舒服,有男人有女人,还有一个开玩笑的绿茵儿子,可离实际的一个"家",真是要多远有多远哪。他真想痛哭。

绿茵感觉到什么。她从地板上抬起头,脸显得又圆又小,像只猫咪,通晓地看着贺西南。贺西南接受住她的目光,默然点头,像初次结识,像刚刚获得独立身份的小国家,递交出建立外交关系的申请。

贺西南心里做了一个决定。

二

张灯在网上新买了一把花籽,替换下枯死的芦荟,新换了湿润的泥土,并混杂了些复合花肥。晴天搬到背阴处,雨天放到窗台外。不久,卖家的承诺实现了,几株嫩芽冒了出来,他却忘了花的名字。索性随口编,一会儿说是太阳花,一会儿说是雏菊,就看他到嘴边的灵感了。自从上一次老实交代了小六之事反而获得女朋友的火热怀抱之后,张灯就迷上了这个花招——

小六成了他与女人之间的万用挡箭牌。任何时候,他都可以"心情不好""想独自呆一会儿"。实际上他可能正在与另一位陌生姑娘聊天儿，并且仍在复述他与小六的故事、他与小六丈夫的故事、芦荟与无名野花的故事，等等。这些故事颓废、哀伤、有情有义，又不会招致真正的妒忌。So Special! 女孩子会主动 AA 式埋单，也愿意超常规进程地上床，哪怕他改天就不再与她们联络，亦可获得全部的道德豁免。

张灯的日子比从前更自如了。来来往往的女人像水花四溅的溪水一样流淌过他的身体，只是从不流经他的心脏。那个角落，只留给小六。深更半夜送走女伴，或是天快亮了才从别处回到家里，他冲把澡，换上宽松衣服，坐下来，挺讲究地依次打开两台电脑——怎么着都得跟小六聊上一会儿，否则这一天是过不去的，否则那些爱都像是白做了似的。比如昨晚的姑娘，倒是长得有山有水，但在床上完全就只是一个洞，真没意思呀。还不如上次跟你讲的那个瘦女孩儿呢，一声不吭从不叫床，可是各部位的反应特别让人兴奋。张灯仔细回味、重温着，一字不落地告诉给小六，对着她的耳朵，直说得她发丝拂动、脸庞发红……在这样的倾诉中，他获得了独一无二的鲜美感，麻木的工具式的阴茎终于升华到了爱、哀伤与永恒。这才算完成了一通圆满的做爱。

周末与贺西南的见面还在保持着，两人不是说好的嘛，要继续。诡异的是，这交往，开始显出疲态和机械了。

小六作为最初的纽带，或者叫他妈的"缘起"，在克服了世俗的抵触期之后，他们有过最为融洽的周末时光，饮鸩止渴般地"等小六回来"，那是最好的一个阶段，慷慨、文明、男子气。现在他们不再提小六了。也不肯谈胎儿、绿茵。好几只禁忌的大灯泡明晃晃地打在他们脸上。他们在灯泡下面很努力地谈着别的，恐怖组织啊官员腐败啊军事储备啊，以及更多的淫邪笑话。靠这些话题支撑到现在，但估计也撑不了多久了。事实很明显，他们的交情失去了框架和包裹，谈话像沙子一样，总是散、总是漏，怎么也聚不拢。

张灯注意到贺西南最近瘦了，神情怔忡，像受到来自内部的打击，可这打击里又带着一冒一冒的火苗。

"有情况？"张灯不经意地问，他一下想到绿茵，怀疑贺西南得手了，这里该有那个"成人频道之夜"的功劳。可是以他的经验，打个冒犯的比方：一次成功的交配之后，如一只公狗，其整个面貌包括吠声、步调都是不一样的，连毛发都闪闪发亮。贺西南并没那个派头。

"啊哈，忙。快递这行，竞争激烈嘛。"贺西南毫无诚意地寒暄，"你最近在玩什么？是不是已经玩到'90后'了？"他坐立不安，对自己的提问毫无兴趣，像夹了一泡多日的屎，急于排泄，以获得身心的根本解放。没等张灯回答，他又发问，"你说说？女人最难搞的是什么？她们总不是你看到的那样。麻烦。"

"男人也一样！整个人类都遮遮掩掩。因此我现在谁都不信，包括老兄你，我只信一个人。"张灯故意卖个关子。他希望贺西南问起——只信一个？那你信谁呀——然后他就顺下去谈谈小六。

贺西南听而不闻，只管按自己的思路，"她们一会儿表现得像这样，一会儿表现得像那样。如何看得出，哪一种最终会战胜另一种？她最后会固定在什么定位上？"

"指绿茵？"张灯替他挑明。贺西南看上去很吃力，这位大哥搞事业绝对没话说，搞女人是真的不行。

"不是不是！"贺西南矢口否认，"嗳，你还没回答我呢，最近是泡到'90后'了？嗯？"

"信得过我的话，就直说吧。"张灯不得不再次追问。他心里有些伤感，怎么就这么见外了。贺西南不肯说，看来是不再需要他了。当然说到底，排除掉小六的因素，他们两个本来就不是同一类人，就不可能成为朋友。理虽如此，张灯还是有所不甘。他还是巴望着能继续走动下去、继续谈着小六，一直说到晚年，他们都成两个糟老头子了，可谈论中的小六还保留在消失时的30岁，那是他们共同的女人……得啦，这算是哪门子想法，外国电影看多了。他不是已经有了他专属的小六了嘛，那应当可以自给自足了。张灯胡思乱想着，倒被贺西南冷不丁的回答吓了一跳。

"确实是有件事，想托你帮个忙。想来想去，只有你能替我做这桩事了。"贺西南从沙发上坐直身子，看起来是经过深思熟虑的，眼睛不眨，"我想托你，替我去请求小六母亲的同意：同意我去办理小六的死亡申请。但……你不许扯小六怀孕的事，给……大家留点儿脸。"

多么突然啊。张灯真庆幸自己的成熟，脸上毫无变化，"不是说交通意外，也要满两年才能认定失踪的吗，这，都到时间了？"明摆着，还有四五个月呢。他清清楚楚记得，贺西南当初说过多次，就算两年到了，他还要去申请延期，他拒绝承认车祸，那就能把失踪拖到四年……时势已完全变了。

"也是一些朋友的建议，总归要提前做准备的。"贺西南一本正经地说，像一位客服人员。

"什么朋友？什么建议？"张灯追问，心里确认着贺西南对他的离弃。瞧，人家朋友多着呢。

"你不认识的。就是那些情况跟我差不多的人吗,他们比较懂。"那些家属可比张灯贴心多了,他们戳着贺西南的胸口提醒他,"别的都好说。娘家那边,最要紧。"贺西南换个说法,语气仍像客服在解释包裹时限流程,"总要有个提前量的,好让小六母亲慢慢接受,免得到时候耽搁时间。"

"耽搁时间?"张灯忍不住重复这个刺耳的说法,眼睛圆睁,贺西南这是要赶火车吗。这么着急地要母亲同意、要小六死去。他要干什么?

贺西南投降地举起手,同时垂下眼皮,像打出旗语,旗帜无力地垂挂着:请求张灯不要往下问了。张灯就这一点点反应已经让他吃不消了。他本以为张灯最为合适:不是个现代派的人儿吗,他最该无所谓、最该全力支持此事的。

贺西南懊恼着,早知道就请宽镜框帮忙了。后者很早就表示过,乐意跑腿,去搞定七大姑八大姨以及一切大门朝南、脸色难看的机关部门,他保证他有很好的"社交沟通能力"。贺西南还记得宽镜框那殷切的样子,巴不得要确定下小六的死亡,越快越好。估计在张灯眼里,自己这会儿也是如此吧。嗨,错了,这下子张灯再不会理他了。

"也行,遵命,我去看看老人家。"张灯还是理他的,客气得比不客气还让贺西南难受。

三

虽则几经变迁衰落,但国营老单位的严谨与庇护感还在,依照贺西南的信息,张灯顺利摸到了小六母亲所在的厂区老宿舍。

站在院子里，张灯心中软绵绵地动了一下。这算是小六的娘家了。

　　他知道此行的难度与残酷，接下这个托付，张灯有私心的考虑——就当是补做一份欠下的功课吧，为了更好地接近和重塑小六，他必须像大马哈鱼一样，回溯到她的过往，那也许早已干涸、没了风景的上游。他有个悲观的预感：近在眼前了，贺西南这就要彻底丢下小六，搂着绿茵一去千里了。他怎么办呢，他得重新找一个人来继续谈论小六。而这世上第二合适的人选，就是小六的母亲。张灯需要结识母亲，并打算建立好这份关系。

　　母亲隔着安全链应门，狐疑地打量着这位不速之客。

　　张灯开口，简洁地表明身份："我是小六的……男朋友。"母亲脸上一紧，四处看看，随即以一个快得不可思议的动作，把张灯拉进门内，一下子拍上大门，像要挡住外面尾随而来的空气。然后她一转身就不见了。

　　张灯独自被留在客厅。已是下午了，可能因门窗紧闭之故，屋子里还有一股早饭所滞留下的酱菜味道，也许这正是房子本身的味道，经年累月地腌浸着独居的母亲。

　　母亲稍后出现，手上端了一杯盖碗茶，那是掩饰，她换了一件带垫肩的中长外套，可能还重新梳了头，严整待客的样子。张灯只看了一眼，即转开头去，他"认出"来了，从母亲脖子与额头处，包括那微仰上半身的姿势，"认出"了肉体小六的出处。张灯听到一阵马蹄滚动，那是岁月在践踏人们的容貌，他因此涌上一阵古怪的庆幸：想想看吧，他的小六才不会这样呢，她将跟时间毫无瓜葛，她会超越各种残酷与局限。

　　母亲也观察着张灯，表情轮流更张，疑惑、惊奇、挑剔或者别的不好命名的。是啊，做母亲的如何才算得体，对已婚女儿的这么个男朋友，

"这么说，您？"

张灯没碰茶水，好像不说清楚就没资格喝水。他立即开始了漫长的解释，为母亲提供"知己知彼"的路径……母亲初听时老是皱眉，接着开始高抬眉梢，终于笑了起来，讽刺地说道："这么说，还有一个你，咱们是三个人在等小六哪。也够热闹的，等小六回来，能凑一桌牌了。"张灯有所保留地点头。母亲不知道，要算上绿茵的话，已正好一桌，都不需要小六回来了，万一小六还带个孩子，那都要挤不下了。

"这么说，"母亲有点儿结结巴巴，这话不容易出口，"这么说，你跟小六，你们之间，有那个……爱情？"

"……"张灯扭过头，被这火花一样的词给溅烫着了。爱？爱情？他多么害怕这个。他浪荡了多少年才做到对这些词的敬而远之、无挂无碍。他承认他对小六有点儿异样之感，但这都是后来的事、近期的事，跟她本人是没有丝毫干系的。再说，这感觉的程度又是多少？真到了用这种大词儿的地步吗？

他举起茶杯喝水，真希望杯盖能像锅盖那么大，好遮住他的脸：他不愿让母亲看到他这恨不得逃跑的样子。茶水入肚，张灯想起网上一个帖子，任何你难以回答的问题，都可以这样缓兵：这是一个好问题，请问您的看法呢？他没敢赞美这个问题，但后半截照抄，"呃，您，您是相信爱情的？"

母亲中了计，脸上一下子升腾起少年人般的红晕，嘴上却推让着，好像这是一顶闪闪发亮、纯金打制的桂冠，"你看你，我都这么大年纪了，哪里好讲这个。反正，这么多年，我就觉得，小六父亲一直在我身边。我们从来没吵没闹，脸都没红过，真比外面哪一对夫妻都要好呢。"张灯点头，母亲怎么讲都是对的，她对父亲的种种，本已是天马行空的境界。孰料母亲并非真的中计，她突然炯炯有神地盯住张灯，像洞悉一切，"其实就这么简单。一个人对另一个人，只要心里有，就什么都有。不在一起，比在一起，倒更好呢。"

最末一句，像意有所指，像在给张灯鼓气。随即顺畅地转入了她的布道词："反正小六这是遗传嘛，我们除了等，什么也做不了。"她颇为安详，好像"等待"是件特合体的万用外套，她穿上了觉得不错，给贺西南推荐过了，现在又想让张灯也披上。

张灯可不是贺西南，固然是要搞好关系，但希望能有基本共识。他哈哈大笑，"您老可真有意思，可惜完全讲不通！"

母亲给他续水，来了兴致，"这样，我从头来慢慢跟你讲。"

"不必了。什么黑色灰烬、灰色灰烬，什么小蝌蚪民间偏方，贺西南都跟我说过了。您那些包裹，还是我拆的呢。"张灯一挥手制止了母亲，面色甜美又严峻，"我那天喝多了，可不影响脑子，我一边拆就一边琢磨呢：这什么人哪？太能玩了，这么沉得住气，憋这么多年啊。只有一个可能——"张灯顿住，顽疾需快刀，让她自己动手，"还是您说吧。"

"我看你还不如贺西南呢。"母亲声音干乎乎的。她喉咙里一声响，没有任何婉转，突然直通通地承认了一切：所有那些礼物，都是她自己买的，然后自己寄的，远远地找一家小邮局，装模作样地在包裹单上炮制一个陌生地址，寄回家中……

"可我，不是在玩儿。"母亲这会儿的脸，真是不能看了，好像所有过去时刻的难处都回来了，全都挤在那些皱纹里，"我只是太知道了，小六比哪个都想要有个父亲。"她吸吸鼻子,"每一样东西我都精心挑选。挑她最喜欢的,我又舍不得买的,而她爸爸肯定会买的。小六结婚时,我替她父亲挑了最后一个礼物,一个外国牌子的钻石胸针,保价费还多花了九十多块。"她终于成功地笑了一下,"每次我去寄包裹,是挺见不得人的。可收到包裹的那一刹那,我都当真开心呢。我知道小六喜欢爸爸的包裹,她不肯拆开,只是为了一直能够收到。"

母亲一直没哭,这让张灯深感不安。得做点儿什么。他迟疑地站起来,到厨房新换了一杯热水端到母亲跟前。

母亲接过水杯放下,突然抬手,试图打张灯一个耳光,但角度与力气都不对,其实只是用手在空中挥了半下,"好了,这样通通说出来你就满意了吧!小六怎么交到你这样的朋友!她要是回来,我头一件事就叫她跟你分手!"她发着狠。

张灯一点儿没有躲让,那表情还有点儿遗憾没有被打上。如果打下了,他说下面的话就更加坦然了,"怪不得呢,我老在想,小六为什么会是这样?根子到底在哪里?瞧瞧您这些事儿,您瞎编故事、瞎搞偏方、瞎寄包裹,谁能吃得消啊!小六不出事才怪!"张灯语气中带有指责。这样说来,归于他名下的那个胎儿的罪过,起码能退后一层了。

母亲交捏着她的手,那只试图打张灯的手。她眼睛睁得老大,不肯让眼泪掉下来。张灯又跑到卫生间去绞了一把热乎乎的毛巾,毛巾升腾着水汽,稍稍柔和了母亲的脸部。

"是的,都怪我。"母亲飞快接口,毫不犹豫地往枪眼子上堵,"就像棵被扔掉的大白菜,守着同样被扔掉的小白菜,我天天地怕她出事,怕得简直就像伸长脖子、数着日子在等了。好了,小六一出事,我倒像是终于坐实了、放心了。我也不清楚,这怎么就成了我的错了,但我认、我认的。"她刺耳笑了一声,"不过,嗳,我倒要说说你!"

母亲声音陡然提高,气愤起来的样子,"我说你,年纪轻轻的为什么这么古板!为什么你就不能相信点儿什么呢?对你不知道的事情,干吗非得要一脚踩烂啊!外头有多少稀奇事情啊。比如,有种病,叫作'镜面人',你听说过吗?他们的五脏器官的位置,在身子里长得都跟一般人是相反的。再比如,蛆医生,就是活蛆,你晓得吗,有人专门饲养,然后把它们捉起来放到病人伤口上,借这些蛆来吃腐肉。真的,我从广播里听到的……相比来说,我这,算得了什么呀。"母亲声音里略带了哭腔,但还在竭力忍住,"你以为我不知道?贺西南很快就要让小六死了。我可不能的,总要有人相信小六还活着吧。她怎么就不能是失踪了,跟她爸爸一样地失踪了!我说得不都是蛮有道理的吗,为什么就没人信呢?"母亲终于撑不下去了,她放肆大哭,山崩水倾、滔滔决堤,像是一举倾倒出她控制了半辈子的泪水。

张灯羞愧难当。母亲的反诘像小枝条一样打得他脸上火辣辣的。他这样噔噔噔跑上门,把一切都捋得黑白分明的,真不是人。这个世界上,谁有这个权威、谁又有这个权利,来否定母亲的遗传性失踪症呢?就算如此这般,他就可以摆脱对那个胎儿的担当吗?他可真是个混账东西啊,简直想抽自己十八个耳光。

张灯虎头蛇尾地仓促告辞了,轻轻替母亲带上门。门碰响门框的时候,他才记起贺西南的托付。啊,去他的,去他妈的。

手机响了,一看,正是贺西南,他最近电话来得很勤快。张灯用力掐了。看他急。急也没用了,在小六这个事情上,张灯会跟母亲站在一边,他要跟贺西南死磕，从后者动了"跑死亡"这个念头起，他们二人就彻底分道扬镳了。

　　没走出几步，手机又响了，张灯只是听着音乐呼叫，不接。这是为贺西南专设的呼叫彩铃，伴随着那听了很多遍的曲子，张灯突然想起贺西南托付此事时的情形，他那可怜巴巴的、全无主张的模样。张灯忽又对贺西南感到难过且抱歉，他僵硬地沿着路牙子往前走，心像被虫子一口咬住，拳头大的心脏在胸腔里左冲右突。

第十二章

一

夜里高烧、白天低热，小六前后躺了整整三天。像一个长梦，幽黑隧道，焦距不稳，景物由小变大，由黑白变彩色，由模糊变清晰……重新睁开眼，几有恍若隔世之感。

林子寸步不离地照应着她，像看管一名极其危险的犯人。就算她醒来，也不许她挪动起身，过度保护到几乎不信任。

"我以为再也见不到你了。"他的语气到这会儿还带着后怕，"你晓得我打了多少电话，发了多少留言啊，整个乌鹊我认识的所有人都问遍了。舒姨一心认为你在我这里，我只好假装到租屋去替你拿东西。我发现你所有衣物,包括我给你买的大红皮包都在,只没了那只难看的绿挎包。这太可怕了,你猜我想到了什么?"他心有余悸地倒抽一口气。

小六看着他,无法辨别,林子是否已经从瘦脸老警官处得到回话。

"我觉得你跑掉了!失踪了!我真差点儿要去派出所报案、要上电视台广播寻人启事。"他惊心动魄地嚷嚷着。

"报案?"小六重复着,他故意这么说吗?

"我真的太担心你了。"林子的眼睛像两只小小仪器,对准她,慢慢变红了,"想到你人生地不熟的,也没几个钱,吃住怎么弄,衣服够不够穿,会不会碰到坏人,真是想想就急死了。你万一真没了可怎么办啊。"林子毫不顾忌地迸出眼泪,淹得小六都疼了起来。这多么像一幕预演的场景啊,投射于必将到来的某一天,她遽然离开乌鹊……她惭愧地失笑,在一个业已消失的境况里,可以再次消失吗?这负负得正的消失是否恰恰指向对原点的回归?这突如其来的想法让她浑身一凛,像远方有辆列车从迷雾中显现,突然发声长鸣、吐出浓烟,不可避免地要轰隆隆发动起来。

林子伸过手来抚摸她的脸,手指肚烙着皮肤,"怪我,不该逼你,不该吓唬说要报案……那天终于找到你,看到你那样不省人事地躺在路边,我下定了决心。"林子面颊上咬合肌一闪,"随便你是什么不是什么,做下什么没做下什么,我保证不再问半个字。我只要你好好的,跟我一起。"

小六心里一阵晃悠。这样的一句话,她多喜欢啊,如果是三天一夜之前说出来,该多么宝贵!看来林子已从瘦脸老警官那边得到回复,晓得小六起码是"没有案底与前科"的,这才敢肯定于这份情爱了。这也是她活该的,小六往被窝里沉:"我想再躺一会儿。"

林子伸手过来，紧紧攥住她的手，小六也有意识地感受着掌心那激越的热气。然而正是此际，一种无法描述的异样与隔阂，从他们紧贴的手掌中间散发出来，弥散、填满了她与他之间的空白处。她与他，不再是那种未知与求索、罪过与宽容的动人模式了。新的模式，会是什么？不知道。

林子似也有感，他不自然地打破沉寂，"我知道你跟钱助理闹僵了。我去替你办休假时，看她生气得很。别担心，我手上关系多，能搞定钱助理的。"

小六倒笑了。她知道的，"休假"只是个体面说法，再去露面，该是办辞退手续了。也好的，就从辞去超市开始吧，她倒要拭目以待，她突然感到久违的洒脱感，从现在开始，不必装了，像脱掉一件长到皮里嵌进肉里、几乎与躯壳融为一体的束身衣……

十五天休假结束，小六即回超市销假去了。打开自己的小壁柜，橙色工作背心、护袖、拈水盒、广告三角帽、洗碗布、饭盒，小动物一样扁扁地趴在里头。她放慢动作收拾。这个不到十分之一立方米的小小空间，很快就不属于一个叫作吴梅的收银员了。她跟当班的左右几位打招呼，她们的眼神果真也殊有含义。

好。小六步子均匀，径直往钱助理办公室去，这也算是有始有终吧。要跟钱助理说说清楚，她很想看到后者的表情。

敲门，无人应。倒是斜对面办公室有人伸头，是钱助理的对头，财神娘娘。见到是小六，她大幅度地笑了，吩咐人替小六打开钱助理的门，并冲她努努嘴。小六不解，轻轻推开，更为惊讶——钱助理办公室窗户紧闭，抽屉半空，物件散落，全然没有了以往的生机。窗台上，钱助理原来最喜欢坐在那里一边拣菜一边分析超市风云的地方，几张旧报纸飘散。怎么回事？

小六正惶惑着，看来有人告知了店长大人，后者匆匆赶来，老远就降尊纡贵地招手，"休假结束啦，身体康复了？我们可一直虚席以待呀，超市助理这一摊子就拜托你啦。"

眼前这一切充分表明：她取而代之了钱助理。小六目瞪口呆，脸上的肌肉却先于内心的消化，意外得志之感一下子如藤萝爬上五官，舌头和牙齿自行顺滑出标准的自谦之辞，"店长抬举了，我水平有限。"这是说什么呀，她这是要干吗呀。她干笑一声，连忙跟上实话，"再说，你们不知道实情，我可是百分之百的三无人员！外来户！啥也不是！"

"哪里哪里，不要过分自谦。原来我们的确关心不够、重视不够。商业局的有关领导对你十分欣赏，一致举荐！我们决定破格提拔，要任人唯贤嘛！"店长老练地直打哈哈。

小六在脑子里模糊地推理，是那场大酒的反作用力？她那么一通放肆疯喝，反而获得了"发现与欣赏"？席终人散，钱助理那备受伤害的神情突然浮现，她想起钱助理讲起的那许多苦头，她那口气是苦尽甘来的，"助理"这个位置，她为之殚精竭虑，吃了多少苦头啊。谁也不会想到，她的苦头并没完，并且居然就是小六，又这么狠狠地踩在了她头顶上！小六心里沸腾滚开，难以言表。

"随后我们也做了了解，唉呀，真吓一跳，据财务部提供的情况，"店长冲边上的财神娘娘扬扬下巴，"这半年多来，整个超市的进出货与库存管理，实际上都是你一个人忙的。店长助理这摊子事儿，以你的能力,绝对是绰绰有余的。"他煞有介事地进行了一通任命演讲,要她"把办公室收拾一下,尽快进入状态。"临走前,店长挺尊敬似的偏头问她,"听说酒量不错?复合型人才呀。"

店长大人起驾远去。财神娘娘站到他留下的位置,她用一只脚作为支撑点,另一只脚斜敲地面,"翻身农奴把歌儿唱了。嗯?"

"钱……她去哪儿了?"小六突然发现她说不出钱助理的全名儿。这真不应该,就在前不久,帮着钱助理填的每一张报表、签收的每一张进出货单,不都是写着她的大名,或是加盖名章的嘛。多奇怪呀,这会儿怎么就想不起来了呢。加害人都会立即忘了她的受害者?

"岗位变动是很正常的嘛,谁能打万年桩?嗬,人家脾气可大,掉头就走,连个影儿也瞧不见,倒玩起消失了!"财神娘娘轻轻摆动胯部。听得出来,在小六休假的这短短半个月,超市里发生了微型但壮阔的腥风血雨。"这就叫借力打狗。你呀,纯属白捡粒大麦子。说说看,到底,几斤的量?"她像把玩手下败将留下来的一样器物,看称不称手。

小六眨眨眼睛,莫名地涌上激昂之心,像要接替钱助理继续鏖战沙场、并要最终夺取胜利,"甭提了。上次喝坏了!恐怕都不能再喝了。"

财神娘娘的眼睛锐利起来,她换了另一只脚作为支撑点,抱起双臂,"嗬,看来倒瞧不上我啊。只跟商业局头头儿喝啊!"

小六并不理会,现在还怕什么呢!"我先收拾去了。"她甩下财神娘娘,进入一片尘埃中的办公室。

关上门,房间一下子显得蛮大的。窗台上的浮灰都能写字了,她用食指蘸了灰,无意识地划动下两个字——定睛一看,她在浮灰中所写的,既不是自己的名字,也不是吴梅和钱助理,而是……从前在公司里的好友兼对手，那个曾打算跟她一同出游但后来放弃的搭档。多怪啊，怎么突然会想到那个搭档呢？她瞅了好一会儿搭档的名字，决定让她就留在窗台的浮灰上。

她安静地坐到钱助理桌前，找到一支秃笔。休假单的下方，右边的请假人是"吴梅"，由林子所代签，左边主管人的空白处，她一笔一画也写下了同样这个名字：吴梅。挺合适，看上去一点都不僭越。

小六拿起电话，她需要这几天的全部流水。"哦，吴？小吴？"对方口气有点儿犹豫。

小六一本正经地纠正，"我是吴助理。"电话里立即脆生生了："吴助理！""哎！"她答得更加脆蹦，使得刚才还有点儿空荡的房间一下子充满了生机。

不难想象，随"吴助理"而来的，她将得到更大范围的巴结，各种挠痒痒般不大不小的好处，像她曾无数次目睹或参与过的那样。有人给她带家制香肠，有人夸赞她的气色，有人替她编织全羊毛围巾。她将涨工资，将获得身份编制，将与其他中层共进午餐并谈笑风生。蝼蚁国的荣华富贵啊。在乌鹊待了快两年之后，她一直"不要、不要、不要"，却不断累加而成了这么一块大甜饼。对这南辕北辙的结果，她该讲明实情，然后清高地扔到地上去踩个稀巴烂吗？

小六淡着面孔，着实想了一会儿。不能——那太肤浅、太不通人情。她甚至还应当拿腔作调、端端架子，非常投入地敬上凌下——这是一种庄严的构成与程序，里面有着值得重视的、作为社会人的基础伦理。

她颇为尊敬地想起了头顶上方的那只无形大手。它始终都还是在的，胸有成竹、疏而不漏。她就是跑到派出所去借醉胡闹、滚得满身是土，它还是会把她拽起来，替她拍拍灰掸掸脏，并送她这张大甜饼以示慰问。哼，小六有点儿壮起胆子来了，她这会儿就是去玩个不系安全带的蹦极，大手都会托起她的吧。

当然了，这位置，她会尽快还给钱助理的，但在归还之前，她得折腾两下，有声有色地维护它、效力于它——这才是对钱助理的最大补偿不是吗？

二

籍工越来越不对劲了，瘦得厉害，脑子也更坏了。继忘了"大扫除之夜"、忘了对小六进行类似"我认得你"的辨认之后，他所保留的最后一个习惯：看旧报纸，也停止了。舒姨殷勤地把报纸打开，放在沙发上、餐桌前、床头。他瞧都不瞧一眼，"不必了，我全都看完了。""这是今天的，新的呀。"舒姨指着日期。籍工讥笑了："全都一样的。"随即半阖眼睛、呆坐不动，像致力于消耗他残存的部分。舒姨十分焦慌，怕来不及似的想让小六早点儿认亲——小六的意外升迁，让舒姨找到了新的契机。

"啊，我家的大助理回来了！"小六才推开家门，舒姨即训练有素般地接过她的外套，备好热水和毛巾，像对待一个前途无量的才俊。舒姨向籍工引荐小六，喜气洋洋地，"做大干部了，连带着我们全家脸上有光。看看，她性子随你，要强！出息！"舒姨用短促的关键词，像拿小针在戳籍工的穴位。

籍工把身上的毛毯裹紧，用右手摩挲着左腕上的表带，似有心得，他沉吟着，突兀地开口，"可不嘛。在小地方滚泥巴没意思的。总要越飞越高、越飞越远。我不会拦你的，我甚至还要赶你出去！到大地方去，到最前沿去，到国外去，没个面目就不要回来……"越讲到后边，越是流利，显然是从记忆里整块挖过来的现成演讲。这种俨然远大的训诫励志学，特别像出自一个父亲之口——小六倒觉着挺稀罕，听得很仔细。"前途与荣誉，总是最要紧的，出人头地，飞黄腾达……"他突然痛楚地皱起眉头，脸上一片僵硬，唯见青筋跳动，好像所有的细胞都在里头齐声发喊、相互碰撞，随时要倒下去一般。

舒姨急了，她食不知味地扒完碗里的最后一口饭，把碗筷菜盘什么的通通推到两边，使桌子中间空出一大块，好像即将要说出的话，需要有个大地方来堆放。她明确地请求小六，"……我看他今天，对你是很注意的，脑子里也很活跃。"她把各种残菜倒到一处，又把汤水滤出，然后用擦过嘴的纸巾擦拭桌面上的汁迹。

小六移开眼睛，被这细枝末节的动作灼痛了。一张纸巾，擦过手、嘴之后，再擦桌面，如果还能用，就擦地面或马桶圈。舒姨总这样，似乎更多地刻苦与作难自己，别的方面便会如意一些。不是头一次看到舒姨这样了，可这一次令她想到了母亲。毫无逻辑、迥异不同的联想。

母亲……醉病迷昏的那三天，小六见到过一次母亲。那是出嫁前的某个晚上，母亲拿出她专门放首饰的小盒子，要小六从里面挑一样作嫁妆。小六对那些金银饰品全无兴趣，倒是注意到一个方正的小红纸包，掉色了，红纸都发了白。母亲却不让她动。小六快手打开，纸包里是一包玉米粒般的小东西，十来颗，参差不齐，很丑陋。"这是什么？"她嫌弃地问。母亲忙不迭地要过去，重新包好，有些羞恼地说，"哦，你小时候的乳牙。照风俗，本该上牙掉了扔床底，下牙掉了扔屋顶。我没舍得扔……"昏迷中复又见到的这一小包乳牙，让小六拿定了主意：要彻底否定舒姨这无根无据的血亲指认。舒姨就是带着她跟白瓷观音祷告一万遍，并且获得一万遍的允诺也不行。她的血型、胎记、指纹、发质、过敏原、口味偏好都是独一无二的，是造物者的荣光，荣光到不容亵渎，就像被母亲所保留的那些乳牙一样，她就只是"这一个"，并被配给了"这一个"的优生与缺陷，死去活来上天入地都不可能推翻或逃逸。

"啊，远走高飞！飞黄腾达！"籍工突然发一声喊，小六回头，只见籍工两只手使劲巴住桌子，关节突出，样子十分紧张，好像正沉浮在汹涌的海上，这桌子是他唯一的倚靠，"我很开心的，祝贺你！你就像，就像我家的……"溺水般的呼吸困难，拼命往上昂着头，令人不忍直视。

"你，快叫他一声儿吧。不会错的，白瓷观音托梦的呀。真的，他一听到就会记起你了，你拉他一把啊。"舒姨低声哀求，一边抚摩籍工的背，鼓励后者，"对的，你记得的！咱们一家人要团聚了！"

"对不起，我不是！"小六大声地，并扭过头去又重复了一遍，像是要对白瓷观音声明，牙齿都打起磕碰来，"我不是你家的……"侧光里的观音，通体雪白，照旧垂眉敛目，不偏不倚。

男女声二重唱，与此同时，籍工抓起桌上的三双筷子，把它们在桌子上用力一笃，"你就像我家的……"从干枯的脑干里挤出唯一一滴液体，"小哥。"他唤出了这个名儿，声音响亮。

听听啊！听听！

籍工显然也被自己给吓了一跳，他四处张望着，似有所悟，突然看一眼手表，对上面的时间显出极度惊奇的样子，整个人终于失去平衡，滑塌下去。

舒姨眼泪直淌，请小六帮忙扶籍工回房，然后急忙忙直冲到白瓷观音跟前，一下子跪倒，含混呜咽着："唉呀，菩萨慈悲啊，菩萨做主啊，菩萨灵验啊。他果真想起来了！我家小哥这可算又回家来了，我的儿子啊！"她的泪眼看向小六，白翳都灵动起来，替老天爷画圈注释："看看，老天爷从你那儿打的腹稿，可落笔下来，写出来的还是咱家小哥！老天爷就是这么高级！我还一直被蒙在鼓里呢！"

虽不知籍工这任督二脉到底是如何打通的，不过的确要谢谢菩萨！巨石挪移啊，小六浑身陡然松落，与舒姨交换着感恩的眼神，一边同去安置籍工。

孰料籍工根本无法歇息，刚一碰到床面就弓起身子，咳个不停。那些曾经无情抛弃掉他的记忆，像一只骄傲的鸟儿，归来了，在老人头顶上盘桓了若干年，到此时才挑剔地落了脚。关于小哥的一切，从小哥呱呱坠地的那一秒钟开始，所有的琐屑，如古老但依然滚烫的火山，把籍工的脑袋一下子给撑破了，都等不及拉开生锈的闸门，它们猛然喷发了。

——你知道小哥第一句完整的话是什么吗？"大灯不亮了。"是的啊，那天我家客厅的大灯坏了，我和她妈妈说着这件事。还不会讲话的小哥也在一边仰着头看天花板，大概以为那灯再也不会亮了。几分钟后，我们带他出门，他一看到邻居，就捏起拳头，小嘴唇冒着泡泡，用尽全身力气，报告出这一个天大的坏消息："大灯不亮了。"

——小哥三年级时班上插班了一个北京同学，他觉得那同学的北京话很讲究，于是也跟着学，讲什么都带个"儿"字：板凳儿、西瓜儿、考试儿、吃晚饭儿。

——小哥可老实了，跟几个小孩儿玩捉迷藏，他躲得太隐蔽，大家找不到，都散了，他就一直躲在那个挂满蜘蛛网的地方等，睡着了。把我跟他妈急的呀，以为丢了。幸亏啊，那只是捉迷藏。你说，小哥真要不见了、躲在那里再也出不来了，我们可怎么活啊。

——有一阵子，小哥最喜欢的游戏就是，我和他妈一人拽他一只手，像小秋千一样地，把他越甩越高，唉呀他咯咯咯傻笑，没完没了地荡着我们这人肉秋千，搞得我这胳膊……籍工活泼地一挤眼，"到现在这左胳膊还酸疼呢。"他描述起那个秋天的傍晚，当时的气温、周围的景物、身边的行人，他们一家三口如何不知疲倦地反复荡着人肉秋千。

哪一年他们带小哥去哪里划了船、哪一年元宵节在家糊了纸灯笼、哪一年冬天一口气堆了三个雪人，一帧帧转动着的陈旧画面争相复活，人欢马叫天伦之乐，没完没了……舒姨幸福得涕泪横流，哼哼着呼应籍工的每一个细节，同时忙着替他拍背、倒水、擦拭嘴角的唾液。小六则搜肠刮肚变着词儿附和。是啊，小哥回来了，雨滴石穿，红轮倒转，在语言的洪流里，小哥鲜灵灵地重新诞生、长成、实在了！乃至让小六听得伤感起来，甚至有点儿莫名的妒忌！

借着舒姨给籍工塞体温计的当儿，小六果断地切断籍工的瀑布语流，抢过话语权。

"我来！我来讲！我家可完全不是这么回事情。我只有我跟母亲，还在她肚子里的时候，就我们俩，直到现在。B-A-B-A……我就没喊过，我压根儿就不会发出这个音。就算他本人这会儿站到我跟前，我都喊不出。这对我而言完全是个外语，是另一种发声系统，是俄语里那个小舌音。若是果真嚷嚷出来，我真担心会炸雷闪电、狂风暴雨。我跟这个称呼，是不合的、荒唐的、犯冲的,明白吗?"小六凑近舒姨,近得都不大礼貌了。嘿,讲出来可真痛快。

"呀,呀。"舒姨哈着气往后让,像被烫着了,"对不住,我不知道你……"籍工也咬住舌头,紧抿嘴巴。

小六却拍手大笑,好生得意,"得啦。我是逗你们老两口玩的。有时外人关心地问起父亲,我也这样讲,搞得他们都会很同情我的!实际上啊,没事,我屁感觉也没的。父亲对我来说,就是个没有的东西。就好比说,一个人从来没有个六指儿,他会替没有的那第六个指头疼吗?再打个比方,你们从来没去过法国,会觉得巴黎艾菲尔铁塔的夜景跟你们有什么关系吗?一样的道理呀!真的,我毫无感觉!"

舒姨瞪着眼,无法理解这样的幽默。籍工倒挺机智:"那你对什么有感觉?没六指儿,总有五指儿吧。"

小六愣了一下,五指儿,那只能是母亲了。真要说,倒也是有的说的。小六清清嗓子,好似登台表演。

——她这人哪,对别家的夫妻总十分关切,时常义务性地监督。她会撑把太阳伞悄没声儿地跟在别人后头走,偷听他们的家常对话。回家后,像录音机一样地复述,一字不落,绘声绘色。有一次,她跟着一对男女坐公交车,人家转车她也转,人家下车她也下,人家七拐八拐进小区她也进,人家上楼关门了,她才猛然发现:迷路了。

——母亲也爱打扮呢,反着来,只在家里打扮,出门就洗掉。她天没亮就爬起来了,摔东打西,暴躁地在各个房间乱转,翻出各种衣裳来试穿,大冬天的也试薄裙子,一条接一条,并掏出也许早就过期了的化妆品,又描又涂,弄上一大气,最后鲜红艳翠地开始做早饭、拖地、洗衣服，做一会儿事情，照一照镜子，再做家务，再照，好像镜子里坐着个男人在那里欣赏她似的。她问小六，后者被她的动静惊醒，正痴呆地拥在被窝里，"我不算难看的吧。"这么折腾一大早上，天色终于大亮，一切也便止于此，她换掉裙子，疲惫地把妆容通通洗掉，整个人瘪下去、暗下去，出门挤公交车上班去了。

小六连说带演，活灵活现，单口相声似的。两位老人脖子扬起，偶尔想笑，可都只笑到一半。

"你母亲真够幽默的。"籍工斟字酌句地评价。

"我觉得她是在搞滑稽。你想嘛，苏州人。"舒姨犹豫了一下纠正，他们在幽默与滑稽的区别上产生了分歧。

小六能感到，他们并不喜欢或当真理解她的故事，但他们乐意充当好心的听众，就像她反过来也一样。

小六母亲的笑话告一段落。舒姨拍拍巴掌，表示她也要来上一段了。她有点颠三倒四，试图搞笑，却又伤心。小哥得肺炎大半夜带着他跑医院挂水；校运会上跑到1000米冠军，庆祝的时候却扭伤脚；小哥假装自己养了只小狗，连小狗名字都想了好几个，整天呼来喊去。籍工赞许地看着舒姨，欣赏她使用的每一个名词、动词和形容词。小六则尽心尽力拍着大腿称叹，同时在脑子里勤奋地搜索着，关于母亲，她还有什么可以拿来吹吹牛的呢？她得拿出点儿货色给两位老人瞅瞅，也给她自个儿瞅瞅。真差点儿都要忘记这些往事了，她毕竟不是从树上掉下来的一片叶子！

这个晚上，得承认，挺不错的。

约莫相当于两块大拼图，小六这边一块，他们那边一块，尽管形状、质地、大小、新旧，两边差得十万八千里，根本就凑不成一堆。可他们照旧拼得不亦乐乎,一整个晚上笑声响亮。母亲通过小六的叙述,小哥借由老两口的嘴巴,他们一齐都会到了这个屋檐下,在这里组建成一个庞大的家庭:有双倍的子女,双倍的父母,双倍的乐子。不,何止是双倍啊。有幼年的小六,有密苏里的小哥,有最好年华的小六母亲,有怀孕时的舒姨,有退休前的籍工,他们都从不同的时间深处赶过来,把这大屋子给挤得满满的、要撑破了似的,连白瓷观音菩萨都给挤到边上去啦。

有一点,小六不大同意他们的看法,但并不打算细加辩论。她认为她的母亲既不滑稽也不幽默。她就是个自欺欺人的笨蛋而已。尽管如此,她有点儿想母亲了。这很不好意思承认——随即,她又为这个羞涩的自己而惊讶了。她这是怎么了?

三

小六一直没去见聚香——有了正经办公室,午饭就不必去她那里蹭地方,这算是理由——后者似也销声匿迹,好一阵没有音信。小六算算日子,做个小手术,再调整半个月,差不多该够了。

果真,聚香主动露面了,口中声称着要参观"吴大助理的办公室",她随意打开几个柜子和抽屉,提高嗓门感叹几声,便算是完事儿了。然后脱下宽松长外套,转过身体,正朝着小六——她明显变得丑陋和笨重了。其实是过来给小六回话的,用她的身体。

小六气恼地瞪着对面的肚皮,脑中却一片仙乐飘飘,似一下脱离万劫不复的险境:宝宝还在呢,她没有再次成为刽子手。老天爷对她,再次显现出这样的宽待!

"后果我自己承担。"聚香虎着脸,斜眼看着小六,"其实你自己心里也过不去的,要不然会大醉上演那么一出,完了还老躲着不愿见我?"

小六吁一口长气:"是的。'搞掉'……并不完全像我所说的那样,我到今天都……丢不下我那个不知是真是假的宝宝。"小六有点儿害臊,她没想到自己真会开口服软。不过真舒服啊,她承认了。

聚香笑得牙龈都露出来了:"哈,你真以为我看不出来你那可怜样儿!行啦,反正我这个可是真的,好好的呢。"她剪掉了马尾辫,短发奓着,显得头很大。她把脑袋垂向肚皮,挤出两层下巴,喜气洋洋地探问,"这肚子,真的蛮明显了?"

小六扯扯嘴角,又焦虑起来。是啊,心里头现在是过得去了,可肚子就要横亘在面前了,并会把她们带上一条摇晃难行的孤绝之径。"还会越来越明显的,所有人都会看出来,你到时连门都出不去,所有的乌鹊人都会好奇地跟在你屁股后面,嚷嚷着相互打听这宝宝到底是谁的……"

聚香用眼神掐掉她更多的难听话,不知哪里生出来的豪情,"越大越好哇,那说明我很快就要结婚了!"她倚在窗台往街下看,那里有一排看腻了的小摊子,做织补的大嫂、卖炒货的安徽夫妇、修自行车的徐州人、卖熟食的麻脸胖子,聚香看来很中意这俯视视角,看了好大一会儿,似乎看得更加自信了,"放心好了,我跟你那情况不同。这宝宝坐的可不是'黑车',他可光明正大呢,他爸爸不久就会娶我,你就等着吃我的喜糖吧。"

"他爸爸?"听听这词儿!可真情愿相信哪,"那个谁……跟你求婚了?"

"求婚?那还早着呢!没到时候!"聚香大咧咧地直摇头,像个自导自演的独幕剧演员，编造着无人能懂的情节，"他本人、他家里人和他未婚妻都还不知道这里有个宝宝呢。所以我得等啊，等肚子足够大了、大到没有别的路子可想了，他就会跟我们举行婚礼的。当然，我也得抓紧，提前把各种东西都备好。"聚香搓搓手，都着急起来，"这肚子说大可就大了，到时候说结就要结了。"

聚香随身带了两本时装杂志，争分夺秒地翻到她早就折好的一页，指点着给小六看，"外国的婚纱就是比旗袍好，下摆很大，我看就是五六个月的肚子都能糊弄过去。人家外国，就连这个事情上都比我们发达。"

小六顺着她的手指欣赏那个娇美的金发女郎，忧喜如冰火交加。哈，又一件伟大的蠢事来了，跟母亲当年一样，分明是被抛弃的命运，还不顾一切地坚持要生下来……伟大而愚蠢的母亲，怎么又一次地想起她了？

此后的一两个月，趁着行动尚算便利，聚香简直忙碌极了，如同建造空中楼阁，为她设想中即将到来的婚礼买砖买瓦买木料。由于新郎始终处于缺席状态，许多事情不得不拉上小六，她那亢奋过度的情形显然也需要一个见证人和参与者，这样整个过程就更加煞有介事了。

她们一起去打听各家酒店承办婚宴的价位，看中了好几款备选的戒指，还精心挑选了情侣内衣。自然也包括考察婚照影楼、约租了婚纱，但"人家外国"的婚纱并不如预想中的那样具有如意的包容性，她显得脾气急躁，试遍了所有的款式但无一中意，为着哪怕一点点缺陷就跟店家吹毛求疵，蛮横地要求更改尺寸和设计，务求看上去"像别的新娘一样"，真把店家给折磨得快要发疯了。小六在一边尴尬地打圆场，一边深感悲观。聚香准备得越细致越热火朝天，小六的悲观程度就越高。为着婚礼所筹备的这一切，像是一个由聚香所控制的包围圈，正慢慢收紧着向她本人压迫而来。

　　小六真得做点儿什么！起码得把必将到来的最糟糕的那部分，履行一个告知义务。反正张口就能来的，大把的往事现成地堆砌在那里。她对着聚香越来越粗的腰声唾液四溅，见缝插针地施以警告。

　　"……你和宝宝，你们的一辈子都将缺胳膊少腿、都将是稀巴烂的孤独。你跟任何人的交情都是不自然的，女人、男人、家里人、陌生人，你总会怀疑人们在同情你。众叛亲离，水中浮萍。神经质的你还得绞尽脑汁应付那个更神经质的倒霉孩子。你们俩之间，既不会有花朵也不会有果实。他会用一万种方式来折磨你，你也会用一万种方式去折磨他。那孩子会恨你的，会没良心地离开你，哪怕他无处可去。最后你什么也落不下的——无论哪方面，我都是过来人明白吗？"小六感到自己的舌尖上舞动着一团芥粉，她咽半口唾液，那滋味十分麻苦。

　　聚香充耳不闻，只顾皱着眉跟一个化妆师提要求："雀斑要百分百地遮掉，双下巴要百分百地遮掉，还有我的肿眼泡。"她抽空一转脸，打断小六，快活地嘲弄道："真会这样严重？那我岂不是个英雄妈妈了。可惜我做不了英雄，他爸爸要娶我们的呀。"她拍拍肚子，"就算万一的万一，咱们落了单，并且这宝宝还像你所说的那样没心没肺，我也绝不会眨眼的。难道我妈妈或你妈妈，会后悔生下咱们？天底下绝无这样的事。你没生过孩子，你不懂的。"她看看手表，好像这跟指针上的时间一样不容怀疑。小六被她讲得哑口无言。

　　但聚香的系列忙碌有个明显漏洞。她一门心思只顾着忙婚礼、做新娘，反倒把胎儿给撇到一边，完全忘了一个新生婴儿的各种需要。小六旁观，真是又气又笑：婚礼根本不可指望，分娩一事却是眼睁睁就要来的呀。她心里涌上悲怆的负疚感，这个婴儿，追根溯源地讲，是由她所致的一个策略性错误，事已至此，她必须全力以赴地宠爱这个错误。起码物质上的欢迎不要太过寒碜。

小六于是也忙起来了。一方面应付着聚香那无用的婚礼筹备，同时积极跑动着替宝宝准备各种用品。她搜寻到一家进口母婴专营店，提前预订了奶粉、奶瓶、温度计、磨牙棒、充气浴缸，等等。就她目前的收入而言，有些大手大脚。

聚香毫不领情，为此跟小六闹了好几次，不是因为钱，是厌烦小六老是把她当作孕妇而非新娘，她掩耳盗铃地，不仅婚纱要遮住肚子，最好语言、行动等所有逻辑上也一样要遮住，"买这些干吗？这将来该由小孩儿爸爸来操心！现在得一心一意准备婚礼！"她阴沉着脸，挡住小六付钱的手，好像倒是小六无中生有地臆想了一个婴儿，并影响到她的整体战略似的。

小六讪笑着，承认自己有点儿性急。她没法儿对聚香说清楚，她的举动里，有一种自己也不能够做主、鬼使神差般的托想，像高度抽象的同类项合并——二十九年前，她尚在母亲的肚子里，母亲约莫正是聚香这样的年纪，同样处在这样没着没落的境况，面对一个婴儿的到来，既否认又承认，既充满勇气又巴不得全然遮掩……她多想能相帮着当时的母亲、那孤零零的母亲，就像现在她陪着聚香一样啊。

小六不加解释，只暗中使着蛮劲，猛地从聚香手里抽回钱包，口气近乎低声下气："你就让我买吧，这只是替宝宝买的呀，咱们的小宝宝啊，你明白吗？"

四

"啊，对不起。上次的事是我错了。"林子一开门就娴熟地道歉，如寒暄问好。最近他们二人几乎事事相左，常致争执，然后林子道歉，如此循环往复。

原因多半在小六身上，她自己也感觉到：现在是有点儿脾气了，脑子里那些长期被摁住的部分，而今此起彼伏地抬头了，像春季里必须抽条、蹿个子的枝芽那样，不知轻重地带着反弹的劲道与邪乎劲儿。她自个儿都吃不住了。哪怕只是芝麻芥末事，比如，没车的路口是否等红灯、吃面条还是盖浇饭、男人留长指甲恶心不恶心。林子讲东，她肯定指西，林子要表示完全附和呢，她又觉得寡味。林子哂笑，"看看哪，这正如俗话儿所说的，你这算是在乌鹊站住脚了。现在我要靠你混了。"后面这一句，小六知道，是指她给林子引荐了好几处的长期送货生意，还介绍过两个临时工问他租房子——每帮他一次，会搭上两三次争吵。

他们假装这些争执只是就事论事，实际上二人心里都清楚：是情境发生了扭转。在林子这里，小六不再是那个亟须保护的难中之人了，爱的养分似乎也随之流失殆尽，彼此都能听到那哗哗哗日夜流淌之声。

"又是对不起？你指哪一桩事？"小六不大提劲地问，麻木于林子的道歉。她而今有种浑不吝的态度，满地泼泼洒洒，同时又模糊地认为，这种没数儿，也是应有之义。林子最该道歉的事，他只字未提——她不是生气，只是想以那个为由头，好跟林子讲明实情。

"我也说不清。你想什么就算什么吧。"林子尴尬地笑笑，一阵沉默，

"嗯，喜欢我今天的布置吗？嗯，像不像那次……"林子胳膊绕了一圈，打着不明所以的手势——他今天邀小六在他这里见面。

小六往四面看看。这会儿才注意到，林子把他的小窝精心收拾过了，床具换成了滑稽的粉红色，桌子上摆着各种零嘴儿，一对心形卡通杯里面飘散出甜俗的咖啡味儿，那气味似曾相识又觉得恍然——多久以前的事了呀。记得是记得的。但在那么多次的性模仿游戏之后，恶作剧的作用力成功显现，她发现自己已毫无感觉了，越是性暗示、性联想的场景，肉体越是反方向地趋冷。这大概，能算近期以来的又一个重大成果吧。

她忍不住笑了，像谈论一份旧合约，再次重申双方的界定，"你不是说过，没有我的名字，就永远不会……"

"我给你看看这个。"林子声调明显异样，他站起来，在屋子里咚咚咚走了几圈，好像要推迟这个重要时刻。他从身上摸出一个白信封，递给小六，信封很薄，可他语气挺大，带着故意放大的气喘，"你，自己打开吧。"

小六有所预感，接过，捏起来是一片硬硬的，打开，包着一层信纸，再拆开。果真是一张崭新的身份证，护膜簇亮。定睛细看：照片已完全成了她本人，名字与住址还是吴梅、苏州，编号什么的也没变化，颁发日期是上周，有效期20年。

"这个真有效？还是……"林子能耐到这个地步？或者，这干脆就是一张"黑"证？像最初那份租房合同一样。

"你，不要问那么多。用着就行。"林子尽量不显得太骄傲，"我以前怎么答应你的？说到做到，我会替你解决所有问题，只要在乌鹊这个地盘上。"林子好像又重新切回到护佑者的模式，他大步走着圈，有些啰唆，听任这种成就感痛痛快快地淹没着他，"现在你放心好了，从此都不要遮遮掩掩，你不仅可以在乌鹊大摇大摆，就是跑到全天下、全世界也无所谓了。咱有证件在手。一切都解决了，明白吗。"小六眼珠随着林子移动，像跟随着一个已被消除了全部象征意义的堂·吉诃德：风车已然不在了啊。她甚至都嫌弃和不屑起这玩意儿了，简直想哈哈哈了。这只是一张"证件"，跟她目前在乌鹊的"这个人"毫无关系，跟她内心里的"自己"更是十万八千里，还要这个身份证做什么。更主要的，她已无所谓了，在所有这些人面前，在整个乌鹊面前，就算马上就被揭露出来，她也不会介意的，最多待不下去，那没准儿就顺水推舟，就回去了！

回去？

又来了，那列离去的火车再一次躁动地拉长鸣笛、升腾起白色的蒸汽了。这列车多像一个体己的侍卫啊，可以随呼随到、随到随走了……

林子还在转圈，都坐不下来，这个时刻，这个属于他的时刻，演讲应当要长一点儿："其实从那个黑乎乎的复印件起，我就暗中发誓了，只要你身上没有事情，我就要替你把各种麻烦都摆平。你看，我做到了。"他无意中透露出他对小六已经"摸清了底"，看来他并不避讳，只是稍许谦虚地补充道，"也亏得你后来成了店长助理，我再去找人就方便多了。熟人也势利的，你有了职位嘛，他们就高看一眼了。总之，从现在起，吴梅！吴梅！我可以踏踏实实地这么喊着你了。"房间并不热，林子却脱去外套，只留一个小白汗背心，像在给自己热着身。他臂上的肌肉很漂亮，像小马驹的肩胛那样闪闪发亮。

听听啊，听明白没：林子认下她了、认下吴梅了。小六有点儿晕乎乎的,捏着这枚貌似真实有效的身份证,像捏着一个比她本人重要一万倍的通行卡,她得以就此进入林子的认证系统,正式落地了,通向生活的深处,一去不返……那么,在乌鹊这里,她的真实情况已没有了追索的必要?她好不容易要张口的啊,却一下被堵上了,错过坦白的有效时机了?

像有导演躲在窗帘后面提示下一步的动作,林子的脸正在逼近,都能看到他瞳孔里的她。她凝视林子,凝视瞳孔里的自己,看得极为分明——林子也应当看到她瞳孔里的他。这相互映照的瞳仁里,既没有火热的性欲,也缺乏本真的爱恋,反而有着同病共患的切实痛楚。多么诡异而悲哀的时刻。

"我……"她强行挤推着面皮,试图做点儿反应,起码要兴奋地叫一声,或者眼圈发红,语无伦次。要论常情,她应当大大地激动于这枚身份证不是吗,这证明了林子对承诺的努力,对他们关系的努力,对幸福前景的努力。快呀,她得快点儿表现出来!

林子及时地把手指挡到她嘴边,"什么都不用说,我完全明白。"他继续依照听不见的指令行事,从她手中抽去身份证,庄重地放到床头柜上,然后开始解她的衣衫,有条不紊地亲吻她裸露出的肩膀,并与她商量一个长效口令:"梅,就喊你梅怎样?你同意吗?你看,终于,我们终于可以了……梅,我的梅。"他不断重复着热烈的感叹词,像往灶膛里拼命添加柴火,尽管那灶膛还没有半点儿火星子。

小六配合着他的摆布,下定决心地调动起腰臀微微扭动,使得粉红色的床单与被褥呈现出这种情况下应有的乱皱。她有种决裂感,并且觉得用一场生硬的性爱来决裂或也恰如其分,可同时她又清楚地知道,眼下这一系列前戏都属于悲哀的假动作。空气正在变得冷冰冰，越来越冷冰冰。林子本人也一样，他的小弟弟，凉凉地萎靡着，忠实于它的真实情况。

他们像一对失去羞耻感的兄妹那样，侧靠着互相依偎。她伸手到他胸口与肚皮，轻轻地往各个方向抓挠。她的指甲才刚剪过，带有一点儿毛刺，使得这种抓挠多少能留下些印迹：有的痕迹发白，有的起了血丝；有时轻若呵痒，有时极其舒服。林子一动不动。呵痒他不发笑，太疼了亦不躲闪。他严谨而空洞地，以目光追随着小六的指尖，好像这是一种新型的交媾形式。

半尺之外，新身份证上的小六若有所思地凝望着这一切。

第十三章

一

贺西南借着各种由头联络张灯，后者总推说有事，死活不过来见面。贺西南有数了，这就是答案：反对票，起码也是弃权票。关于申请小六死亡一事，他没有得到母亲那边的许可，连带着似乎还折掉了张灯。贺西南有种感觉，他又回到了两年前，又成了孤家寡人。

这天，贺西南在公司接待了一位女士，其有何公干他已记不清了，只注意到她脖子里系着一条蓝灰色条纹长围巾，这围巾令他一愣，以致视线都不敢直视。他一下认出来，小六也有过同样花纹的围巾。上一年，不，上上年的冬季，即她出事前的最后一个冬季，小六还围过它，他还记得她对着镜子一边缠绕一边歪头审视的那个样子，很家常，但小六脸部及其表情却是空白的，被氧化剂所侵蚀掉似的。他艰难地从女士脖子处移开目光。

晚上到家，贺西南突然冒出个念头：要找找这条围巾。不难的。应当就挂在衣柜里，或者跟樟脑丸一起叠在毛衣堆里。他立即动手，把头伸到各处的衣服堆里，拼命往外扒拉，从五斗柜到立柜到阁楼，没有。他噔噔噔跑到地下室，把那两个还没来得及处理的大袋子，也赌气翻了个遍。没找到，哪怕是灰色或蓝色的一根丝线。这围巾像小鸟一样地飞走了，羽毛都没留半根，它似乎具有一种终极意义上的象征，寓意着所有的、曾经属于小六的东西，通通都飞走了，不见了。

在翻得像遭了劫的家里，贺西南摊手摊脚地坐着。不用管的。绿茵来了自会收拾，就像他把烟灰随便弹、脏袜子随便扔一样，绿茵将"不得不"高挽袖口大干一场，绿茵正"需要"他这样地"需要"她，他们不就只有这一条单调的纽带嘛……是的，他和绿茵之间，目下真挺难的，干巴巴的——不是爱，也谈不上多大亲情，也没有床笫之事，真的搞不清是什么了。只一样东西是清楚的，像滚烫的河流，日夜流淌在他与绿茵中间：小六。这也是他们之所以仍然待在同一屋檐下的根本背景。

外面的风在狭窄的楼道间发出呼呼的声音。贺西南害怕这声音。又快要过冬了啊。下班的路上，他看到路边上骑电动车的人反穿着外衣、套着口罩和帽子，蒙面人似的穿梭在尾气与寒风中。这样的场景让贺西南感到戳心。他又记起了上一个春节里那挨冻的滋味，以及随之而来的对热乎乎的那种需要，强烈得撕心裂肺。这并不是什么高级的感情,但他妈的就这么迫切。怪不得人们都喜欢在嘴边这样念叨,嗡嗡嗡如同经文:"新的生活""新的生活""我们必须开始新的生活"。

新生活在哪里?没有人会来帮他,给他签署文件,给他盖大红章,给他送通行证。他只有自己来,一道道地去障碍跨栏。

贺西南扫视狼藉的家什,那条无法找到的、像只是为了制造混乱、为了撮合他与绿茵的围巾,让他体味到一种强弩之末般的宿命感。他机械地考虑着时间。不必掐指就可以算出,今年春节迟,春节一过,就快3月了,就是……两周年了。派出所打印给他的那张A4纸,像被图钉钉在贺西南视线的上方,有一行字,被红笔画出来:意外事故失踪满两年的,可由直系亲属申请死亡……

他跟自己谈话,轻声细语。或也不必为此羞愧:这两年,本来就是衍生出来的不是吗,是他蛮横强占而来,是他硬生生所赋予小六的备注,好比在她名字后面加注了一个失踪的括号:两年前,他写的上括号,现在,他要收尾,写完下括号,把小六给掩埋进去了。

贺西南回想上一次跑动各个部门的效率与周期,进行了一个客观的倒推,考虑到即将来到的春节及懈怠的正月,起码有一个月完全指望不上各部门的行政作为,同时,所有的快递公司每到岁末便会进入疯狂季,他会有一段时间忙得不见天日。如此算来,对小六的……死亡申请,最好从现在就启动。不要妄想母亲的首肯,不必跟张灯照会此事,不去委托宽镜框小伙子,也不想跟绿茵透露半个字。这纯粹就是他的私事。

是的,定了,贺西南自个儿拿下主意了。虽然在室内,并没那么冷,贺西南还是竖起了领子、紧了紧外套,像个未雨绸缪的人,打算为将至的冬季暗中积累柴火、积累女人。

正是从没有找到小六围巾的次日起，与不到两年前跑动小六的失踪差不多，贺西南再次进入了抖擞状态，以职业经理人的意志开始往前推进，无喜，亦谈不上悲，超越了具体的情绪。一长串的事务，像一帧帧PPT，在贺西南面前啪啪啪次第打开。To do/To be/To get 。他肌肉里一阵阵运动着的颤抖。

他熟门熟路地奔走于各种官方、商业或私有的办事人中间，像去赶赴一个个漫长的约会，约会者从"失踪"女郎变作了"死亡"女郎，相比上次的倒行逆施、违背常识，执拗地想要保留小六在社会经济生活中的一切权利，贺西南想着，这一回，他总算是顺应时势、大梦觉醒了，"是的，我又来了，早该听您的劝，她的确是……过世了。"

贺西南以为他这件事算是连续剧吗？时过境迁啊，办事处换人了，银行与保险公司合并了，健身房倒闭了。贺西南递去卡片，不得不从头开始：前年3月21日，我妻子遇到一场交通事故……贺西南不合时宜的倾诉滚滚而来，像要争取一枚来自公众评审的勋章。如果对方是男性职员，他等着支持的叹息：你这绝对是够意思了。如果是女性工作人员，她们眼里所流露出来的，都应当是对他的激赏，并将报以姐妹般的仁慈，免除他任何麻烦的手续……贺西南这样想着，他觉得这想法并不过分。

然而不是。叙述总是被打断，他们怀疑地瞅着他，像听到一个特别差劲的、缺乏理智的故事，又好像他是一个出尔反尔、过了信用保质期的渣人。什么？车祸，失踪，死了，离婚。这家伙净胡扯些什么呀，多么薄情多么恶毒呀。

这真让贺西南惊痛。为什么？人们为何总是站在他的对面？两年前的那种孤军作战，好歹是崇高、有情义的，而今，这是被嫌弃的、泼了脏水的。几个回合下来，贺西南的斗志反而上来了，他变得强硬了，不再讲述任何往事。他一言不发地在表格上打钩，索要办理时限。他虽孤身一人，却像率领着一整个工作小组似的，四张银行卡、一张医保卡、一张社保卡、两份保险、四张消费积分卡、一张通信卡、一张交通卡、图书馆证、驾照、公园年卡、游泳卡等，通通都冻结、功能中止或等待废除。逐一办妥，毫无成就感地办妥了。

小六的身份证、户籍、房产产权变更与解除婚姻关系，这本该稍后一步，最好等满最后三个月，但贺西南在孤愤之中决定提前——谁知这实质性的问题反而最为顺利。户籍警正在登记一个新生儿户口，他接过喜气洋洋的父亲递来的喜蛋，心情不错，抽空对贺西南挥挥手："把表填好交来，时间一到我们就会核实，到时再通知你。我们这里通过后，你就直接可以去民政局与房产局。现在就要搞一站式服务呢，为纳税人办好事、办快事、办急事……"

贺西南点头谢过，心里反倒怅然若失，这小警员为什么就不盘问他、难为他、阻止他呢。多么草菅人命啊。他可憋了很大的劲儿、准备了一大堆理由，想着要跟户籍警大大干上一架的！

他愣在派出所大厅，一时挪不动脚步。办完手续的那位新晋父亲终于注意到呆立的他，恍然大悟地，给贺西南递来一包喜蛋，"唉呀对不住，刚才没看到您。这是我家胖儿子的！七斤九两！"

二

　　总算想好如何答复了，张灯开始主动找贺西南。孰料现在轮到贺西南躲着他了，藏头掖尾，与张灯不久前的回避如出一辙。瞧瞧，这就是他们而今的交情了！

　　贺西南最终同意见面，跟张灯提出的地点有关：金陵购物中心顶楼，那是他们共同去过多次的地方。

　　最早是贺西南领着去的，他们曾花过很长时间观察小六供职过的那座灰色写字楼，讨论格子间里走动着的白衬衫黑领带职员，像两个误入歧途的间谍，把玩着并无价值的细枝末节。他记得贺西南当时极富雄心，好像小六真的活着并且她的归来指日可待。不久，张灯意识到这其实是一场主题先行且主题假设的持久战，出于某种乐见其成的心理，他便也一路奉陪下来，乃至有点儿反客为主了……当然，他们都有好一阵子没来了。张灯故意平淡地报出这个地点，贺西南在电话里顿住，同意了。

　　一小时后，贺西南精神抖擞地出现了，并且过于抖擞。只是胡子忘了刮，衬衫与领带的颜色不对，像一匹迷奔的马。贺西南背朝着窗户，似乎想挡着张灯往外张望的目光。"嘿嘿嘿……"他一个劲儿地冲张灯笑，勒不住缰绳地笑。

　　贺西南不知道自己干吗要笑。突然见到久违的张灯，他都吓了一大跳，小六的死亡申请差不多快办完了，他居然真的就没有告诉张灯这个小兄弟，更把母亲远远地抛诸脑后——他真做到了。"嘿嘿嘿……"他继续笑。那些陌生办事人员的恶意算什么呢，最难对付的时刻，恐怕这才到来了。

笑也是一个办法，就可以跳过语言。他要张灯从这笑声里自去领悟：迟了，而今说什么都迟了。小六已经开始死了，已经进入死的程序了，等盖了公章的回执一到手，这个死去的动作就要全部完成了。

"你的那个托付，恕不能从命。我想世界上就没有一个人，可以捎这个话给小六母亲。"张灯说出他准备好的答复，太迟的一个答复。随即像律师那样斟字酌句，"客观上，我主张你的一切权利。但主观上，我个人的角度，我百分之百反对你提出那个申请。哪怕，我们绝交，我也要反对。"冬天的阳光不错，透过大玻璃折射到张灯的眼里，他看上去眼仁都白白的。

张灯这严谨的措辞方式让贺西南更为担忧了。墙上有禁烟标志，他拉着张灯跑到卫生间过道那边的窗口，这里也正好可以躲开窗外小六的那幢写字楼。淡淡的臭气中，他掏出烟，递给张灯，奉上打火机，动作大大咧咧，就好像没有任何事情，难道有什么事情吗，不久前，他们还一起喝冰啤的呢。

张灯生分地躲开，自己给自己打火，"不就裤裆里那点子事儿？你也白跟我玩这么久了。我都可以给你指一百条路子来，条条道路通裤裆。干吗非急着要让小六死呢？"

贺西南欢喜地看着张灯凶狠抽烟的样子，还有他责难的语气。只要张灯肯凶、肯骂他，那就好。他心里头相信，这家伙最终会支持他的。目下的责问只是……一种装饰，就像假模假式的民主流程。

"你不知道哇，手续麻烦得很，比两年前还要麻烦，哪个又能理解我呢。我在外头真是受够气了，好像他们个个都比我高尚、有道德。"贺西南委屈地解释，眼巴巴地看着张灯，指望得到一点儿稀薄的慰问。

等张灯这气过去了，他真想跟他好好吐一番苦水。

"呸。"张灯吐出一粒烟草末子，"你他妈的什么破烟。"他真不愿再次看到贺西南这孤军奋战的衰样子，这会让他心软。

"我们换个地方，弄一麻辣火锅，烫烫的……又可以喝冰啤了。"贺西南请求着，一边在脑子里盘算，他也可以不诉苦，换个方式，装小丑，把那些窝囊事儿当笑话讲，把张灯给逗得笑起来，那样不就又是哥儿俩好了吗。

"我跟你讲过几次了，我最讨厌啤酒，尤其是冰的。"

"你到底怎么了？我，只是，办了一些手续而已，本来就迟办了两年……"寡淡的分辩中，陈旧的画面在贺西南脑中浮现：汉庭快捷的大堂，他跟张灯初次见面，胆怯地主动招呼："黑师傅……"从那时候起，不管这份交情的源头和支点多么古怪，力学或逻辑学上多么混乱，他们就一直扭结在一起，多少个谈天说地的夜晚啊。他们一起痛骂各国元首，替对方分析升职的趋势，毫无顾忌地取笑彼此的性生活，他们分享酒与食物。他到底做错什么啦，张灯讲起啤酒的口气那么瞧不起，这真太伤他的心了。

"你也真做得出来！我看你他妈的连我都不如。你他妈的连三个月都等不及！你也不想想小六母亲。"张灯用力骂着脏话，气恨地盯着烟，好像这支没有得到充分吮吸、没有充分燃烧的烟是贺西南的帮凶。

"我承认对不起她老人家。但是我要纠正一下，这不是因为等不及了。"贺西南把头倚在墙上，窗户缝里刮进高处的风，墙上有张被揭去一半的海报，在他的头顶上被吹得哗哗响动。他知道了，张灯再也不会跟他喝冰啤了。他们这份不大入流的情谊，跟小六的存在一样，到头儿了。贺西南整理了一下表情，让自己心硬起来，"我确实是撑不下去了，也不排除需要跟女人搭帮过日子，包括睡觉——这算是最初的动因，但真正办起手续了，一边办一边琢磨，我发现这并不是真正的核心所在。"

"嗬，核心。"张灯怪腔怪调。

"就算小六她现在回来了，我也没法儿再与她做夫妻了。我办死亡证明，主要是为了解除跟她的这份婚约，就像一座浮桥或一条渡船之类的吧，我是想要送她到河的那一边去。我要与她彻底地了断。"贺西南语速很慢，不是慢得犹豫，是慢得坚决。

张灯不再抽烟，脸色阴沉。他往前一步，伸手扯掉贺西南头顶上哗哗作响的海报纸。

"我当初争取到小六失踪两年，恨不得钻空子弄到四年，好不过拖成一辈子——当时就是那样想的。这次的申请，也是同样深思熟虑、发乎内心。谁也拦不住我，也不必拦，包括你和小六母亲。说到底，我原先跑她的失踪，并不证明她真的就还在；我现在办她的死亡，也不代表她就此死了。"贺西南顿了顿，"等恢复自由身了，我不排除找绿茵。这是两码事，我得把话说明白了。"

"别扯绿茵。"张灯有点儿恶声恶气，顾不上烟都快要烧到指头了，"我复述一遍你的意思——假如小六回来了，这会儿就站到我们跟前，你也撒手不管了？我的听力和理解能力没有出错吧？"张灯拉着贺西南离开卫生间过道，又回到早前的位置，他用另一只手远远地划动，就好像小六正从对面办公楼的格子间里站起身、穿过半空往这边走似的。外面刚才还一片阳光灿烂，不知何时已是一片厚实的雾霾，饱藏着沉甸甸的叹息。

"没必要这么激我。我们都知道,她回不来了。"贺西南替张灯扔掉烟头,软绵绵地、小心地从窗户窄缝里丢到外面的空气中,"就算回来,那也不是我原来的那个小六了。我不管了。"

"我倒是跟你感觉相反。"张灯被贺西南丢烟的这个动作给打动了,他说了心里话,"原来的她,可以说跟我毫无关系。现在呢,我反倒感到,世上所有人里头,就数她最亲了。我对别的女人都没兴趣了。"他们共同凝视着窗外,他们的位置,彼此的距离、站姿,跟以前的若干次是酷似的,但目光不再是追寻和勘测了。他们都在默默地跟对面的写字楼道别。

"听上去你都有点儿爱上她了。不过,你敢自问吗,倘若小六回来了,她真是你脑中所想的那个样子吗?"贺西南拍拍张灯,像一位要退役的大哥。这应当是两人最后一次谈起小六了,终于带了几份情敌意味的煞有介事,"但不管怎么说,这该算是爱情吧。我得祝贺你啊小老弟。"

"你呢,不是也有点儿,爱上,那个绿茵了?"张灯还击道,好像"爱"是一个见不得人的污名。他突然想起小六母亲跟他的讨论,他有点儿难过。他也好、贺西南也好,跟母亲对父亲一比,是配不上谈论什么爱不爱的。

"这时你还要笑话我。说到底,可能就是个习惯问题。我现在已习惯绿茵在我家了。讲句老实话,我也谈不上多么了解绿茵,几乎像不了解小六那样。但这不重要了,因为我有个感觉。"贺西南的声音听上去灰心而勘破,平静得都瘆人了,"我有个感觉,绿茵就是妻子的一个代表,跟小六没什么区别,这就是生活给我的一个搭配。我是要接受这种搭配的,甚至还要维护这种搭配。我跟你不一样,我是很现实的。"

以小六丈夫的身份丢下了最后这句话，贺西南把手往兜里一插，扭头就走，离开了这处可以看得见小六格子间的特殊位置。背影上看，他蛮洒脱的。

张灯看不到他转过去的脸了，任何人都看不到。贺西南脸上的五官扭成一团，挺不能看的——他插入兜里的那只手，碰到一张卡，小区巷口发廊的会员卡，一大圈跑下来，这是小六名下最后一张仍然有效的卡片。贺西南捏捏这张会员卡，挟着最后一口勇气，腰杆笔直地向发廊方向挺进。这本来就是他今天中午的计划，若不是被张灯强拉到这里，可能早都办完了销卡手续。

发廊妹一头紫发，嘴里口香糖翻飞，就为了这张余额600块钱的会员卡，她使贺西南遭遇了迄今为止最为难缠的恶劣态度。小本生意式的粗暴，拒绝退卡或终止，必须一直保持其寿命，直到里面的每一分钱都花完。如果，紫发妹嘲笑地补充，先生您能继续往里充钱，那更加欢迎。

贺西南并不惊讶，他富有经验，只要他冷冷地吐出几个关键词，对方总归会妥协的。紫发妹不吃这一套，"每个人都有一个头，她不能用了，您接着用就是了。干吗要把这张好好的卡给弄死呢？您连她的这张卡都不放过？"她睁大眼睛，像看着一个刽子手。这理直气壮的作难，好像不仅来自她，大约还代表着张灯、代表着小六母亲，以及这个世界的所有反馈，这会儿，通通吹哨集合了，一起集中到这最后一张发廊卡上。

贺西南像青蛙那样鼓着嘴巴，脸色涨红。他想过拨打315消费者热线，够骨气的话，也可以把卡扔掉一走了之。但他故意顶真着，像体检时要挨个儿勾掉每一个项目，他希望勾掉与小六有关的一切，他不想留有任何余地，似乎这样就更好交代了。向谁交代？向绿茵？向他自个儿？向虚幻中的小六？还是向一切对立面？不知道。

他用带血丝的眼光迎着紫发妹，细细感受对方的敌意。这是过瘾的、令他服气的、鞭打般的舒服。他一丁点儿都不怪罪这个店员。她是个敬业的、值得表扬的年轻人，为了留住这卡里的 600 块，她成了拉拽着小六身上最后一根绳子的那个人，只有她还在拉着，素不相识、蛮不讲理地拉着。贺西南软绵绵地发笑着，好吧，就让她再拉一会儿吧，多拉一秒，贺西南的撒手就延迟一秒，他的罪过，就慢一秒钟到来。

贺西南的眼睛开始虚飘，一边暗中发力，像跟紫发妹及她那边所有的人拔河，他又咬牙又跺脚，拼命地往后仰倒，恨不得整个后背都贴到地面……朦胧中，他看到紫发妹一晃身不见了，随后搬来救兵，一个红头发小伙子，介绍说是"总监"，"总监"打个响指，声音过分欢快地打发他离开，"先生，您看您至于嘛。卡呢，拿来，作废！退您 600 块。您拿钱走人，出门左拐慢走不送。"

对方突然这么一松手，贺西南倒真差点儿摔个大仰跤，他连忙抓住柜台台面，好不容易稳住。他呆滞地紧紧攥着发廊卡，像头一次见到般地端详，卡上烫金凸起的字母构成小六的姓名全拼，还有一个"MISS"，金光闪闪的十来个字母在顶灯的照射下，如万花筒碎片，变幻出摇曳的图案，最后的图案，永别的图案。

贺西南像头倔驴，他用濒临呕吐的声音说："我又不是为了钱！这样，旧卡作废，我办一张新卡。"

紫发妹一拍手，全面胜利地说："您倒是早说嚜。旧的不去，新的不来。新卡 1000 块起办，您需要再给我 400。请问新卡持有人是什么名字？"

"MISS L—V—Y—I—N。" 像拖拽着什么沉重东西似的,他一字一拖念出了一串新字母,同时想起,这并非绿茵的真名。

三

再次去见母亲之前,张灯做了些准备,也许都准备得过头了。主要是为了应对母亲那个愤怒的诘问:你为什么就不能信一信我呢?怎么就不能有失踪症呢?怎么就不会遗传呢?

还是网络,网络那万能的、毫无原则的特点又跳出来帮忙了。怪力乱神的事情多得像大网里的鱼儿,全都有鼻子有眼:古宅灵异事件;英国农妇失忆之后会讲意大利语;印度尼西亚出现阴阳灵媒儿童;老人院里一只准确预言死亡的黑猫;小村村民集体昏迷;被杀的亡灵给家人托梦,他的牙齿埋在两千公里外的某段铁轨之下;受到诅咒突然变成猪的人;被雷电击中满头白发一秒钟变黑;处女去野湖游泳忽有身孕;通灵人;心灵感应;外星人掳持地球人;音乐能改变水分子的运动和表情;听说过时间翘曲吧,就像传说里的那两个人在烂柯山下棋,山中方七日,人间已千年,这就是翘曲;还有量子发生器,一眨眼工夫,把一个人体或物品转移到万里之外去!对了还有,这个您在新闻里肯定看到过,轰动全世界的引力波,这就预示了平行宇宙的可能,在三维空间、五官感受之外,还有另一些维度、另一些存在!

像一个尽可能要多捡些东西装满筐子的人,不管是生苹果烂苹果酸苹果,或者是连张灯本人也啃不动搞不懂的金属苹果纳米苹果,他通通摘下来,沉甸甸地拎到母亲家里,然后一个个展示到母亲跟前,就好像他们面前有一个无形的天平，母亲那独家陈词本来还轻飘飘的不够打秤，可累加上这么些真真假假来自世界各地的苹果，她那一边就获得了体积巨大的合理性与庄严感了。

"还有这种事情？从来没有听说过！绝不可能的啊！"母亲嗔怪地惊叹，故意发出质疑、找碴子。她替一位预言大师操心："唉呀，这样他怎么跟人相处啊，他只要看一眼，就能知道人家什么时候会离婚，什么时候吃鱼刺卡死。他一定累坏了。我才不要这种超能力呢，白送我都不要。"

"这还只是些皮毛。"张灯伸出小指头，表示微不足道，"宇宙是有着无限奥秘的，人们目前所了解的所谓常识或科学，根本还处于一个半文盲阶段。美国就有大学一直在研究转世投胎，他们倾向于认为所有人都是轮回托生而来的，但绝大部分人的记忆被清除为零，只有极个别的，还留有前一世的记忆残片。课题组收集了许多真实案例，我讲其中一个给你听。日本濑户有个小男孩儿，三岁时突然开始讲印度土语，老哭着说他要回老家，回一个叫古努普尔的地方，家里人被缠得没办法，等到八九岁了才带他去印度。这么个小孩儿，从来没有离开过日本半步哇，可一到古努普尔，什么地方都认识，并且把上一辈子的事情说了出来，他原来是个僧侣，因为一次大火，意外中被房梁砸死。家里人这才信了，因为这孩子从小就特别怕火。真的呀，八九岁的日本小孩子，扔掉手上的冰淇淋，直奔他原来的寺庙，盘腿坐下，满口经文，面色入定……"

母亲听得入迷，满足地不住叹息，替张灯倒茶削水果。屋子里充盈着一种愉悦的、积极的氛围。差不多了，看来气氛酝酿得差不多了。

"所以说啊。"张灯轻巧巧地说道。

"所以什么?"母亲装得一点儿都不明白,挑起眉毛。脸上亮得像要升出一轮太阳。

"我上次真是没有见识,竟然不相信你,我错了。"张灯心悦诚服地致歉,"前辈先人的接连出事,革命也好,斗争也罢,太平也好,战乱也罢,猛一瞧像是风云宕荡的时运大势,像各有偶然,但这么连起来一想,可不就是病嘛,千古绝症啊,您能够梳理摸索、搭出失踪病这个奇脉,也算是您的一个大发现,真的很了不起!

"既然是病,那基因遗传是肯定的。您看,您看我后脑勺顶上,有两个发旋,我家里所有男人都这样。我有个领导,拍他马屁只需要称几斤柿子送上门去,他不要命地喜欢吃那玩意儿,一问,嗨,从他太姥爷那一辈儿起,柿饼、南方小灯笼柿、北方大盘柿,一代代的都爱吃。您想啊,连发顶、连胃口都会遗传,更何况是失踪症呢。

"我甚至想着,这 DNA 可不仅仅是小六家祖辈相承的,而是一个广普性的传染病,历朝历代、人间流传的,母亲您想想,就在此时此刻,咱们讲话的这工夫,全世界各地都还在此起彼伏地发作着呢,蚂蚁一样在路上苦巴巴爬着的小人物,高高坐在金字塔顶端的大人物,都一样,不是这个没了,就是那个没了……因此说来,这失踪病就是古今中外整个地球人所共有的祖传病,当然了,其发病形式与症状,也在与时俱进、不断演化之中……"张灯愈讲愈真,真切到有些做作的地步,"今天,我这就是跟您道歉来的。恕我浅陋无识,实在是大错特错。"

"别……"母亲被张灯这咄咄逼人的道歉给吓住了,两腮发红,挺复杂的红,"这个,我这,倒也没想得那么玄乎……"她脸红了一会儿,眼里渐渐显出疑虑,"你,是什么意思?"

"没别的意思。除了道歉,我只是想要提醒您,"张灯也感到自己弄得过头了,又费劲往回拉,"外面的人,您的邻居、老同事,包括贺西南,仍然不理解、不相信的话,那只能算是他们的无知,您可一定要坚持住,坚持相信到底啊。"

张灯注视着母亲,满心忧伤——

上次与贺西南的谈话场景,历历在目,包括贺西南替他扔掉仍在冒着烟的烟屁股,包括那烟屁股从窗缝里斜着坠落的弧度。他知道,什么都拦不下了。小六将从这个世界根本性地消失,法律确认的死去,永远回不来了。这是一个现实主义的确然结局,躲不开的。张灯倒是无所谓,他的网络小六已获得了完美的永生。但母亲没有哇。他这会儿试图在做的,是替母亲找到一条出路,在这个出路上,大致可以解决和安放好母亲的这个小六。

"别人不管了。现在我只问你,你信不信?"母亲紧盯着张灯。

"嗨,我连那些灵异事件都笃信的,都是有科学家在研究的呀,更何况您这个情况呢!简直都平常了。"张灯飞快作答。为什么母亲反而没有以前坚决了呢?他哪里做得不对?还是母亲自己也压根儿就没有信过?张灯一阵空虚,沉重地闭上嘴巴。

"噢。谢谢,我很谢谢你。"母亲笑了一下,很难看出她是否真的有谢意,她往椅背上挨靠,有一缕冬阳穿过窗户打在她藏青色的棉袄上,打在她侧面的鬓发上,白发根闪闪刺目。

"您算过时间吗?再过一个半月,就整两年了。"张灯低下头,为接下来要说的,感到紧张。

"贺西南会算的,你可能也会算。我不需要算,反正我天生要等的。

等一个人是等，等两个人也是等。"张灯不敢抬头，老人家已经知道贺西南的动作了，直系亲属会在第一时间得到派出所的知会。"总的看来啊，你还算是个好孩子。小六回来的话，你们俩，合适。"

"小六这病，好不了的。"张灯不管不顾，得让母亲死了这条心，"小六父亲也一样。您一个都等不到的。"

母亲没应声。她垂下头，整个身体弯成了一个皱巴巴的问号。

张灯感到有东西堵上喉头，他死命压下去，像一个机械念稿的无能官员，不念到最后一个标点符号决不闭嘴，"我查过了，目前整个医学界，包括国外那些大学研究所、独立机构、最发达的医药公司，对失踪症都还无能为力，您以前试的那些民间偏方，显然也毫无效果。这是世界级的绝症，治不了的。但凡病上了，就会一直病下去，所有消失了的人，都不会回来了。"

母亲的腰更塌了，她摸索着椅背，想让自己站起来，但只是做了个站的动作，她有些喘气地拦住张灯，"别说了，你别说了。关于这个病，这么多年，我了解得可比你多……"

张灯突然话锋一转，语气欢欣，柳暗花明，另起高楼。这是他给母亲铺设的最后一级台阶，"但有一件好事，一件特大的好事。他们父女俩现在可是在一块儿了。我敢打赌，小六现在就跟她父亲在同一个城市、同一幢房子里，父女俩团聚了，他们一块儿吃晚饭、看电影、买领带，就跟天下所有的父女一样，您能想到的每一桩事情，他们原来一直没机会共同做的事，现在通通都补上了……您想想，这可不正是最好的结果嘛！也无所谓回不回来了！"

张灯真他妈的够能说的。他等于无中生有地构建起了一个秘密教会，这个最小单位的教会，只有母亲和他两个骄傲的信众。他们无条件地崇拜和迷信想象力，其最核心的教义，就一条，信奉强烈愿望与达成现实之间的必然关联，虚构笔直地通往真实。想什么，就成什么。太伟大了。

母亲这下子笑了，是真笑，笑得眼泪都哗哗地欢快流淌，她不屑擦拭，她要忙着拍手，像获得了一个最激动人心的神授，"可不嘛，正是这样的呀。从小六出事第一天起，不，从她爸爸没了的那一天起，这就是我所期望的呀。这下子好了，我算是对他们两个都有了交代。嗳？你说，这失踪的毛病，能不能也传染给我？这样我也就马上消失了，到他们那块去了，我们一家三口不就都在一块儿了吗？唉呀，不好意思，我这是太贪心了。其实，他们父女在一块儿我就该满足了，完全满足了。"真像有神力从背后撑了她一下似的，母亲这一瞬间的变化是惊人的，肉眼能清清楚楚地看得到：她的身体有力上拉，问号变成了感叹号，她恢复了起初的那种风度，特立独行、自给自足。

"你说，他们父女两，肯定也会谈起我的吧？会不会笑话我，我折腾的那许多包裹，现在他们碰面了、对质了……想想我那把戏，确实是有点儿滑稽的。"小姑娘似的，母亲羞涩了。

"那是肯定。他们估计有事没事都要拿出来消遣一通，笑得肚皮都要疼了。"张灯机灵地接话，他也笑了，笑得都鼻子酸了。

告辞出门后，张灯车子开出老远都没认出路，他红灯停黄灯准备绿灯行，他礼让行人，不按喇叭，服从单行道，不闯双黄线。可他就是不认识路，不知道自己在往哪里开。有一种既罪过又接近福祉的东西在压迫着他，使他失去了起码的思维。终于，他把车子慢下来，靠在路边。路边有家挺漂亮的店铺，红红绿绿地挂着灯笼、贴着金纸，还拉着个长横幅"节日优惠",看样子是一年四季都挂着的。张灯停好车,进了店铺。他突然冒出个主意。

张灯挑了一条围巾,枣红色,这个可以配母亲的藏青色棉袄;接着,又选了一套全羊毛的护腰、护膝。冬天快要结束了,正打折,料子很厚实,明年能用得上——正像一对远在外地的父女、随便逛街时会为母亲所挑选的那样。

他另外付了邮费,并把地址留给店家。"放心吧,我们会包装得比圣诞老人还好看。"看店大嫂胡乱自夸道,"包裹上要落个款吗?寄件人?"大嫂核对纸条上的地址。

"嗯。写个'六'字就成。"真的要这样写吗?话才出口,他又改了主意,"算了,什么也别写。"

四

3月21日,贺西南不愿有任何事打岔。他有个祷愿,如果这天能蹑手蹑脚地过去,也许就能瞒过老天爷的耳目,又重回两年前的那个自己,那个他一直羡慕不已的、旧时的自己。白天果然平淡而过。到晚上,听到外面的敲门声以及随之而来的嘈杂,他知道,没可能了。

失踪者的家属们,像一批最忠实的乌鸦朋友,最后一次盘旋而来,黑乎乎地停满了他的客厅。贺西南穿梭其中,半生半熟地招待他们。几经新陈代谢,与最初上门的那些早就不是同一批人了。这个队伍就是这样的,一方面,不断有新成员加入;另一方面,短则数月,长则两年三年,一部分人有了结果,传来音信、找到尸首、案子结了,等等。随便什么结果都可以算作"好事",总比飘着、悬着好呀。他们比较重视这一点,管这叫"落地"或"靠岸",大家会因此聚上一聚。今天,也算是这个意思。

"你看,明天起,你就可以像大街上随便哪个人一样,进入完全正常的生活了!"有人用向往的语调这样祝福,其余的人则用合唱声部中的低音部嗡嗡嗡附和,好像成为"大街上随便哪一个人"是一种极其重大的成功。

"是啊,是啊。"贺西南顺从地点头,一边用眼光挨个儿掠过他们,深感心酸:自此以后,他们都不再会上门来了。他从失踪者家属的队伍中被逐出了,被赶到了大街上,他已被认定为大街上那些"无忧无虑的人"了。

他们离开之后,贺西南没有关门,他预感到还会有访客,等了一会儿他才发现,他所预感的客人早就坐在沙发上,可能已坐了好一会儿。贺西南从来没喜欢过宽镜框,态度总不够好,还冲他发过火。他今天打算友善一点儿。小伙子同样投来一种喜悦到意味深长的目光,"大哥也不早说,其实大哥您,早有您的计划?"

"你是指?"贺西南感到一种凄切,加倍的凄切。真是陌生人的笑话呀,谁不是可怜的棋子,哪里能有什么计划。

"也怪我瞎着急,没一点儿眼力见儿。"他失笑地,一边指指家里。贺西南随着他的手指,看到茶几下方搭着一双粉色的胶皮手套,是绿茵干活儿时用的,边上还有一小瓶护手霜,每次做完事情,绿茵会用它涂抹双手,并使得整个家里都充满着那股子甘草味。"大哥一直,都有个田螺姑娘?"

贺西南默然地,给小伙子倒水,就由着他这么想吧,谁又能说不是呢。

"嗯,现在这个结果嘛,我本来觉得是件好事的,画上句号了嘛。

可我们主管不这么认为,她反倒紧张了,并把她的紧张给我分析了一下。"宽镜框停顿,抽口气,似乎也不愿意面对这个真相,"您这么大张旗鼓、急急忙忙去办下死亡手续,怎么倒让人觉得:嫂子其实还好好地在呢!你这是在断其退路、以扶正这位(他努努嘴指向茶几下方的粉色胶皮手套)……"他异常不安地寻求贺西南的目光,希望后者能够否定,这密切相关到他的利益,当然也严重相关到那位一直不愿现身的主管,"我们主管昨天晚上甚至还做了个这样的梦,梦见就在这个节骨眼儿上,嫂子突然回来了!你们分居反正满两年了,离婚的事不会有影响。但对我们来讲,就大不同了,她们毕竟是老搭档兼好朋友,搞不好要重新竞争,而我,更尴尬了,这好不容易才上了手、干出点儿名堂!"

哦有趣,真有趣。这么想也不是没道理,小六搭档兼好友的梦境也完全可能成真。有一条是肯定的,他对这个宽镜框,真是怎么努力都没有办法友好告终了。贺西南收了笑,直接站到门边送客。小伙子更加觉得他一语中的,贺西南这是恼羞成怒了,他扭过身体,抵住门框,想得到最低程度的承诺:"法律上讲,从明天起,嫂子的……就正式生效了,对不对?我一直劝说我们主管,好友归好友,最终还是得听法律的,对不对?"

应当不会再有访客了。贺西南还是没有关门,他让大门洞开,对着楼道与电梯间。穿堂风、浮灰、楼梯间的回声,时不时闯进门,绕着贺西南打转儿。他不知道他还在等什么,他淡淡地想了一会儿,反应过来,这像是在等绿茵吧。当然了,今天不是周末。他真有点儿想知道,绿茵这会儿,会想些什么呢?她会不会选择这个节点过来呢?二人如同重新认识……他轻轻拿起粉色的胶皮手套,像握着一双看不见的手,很软。

他打算让门开一整个晚上,他也将一直这么坐着,等到手机上的时间变成第二天,等着他独身身份的到来。

五

女朋友起码跟张灯提了第三次,要商量个结婚日期。她率直地列举了若干现实因素,年纪、房价、家人以及别人都开始生小孩,有的都怀上了二胎等。张灯哼哼哈哈地总没答复,他其实有了打算,只怕一说出来即会导致可怕的风暴。他拖延着,同时尽可能地推敲:真的要抛弃掉实在的男女生活了吗?

"还是因为小六?得了,我听说她已经……"不知通过什么曲折的途径,女朋友得知了小六的"死讯",口气掩饰着胜利感,"好了,这下终于不用跟那个不明不白的她拔河了,我承认我拉不过,知道吗,前不久我都考虑过分手了。"

张灯笑起来,知道这场本来理亏的谈判或许还有翻转的可能,他抖抖身子,像身上有羽毛、并且上面沾了水珠似的,"你错啦。她这下子,可等于永远都站在了那一头,我看这边就没有哪个女人能拉得过她。"

"不是有你帮我吗?两人永远胜一人。"女友真聪明,聪明得只合适结婚了。

"抱歉,我会帮她。"

女友没有被吓住,"除了她,你还要继续拈花惹草?"她冷静地眯起眼睛考量张灯:忠于死去的情人,滥情于陌生的女人,对这位未婚夫的两个毛病,哪一个可以接纳,哪一个不可饶恕。

张灯犹豫了一下，他倒真没有想过这个。"真是个好问题。"他发自内心地表扬，随即暂停对话。他侧过身，稍微偏开女友一点儿。

他们这个时候正走在大街上，刚刚吃过约会餐，正走过一家珠宝店，周边入目的还有家具店、服装店、酒店、简餐厅、幼儿园、银行自助服务区，等等，像任何一处的街面一样。张灯的眼光随意停在其中一家酒店上，那不是汉庭快捷，但也差不多，男男女女们正走进走出。张灯抬起头，他清清楚楚可以透视到各个房间，看到各房间里的双人床铺，通体明亮地悬架于半空，所有那些男人的做爱身姿都很眼熟，眼熟到刺目，原来全是他张灯本人啊。无数个他在那里交叠、出入，渐深又渐浅。可他却看不到身体下那些被搂抱被捏咬被插入的女人，她们没有脸也没有身体，他从来没有真正深入过她们中的任何一个。他只是在与他的孤独反复性交，他永远饥饿和焦苦，这是推不完的西西弗斯大石块……

张灯掉转身体，重新对着女友，但这个回答是给自己的："不会了，我厌恶再那样了。"话一出口，他才想到，这回答不利于谈判，女友正是希望他可以终结放荡生涯吧。

"为小六守身？"女友的敌意又集中到小六身上，"难道她比我还妒忌？都挂了还会妒忌？"

"那倒不是。你不知道她是什么样的女人。她不会介意任何事情的。"张灯忍不住微笑，浑身涌上一种从未有过的踏实感与满足感，真差点儿要泄露出小六的无所不能了，他幸福地停了几秒钟，玄虚地应付了几句，"是啊，在局部的情境里，她确实是死了，或者说早就死了。但在更大的层面上，她一直在的，永远都在。最起码我知道。"

"哦，哦。啊，啊。"女友斜睨着张灯，嗓子里发出一串沙哑的语气助词，就此别过——是的，就这么轻巧，没争吵、没费什么力气，两人分手了。女友的态度很果断，跟一小时前嚷嚷着要结婚同样的果断，后面的这份果断里，更包含着一种侥幸脱身之感。是的，珍爱生命，远离魔鬼与孤独者。张灯有点儿幽默地想着。

张灯在QQ上没有跟小六提及这些，而今他对小六的表达早已经变得朴素和家常，老夫老妻一样的了。他勤劳地维护她的电脑，定期杀毒更新、升级云盘容量或软件版本。有最新演出资讯或外国新片熟肉，他会第一时间把网址链接贴给她。也说说单位的琐事，上一任大老板跳楼自杀了，新来的才干了半年，据说已得抑郁症。他去吃她日记里提过的点心并报告口味变化。他说说牙疼。提到新衬衣给烟头烫了个洞……不过张灯从不提及贺西南、绿茵女士或母亲——他的小六，早已超越凡体胎生的一切挂碍了不是吗，小六专属于他了，他也专属于小六了。这样多好哇，简直神清气爽、一片澄明。他俩之间，如此精纯，像四个9的黄金，就是丢到火里、埋到地里、扔到大海里也会毫厘无缺、历久弥新。

这算不算母亲所讲到的、他与贺西南互相讽刺过且都不肯承认的那种"爱"呢？才不管。张灯觉得所谓爱不爱的，也真是个挺小、挺窄的词儿，被人们用得太多，用得都磨损了、脏乎乎的，越来越没劲了，完全不足以概括他对小六的这种唯一性之感，哪怕只是这样说说闲话。

并且他相信，小六都能看到。前一阵，为了母亲，他查遍各类异端邪说，其实在内心某处，他这也是在替自己查、替小六查、替所有迷失在浓雾中的人而查:大家都需要奇迹,需要魔幻,需要不可能啊。他在说服母亲的同时,也说服了他自己,并越来越倾向于把这一点认作事实:小六能看到他的留言,一字不落。

这并没有任何障碍!不论小六在世上的哪一个角落,只要有网络,只要她登录自己的QQ漫游,就能够轻易地看到。就算她不在这世界了,如俗语所定义的,她死了,但此世与彼界,谁又能绝对地敢说,它们之间是不相连的、绝无暗通呢?贺西南笑话他的浪漫主义是吧,就算是,人,怎么能没有浪漫呢?

但贺西南另外有句话,让张灯颇为介怀——若小六现在回来了,她真会是你脑中所想的那个样子吗?他怎么能这么说话呀,好像他多了解张灯脑中所想的小六似的。可是正因为他不解,说者无心,反倒让张灯不得不老是陷入一个假设:万一,小六真回来了呢。这跟编程序是一样的道理,他的职业经验无数次地强调这一点:你得防备好一切可能,每一个可能就代表一个漏洞,每一个漏洞都得升级一次补丁。

每想到这一点,张灯就老觉得有个洞在那儿,像一只小眼睛在瞅着他。他得准备好一个可以自动激活的补丁:现实的小六一旦出现,网络上的小六则被锁死、终止并删除——理论上讲应是这样。可这理论多么令人痛惜和不忍,他怎么能失去这个至亲至爱的网络小六?!他一点儿不喜欢这个应急预案。哟,张灯倒吸一口气:他压根儿不要真的小六回来?这,不跟贺西南也差不离吗。

这天晚上,张灯跟小六聊的是"走湖"。春天来了,他开始利用午休时间绕着玄武湖走圈——小六也许可以听出来,他早就没有那些午间约炮了。他向小六描绘每日走湖时所见到的有趣画面：有人在草地上脱了袜子专门晒脚；有人搂抱着大狗在椅子上睡；有人对着池塘水草，来来回回地吊嗓子；有两个老太互相帮忙掏耳朵，揪扯着耳朵，吃力地对着太阳光。

说了好大一气的闲话。张灯是在犹豫着，要不要开口"邀请"小六回来？即，发送一个诱邀信息来演练一下应急方案？他晓得这犹豫很是可笑，好像只要他提出来，小六就一准应允，走来赴约似的。

瞟瞟电脑屏幕下方的日期：3月23日。张灯想起从前的那些约会，逢到每月15日、25日，汉庭快捷，密码似的短信……多么古老啊，真像是隔了半辈子的事情了。算了打住。这不是一件可以随意伤感的事情。

"你也想看看玄武湖吗？我查查看，能不能找到一家能看到湖的酒店。"在潺潺流水般的密集留言里，张灯突然冒出这一句，然后停住，像在等小六考虑这个建议。

等待的工夫，他起身拨打了汉庭快捷的预订电话，报上了会员卡号，他对接线员陈述了他的需求，与其认真探讨了一下楼层与朝向，最终获得了一个可以看得到湖面的房间号，确认了会员优惠，重新回到电脑前。

"25中央路402"

他向小六扔去一个暗号照旧的小石子：一个指向3月25日的约会，汉庭连锁的中央路店，房间号402。这酒店离玄武湖并没那么近，但的确可以看到一小角湖面，"从窗口看，起码有烙饼那么大。"接线员是这么说的。

电脑那头的小六,她一直用着的那个大头照,像此前的无数次对话一样,沉默着,黑白无彩。

张灯浑身的血管突突直跳,简直想把两台电脑一起抱在怀里,让它们融化、变软,让它们缠绕着交合。他不得不再次提醒自己:这只是一个测试,一个对漏洞的诱激。

他机械地复制了前面的一条短句,粘贴,敲回车键,就像以前的约会短信一样,如无回音,他会再发一遍:"25中央路402。"

第十四章

一

聚香婚宴的当晚,林子向小六求婚了。

是,聚香真的结婚了。但整个婚宴过程小六一直在出汗,也怪空调吹得太热,这证明酒店比较高档。每一位宾客都油光光的,司仪的发蜡融化,女人们的口红溢到了嘴角,男人脱掉毛衣露出腋部发黄的衬衣。形容不整的客人们川流不息地跑到后台去讨要冰水、冰块等可以爽口的东西。一些年事已高的老人无聊地打起瞌睡。整个现场都像个敷衍了事的二手婚礼,连两位主角也毫无庄重可言:新娘的婚纱松垮走形,新郎则过早被灌醉,无论敬酒,还是送客,都走得歪歪斜斜。

小六直到婚礼前三天才见到聚香的这位未婚夫，只是匆匆一面，他身材矮小、面目平常，穿着连体黑胶裤，是做水产买卖的，人还没到跟前呢，一股鱼腥气已随风而至了。婚礼上，他不大说话，或者，说话的方式就是喝酒、发烟，对各种玩笑报以嘿嘿。就小六目力所见，他不具备任何男性魅力；从喜宴亲友们的构成来看，其家境也极为普通。思来想去，小六深感不解，聚香和宝宝虽好歹算是安全着陆，可是这里面，总有哪里不对。她越想越是冒汗、坐卧不宁。

林子倒在一边兴致盎然，他啧啧称赞每一道菜，主动与邻座热闹碰杯，对司仪的老套笑话热烈拍手，他附耳对小六感慨，看联欢晚会一样的语调，"看看，结婚啊，要一起过一辈子了！你瞧聚香的样子，多像圣母……"注意到小六愠怒的脸色，他僵住，"怎么了？我说错什么了？"

"圣母！得了。你晓得什么叫圣母！"并非真怪他用词不当，是因为她清楚林子这些兴致都是假装的，他其实比小六还要紧张，乃至有点儿惧怕感。不过她后来才明白，林子这提前的紧张是为了当晚的求婚，他得等到很迟了——晚宴后，小六先被聚香一把扯走。

"一切都成了！现在可以告诉你全部情况了。"聚香满面喜色，把小六带到卫生间，把门拍上，又打开水龙头，水流哗哗哗中，她压低声音，表情诡秘，好像墙壁里有监听一样。

完全没必要。她们是在宾馆套房里，"总统豪华套房"，婚宴所附赠，供她与新郎共度大喜之夜。不过这会儿新郎正醉倒在外面的鸳鸯床上，像块半熟的五花肉。他在酒席上被灌得厉害，人们大大咧咧地宣称，他今天晚上就算喝再多也无妨，"造人"计划早提前完成啦，瞧瞧新娘！是啊，虽然这款特别挑选而来的婚纱的下摆大得像风车，那情形依然一望而知。有经验的女客们断定：胎儿起码六个月了。

小六把卫生间的门推开一道缝，打量那块昏睡的五花肉，"全部情况？有什么情况？"好不容易止住的汗水又开始流动。

聚香把卫生间的门锁扭起来，"我并不喜欢他，他也不喜欢我。"浓妆使得聚香的脸有点儿老气，一点儿都不像那个睡在小六床尾脚头、满心憧憬着爱情的傻丫头了。

小六略有预感。婚礼后半段，与林子闹别扭之后，一边擦拭没完没了的汗水，小六紧密观察新郎，试图寻找到一些恩爱与柔情，哪怕是伪装的、是表面文章。没有。新郎诚实到令人生气，他的视线都不在聚香脸上做任何停留，需要挽着新娘的时候，他还有意避开她的肚子。这让小六的汗水流得更像苦浆了。

"但我就得嫁这个人，他也就得娶我。"聚香把卸妆油抹到脸上，黑的红的金的化妆品，全都从原来的位置上蠕动开来，在她脸上汇成彩色河流。"不是因为宝宝。这大肚子嘛，主要是给他家里人和那个未婚妻一个交代。"她得意地把脑袋压低，尽可能地卖关子。小六心里发紧，恐惧地等待答案。

"真正的原因，是他中大奖了。500万。就在我手上中的。"聚香放慢语速，嗓音变粗，如走调的磁带，快活地观察小六。

小六没有表情。

她又说了一遍，"500万，乌鹊的第一个人，现在是我男人。"

"啊。"小六张大嘴巴，从喉咙里逼出声音。

聚香略表满意，这才继续，"他是我老主顾了，可不愿动脑子了，每次都是叫我替他选数字。我也懒的，就买我的生日，正过来买一张，反过来再买一张。然后你猜怎么着,去年1月底的那期,我生日反过来的数字,他中了。一开奖我就知道了。他鬼鬼祟祟地来了几趟,还穿着鱼市上的连体服,让我一定替他保密。他不想让任何人知道,包括亲友、兄弟、父母,以及未婚妻。也包括未婚妻吗?我特意又问了一声。他直点头。我没有再问。

"500万。我认识的所有男人里,只有他有这么多,还离我这么近。我算了算,光一年的利息就比大部分乌鹊人挣得多啊!"聚香有点儿喘气,像初次得到这消息一样,"连他自己也被吓坏了。真的,他总不停地来找我,有时天没亮就来了,说他睡不着,怕被外人知道了。有时他会等我关门打烊再悄悄溜进来,语无伦次地跟我商量,怎么藏这笔钱才妥当。就这么件事情,成了根细绳子,把他给五花大绑地捆住了,并且送到我这跟前来了。但真正帮我做下决定的,是你。"她冲小六一笑,"就是你那个故事,'薄被子',还记得吧,让我一下子想通了,跟谁搭帮着结婚,都一样的呀。"

"我的意思,其实也不……"小六试图推卸,拒绝认领这份了不起的推动作用。她内心里真那么认定的?某男+某女,万能适配、无限通用?这会儿听起来,真是邪恶啊。

"要没有你这点拨,我大概还在傻不拉叽地痴等着我那初中同桌呢。"聚香洒脱地抬起手,依次伸出两根指头,"第一关键是500万,第二关键才是这个。"她点着大肚皮,甭提有多得意了。

"多了不起啊,这是多能干多大的一个布局啊。你知道我为你这个破事情,心里有多吃重啊!为什么不早点儿讲?你以为这是演戏抖包袱啊!"小六哆嗦着,两只手气得没地方放,纵容着自己发火。可她不敢假设，聚香若提前告诉她了，她当真会去拦下她吗。

"行啦，哪里是做局，我可没那本事。我是因为答应他绝不跟任何人讲的。这不是没忍住，还是跟你说了嘛！"聚香现在已把整个脸、脖子都洗干净了，清爽多了，"再说，我也得等事情成了才能讲呀。万一哪个环节不对，反而让你白欢喜一场。"

"还白欢喜！我根本就不欢喜。就为这500万，你赌一辈子啊，你搭条身子、搭个宝宝啊。你这算什么？你配结婚吗，你配做新娘子吗，你配做妈妈吗？！"小六火光冲天，这愤怒里还夹杂着自相矛盾的后怕，以及说不清楚的无地自容。她想到方才的婚礼，想到若干场她曾经目睹过的婚礼，或也包括她和贺西南四年前的婚礼。多少对男女的庄重联姻啊，时月年日像大象的脚步那样，沉着缓慢，高深莫测，踩踏着餐食浆洗、生儿育女的琐碎，扬起人人都将领受的尘世之灰。只是她早已不在场了，悄没声儿地咪地溜号了，这会儿居然还在这儿振振有词，好像她还有资格论长道短似的。

"好啦好啦。小孩生下来，认你做干妈。"聚香高翘着五颜六色的手指搭在小六肩上，对世俗有种轻飘飘的自信，所有这些压根儿都不值得操心似的。

小六五脏六腑一阵灼痛，从聚香宣布怀孕以来，所有的负疚、罪过，夹杂着酸涩的记忆，汇流为深渊般的旋涡。她头一次这么厌恶自己。她照着洗脸镜，毫不犹豫地对准自己举起右手，耳光响亮，腮上五只粉红色的巴掌印如胎记般触目，久未响起的婴儿啼哭声又来了，由远及近，亲昵无忌地撒着娇，像要扑到她的怀里，像要诉说对她的依恋与向往。镜子里的小六泪崩如泉。

聚香惊慌不解，不知哪里出了问题，外面的新郎突然咚咚咚敲打卫生间的门，含混不清地请求，"开门、开门……我要吐，快点儿……"

从酒店出来，林子还在楼下等她。"对不起。"他问好般地道歉，一边照例指点小六跨上他的摩托，跟他们初见时一样："脚放这里，包放怀里。手……搂住我的腰。"

"我想走一会儿。"小六没有坐上去。她浑身又轻又重，意绪难平，这会儿最不愿见到的人就是林子。路边一丛带刺的植物上结出婴儿指尖大的红色浆果，路灯下泛出光泽，红果子们断断续续地出现，像慵懒的引路人一样，带着他们往前走。

林子把戴好的头盔摘下来，"你呀，最近都越来越不像你了。我真是有点儿担心。"林子用手揪下一串果子，装得一副闲情逸致的样子。

"不像……我？"什么话。好笑得笑不出，"我该是什么样子？"

"看你，又生气了。我的意思是，有时候，真觉得我都有点儿不认识你了，你不像以前的那个你了。我很不喜欢这种感觉。"林子声气呆板，听上去很不是滋味。

小六回头看看他，有些于心不忍，但还是冷酷作答，"得了，你什么时候认识过我？我敢说，从来就没有。"

林子慌张地避开视线，简直有点儿想拔腿就走，离开这亦真亦幻似雾似霜的陌生恋人。他再也走不动似的，把摩托支在路边……多么似曾相识的场景啊，他们第一次单独对话，也是这样，他把摩托支在路边，一本正经地，把黑乎乎的身份证复印件塞给小六。

林子拉着她往路边靠靠，路的对面是一排毫无个性的公寓，外观有些破烂,可无一例外,所有那些小小窗口里都投射出昏黄的灯光,令人萌生倦意。灯光投射在林子的脸上,照见他的眼神,那眼神没有焦点。

"这些年,我到过好多这样的公寓房,带人看房子、租房子、买房子,在别人家里走来走去。桌上有剩饭剩菜,床上的被子五颜六色,他们在里头拣菜、洗脚、给小孩把尿。小地方的这种小日子,我一直认为很没劲的。可今天在酒席上,我突然想到这些,很感动,虽然那会儿你跟我生气了。我想着,聚香和她老公也会开始这样的小日子了。我还在想着,如果聚香也像电视剧里那样,往背后扔花球的话,她肯定会扔给你的,我们也可以那样过起小日子了是不是?你,想过这个吗?你,愿意吗?"他反复提到小日子,口气很古怪地上扬。

能听出来,这一番不自然的求爱之辞是准备过的。林子对此并没把握,但他坚持把自己给推到了这个角落。这跟爱慕与否已经无关,这属于一个程序性的构成,在依次赋予了她的清白无罪、有名有姓之后,他必须走出这一步。他尽到了他作为男朋友的最大责任。

空白的等待中,林子额上冒出一层细细的汗珠,他和他头顶的那些汗珠,一起等着小六的回复。这些求婚的汗珠,如此认真,如此事与愿违,在别人家窗口的灯光下,显得很是凄惨。

小六仍然沉默,她自己也十分着急地沉默。她求助地抬头看往对面的公寓。窗口明灭,有人在洗澡、有人在挥舞胳膊、有人倚窗而立。模糊的动作单薄得像纸片,定格,并无限拉长至三生三世。敬畏与渺茫感,让她一阵寒噤,汗毛倒竖——这些灯光的尽头,到底是什么?忠贞的左手右手,侵蚀般的欢爱,掉色的塑料摆设与摆设中掉色的生活。

"是啊，小日子，我知道的。"她喃喃开口，她想把她的想法扒出来给林子看，"我以前种过仙人掌，放在阳台上从不管它。有一天它突然开花了，挺好看的一朵大白花，软绵绵的花瓣子，特别的白净。我伸手去掐，掐出几个挺重的指印儿，完美的花瓣于是生锈了、难看了，我这才安心了，好像我是为着它好。"小六看看林子，他在努力理解。

"我在街上看到一对父子，儿子一身时髦衣裳，个子挺拔；父亲呢，皱巴巴的，头脚都窝囊。可两个人那么相似啊，这个是那个的二十五年前，那个是这个的二十五年后……

"坐火车，经过小村落，看到一户人家，外头晒着大褂子和旧毛巾，在风里飘啊飘，还没等我看清楚，火车开过了，那个画面一闪而过，惊风飘白日啊，使得那种感觉立刻又来了。"

"那，到底是什么感觉？具体……说说？"林子小心打断，他手心里一直盘弄着的那串小红果子，滑落下来，坠入黑乎乎的路边。

"可能是……对于过日子，对日子里那些平常景象，我既满心尊敬又难以忍受。我也巴望着去成为它的一部分，消失在它里头，心满意足地消失，平静地过活……但我做不到。我要疼，我要飞，我要我是我。你，能听明白吗？"言不及心中之万一，确实说不清楚。内心的话，多么艰难啊。小六困顿地闭上嘴巴，本也不该在他求婚的时候讲这些。

林子摇摇头，莫奈何地笑着，假装只是时机不对，"怪我，你今天一定很累。这也不是多么急的事情，改天再答复我好了。"他略顿一下，补充道，"反正，你若是原来结过婚，也需要分居满两年的。"

二

　　明天就去找钱助理。一上班就打通她手机，讲出实情，道歉，挽回，"还"给她这个位置，赶紧结束这歪打正着的闹剧。

　　——每晚睡觉前小六都这样下着决心，但到次日，吴助理长、吴助理短的，瞬即被各样的事务纠缠。做进出报表，接待团购客户，开会学习文件，灭火与逃生消防演习，等等，每样事情说来都不值一提，确乎也难以推却，碾轧捆绑般地把她钉牢在"吴助理"上。或也是因为无名无分"光秃秃"太久了，对这"大机器"式的需求，竟也有点儿爽利的、甜津津的滋味，她想稍微再咂摸一会儿……

　　最主要是财神娘娘还没有搞定。超市上下，现在只有她一个人至今不喊小六吴助理。开中层会议时，她举起茶杯，脚还架着，"唉呀，小吴梅，麻烦替我添点儿水。老腰病又犯了，起不来了。"如果不是腰，就是别的器官出毛病了，总之要让"小吴梅"替她倒水。还经常公开点评小六，用"虽然……但是……"的句式："别看小吴是个年轻人，做事却老到，许多事都不跟财务沟通的，直接就拿主意。""哈哈，瞧着小吴以前是闷不吭声的，现在呢，孙悟空翻大筋斗呢。"

　　小六是介意的，心里升腾起堂皇的战斗性，都有点儿兴奋起来，得拿下这位财神娘娘再完璧归赵，那才算数。于是挺认真地盘算起来，手上随便做着什么，脑子里都会想着谋篇布局，像以前的钱助理一样。

　　这天下午，小六穿过走廊，主动敲开对面办公室，外交式拜访。她随身带了两样东西，都是别人送的。主要是临时促销这一块，那些卖速冻饺子、免洗拖把、卫生巾的，但凡要做活动，就要从她手里拿条子、排时间表，他们总会"孝敬"些小玩意儿，比如，冰箱贴、开瓶器、牙膏、保温杯什么的，小六便像小驴子似的拉回去给舒姨。老太太欢喜极了，反复念叨：看看，白送的呀！真好看、真好吃、真好用。给舒姨这么一说，连小六也感到一种快乐，贪污犯的快乐，同样一块洗脸毛巾，白送的就是手感更软和，洗得皮肉更加白净。

"您看我这是不是太贪婪了？要犯大错误了？"小六向财神娘娘坦白她的这些危险想法。她随身所带的两样东西，也是同样的来源，但性质更为严重：一个是万配型马桶盖，促销价398块一只；一个是台湾产七合一CC面霜，从防晒到保湿到隔离到美白到祛斑到紧致，推广价245元一瓶。

两样东西，马桶盖大而扁，装在纸袋子里。面霜小而圆，放在信封里。小六把它们往财神娘娘跟前推，"听说这方面，您有'丰富经验'？"她请财神娘娘代为"妥善处理"。

越原始，越有效。财神娘娘震动了，"我哪有这方面经验？唉，越是要害岗位就越容易被糖衣炮弹盯上，也越容易让群众误会。"她站起来，一一打开那两件"样品"，表情义气，"小吴梅，啊不，吴大助理。你信任我就对了，工作上我们一定要互相配合，有难同当，有福同享。不就是个马桶盖吗，不就是个搽脸油吗，你放心，我来替你担着！我以前要有什么事不合适的，您呀，也多担待着！"

财神娘娘送小六出门，在楼道里大声喧哗，好似长亭送别，"吴大助理，不多坐会儿吗？唉呀，您也是大忙人，上上下下千条线穿你一根针。等你有空我去看你啊吴助理。"小六三两步跨过走廊，感觉到好几双眼睛从左右的门缝里，拐弯投射过来。

重新坐到办公室，小六觉得屁股下面的椅子舒服多了。她好像能够看到，现在是所有的人了，像一支有高有矮但特别整齐的队伍，他们齐刷刷地扭转头，脆生生地这样叫着，没有任何杂音：吴——助——理——。光听听这叫声，就挺踏实的。她不禁有点儿浮想联翩。助理才刚起步，上面还有副店长、店长、商业局，一根根带着碎肉的大骨头，都在半空中冲她荡悠呢。与财神娘娘的这小小过招，说明自己是有这方面潜能的。她还记得，店长大人对她是欣赏的，包括喝过酒的科长们，实际上，她已抓了一手好牌，不就是搞关系吗，不就是与人斗吗，不就是要求进步吗，她也能的！

这金光闪闪的畅想长达好几分钟，也开心了好几分钟。

随后她挪了挪屁股，咂了一口茶水，突然感到后背爬满了毛毛虫。嗝，嗝。不能再拖了，找钱助理去吧。

着手联系，小六才发现，当真找不着！不论打手机、发留言，换成固定电话打，换别人的手机打，换时间打，什么招都试过，就是一直无人接听，那只手机就像被悬在半空或扔在荒野上似的——跟小六曾经的那只手机一样。这……多么促狭的呼应啊。小六瞪着钱助理的号码，止住这反讽的联想。

得找林子，他不是熟人多吗，不是什么都可以搞定吗。

林子有点儿反常，摸了好一会儿头没吭声。为这个事情，他们有过多次争执。早先，小六接下这个职位，林子是竭力反对的，这会儿要还给钱助理，他还是反对，"抢人家江山，本来就不对。再退回去又算什么？钱助理是要强的人,她肯要啊。面子跌得这么狠,怕都不会再抛头露面了。"

"那她人到哪里了呢?"小六感觉林子知道。

"还能上天啊?还能入地啊?没准儿她倒是能看到每个人,包括你。"林子目光闪闪地看她一眼,示意她上摩托,径直开到中心广场边上,把她丢下,随即踩两下油门扬长而去。

小六这时已猜到了。她每天都能经过这里,但早就不拿目光停留了,有时几乎都忘了还有过卡通人那码子事。要换季了,又一轮大打折开始了,数了数,整个广场,有九个卡通人偶。除去太矮小的两个,其余的都有可能是钱助理。

她站到一只通体雪白的北极熊跟前,估计里头的人正汗水纷纷,隔着毛茸茸的大眼皮,她往里头凝视,凝视那半白半黑的洞口,"对不起,我从没料到会这样,这绝非我的本意!咱们全倒回去吧。你还是钱助理,我来做卡通人,你以前不是说过的?我只配干这个,完全同意!这才是我该待的地方。咱们现在就交换位置!"嘈杂的吆喝声中,她喊叫。北极熊是推销冰箱的,向她递来两张优惠卡:凭此卡专柜销售立减 50 元。

旗袍店前,有个身着红肚兜的胖人偶,随着一段京戏在摇头摆尾。小六贴到她后面,随着她的舞步,忽前忽后地扭,一边气喘吁吁地耳语:"我要跟你全部坦白。我曾经,大概齐的,也算是个正经人,只是实在,正经够了、腻歪了、正经不下去了,才有意作怪,才作成这死样子的。讲实话,这飘飘忽忽的感觉,真、不赖,蒙了您不说,都差点儿,把我自己,给蒙了过去。到头来,我……"随着鼓点的加速,胖人偶越跳越快,最后一个亮相,从怀里掏出几个金色的元宝蛋,往路人们手里直塞,等手里空了，才扭过脸冲小六拱手作揖，直往旗袍店里做"客官请"的手势。

电影院门前，是一只小六不认识的怪物，浑身挂满彩色头发，手上抓着长长短短的兵器，是用气球吹成的。怪物主动向小六扑过来，半真半假地抡起家伙在她身上又砍又戳。小六并不躲闪，挨了一刀，又挨了一剑，"有气您就使劲打呗！打出我原形来才好。还记得梯子的比方吗，你老鼓励我往上爬的对不对？其实哪里要鼓励，只要梯子一出现，只要给我搭上小半只脚，哪怕是临时的，另一只脚、另一条腿就会紧接着猴上去了，训练有素地攀爬不止。估计我就是出家做了尼姑，没准儿最后都会做成个能干尼姑、优等尼姑、领导尼姑。到底是一百零五斤的自重哪，我永远不可能飞升……"怪物突然把乱糟糟的长发一甩，然后一把把她抱得离地，原地打起圈子，直甩得小六头晕眼花、连声求饶，倒逗得几个旁观的小孩哈哈直乐。

家电大卖场前是一只备受冷落的喜羊羊，连身的卷毛服脏得发黄，身边推车上是一叠子红通通的"五周年店庆"传单，喜羊羊徒劳地往人们手里塞，人们淡着脸接过来，随后当面儿地就直接往地上扔，眼睛都不眨地就走。小六蹭到喜羊羊边上，一边帮它发传单，一边扯住它的耳朵，"……对了，有个好消息，我保管你会喜欢。那财神娘娘，胃口浅得很，我已替你把她给放平了。往后你可就更加威风了，超市上下全是你的人，快回来吧，我看将来呀，你一准能升到商业局的科长！再也不会有任何人会欺负你了！"好像触碰了什么机关似的，喜羊羊突然一把从她手里抢过传单，发癫似的把它们通通向半空中抛去，红色纸片们沸沸扬扬地飘落下来，喜羊羊拉着小六，在这片红雪上兜着圈儿、反反复复地踩踏起来。

三

　　进入腊月的时候，籍工提出两件事：一要把他的旧表修好；二要好好洗上一次澡。前面的事，小六去办了。后者，舒姨夆着两只手，向小六求援，"这……也得你帮我。"舒姨垂下眼皮，骗子一样地补充，"等到后面，小哥回来了，那就好了。"她们都有数，这会是籍工最后一次沐浴。

　　菩萨送还一样，就收走一样。脑子算是恢复了，籍工的身体状况却像气温一下急速下行。10月份，他勉强能坐在沙发上，11月，就下不了床了，成了被窝里的一块薄冰，随时会融化。中途到医院住过一阵，毫无效果，舒姨跟护士学会了静脉注射，开了一大堆止痛剂就带籍工回家了。他们是想在家里等待最后的时光。

　　他已多顿没有正经进食，舒姨变换花样端来的芝麻糊、鸡汤、烂面条、藕粉或小米粥，病人礼貌地含上一口，再吐掉半口。小六觉得他并不是没法儿吃，而是怕吃饭耽搁了他的说话。他要争分夺秒地杜鹃啼血、春蚕吐丝，吐尽关于儿子的一切记忆，像卸载他那一船快要沉没的旧货。

　　"上海生煎包，小哥一口气能吃六个。买上二两，我沾光，吃两个呢。密苏里有没有生煎包呢？回来我就请他吃，他六只我两只。

　　"小时候教他学游泳，猴在我身上不肯下水。从小就是个胆小鬼。好了，一跑就跑出去这么多年。我晓得他其实还是个胆小鬼。

　　"鞋码42，换成脚长是26，换成外国码是8。从小到大的鞋都是我替他买，到初中，我就捡他的旧鞋子穿。高一捡不上了，他脚长太大了。我高兴啊，我跟他讲，大脚走四方嘛，将来肯定能闯天下的。这孩子当时就哭起来,他还不乐意!"

关于小哥的一切,纷纷扬扬,像北方的暴雪,惊人而持久地降落,都快把籍工本人给埋进去了……大雪尽头,是籍工亲手设计的迷宫,他跟着儿子走啊走,往最远处走,走得再也回不来了。

周末跟小哥的电话照旧,舒姨照样熟练地出声儿假笑,编排几样报喜不报忧的事情。籍工克制住喉咙管里的动静,聆听仙乐一样地享受他们母子的对话:平安报告显然正合他意。他仍然不接电话,太衰弱了。好在以前也是如此,在那边的小哥听来,一切确实是"哈哈哈,我们都很好"。

小六建议过几次,要通知小哥回国,舒姨揉着她的眼翳直摇头,"最要紧的肯定是绿卡啊。没准儿现在就到了最关键的时段,我们可不要打乱他的节奏。何况老籍也不会同意。等等再说,我们等到……"舒姨有些遮遮掩掩,但意思很明显,如果小哥真能回来,最好既能见上一面,又恰好替籍工送了终出了殡。要满足这两点,等于要掐准一个确切的死期……小六不好再提了。

为了准备这次洗澡,她们把家里的空调、浴霸全都打开,再加上两只取暖器,半小时后才算是热乎了。小六和舒姨都脱得只留内衣。她们商定,小六负责搀扶,并保持热水在籍工身上不停止地流淌;舒姨负责上上下下地清洗。

视线是回避不了的,也没什么好回避的。情形与其说是尴尬,莫若说是怵目和残酷。包括舒姨,她四肢有些发泡,白肉上可见青红筋线,失了形状的乳房在破洞棉毛衫里晃荡。水汽早已把她整张脸都湿透了,稀枯的头发紧贴着皱巴巴的脖子。籍工则更糟。所有曾经有过肌肉、脂肪、筋骨、欲求、欢乐的地方，现在一概地灯枯油尽。各处的关节都是弯的，拉不直。大腿与屁股尚余有少量的肉，连着皮筋空荡荡地垂挂着。胡须、胸毛、腿毛，包括他阴部的，均稀疏荒凉。小六无意中扫过自己，粉红多肉的大腿，手背上水珠弹跳，在皮肤上形成一粒粒晶体，透过这晶体的折射，构成了一个寓意无穷的画面——时间从上方飞流直下，年轻、衰老、死亡，好像整个人类的轮回都浓缩在这三具躯体之中。

　　老夫妇对此毫无觉察，他们紧张地处于各自的状态。籍工梗着脖子，眼睛和嘴巴都合得紧紧的，脸上带着羞赧的怒色。他尽一切力量地站稳，不久就失败，小六拿来凳子，于是他尽一切力量地坐稳，不久也失败。小六两只手都不够用的，得搭上一只脚，像对付一棵东倒西歪没了根的老树。舒姨浑身泡沫，高抓着水龙头，水垢沿着她的胳膊往回倒流，她一会儿站起，一会儿勾头蹲下，仔细清洗着病人各个部位。抹到下身时，籍工无力地试图抗议，可他只要一挣扎，三个人的均衡就会被打破，湿滑中各自胡乱挽救。舒姨一手撑墙，一手抓住籍工的胳膊，确保了安全之后，发狠地抱怨着："是不是要我打电话喊小哥回来？嗯？他专门回国来替你洗啊！他不要绿卡啦？不要前途啦？"籍工的下体却在这时突现出孩童般的勃起，不太完全，像是最后一次抱歉的弹跳，舒姨笨拙地扯过毛巾挡住，一边向小六投去极其可怜的笑……

　　最终，她们二人共同牵拉着病人湿漉漉的、配合不力的大腿，半抱半抬地把籍工挪到了床上，这会儿是最容易着凉的，为了尽可能快地套上棉毛裤与毛线裤，小六不得不把老人整个儿抱在怀里，像抱一个沉重的大婴儿，她抱住他——动作猛地卡住，某根长期悬空着的神经，独弦一般，给勾着了，给弹响了，回音清冷——她似乎抱住了所有正在死去的父亲。

眼前这个病衰的老头儿，恍然不再是籍工了，他成了另外一个人，她无数次勾勒、修正、补充、成形了的那个人。他脑袋半秃，戴眼镜，有点儿胖，脖后一摞槽头肉，肚子敦敦厚厚。冬天穿套头毛衣，夏天穿老头衫，身上有烟味，一挨枕头就打呼。他嗜面食，有包子不吃米饭，有馒头不吃包子，有面条不吃馒头……不不不，小六忽又推翻，拿橡皮拼命擦！随便长什么样好了。小六只希望他是个父性之人，头脑清楚，强悍又慈悲，懂得灰色，懂得绝望，可堪小六去倚靠——只是一种备案式的倚靠，隔几条街最好，远在世界尽头也无妨，只要有个他在那里，同呼共吸地注目于她、舍不得她、懂得她……她多么渴想这个父性之人啊，孤儿般地想、沉湎式地想，从一生下就开始想，几乎想成了一个信仰。在这个巨大的宇宙，这个艰难、神秘同时有点儿幽默的世界上，一定有这么一个人，无限接近、趋同于她的渴求，就像0.999999与1那样。他到底在哪里？真担心他会像籍工这样，埋在晚年的大雪里病入膏肓，即将吐出生命的最后一口气。父啊，不认识的父、无血亲的父、精神的父、抽象的父、垂危的父，她肯定会赶过去的，哪怕爬过去，像蚂蚁爬过整个地球，只要能认领到他、依偎到他、痛哭到他。

有几滴泪，像关掉之后的莲蓬头，冰凉迟疑地滴落下来。小六不去拭，只顾忙着给籍工推止痛针，然后给他绞手指甲、脚指甲。籍工似是而非地弯了一下嘴角，陷入了无力的昏睡。

就在这个周末晚上，密苏里来电快要挂掉的时候，小六冲上前去，冒昧地、更有点儿强硬地要来话筒。舒姨露出惊恐的表情，籍工骤然眦目，似乎想用目光从小六手中抢过话筒。二老这防卫般的反应让小六心有震动，可细究他们的眼神，那里面似又带着一种迫切，好像这是迟早要挨的血淋淋一刀……

小六讷讷地介绍着自己的租客身份，与小哥寒暄，还是气候、学习、饮食等那一套鬼话！她舌头像短了一截，根本就没法儿照实说出籍工的病情……谈话随时可以中断。

小六紧张起来，或者也是无法之法，她按着脑门，像一台进入播放环节的录音机，但凡籍工念叨过的，曾让她羡慕、妒忌过的，关于小哥的一切往事，细小不舍、点滴不漏，通通复述了一遍。此外她什么额外的话都没有说。

电话那边的小哥始终沉默，不打断，也没有回应。直到小六这台人肉录音机沙沙沙地转动到空白，他才终于发送出湿淋淋的嗓音。小哥哭过了，远方的哭泣冲洗着模糊的面孔："我早猜到他不行了。妈妈既不说，我也不会问。我并不在密苏里，但我必须在。我压根儿没念什么硕士博士，也拿不到任何绿卡红卡，但我必须一直在外国，在搞学位，在搞身份，将来还会要进到大公司，买大别墅，还要娶妻生子安家落户……我现在这样，真要回家了，他们会恨我的，尤其是我父亲，尤其是他生前。"轻轻地，对面把电话搁了。

舒姨感激地冲上来，突然显得分外矮小，她挤出笑："我们有数儿的，等小哥办成他的大事情就会回来的啦！"

有点儿不自然地，但小六还是半搂着老太太，两人一起转往佛龛的方向合掌，小六这回站在正对白瓷观音的位置，掌心里夹杂着谎言："是啊，小哥绿卡快到手了。老天爷早安排好的，一家人总归要团聚的嘛。"

舒姨摇晃了一下,那是轻易就相信了的幸福摇晃,她碰碰小六,并以身作则,"闭眼,低头,这样才灵的。"

小六没有那么做,她反而举头瞻仰、端详。观音双目微闭,长眉入鬓,形容晶莹,有着无上的宽容与垂怜,令小六感到一丝荡漾着的喜乐,如见一叶渡舟自彼岸驶来,隐约的呼唤踏歌可闻。

四

婴儿百天刚过,睡得正香,房间里满眼的尿盆、奶杯、小毛巾、玩具,像个大杂货地摊,聚香花花绿绿地坐在当中。她那屁股大的彩票站已转给一个待字闺中的堂妹:"下一个大奖肯定还是我们家的,得让她接好这一棒。"聚香的头发梳成一个妇人髻,表情也变得老气横秋。

"有件事,你绝对、绝对想不到!我跟我男人,感情不赖,越来越不赖呢,我看哪,肯定超出平均水平以上。"聚香颠三倒四地收拾屋子,把尿片、脸盆、玩具、抱毯等所有玩意儿都挪了一个地方,使得整间屋子换了一种乱法。

小六惊愕地呛了一口蜜水。她一直都不敢上门,担心一坐下来就要听到闹离婚的啼哭。怎么会呢?众苦男女上天入地孜孜以求却遍寻不得,偏偏两个硬生生被500万胡乱捏到一起的人,倒看对眼儿了?倒达到了结结实实的相契之境?真诡异,真混沌,真棒。小六都不敢放胆来高兴。

聚香喜滋滋地堆起三层下巴,好像这满屋子的混乱就是证明:"有时他鱼卖得不顺,我只需小声提醒一声儿,愁什么,我们可有500万呢,他马上就力大无穷了,同时抱起我和宝宝两个,左亲一口右亲一口。有时是我,带宝宝带得腰疼,发起小脾气,他会悄悄拉过我的手,在我手心里画一个阿拉伯数字,我立即心领神会,哼着歌儿跳起舞。真的,不管有任何的麻烦事情,只要一想到有那500万在后头撑腰,唉呀,就通通都不在话下了。实际上,我们搞房子、办婚事、生小孩,包括他家里老小生病有事,都没动用过那笔钱呢,一个子儿没动!也不敢动!我们得保密,得像压根儿就没有那500万呀。我们甚至比别人家还要节省呢。有时候,我简直都迷糊了,是不是搞错了,他根本就没中过什么大奖,或者那只是一个假设,还没有发生,但随时就会发生。我呀,"聚香讲到此处突然一拍手,"我发现了,你那'薄被子'的说法,不对,一男一女的,能搭成对子,最关键的关键,得……"

"什么?"小六疑惑地问。

聚香直眨巴眼睛,好像手里捏了一把朴素但神奇的钥匙,可以径直地通往幸福的核心,"关键得有个不可告人的大秘密,它就会把两人给捆得死死的,谁也跑不了,越捆越亲。这绝对灵光的。"她用力推搡小六,"你最大的秘密,是什么?不要跟我讲,不要跟任何人讲,独去跟林子讲,只要他能受得住,那你们俩就成了!就会进入轨道,就会像火车一样,哐切哐切哐切往前开了。"

小六嘿地发笑。窗外可以看到远处的一排柳树,柳芽在风中无骨地摇摆。春天又一次悄悄地到来了。她往边上扯扯窗帘,拉着聚香一起看新柳,以拖延着这个友爱的片段。

聚香所言,很是幼稚,可也不能够说是错的。她和林子之间,可不就是从发黑的身份证复印件开始的吗……就在昨天,她决定把一切都告诉林子,同时也包括对求婚的答复,以非常隐约的方式。

当时林子正载着她去乌水兜风，途中，他们买了几斤新上市的春桃，桃尖呈现出少女乳头般的红晕。就着乌水洗净，两人一起坐在水边啃食，把皮扑扑吐进水里。就是这个时候，小六没头没脑来了半句："还是算了。"

"什么？"林子迷惑地问，嘴里含着一口粉白的桃肉。小六眯着眼溜了他一眼，林子脸上闪过一丝他也不自知的东西。这些天，求婚一事，像一只充气气球夹在他们当中，越来越膨胀。他们在别的话题上死命逗留，默契而精心地绕过这只气球。

"什么算了？"林子又咬了一大口桃子。

"没什么。对了，你还想搞清楚吗，我是谁？我从哪里来？我这人，到底怎么回事儿？"小六随随便便地问，注意到林子立时显出几分惊恐，"我通通说出来吧。"

"等一下。"林子叫出声，他停止咀嚼，五官冻住，类似生死般的抉择，"你让我想想，我要想一想……"窒息般地思考，满嘴的桃肉卡在那里。

"还有什么好想的？这不是你一直都想知道的吗？"她轻飘飘地劝说着，的确是想告诉林子，完全地对他敞开，这是起码的回馈，"其实也没什么特别，讲出来我们就都放心了。来，准备好，我数五下就开始讲啦。五！四！"她有点儿促狭地倒数，好似要太空发射。

林子脸上像木头人一样，纹路发白，难看极了。

"三……二……"小六读秒的速度在放慢，和气地等待着。

"不要！不要告诉我。"林子脖子里的喉结翻山越岭般移动，"你现在，只有这个是'不一样'的了，其他方面，你都越来越是个合情合理的本地人了，哪怕这正是我动用各种关系推动而成的。可是，怪了，我也说不清，我更喜欢刚来时候的那个你，什么也没有，什么都不要，一身的莫名其妙……真的，我不要知道你是谁，否则恐怕我们就会完了，你明白吗？"他费力地表达，带着连他也无法理解的矛盾与沮丧。

"好哇，那就不讲，永远不讲。"小六真想抱一抱这时的林子。这是她最怜爱他、最接近爱的时刻，稀少的时刻。

三两口啃完桃子，小六高高地把桃核扬起，笑眯眯地催促林子，"快吃。我们比赛，看谁扔得远。"林子立即放弃了还没吃完的大半个桃子，配合地也把手举起来。

咕咚，咕咚。两只桃核先后消失了，水面重新恢复了平静，好像什么也没有发生，桃之夭夭啊。

林子突然想起来："等会儿我们去给聚香儿子挑个长命锁什么的吧，不是说要认你做干妈妈的，这样好呀，你将来也会生儿子的！"说着，他当真喜气洋洋起来，好像这是注定要到来的美景。

小六拿出长命锁，她和林子挑了好几家店才选定的。聚香高兴地在婴孩身上直比画，弄得小东西都醒了，憋红着脸啼哭起来。

聚香迫不及待撩起衣服，把鼓胀胀的乳头塞到婴儿嘴里："唉呀，最开心的就是喂宝宝了，否则女人长这么大的奶子干什么呢。这是你以前说过的吧。看到了？我这，可用上了。"

她扬起下巴，示意小六替她拿尿布，并煞有介事地介绍着，"宝宝快看，谁来看你了？快打个招呼嘛。"聚香把婴儿的胖手往小六面前送，小六用鼻子碰了碰，又软又香，真让她双腿都站不住，就是座千年的冰山也会被这香软融化啊。聚香撇着嘴欣赏小六的慌张，赏赐了，"给你抱一下？"

小六高耸着肩膀接过来，真正抱到手上，反而浑身一轻，轻得两只胳膊都重了。聚香不满地调教,"放松,你胳膊得往里夹、要往怀里拢。"

小六小心翼翼地踱步。婴儿吃饱了也尿过了,在笨拙地摇晃里,很快睡着了。小六把脸贪婪地凑近,像罪人前来伏法。听听这细小的呼吸啊,生动而宁静,有如初荒,简直让人意志沉迷……时间弹荡着、不着痕迹地弯曲了,像巨大的包裹,裹起这个瞬间,裹起伤口与疼痛。耳边再次传来若有若无的婴儿声,不再是哭声了,而是轻巧的咯咯笑,如一个微小的道别式。妈妈,再见。妈妈,再见。

"叫干妈,快叫干妈妈!"聚香的声音从浓雾中穿越而来,她轻轻捏着婴儿的小腮帮。婴儿皱着鼻子,熟睡不理。小六止住她,"人家才一百天呀,不要说干妈妈,连妈妈都不会喊的。"

聚香重重地瞟一眼小六,毫不掩饰她的同情,"还不是看到你刚才有些发怔,打个岔嘛。不要担心,只要你肯,只要你想诚心诚意过日子,什么都会有的。自己的家、自己的男人、自己的孩子,就像我这样,喏……"她用人妻人母的眼光亲热地教诲,俨然翻作小六的导师了。

回去的路上,小六提前下了一站,拐到杂货店买了两根鸡肉肠。大黄狗现在习惯她带吃的了,都有点儿挑嘴了,几个牌子的火腿肠都不行,它只吃鸡肉肠,还只有这家杂货店才有。

黄狗远远地迎上来绕着她打圈儿跑,蹿跳着嗅闻小六的包——小六把包搁下,黄狗立即熟练地用嘴巴拱开,热烈地看一眼小六,大胆地继续拱,扒拉得满地都是,成功找出鸡肉肠,半蹲下来享用。小六抚弄一下它夹杂着灰尘的柔软皮毛,责骂着开始收拾包。

两串钥匙;皮夹子,里头有林子和她搞怪的大头贴;手机;充电宝;

保温杯，上面有超市的橙色LOGO；名片夹，她自己的和一堆小供应商的；无糖咀嚼片；备用环保袋；黑杆水笔和记事本；鼓囊囊的卡夹……小六一一归置进包里，手势准确而机械。她心里有点儿说不出来的滋味，嘲讽而胜利。看看哪，多么像样的深耕细作，从无到有，从有到多，一切的附着与衍生。

黄狗这时已经享用完鸡肉肠，得寸进尺地请求着，希望小六能再多爱抚它一会儿，最好来几回它最为钟爱的"扔物捡回"游戏。小六被它缠不过，从化妆包里拿出小木梳子，不远不近地一丢。黄狗大喜，猛跑过去，叼来送还；小六扔纸巾，它叼回来。扔笔，它叼回来。越跑越欢，小六也来精神了，嘻嘻笑着，接连不断地扔，扔手套、扔口红、扔卡片、扔钥匙……小六扔得越远、越彻底，像要与这些东西绝交，那只狗便跑动得越快、成就感越强。它高效地履行着它在这个游戏中的角色，拼命阻止这种丢失的发生，确保要分毫无损地物归原主。哈哈，一时间，人和狗都忙得不亦乐乎，好像找到世界上最了不起的消遣。

不知怎么的，小六突然感到后背上一阵灼热，好像有来自上方的、深邃而了然的凝视，那目光早已看惯这徒劳的人间小景。她举头四顾，除了零星移动的小城之光，四周黑黝黝一片。天上也无月亮，只有四散如豆的星星，在树杈顶端，发出与世无争的光泽。

五

小六第二次去了派出所。白天，头脑清醒，并预知这一趟的后果——瘦脸老警官撂过那句话：再见面的话，他可就要"对不起"了。

接待她的是个挺神气的年轻警员，根据她的描述，歪歪头，"退休了，工作移交给我了。有什么情况直接跟我说好了。"看来老警官没有把她移交出来。

"私事。"小六瞟瞟原来放保险柜的位置，现在是只金属色冰柜。这里整修过了，吊扇、标语，通通不在了。年轻警员提供了老警官的手机和住址。

没了警服，瘦脸老警员就只是一个瘦脸老头儿了，头发全然白了，只有眼神还残存着凛凛然的习惯，他打量着小六，并不热情。此前的电话联系中，小六提及小蓝包等各种细节，他才想起她，当即表现出不赞成，"啧，还见我干吗呀？我这都退了！"

他家里挺简单，寒暄中得知他早年离异，有个女儿已成家生子，他现在帮着接送外孙。简单过渡之后，他摇头，"来拿包？退休前都处理掉了。"表情带点儿揶揄，"我跟你约的，是一年之内！"

这么说，她的AA小蓝包，跟一堆无人认领的失物、过期档案、旧信封、旧表格一起，被装进黑色袋子，扔到臭烘烘的垃圾场了。小六插在口袋里的手指忍不住捻动起来，好像在虚空里与AA包道别，包裹单、病历、钥匙、全家福，她的发肤骨肉，她过去的一部分……

她哈哈哈用力发出笑，"没事没事。反正那些东西本来就是垃圾。我这次来，主要是想问，您后来，对我这人的所作所为，算是研究出什么了吗？"这是她找瘦脸老警官的隐形原因——对自己，从前的自己也好，眼下的自己也好，她总有种"只缘身在此山中"的迷惑。身边的其他人呢，总带着各自的误会，唯这只老猫，算是客观的，也几乎知道她的全部底细，没准儿真能琢磨出她作为蝴蝶的"花纹"所在？虽然她当时很反感这个比喻。

"说有又没有，说没有也有。"他抓抓头，掩饰着职业激情的退潮，有些故弄玄虚，"我到现在才算明白，你们搞的那些名堂，都不能叫失踪。只有像我这样，老了、退休了、离开社会了，这才叫实打实的失踪啊！你不到我这一步不会知道，这人哪，假得很，一退，活活的就等于没有了，成了空气、成了影子、成了个不臭不响的屁，领导同行下级一眨眼就都不认你了，左邻右舍呢通通是左眼进右眼出，包括女儿女婿，也只是拿我当个免费又好使的帮手。我真就纳闷了，我这就成废物点心了？一辈子的功劳都喂了猪狗？唉，真的，我觉得我这才是没了呢，我找不到我了。所以啊，对不住，我最近主要在忙着对付我自个儿了，哪里还有心思研究你。"

小六颇为失望，滑稽了，真是此一时彼一时，现在连最该出手的老猫都不在意她了，她反倒要劝慰起老头儿来，"您不是好好地在这儿吗，哪里就没了。不要讲您了，连我这样忙了两年，折腾这么远，都没消失成呢，怎么着都还是个人，做不了蝴蝶也成不了道仙。"

"反正我也不再收集蝴蝶了。"老头子含糊着，面色突有些犯难，"呃，记得是说过，如果再见面的话，我就要……"他吞下后半句。

"就送我回去！行的啊。"小六简洁接上。

关于回去的念头，小六也没有特地去厘清或分析。最初只是闪动而过的遥远画面，列车在一冒一冒的白色蒸汽中奋蹄欲动。她听之任之，由着那火车兀自发动，在黑乎乎的隧道里摸索、走走停停，超出意志与判断力地往复加速、车轮滚滚，最终冲出暗黑，驶入了亮度饱和的洞天白日，她似乎都可以感觉到终点处的众声喧哗、人头攒动，陌生与熟悉的目光像雨点儿和阳光迎面打来——如能有这位昔日警员的介入,更可以使得这个回归增加一些庄严的正当感吧。

老头儿却一口拒绝:"不可能了,我讲的那话早过期无效了。"他急于解除他这责任,"退休嘛,就是一了百了。"

"那我就自己回去呗。本来是想还你个人情的。"

"自个儿转回去?"显然一点儿不喜欢她这个想法,"你这不是打自己脸?看来是碰到什么不顺心的了。说说呢?"他这倒积极起来,像要担当起乌鹊城的主人翁之责,力表挽留之意。

小六摇头:"什么都顺,我都越来越自在了,都快有头有脸有家有口的了。"

"那为什么要回去呢?你尽管讲,起码得说服我。"他们又变成了盘问与被盘问的关系。他的思维还跟当初一样:原因呢?既有果,总有因吧?

"嗯……"小六遗憾地沉吟着。跟当初的消失同样,这回归之意,同样说不出个一二三。但又像是季节变换,这一变凉或变热的趋向,清晰而笃定。

"别回了。就算我没退休,也不会把你送回去的。"老头子大摇其头。

"怎么总是意见不一致啊!"小六开玩笑,她依稀感到,老警官那功成身退的样子,是装的。他打一开始就是想拦她回去。

老头子给她续水,讲故事的口气,"我们经手过一位女教授,俄语翻译,快五十岁了,卖了房子卖了车,就地蒸发。想当年找得可真费劲,三年多快四年了,都认为她不在人世了。嗳,最终发现她就在我们眼皮子底下一个小门面里头,穿着打扮大变,跟一个卖羊毛衫的女人,两个女的，夫妻一样地过起了小日子。找到她之后，她的学生、同事、出版社、翻译协会什么的一起跑过来，把她就地拔起，又摁回到原来的生活里去。我后来碰到过她一次，整个人活像个空皮口袋，眼珠都不大转。我真宁可少活几年，也不要看到她那样子。

"对了，跟你说的画家，跑掉后画价噌噌噌从欧米茄涨到江诗丹顿的那个。知道后来的结果吗？三年后，有个人冒出来，宣称他就是那位画家，长得倒是十分的像，连近视眼的度数、身上开刀的疤印儿都一样，也会画，笔触真假难辨，可他家里的父母、兄妹、太太、子女、弟子，通通否认，他原先所在的画院以及代理画廊都出面声明此人系冒充。当然了，那人是他，谁都知道他就是画家本人，只是他再也回不到他的画室了，他必须永远失踪，否则画价又会回到欧米茄去了。

"从前嘛……是要对得起我那差使。现在我已是没用的老东西了，跟你讲的，都是实在话。"他咂咂嘴，结论道，"没有人能回得去。回去了，你就真没有了。"

这两个故事不赖，但小六听不进去。她到这儿来，满心以为会得到百分之百推动的。这老头儿，让她敞敞亮亮地回去不好吗。既是打算这样干了，就不希望再听到反面意见了，"我们以前也讨论过的吧？我跟他们不一样，我本来就没为着具体的事情。哪会这么大起大落，跟演戏似的。"

老头儿站起身，跑到里屋，吭哧吭哧抱出一摞子书，大16开，褚红色硬壳精装，四大本，是一套《中国三千年气象记录总集》。搬这玩意儿出来干吗？

"这是那个大人物送我的。就是说我被他收买了，还让我吃了处分的那个大人物。怎么说呢，现在说了也无妨。这事儿，不全算冤枉，我确实知道他藏身一个气象观测站里，但我也确实没法儿去向上面汇报，因为并不是我'找'到的，而是他主动联系的我。这很羞辱人，也等于堵住了我的嘴。我退休后，他倒大大方方邀我去那里转了一圈。这书，就是他送我的，说是聊表歉意。"

老警官停下，等着小六消化。

"那气象观测站很偏远，但什么都有，跟外头也差不离。那家伙脸色红红黑黑，像个退役运动员。我那时还有点儿残存的劲头，愤怒地责问，不怕我把你带回去吗？他笑了一下，那表情我挺难形容的。他拉开房间的一个落地窗帘，窗帘后不是窗户或阳台，是一面墙，墙上有个很大尺寸的显示屏，他用遥控器打开，显示屏里出现了九个方格，各个画面轮流切换——

"'这是哪里？''我以前的卧室、餐厅、书房，公司办公室、财务室、会议室，还有我的两部车子。我离开之后发生的一切，24小时，尽在掌握——我既消失，又永远在现场。'

"显示屏上有男有女，有人在喝东西，有人在签字，有人在亲嘴儿。他面无表情地看了一会儿，遽然关掉，'你以为你能把我带回去啊。谁要真有这本事就好了。'

"听明白他的意思了吗？"老警官停下来，表情非常凝重，像要在这里加上着重号。

小六咂咂嘴，突然回想起林子给她新买来手机的那个夜晚。那是她出来之后，所面临的一个挑战。记得一直撑到晚上很迟，她跪在床边，跪在手机前，跪在信号满四格的网络前，难熬的饥饿、好奇，比如隐身登录或查看一下网络空间,这份人之常情与唾手可得,压迫得她一阵阵软弱,随时都能投降。她最终战胜了那第一个晚上,此后就再也没有陷于类似的诱惑。她没有跟过往发生任何联系,她对那边的一切一无所知。而老警官所说的这位大人物嘛,要叫她说,也是活该。

老头子急了,直通通地启发,"你不妨想象一下,在你走后,那边都发生了什么?你扔下了别人,别人就不能也扔掉你?就比如这个大人物,我印象很深,最起初他家里人都恨不得挖个洞一直找到美国去呢,可不多久就全无声息了。这就跟你从我这儿再也拿不到那只寄放的小蓝包一样:过期限了。"

就算再装糊涂,也还是能听明白老头儿反复地警告了,小六感到一阵薄薄的寒气。她掩饰地从那套《中国三千年气象记录总集》里挑出一本来,随手打开。

1644 顺治元年

山西沁县 二月,大风雨土,初八日,大风复作,阴晦,雨土,行人尽沾泥。四月,陨霜,豆苗冻死。《沁州志》

山西长治 秋大疫,病者先于腋下、股间生一核,或吐淡血即死,不受药饵,虽亲友不敢问,有阖门死绝,无人收葬者。《长治县志》

安徽天长 春,雨黑豆,冬,雨黑雪。《天长县志》

1677 康熙十六年

浙江东阳 虫,苗叶尽卷,忽群鸟啄之,顷刻立尽。六月,大风,栋瓦皆飘,逾时乃已。《东阳县志》

这些记录有的像是史实,有的又像传说,皆十分简洁、冷淡。

老警官也拿起一本,"那家伙在气象站待长了,好像真的喜欢起天气了。有时跟我话说得好好的,突然停下,他抬头看天,像雷达一样,仔细扫描天上各边边角角的云,样子十分忘情,都能把我给忘了。好大一会儿,才想起我在他边上,恋恋不舍地重新把目光收回来,'我现在就关心明早的露水,关心月亮周围是否长毛,关心夜里会不会有雨。天上的事,可比人间有意思多了……'他挺热情地劝我也学一些天象,并执意要送我这书。倒也亏得有这套书,退休后,有一搭没一搭地翻翻,打发些无聊的时间。"

他们各自默默翻着手中的一册,好像他们此次见面的主要目的,就是为了一起阅读这本气象史似的。瘦脸老警员用手划着纸页,嘴里仍在讲念,"听我个劝吧,这就跟水一样,你倒流不回去的。没有了就是没有了,这是一次性的,也是终生的。"

老头儿把话讲到这么具体的地步,她反而定下心来,怎么就不能够做一条逆流而行的河呢。就不信这个邪,就打算冥顽不化,就要为不可为之事。还有什么是不能失去的吗?"反正今天过来,就是跟您打个招呼的,也算个有头有尾的交代吧。"

"你再看看呢,没准儿会改主意。"他殷勤地翻开另一册,递到小六手中,好像这是一种带有特殊疗效的方式,他还在做着最后的努力。小六又跳着看了一些,心中愈加冷静。归去或留下,并无分别的,都是星云流转之一瞬而已。

1518 明武宗正德十三年

江苏常熟俞野村 迅雷震电,有白龙一黑龙二乘云并下,口中吐火,目睛若炬,撤去民居三百余家,吸二十余舟于空中,舟人坠地,多怖死者。是夜红雨如注,注五日乃息。《明史·五行志》

1551　明世宗嘉靖三十年

山西孝义　秋七月十七日，大雷雨，时其母已震仆死矣，女及所哺儿无恙。《孝义县志》

1771　乾隆三十六年

广东化州　天雨果，如弹子大，入地生土茯苓。《化州志》

1785　乾隆五十年

山东安丘　大蝗，蝗飞蔽天日，每落地辄数尺，大树多压折，人有不辨路径，陷入沟渠不能自出，遂为蝗所食，真奇灾也。冬饥。大雪，平地深五六尺。《安丘新志乘韦总纪》

"你知道这套书的主人，最后……"瘦脸老警官犹豫着，"他终于还是自个儿回家了。三个月后，他跳楼了，手里还捏着一张当天有效的机票，像是坐飞机走的。"

小六起身道别，动作尽量小幅度，好像她也置身于一架在云朵中穿行的飞机。是的，就算是这样，她也打算拉开舱门跳出去。坠落、粉身碎骨、万劫不复；或者，被暖暖和和的大白云朵轻轻托起，获得原宥与抚慰，重新攀升起来——她将谦逊地领受随便哪一种结果，只愿那是真实的，只愿那是生活本身，只愿那就是她。

第十五章

一

自从绿茵那次新烫了头发而他目无所见之后,贺西南要求自己注意,哪怕有点儿牵强附会,他不时伺机赞美过她的手套、耳环、皮肤、身材等。大部分时候绿茵面色平静,眉毛都不动一动:"这些话啊,该留着等小六回来对她说。"偶尔也会抬高眼角,语气似恼实喜:"哼,这能叫好看?真没见过世面。你要瞧见我十年前……"从这种方向不一的反馈,大致可揣测出,当时的她,好比一块烙饼,是哪一面朝上——是那个无我的、温顺的替身绿茵,还是她本人。

贺西南仔细权衡过,向绿茵求婚的成败概率,主要就看她当时是哪一个她。如果时机不对，不论贺西南出的点子有多大，哪怕拿来世上最大克拉的钻戒，估计绿茵也会严厉地背过身去，不容僭越。但事情的难度并不在于甄别她的状态，而在于，到底哪一个状态下的绿茵会答应他的求婚？替身状态更容易代入吗？但那是以小六的存在为前提的。还是自我的她才会接纳，可真正的她到底又是个怎么样的女人？贸然求婚，是否有所冒犯？当然，粗枝大叶地讲，贺西南认为，随便绿茵处于哪一种情形，有一条是根本性的：她需要这个家，她渴望成为一个真正的主妇，生儿育女……

　　贺西南没有准备戒指。真要一个人吧唧吧唧跑去买戒指，动作有点儿大了，他到底不是二十啷当岁的小伙子，像打一场球似的随随便便去求个婚，输了睡一觉第二天能再打新的一场。他不行的。他与绿茵，在心理上，比通常的男女要曲里拐弯多了；生理上呢，虽几至一丝不挂却又未曾互通款曲，这导致他经不起对方哪怕只是一秒钟的犹豫，他吃不消的。将来事情若有了眉目，再带绿茵一起去挑戒指岂不更妥当？现在最艰难的任务，是判断并抓住那个时机。

　　正因着这样的考虑，这一阶段的贺西南显得有些怪，像个丢了东西的人，老在东张西望、犹疑推敲。周末，绿茵跟往常一样做饭、洗衣、搞卫生。他开着电视在看，却只是打掩护，实则在利用余光观察和分析。今天她带了一大丛百合，浑身上下似也有隐隐香气，可偏偏寡言少语、爱理不理。今天的绿茵精心做了两份沙嗲牛排，嘴中哼歌似若怀春，可在卫生间小便时，又老妻似的忘了关门，哗哗哗传出很响的声音。细节们各指东西，简直让贺西南疲惫不堪，对着一桌子好饭菜无法举箸。

　　"没胃口？是不是发烧？"绿茵放下筷子，察看他的脸色，给他重新换了一碗热汤。贺西南一动不动，如踩在钢丝绳上，他心血来潮地跟自己下着赌注,如果绿茵这会儿伸手过来,摸摸他的额头,哪怕只是象征性地轻轻碰一下,他就马上滑下凳子向她表白。他呆滞地、雕塑一般地等着,每一根头发都神经质地竖了起来。

没有。绿茵只是搓了搓她自己的手,叹口气:"呀,可惜,我锅里还蒸了两只大海蟹,挺新鲜的呢。"贺西南兀自一身大汗,像一口气跑了上千米,却发现根本就没跑在赛道上。他肩膀塌下来,突然有了脾气,"还海蟹!没见我不舒服嘛。你一个人吃,吃不掉就带走。"

晚饭潦草收场,贺西南很早就上床了,绿茵没有打扰他。贺西南听到她在厨房里忙弄了好大一会儿,最后窸窸窣窣拎上垃圾袋并轻轻带上大门,没有告别就离去了。他气得动也没动,不告别拉倒,反正从来没有拥抱没有亲吻什么都没有。他在失望中昏昏睡去。

直到第二天早上,贺西南才发现绿茵留下一张字条儿。贴在冰箱上,他倒牛奶时才看到。

"红盖玻璃瓶里是蟹肉膏,加上姜末用热油炒过了。吃白米饭可以浇上一勺,也可炖豆腐。"这行字下面,又有另外一行小字,"灰色羊绒衫带走干洗,下周穿羊毛背心即可。"

看来昨天晚上那蒸熟了的海蟹,她没吃、没带走,可也没浪费,趁着贺西南假睡的当儿,她把它们的肉与黄一丝不苟地给拆出来,做成了这瓶蟹肉膏。

贺西南拉开冰箱,拿出那个红盖玻璃瓶,满满的,拧开来一闻,香得能叫人掉泪。这是个什么样的女人哪。

贺西南把纸条翻过来覆过去地读了几遍,直看得双目失焦,每一个字都不认识了,脑子里倒"叮"地一响,像有人对他摇了个铃儿,还高高挥起了急促的鞭子。对的，最好的时机来了：这个时候的绿茵，多么的浓情蜜意啊，肯定处于最适合被求婚的状态！

真恨不能马上就去执行，他很担心绿茵这状态到底能保持多久！贺西南穿好绿茵烫过的白衬衫，打上一条新领带，并如绿茵所嘱，套上羊毛背心，同时冷静地记起上午的日程，工作还是不能受影响的：9点，到交管局拜会一个小头目；10点半，签订合同租用一个新仓库。那么，最快也要到11点才能离开公司，也行，就直接到她所在的绿茵茶餐馆去。若果真是水到渠成之事，本不必拘泥于地点与形式。

贺西南对着镜子，尽量客观地评判自己：眉宇间是否带着一个求婚者应有的激情与腼腆？

很遗憾，不太像那么回事，看上去仍只是一个赶着上班的人，只是在上午的行程里，增加了一项任务……贺西南不满意地摇头，手伸到裤兜，意外地碰到什么。哦，就是那张与紫发妹吵了一架之后，以旧换新的发廊贵宾卡。贺西南用手在裤袋里摩挲到上面的字母，"MISS LVYIN"。

11：20左右，有条不紊忙了小半天的贺西南终于赶到绿茵茶餐厅。不管是商务还是哥们儿聚会，他很少到这种他认为颇为娘娘腔的休闲茶餐厅吃饭。今天更不会了。效率第一，找绿茵讲完事情就走。

像发动突然袭击的阴谋者一样，贺西南停好车子，先坐在里面观察了片刻。绿茵茶餐厅居于一个三角形的街角，如同半岛，一转圈儿都是落地窗户，能够看到里头的大花布艺沙发、仿热带植物、铁艺栏杆等烦琐玩意儿，以及装模作样的客人们，他们的坐姿、菜式、吃掉多少都一目了然，简直像坐在马路当中吃饭。虽则这有利于他寻找绿茵，可也让贺西南有点儿犯难，等会儿在哪儿求婚隐蔽些呢？总不能跑到厕所、跑到后厨吧。

这时还没有看到绿茵，他也无法进去询问，嗳，请问是否有个叫绿茵的——他都报不出她的真名儿。贺西南远远地张望，希望绿茵能自动出现在视线里。这几分钟的等待，或者也是必要的，赛点前的慢动作？新旧局面的分割线？迈出去再也收不回的步子？他突然想到，这里，照绿茵所说，可正是小六过去经常出没、流连的地方。他惊痛地看向半岛，竟真的看见了小六，曾经的枕边人，她正坐在落地窗后，脖子里围着他遍寻不着的那条蓝灰围巾，一边品咂着咖啡，一边与他对视，目光深不见底，勾连起所有的过去……贺西南揉揉眼睛，太好了，小六的幻象消失了，活生生的绿茵一下子占据了全部画面。

工作中的绿茵挺正式地穿着一身合体的套装，头发一丝不乱盘在顶上，胸口别着金属小牌，俨然一个训练有素的专业管理者。她正严肃地做着手势，吩咐一个年轻侍者，后者垂着手连连点头。随后，她步入用餐区，像牧羊人走过满是绵羊的草地，微微含着下颔，周到地兼顾着各个方向的客人，让他们慢慢享用、多多进食——绿茵这高度职业化、服从于社会规则的样子，正是贺西南最为欣赏的，简直有点儿怦然心动了，像一股热流，冲开了他最后一道机关。贺西南离开车子，急迫地向茶餐厅走去，边摸摸口袋里的发廊会员卡。他现在觉得，不需要借助厕所或后厨的遮挡了，他能做到的，哪怕在马路中间。

像几何题里的辅助线，贺西南走了一条最短路线，在就餐区的T形过道里，四五张桌子中间，他拦下了绿茵，直奔主题，三两句说明来意——春节前他已跑完了所有的前期手续，现在，他抬手看看腕表，3月25日，各种表格所代表的证明皆已生效：四天前起，他便是自由人了，可以开始新的生活了，包括新的……婚姻。

然后，他就从口袋里掏出那张发廊会员卡。他捂在掌心里，半握半含，有点儿不好意思。

这是他早上照镜子时所想到的道具，虽则有点儿轻飘却也颇富寓意。发廊就在他家楼下，整个小区的女人都在此整饰她们的脑袋，经常看到主妇顶着发卷冲回家照看一下灶台上的炖肉。这张不起眼的但很实用的理发卡，就是他邀请绿茵女士成为女主人的强烈暗示。以贺西南的秉性，这也是他所能做到的最高级别的动作了。

绿茵假装还没从贺西南遽然出现的惊愕中回过神："你，怎么到这儿来了？"她勉强问了一句。

真难以置信贺西南会来上这么一招。什么等两年等四年等一辈子，真是不鸣则已、一鸣惊人哪，一眨眼工夫就把小六给踩到脚下、置于死地了，还利用上了春节的空当，可真是运筹帷幄争分夺秒啊……可，这不就是为着她吗，是她跑上门去的，是她一步步地，把被抛弃的、失去家与丈夫的命运转手给了小六，把那样忠贞的一个贺西南也变成了恶心的狗男人。瞧瞧她，都干了些什么呀……绿茵拼命维持惊愕，使之长时间地黏在脸皮上，可那非但没有掩盖掉什么，反而进一步揭露了她的困境。她准确地把自己推进了一个悖论：她与贺西南的关系一下子无以立足、崩坏无形了。

附近的食客们只看到大致的表面情形，不由分说一下子就闹哄起来，饭饱茶足之余，来上这么一出简直太有劲儿了。有人噘起嘴巴吹口哨，有人拿出手机拍照，有两个女人都准备好感动哭泣的表情，有人嚷嚷着要店员准备鲜花,把音乐换一下呀,总之,得有点儿"形式感"是不是!单膝下跪!单膝下跪!他们有节奏地拍着巴掌呼号着为他鼓劲。

贺西南被这火热的气氛弄得心跳如鼓,吃了迷药一般,软绵绵地弯下单腿,翻手亮出那张不伦不类、好在倒也金光闪闪的卡片,把带有名字拼音的那一面朝向绿茵。配合着众人的催促,他惊讶地念出了那句陈旧的台词:"嫁给我吧。"

看看,看看面前的这个男人哪。这样当真、这样直通通的,金色卡片上代表着她的字母色泽闪动,即便那是一个假名字。可贺西南这张脸,是真实的,亲切得像多年的亲人。他要迎娶她,要与她建成一个家庭——多么吸引她啊,这正是她反复痛失、魂牵梦萦的!绿茵心如刀绞,脚下这两平方米不到的T形过道,局部地震了,天地轰鸣,泰山压顶。她真不知如何作答,她捂起脸,不可遏制地痛哭起来。

"哦!哦!"人们迫不及待地拍手,太感人了!连落地玻璃外一些恰好路过的行人也加入了这种喧闹,他们露出不明所以但也算躬逢其盛的笑容,相互交头接耳地走过去。行人里,有一个女人的表现略有些格格不入,她是从停车场方向过来的,好奇心跟常人似是相反的,欢呼的画面才刚刚开始,她就一扭头又往来路退回了。她背对着绿茵茶餐厅,在停车场的一辆车子边上站了片刻,旋即离开了这悲欣交集的半岛地带。

二

女人是小六。

从云端的飞行器,毫无保护地跃向一无所知的大地——几乎是星夜兼程、连夜班车都搭上了，就在这天上午，她回来了。

"着落"于南京的最初几个小时，她有点儿动作走形。像是太久处于浮游状态，猛地回归这久违之处，一时还不能够找到适配的平衡感。

她转着脖子四处打量。深春的阳光混沌无力，建筑物上布有积灰，大幅广告还是江北的楼盘。一应的景貌似乎跟她离开时并无差别，这不大对劲，是来自她自己。一会儿后背是塌的，一会儿耳朵发涨，一会儿呼吸压迫嗓子，十足像一位异乡人。她觑视着街对过的一位女人，松垮地边走路边吃黄瓜边打手机，那种家门口式的自在与适意，让小六十分艳羡。她斜过脑袋，观察左边橱窗里的自己。

绿挎包太瘪了？里头只有路上买的半袋饼干和一瓶水。那些看起来顶重要、实际上就那么回事的随身的东西，成了临行前虚空里的最终一抛，这次没有大黄狗往返跑动着捡回了，巨大的弧线里，那些物件缓慢地越来越远，如同两年前那个拉长的瞬间，再次坠入梵净山下的黑色河水。

脖子里的围巾太花哨？早上太凉，系上了，聚香在网上买的，一人一条。

要么是发型问题？舒姨钦定的齐额头刘海，局促地贴在脑门上。

她对着橱窗，手伸到半空，又停下，没理会丝巾，也没整理刘海。别这么彻底、别这么快，这大概是肉眼所能见的、乌鹊留在她身上的最后印记了。不，还有，绿挎包最外一层插袋里，她还翻到几张残存的纸片片。上个月的工资单，拇指宽的细长条儿，成了助理之后，有了这玩意儿。移动公司的业务单，就在一周前，林子替她申办了亲情捆绑号，这样，他俩之间打电话可以互免。首饰店的刷卡回单，替聚香儿子买的银锁。修手表的取货单，原来在这里，记得当时怎么也找不到，好在那家铺子每天路过,认识小六,通融着取回了籍工那只旧表……小六把它们揉成一团,想扔,随后又仔细抚平:没准儿她会再有一只 AA 包呢,继续保留某些偶然的无用东西,从月球带到地球,从地球带到火星,万物有灵且美,或可略微消减她对乌鹊的负疚。

说负疚是太轻飘了,说无耻都不够,她已擅长不告而别……很平淡的一天,穿上起初的那身儿衣裳,9 点半,借着被派到商业局开会的时机,她不慌不忙去了汽车站。商业局的会场上,"国瑞超市"的桌牌后面一直空着。

并非一定要这么拙劣,但又只能如此。她有种出于"好心"的懈怠感,不愿编造太低级的借口。更不想和盘道出,那等于把他们终于消化接受了的"她"又吐出来重新扒拉一番,这会摧毁他们与她这两年来所艰难达成的默契,以及由此而来的相处模式。就让他们"认定",她就是他们所看到的、所理解的那个女人好了。那或也正是她的某一个角度。但这并不意味着她会与乌鹊继续保持所谓"别来无恙,见字如晤"的联系。那更下作。

她想象着她离开之后的乌鹊。蝼蚁超市、彩票门面、租屋、乌水与鹊山,所有那些与她亲密过的,同一檐下、同一席上、同一床上的人,他们真的会难过吗?没准儿会如释重负的。一个异物的消失。像强行扒开河水深处的蚌壳,她介入了他们柔软的内部,并附着了太多的泥沙与水草。近两年的摩擦、交融与增生,是否曾经形成过珍珠?哪怕只有一枚,哪怕极小,哪怕凹凸不平,缺乏光泽?不知道……总之对不起,她再次逃逸了,一个带着叠加与复调意味的动作,她必须用新的离开去掩埋和弥补两年前的离开,唯其如此,对乌鹊的伤害,才不算是完全的辜负,或者说,有一丁点儿价值——咻,就这么不要脸地自圆自说吧,谁又知道会是什么结果在前面候着自己呢。

小六胡乱想着,一边高一脚、低一脚地在街上走,闷头走了十几分钟,她发现自己已不知不觉通往小区去了。这会儿贺西南肯定在公司,她根本进不了家门。如果不是碰到邻居正好开门的话,连单元门禁都通不过。但这都无所谓,回溯的本能在推着她,像有一百个人在后头推,她竟然越走越快、越走越急,最后几乎就是一路小跑了。

远远看到小区大门,她陡然慢下来,两脚胆怯地拖滞——她还不想跟任何面孔相认,哪怕是门卫或邻居,好像这"第一面"好歹也算是个什么特别的专属权利,得留给至亲的人。

小六拐到小区边上的巷子,侧着头远远地过眼瘾。隔着时断时续的围墙、绿树和两个小门面,她竭力张望家里的窗台。纱窗看来换成了隐形,玻璃擦得如若无物,被精心照料的样子。她眯起眼睛,进一步看到长短晾着的衣服,还有条艳丽的橘色围裙,原先有几盆花木全无踪影。咦?她疑惑地挪动、调整角度,左右、上下又数了一遍。搞错了?他换房子了?离开这个城市了?有新人了?交叉的景象汩汩地冒出来,白日转到夜色,黑幕布下垂,无数个夜晚滚动,贺西南与她的身影在窗口忽忽奔走,而就在这个窗口不远处,林子的侧脸迎向昏黄的光线,结结巴巴地向她求爱……她强制自己扭转头,不再看那个似是而非的阳台了。

应当如此、应当有变的,这才是应有之义。是她推倒的第一块多米诺骨牌,最沉重的那一块,然后哐里哐啷倒啊倒,到最后一块,就该加上前面那些骨牌的所有分量,通通倒压在她身上才对。

也许该找个地方给贺西南打个电话?附近有不少熟悉的店铺,但就需要跟他们打照面,费上一长串口舌。她转身出了小巷,一路都低着头。心里感到一丝滑稽,怎么都到家了还是躲躲闪闪。

经过巷口的发廊时,她有点儿走神,避让不及,迎面撞上那位一直替她做头发的紫发小妹。这姑娘蛮好的,出门忘带零钱包了,碰上雨天了,她都乐意帮忙,当然了,小六也在她手上办了一张白金会员卡。店里现在没客人,紫发小妹歪在店门口上,晒着手上刚涂的指甲油,一边懒洋洋地瞪着来往的行人,小六不偏不倚完全闯入了她的视线。小六迅速打算着该如何编造,出境培训还是工作调动?然后索性就跟她借个手机用一下吧,却见紫发小妹淡漠地嘟着嘴巴吹她的纤纤十指,眼里竟没有任何辨认出的迹象。小六遂步子不停地走了过去。

哈,这就不认识了?莫非这又是一个什么信号?这里的人已经把她给完全忘了?小六心里噤了一下,行了,毕竟只是会员卡之交,这妹子只会认得她的发型,而她现在又变成舒姨所设计的前齐刘海后大波浪。莫怪莫怪。小六替紫发妹解释了一大通,脚下已不假思索地下了地下通道,随人群涌入一辆刚刚驶进站台的地铁——铁轨轻轻摇晃,车窗里面目重影,她再次失笑了,脚下真像带有自动导航仪啊,这就是她平常从小区上班的方向,简直天衣无缝地连接到了过去,最多不过算是迟到了而已!

当然不会真跑进公司去。正好有个很便利的去处:金陵购物中心。从前的午饭之后,她常跟搭档兼好友在这里转悠消食,转到西南方向那个角,倚着银光色的镀铬栏杆看往对面,正是她们所在的楼层与办公室。

灰蓝色的脏玻璃里……看到女同事B,印象中是十分讲究之人,现在横胖开来,头发枯披,衣着松垮,跋着一双布鞋,好像对容貌完全放弃。

她身上发生什么了？小六把目光平移到隔壁，那里男同事C，他后背僵硬，双手搭在案上，如绑钉于座位，好像从小六离开之后，他就没有再移动过半毫。用目光连续"问候"了两个老同事之后，小六这才不经意地、慢吞吞把目光挪到她自己的位置上。

不奇怪，有人了。正摘下黑框眼镜、哈口气、用布擦。认识的，五年前才转正的，就这小家伙，也能接替了她？对面有个年轻女孩正嘬着嘴喝奶茶，唇色艳红，没见过。她的老搭档呢？不会因为她的离开，而有所负疚、并随之跳槽了吧？小六满意于这厚脸皮的设想……顺着围栏往右走到拐弯处，就可以看到一级主管的房间了。办公室空着，桌上十分整洁，好像正等着她推门而入、端坐上去呢。是啊，这曾经耿耿于怀的位置！她竭力撑大眼皮，调整焦点，在瞳孔上安放放大器：她看到桌上有一只眼熟的茶杯，还在冒着热气，这是公司三十周年庆的纪念品，老搭档一直用这杯子来喝生姜红枣茶，说是大补。看来她终于如愿以偿了。可也未必，公司有许多人都用这杯子呢，有的喝黑得像墨的普洱，有的泡一大把枸杞子，包括她自己，她也用这只杯子，说不定这就是她自己的那只杯子呢，说不定，那一级主管就是她呀，此刻她正在会议室开会呢，周围团坐着一大圈踌躇满志的蝼蚁与巨象，董事会老大、外方经理、一级主管、钱助理、财神娘娘等皆赫然在列，大家正紧张激烈地讨论着极其要紧的谋略，关乎代理七大洲四大洋的新款万能马桶盖或功能七合一CC面霜……会议室上空的空气局部搅动着，形成一股旋涡，直冲出灰蓝玻璃，隔着马路吹拂到她的丝巾与外套，拍打着她的耳膜与鼻翼，带着钝钝的尘埃之味。好啦好啦，她拍拍栏杆，栏杆拍遍无人会啊。

一阵童话般的狂想，倒让她放松点儿了，这才感到了长途旅行后的疲惫，像一辆跑空了油箱、急需补给的小破车，得赶紧找个地方歇个脚，吃点儿喝点儿。去绿茵茶餐厅吧！就跟瞌睡想到枕头一样，脑海里反射般唤起若干甜腻腻、懒洋洋的聚会场景，那里真能算她的小半个家呢。今天不是周末，闺密们肯定不会出现。她可以一个人待着，说不定还能打个盹儿。印象中那位女大堂经理挺可亲的，跟她的闺密们也很熟识。也说不定人走茶凉，她跟紫发小妹一样忘了她。没事的，她需要适应这些。小六一边抬脚开始往绿茵茶餐厅去，一边有点儿惆怅地想着，要是聚香在的话，可以两人吃着瓜子，说些不着边际的蠢话，比如关于 500 万关于干儿子或娃娃亲，聚香肯定会喜欢这种调调的，多么闺密呀。唉，往矣，昔往矣，她怎么还在频频回头那早已作别了的乌鹊……

就这样，贺西南与小六，算是前后脚分别来到了绿茵茶餐厅，老天爷像候在某个角落专门替他们掐秒表，掐得不是太好——急于歇脚的小六尽管已抄了近路，从停车场斜插过去，还是落在了贺西南后面，但无论如何，对老天爷而言，这仍然是极其了不起的撮合了——小六刚踏入停车场没走几步，就一眼看到了贺西南的车，自家的车呀，可能刚刚洗过，像新的，在正午的阳光下闪闪发亮。震惊是难以形容的。贺西南在这里！他是来这里等她的吗？贺西南一直到今天，都还在找她？并时常到绿茵茶餐厅来守株待兔？这太动人了，可多么合理、多么逼真呀。

小六差点儿站不住脚，车身的发动机还在喷出带有二氧化碳的热气，她倚挨着车身，感受那残存的一点儿热力，排浪般的软弱像耳光次第打来。她以手遮额，往餐厅方向看。果然，看到了，看到了她的贺西南，瞧着呀,他确实不是来吃饭或见朋友的,他大步走着,径直就找到了那位女大堂经理,并微微前倾身体,挥动双手,对套装里的经理不停地说着什么,他的身体看上去颇为紧张、抱有强烈的期望……

小六离开车子,跌跌撞撞向茶餐厅跑去,潮湿的视线里,对面的人物构图突然发生了变化,一大堆的食客呼啦站了起来走上前去,全部像中奖了似的表情兴奋,他们高高举起手臂和手机,做出庆贺的动作,花朵一样地摇曳,一两个店员面带喜色地穿梭其中。从人群的间隙里可以看到,贺西南有一条腿跪了下去,非常标准的,一个不可能造成任何误解的动作,而那位套装里的女大堂经理则猛地捂起了她的脸……没有一秒钟的耽搁,小六灵巧而及时地掉头了,像风暴里的一只最小的舢板,再不掉头就要被卷走了,搞不好还要掀到天上去,然后又扔到海底给摔个粉碎呢。她脑子里没有任何思考,对刚刚看到的画面完全隔阂,就像那些患有阅读障碍症、识别障碍症类似什么毛病的人一样。

再次穿过停车场,经过贺西南车子时,小六停了一下,用手抚摸了两下车身。她的掌心能感觉到,发动机的热气已经完全散掉了。

三

小六跑到麦当劳,点了份半冷不热的快餐,咕咚咕咚一气灌了大半杯饮料。正是午饭时分,人们成双捉对三五成群,共同制造出快餐店特有的那叽咕咕、叮当当的声音,着实显得欢快。

从她这个角度,可以看到店铺外面条椅上那位红条纹衫、黄色背带裤的小丑脸麦当劳叔叔。她边吃边看,突然发现麦当劳叔叔也回头看了她一眼，留意到她对面的空位子，以及她这个小区域相对冷清些的气氛，像个绝不肯怠慢任何客人的好店主一样，他摇摇他的小丑脑袋，叹了一口气，随即站了起来，掸掸身上的灰，踮起脚推门进来，坐到她的对面，陪她享用归来后的这第一顿饭食。谢谢。小六由他坐着。

刚才跑得太急，小六到现在还有点儿气喘，她塞了满嘴的东西，拼命咀嚼，"太饿了，从来没这么饿过。"她对麦当劳叔叔解释，食物的味道像枯草一样。

最初的惊愕早已过去了，些微的被背叛感也极为短暂，像只是伦理上的条件反射，很快就像她的这份气喘一样平静了。肌肉、关节、血液流速、心跳速度，都重归原态。吃喝过半，她后怕地对麦当劳叔叔拍拍胸口：瞧瞧，幸好没被林子或聚香看到这一幕，他们会心疼她的，她也会因为他们的心疼而无地自容的。她怎么能跟他们说得清楚：她根本不配指望温柔富贵乡的。一报还一报，报得还远远不够呢。

麦当劳叔叔耸耸肩，做个含糊的鬼脸，像责备又像赞同。

这么吃着聊着，舌头上总算吃出味来了，原来这份汉堡是牛肉饼的。"好吃！真香！"她热烈赞美食物，情绪甚至都变成了庆幸。这个人腿缝中的一瞥，表面上看有点儿俗套，简直跟一部烂番茄电影似的，再一想，其实有可能更烂番茄。她冲麦当劳叔叔挤眉弄眼。您想啊，如果她很迟，是晚上回家，贸然地推开家门，会碰到什么？啧啧啧！或者早一步，她先到的绿茵餐厅，那么她就将会同大堂经理两个人一起朝向门外等着贺西南……看看，你看看！现在这是最仁慈最老实的安排啦。

等胃囊终于满撑之后，小六又有点儿好奇起来。她耸起肩膀、头往前伸，想要跟麦当劳叔叔探讨：贺西南和那位大堂经理……可真是平地起高楼啊，她缺乏任何的提示和辅助信息。她竭力向麦当劳叔叔回溯刚才从人缝里所见到的贺西南，那个短暂一瞬，他脖子的角度，他的上半身，他的膝盖，所有那些细胞的齐心协力，那昏迷般的激情。仔细想想啊，在小六与他从恋爱到结婚的六七年时间里，还从没见过贺西南有这样的状态呢。这起码能说明一点：他与那位女士的匹配程度要高过他与小六，没准儿也高过小六与林子，说不定更接近到聚香与他的500万丈夫。

麦当劳叔叔露出困惑的表情，是啊，小六讲的这些人，他可都没见过呀。

不管了，小六颇有兴致地继续进行着这种横向比较，替贺西南高兴，替那位女士高兴，也替她自己高兴。综合看来，这个结果是正面的、多赢的。原来，她急急忙忙、日夜兼程地赶回来，过门不入地绕开小区与公司，精疲力竭中扑向绿茵茶餐厅，正是为了见证这一绝非偶然的画面，不着痕迹、宛若天成——要用舒姨的话来说，这都是老天爷好心好意安排好的。她眼前隐隐浮现出白瓷观音低垂含笑的眉目。嗨，又来了，乌鹊。她抱歉地冲桌子对面摇摇头。不提了，我下面保证不提。

只是……下面，下面该往哪里去呢？她有点儿嬉皮笑脸地询问麦当劳叔叔，后者却不胜其重似的，露出慌乱的表情，胡乱指指外面，一闪身，又坐回到他那张长条椅上去了。一只脚跷起，一只手搭上椅背，凝固成一个等待灰尘的姿势。

对面的位置空了。可以看到隔两张桌子有对小情侣，点了两杯饮料，他们一口也没喝，就一直忙于接吻。小六暗觑着他们，一边意识到，此时此刻，很像她乍到乌鹊那家面条店里的情形，高度自由但路径不明，一直护佑着她的巨手还在吗？像暗中转动的指南针……黏糊一般的小情侣终于放开对方，携手出门。她也站起来，顺脚跟了出去，并希望他俩能一直走、一直走。

小情侣只过了个马路，进入对面的电器店，并滞留在手机柜台前问长问短。小六若即若离地游荡到附近的电脑区，那里摆了一长溜儿试用机，几个半大孩子吵吵嚷嚷地挤在那里，售卖员无精打采地应付他们。角落里有台电脑空着，小六坐到前面，前面的人留下一个 QQ 登录页面。

小六盯着屏幕当中的那只空心企鹅，慢吞吞地琢磨它，咀嚼了一会儿那种冰天雪地的孤寒之感，瞻之在南，忽焉在北。她不自觉地用手挪动鼠标，把光标移到登录区那个细长的空白栏里。有两串先后属于她、代表着她的数字，南极的、北极的，像滋滋作响快要点燃的鞭炮，在她双耳边同时振动着。

如果她现在还有资格谈道德的话，登录林子在乌鹊时替她建的那个 QQ 号是不道德的。可最初的那个账号，她又真的具有权利吗？目前这样的情况，能算是回来了吗？到现在连一个亲人都没见到，她还只是处于中间地带的隐身人不是吗。

售卖员从别处踱到她这个方向，试图介绍一下这个机型的优惠。

隐身登录！小六冲售卖员挥挥手，飞快地敲入用户名与密码，轻巧伶俐地噌地一下跳进去，好像又闪回到两年前的某个中午，那些乏味的午休时光，困倦地 QQ 聊天同时观看某段视频……这联想让她涌起一点儿愚蠢的期待：自那之后，她的闺密们、暧昧的客户、大学同学、公司同事，都给她发过什么？就像敲开一台积攒了两年的老虎机，准会扑通扑通滚下数量巨大的社交性硬币吧。

然而没有。所有的头像都是一片沉默、寂静无声，好像她所踏入的是一个光线昏暗的废弃仓库，残垣破壁，蛛网挂结，只有枯枝败叶在脚下沙沙响起。毫无疑问，有人进入过她的QQ了。啊，当然当然，出事之后，她的QQ就像她的房间、包、手机、皮夹，一定被清理和搜索过了，所有的对话都像抽屉一样，被人拉出来翻了个遍。

小六不甘心地拖动鼠标，颓然回到顶部，打开时间最近的一个会话好友，所谓的最近，也应该是两年前了。

不是两年前，而是两天前！会话者昵称叫"爱人"，两条留言，内容一样，"25中央路402"。

小六眯起眼睛，强光猛然刺射。她勉强分辨，如在枯萎的荒丛里，辨认一根柔弱但艳翠的细草茎子！熟悉的词组模式，谨慎重复两遍的习惯。无须再多，这辨识体系恰如闪电惊雷。电脑售卖员已是第三次转悠过来了："如果您用好了的话……"

哦，谢谢，用好了。她瞟一瞟电脑下方的时间，得抓紧了，她跑上马路像要撞车似的拦下一辆出租车。她终于晓得出门该向左还是向右了。从看到这个留言的第一瞬间，灯就亮了，"啪"地一下，她不是在暗黑的荒原上了。她用尽可能稳定的声音吩咐出租车：中央路上的汉庭快捷连锁，我赶时间，十二点半！

午间风景在车窗外忽快忽停，她疑惑地倒推：黑师傅如何加她为QQ好友，黑师傅又怎敢假设她能接收到QQ的。没事，这些不重要的。哪怕他的进入是违禁的，想法是古怪的，那又怎样，只会使这种荒谬更为旖旎动人——面对失事已久、残骸无踪、连猎食的海鸥们都恢复了优雅滑翔的沉沉大海，只有黑师傅这座灯塔还朝向她消失的方向不断闪烁，固定地发送信号……

会不会搞错了？那人只是个轻浮公子哥而已。小六有点儿紧张地安抚自己。相信吧，就像曾经怀上一个不存在的婴儿，就像贺西南都能够在一个全透明的玻璃茶餐厅里当众求婚，就像她回来的第一顿饭是跟小丑一块儿吃的。没有什么是不可能的，就算是一个恶作剧，她也必须得去。

车子到了，离正点儿还有七八分钟呢。她径直走到大堂，要订402号房，"402是我的幸运数字。"她画蛇添足地解释。

"抱歉，已经被预订了。两点以后可以吗？您可以先办理登记手续。"

"看来……我朋友已经替我订好了，他有会员卡。我可以直接上去吗？"心脏都快要停了：黑师傅真的订房了。

"预订人姓名或会员卡号？您的证件？"服务员用播音员般的标准音量不高不低地向她索要。中午这会儿很忙碌，她手上同时在接待一位中年男人，后者用余光扫视小六。小六张张嘴，闭上，她拿不出其中任何一个。

她尽量体面地皱眉，最后一个尝试，"这里有电脑可以上网吗？我出门匆忙手机没带。"服务员用下巴指点了一下，狭长大堂的尽头，有两台公用电脑。

谢天谢地。小六赶在十二点半之前登上了QQ，仍是隐身——还有一丝羁绊，像最后的保险绳，以防她彻底失足摔死。她调整了一下座椅，使自己的侧面斜对着大门，进门的客人可以在第一时间与她互相看到对方。

四

张灯站在玄武湖的环湖小道上，抬头看向那幢黄色加橙色外墙面的酒店，视线里只有馒头大小。他努力在那馒头上辨认，无法找到402号房的具体位置。同比例推算，从酒店那里回看，在烙饼大小的一角玄武湖边上看到他，也绝无可能。这挺遗憾的。但对一个类似于召回的"测试"来讲，看不看得见，并没有区别。

此前，他已经循着湖边快走了二十分钟。湖水荡漾，行人各异，处处花枝招展。他既无心春色，更无心路人，总克制不住地要瞟向那只黄色加橙色的馒头。小道顺着湖面拐弯了，他需要扭着头去看，随着时间的临近，临近12:30，他的头更拧得像只倔强的瓶盖，总朝向那个扭死的角度。

搞笑了，自己设个局自己还当真？类似的自嘲并没有使他放松，他捋了把头发，又低头打量了一下自己的穿着，好像五分钟之后就要走进402室与小六亲吻拥抱脱去衣裳相互抚摸，就像从前无数次所做过的那样——嘀嗒嘀嗒，倒流、拉长、累加，忆旧如新的画面，从两年前那个没有得到答复的短信算起，所有的等待杂糅起来，狂癫了。他猛地感到一阵仇恨的暴风骤雨，多么希望小六真的来了呀，来赴这场拖延了如此之久的约会。张灯简直要了命地想要她！想爱死她！想操死她！

张灯从悠然的散步变作冲刺跑动，不是扑向酒店，而是要找一把椅子，正对着那只馒头的椅子。他匆匆跑寻着，最终在湖面左侧，找到一张方向合适的椅子。时间恰好到了，他用手机登录QQ，大声地责问，"小六啊，你来了吗？"

就这么一句话，张灯勃起了。远望着黄色加橙色的馒头，他看到自己进门了，小六亦翩然而至。他们一如既往地默契，一个拉下窗帘，另一个打开乳白色的床头灯。

手机屏幕如湖面那样了然无痕，映射着瞳仁。他用手指蘸着透明的空气，在小六的肌肤上写字，"我知道你会来的。""挨着我，再近一点儿。让我好好看看你。""在那边很孤单的吧，我也是，人们都是。""急着要吗？嘘，不用说话。我们得慢一点儿，慢慢来……"

他欣慰地看到，QQ 上的小六还是老样子，以没有动静的方式与他相互凝看。他叹息一声，预期中的伤感，更感到一劳永逸的踏实：诱激测试平安通过。

张灯噘起双唇，情不自禁地吹起了口哨，声音尖厉悠长，简直可以响彻整个玄武湖、整个城市、整个地球，并传到宇宙所有的存在中去。这是一支轻松自由的曲子，只在口哨的尾音，带有沉沉的悲凉感，连他本人也不自察。

如果有人打这条小径路过，有意没意地瞥一眼张灯，会觉得这个衣着整齐但一动不动的男人大概正被梦魇住了，他身体僵硬，下体不雅地支楞着，忽高忽低地大声喘着气，同时心不在焉地在手机上划来划去，脸上带着痛楚的飞升感——他为什么看上去那样幸福。

小六仍然坐在酒店大堂尽头的电脑桌前，但完全背对着大门。"爱人"早已来到，他已经进入，约会已然开始。

两年来，除了与林子有过两次并未成形的亲热以及那些自虐性的纸上谈兵，她从没有过实质性的性……黑师傅旧日的鼻息拂丝而来，带着伤感与恨，带着几百个夜晚的白山黑水，挟裹着两圈年轮四个季节的风霜雷电雪雨雾露。她血肉燥热但唇齿冰寒，如同病体缠绵、四肢劳顿，她嗡嗡嗡耳鸣，整个床整个天花板都在转动……这久违到几乎像是初次发生的做爱，显得尤为生涩和艰难，黑师傅或也感同身知，他嘶嘶抽着牙缝，多么缓慢，多么滚烫啊，如盐入水地带化着，她的身躯慢慢挣脱了尘封的镣索，脖颈交缠，双胸膨化，忍不住要高抬的后腰，勾直绷紧的双腿，濡湿的耻毛摩擦，先后扑进欢爱的无耻与乞怜……长久的亲吻、泪水纵流，反反复复地进入，沉默中相遇在最幽黑的疼痛终点。

他们最终分开黏滑的下体，像两张彼此揉皱了的纸团，抚平并躺，性爱的余韵如空谷足音，像一只盘旋着的秃鹫，迫不及待地想要吞噬掉他们的激越，使他们重新成为孤零零的肉体。小六昏昏然不动，静听那秃鹫拍翅，最终一无所得地飞走了。他们等来了别的东西，软和的被子一样，从头到脚垂怜地覆盖着他们。那是什么？类似于酒精的愉悦，又有些像谷物或土地那种沉盈的丰厚感，持久如月圆之夜的浪潮，一波一波地奔腾，推揉着他们漂浮的身体。

小六在潮湿中轻轻睁眼，一个机灵的念头突然闪过。早该想到的。

她打开"爱人"的过往消息记录，两人的对话框一下子满屏了。黑师傅在无数个日夜所发给她的长短留言，像深色的复瓣花朵，在屏幕上一簇簇地怒放开来。她看到了，全看到了。黑师傅跟她聊鬼片子，谈当晚的球赛，谈14岁的遗精与昨晚的偏头疼，他烧煳了的面条，他差点儿结婚但最终分手的女友……比填鸭式的灌输还要饱撑，比24倍速的播放还要令人眩晕，这是宇宙爆发、细胞分裂与基因突变。

小六平心静气地拉动鼠标，生吞活剥而又细细咀嚼，以免漏掉哪怕一个字。空白轮廓的剪影式交往，突然间变得气味浓烈，野蛮生长，在小六面前构造出一幅咄咄逼人的蓬勃景象，速成为青梅竹马与情投意合。蜜里调油的交欢，如烈火中的拼图，火舌噼里啪啦，迸射离散，灼痛肌肤。她邃然惊痛，差点儿疼出声来。

——再读一读，再想一想呢。黑师傅的这字字句句，哪里不大对，表面上是对她诉说，可也像是对另一个人，甚至都不像是对一个人，而是对着企鹅、对着这闪动的光标、对着他自己……得怪自己过分机灵了。误入藕花深处，惊起一滩鸥鹭。她不该看到这些的。

小六瞟一眼电脑下方，13：50。黑师傅向她缠绵地再次伸手。在本该一跃而起、各自穿衣、比赛般分道而行的这个时刻，他们死命拥抱，难分难舍。

直到现在，她都没有开口，黑白头像寂然不动——

一旦敲下键盘，哪怕只是发出一个抖动的笑脸，就等于是从苍茫中揭露出自己，除去面纱，清晰的五官与纹路呈现。这正是对面的"爱人"所执念欲求的吗？会不会如冷水兜头、浇灭火焰，一切顿成灰烬、杳然于穹顶之下？还是会像捅破窗户纸，吹入新鲜的空气，使这虚幻的火焰化为热乎乎的膛中炉火，成就为一日三餐的长相厮守？

小六僵在QQ对话面前，心里涌上一股辛辣的勇气，键盘下连接着可能爆炸的致命线路似的，像个不自信的钢琴家那样，她觑上眼睛、做作地高高抬起手，趋向于做出那个冒险的动作，打破这薄薄的屏幕，让她的头像闪动……就在此时，对面的头像暗下去，"爱人"下线了。枕畔空了，被单瘪了，窗帘拉开了，服务员就要来清理房间了，已有别的情侣预订下后面的使用权了。

"爱人。"小六喃喃着，最后一遍环顾这个临时的栖歇之所。她像文盲一样在键盘上磕磕绊绊地寻找，拼凑着余音袅袅、归去来兮的这个词。但仅止于此，她没有力气发送出去，像火箭那样去追踪这一场未卜。

小六紧紧揾起脸，肩头颤动，泪水奔流——她突然意识到这个动作的模拟感，就在几个小时前，被贺西南所求婚的那位女大堂经理，也这样捂起她的脸，也曾这样肩头颤动。既像哀恸又像至乐，背道而驰的极端情绪竟像孪生胎儿一样，迷惑着他人，更迷惑着自己——那个场景，也许并非如她所见……

五

下午的后半时段向来奇幻，尤其是接近黄昏的那部分，光线介于浅灰与粉蓝，彩色泡沫般浸染着裸露的建筑物。一日将尽未尽，人们带着最后一波亢奋，驱使着他们的肉身，在公司、商店、机关、银行等不同的点与线之间频繁地进出。

小六蹲在巷口，面朝马路方向。这是母亲家附近的巷口，她曾从这里进进出出，上学、毕业、工作、结婚、回娘家什么的。蹲得腿有点儿麻，但还是想再蹲一会儿。

大约半小时前，她去了母亲家。巷子到底一右拐，刚能瞧见厂区宿舍的门卫室，第一眼就瞧到母亲了，她置身一群人当中，半花白的脑袋很醒目。她松了口气，这一趟，总算没有什么差池。

从巷口到小区门卫，只七八十米，卖盐水鸭、卖桃酥、卖油炸点心的摊子占据了大部分路面，自行车摩托车走走停停，小孩儿老人和狗也在其中挤挤挨挨。小六在人群当中避让磕绊，一边打量越来越近的母亲，雷达似的试图搜取信息。毕竟啊，这是她将要见到的第一个亲人。

越瞧越是惊讶，也算是欣慰的惊讶——母亲压根儿不像一个失去了女儿的独居母亲，不仅瞧不出憔悴，连记忆中所特有的阴郁和冷淡也全然不见，一圈大婶大妈中，母亲显得尤其精神乃至喜气洋洋，并明显是那一撮人当中的主角，她手里正挥舞着什么，那手势和动作都表明着，她正在进行着一番独一无二的演讲。小六记得很清楚，母亲从不喜欢跟婆婆妈妈扎堆聊天儿，那总会导致一种推心置腹的氛围，妇女们几分钟之内就会互相盘问家事，母亲最反感那些了。可这会儿的母亲，怎会这样？发生什么了？

借着水果摊前一个胖女人的遮挡，小六停下步子，把目光移向母亲身边的人。他们的头、眼神、脖子，包括腰身，都像被绳子提住了似的，紧绷绷地悬挂在母亲的嘴巴上，一动不动，显然被母亲所讲述的内容给深深蛊惑了，露出难以置信又十分满足的表情。

小六脚下踌躇起来，母亲到底在讲些什么？什么内容让她一反天性、变成这么个手之舞之足之蹈之、简直光彩照人的一个长舌妇？

两个汗淋淋的高中男生，一边走一边敲打着一只篮球，制造出荷尔蒙的噪声，反倒帮助小六过滤掉别的市声，她从篮球与地面有规律撞击的间歇里，捕捉到母亲那喜不滋滋儿的嗓音。考虑到听众的不断更迭，母亲周到地不断倒叙并重点回放，以确保每一个新加入的聆听者都能得到一个完整的梗概。

"是啊，我上个礼拜才收到，你们看，就这个包裹，里头是一条枣红色围巾，一套全羊毛的护腰护膝。可不就是他们寄来的。谁？那还用说，就是我女儿，否则谁知道我的地址？还有……"母亲每讲到此处，会停一停，不是卖关子，而是需要一丁点儿时间，以吐出这个多年不曾出现在她唇边的词，"还有她爸爸嘛。这是他们父女俩一起寄来的。我年轻时就喜欢枣红色，她爸爸晓得的。"

接着她很自然地补充背景,"是的呀,我女儿两年前出去旅游,就没再回来了嘛,都说她出事了,包括我女婿。可我心里有数,她就是去找她爸爸了。你们说说,哪有女儿不想找到爸爸的?"讲到这里她声音低沉了,却神奇地抵达到每一个人的耳朵,"你们也晓得的,她爸爸到北京出差后,没再回来,那时我正怀着女儿等他结婚呢。我不愿说这些,不是怕丢人,是没办法跟女儿交代。这么些年,我心里一直有个碗口大的洞。"

接着开始转折,回到交响乐的主调,手里的道具也跟着配合而上,"等到这包裹一寄到,我就知道,母女连心,我猜对了!看看,还真被她找到爸爸了,他们父女两个终于团聚上了,都给我寄东西回来了。唉呀,碗口大个洞,立时止了血、收了口、结上疤。我这才有了高兴的滋味呀。"她把左胳肢窝和右手里的两样东西重新打开来,姿势怪讲究地展示着,叙述上不着痕迹地回到了环形语流的接口处,"喏,上个礼拜才收到的,他们父女两个替我挑的。全羊毛的护膝,你摸摸,多软和。围巾的枣红色正吧,她爸爸晓得我最喜欢这个颜色……"

母亲脸上的笑容,是小六记事以来从未见过的。她腰部挺拔、牙齿光亮,笼罩了她二十多年的阴郁如雾气般被完全吹散了。在夕阳那绮丽的光线中,她整个人散发出摄人心魄的幸福感,绝对意义上的、不掺杂任何一丝灰星子的幸福。她解脱了。

门卫处的听众们旧的散了新的又来。她们太喜欢这个故事了,哪怕它有些云山雾罩,可母亲手里的护腰护膝和围巾,是千真万确的呀。人们的表情个个如痴如醉,有的已熟悉了全部起承转合,仍然保持热烈的目光,频频点头,促进着这个故事的圆满与真切——就连小六,也听得心动神摇、向往之至。她回想起在乌鹊的那些夜晚,她与籍工、舒姨争抢着回忆的话语权,那样的夜晚,一定也闪动过父亲朦胧的身影吧,她也在类似的叙述中构造和实现了他们一家三口的彼此投靠,如同对母亲的呼应与遥感。

那么,母亲,我最好还是去父亲那边对吗……小六热泪盈眶、无法前行了。

趁着母亲低头与听众们摩挲那百分之百羊毛的手感时,小六缩起身子,恨不得变成那两个中学男孩儿手里的篮球。她尽量地不跑,倒沿着来时的路,在人群里疾步不停,直走到连着马路的巷子外口。巷口没有台阶,没有石墩,任何可倚可靠之处都没有。她蹲了下来,这一蹲就蹲到现在。

面前的这条大马路,小六再熟悉不过。往左走,第三个红绿灯,就是回自家小区的方向;往右,打个出租车,最多二十分钟,绿茵茶餐厅就在出站处的三角形半岛上;过马路下地铁,四站路,能到公司,搭档兼好友没准儿还在加班呢。实在不行,距这里不多远就有一家汉庭快捷,如果软泡硬磨,借助会员卡资料,应当不难查到当天订过房的黑师傅。理论上讲,她到处都可以落脚。就算通通都行不通,她还可以再次腾空而飞,进入那架穿行于云端的飞机,通往乌鹊或地图上的任何一个地名。方便着呢,弹性大着呢,可能性多着呢。

只是得想一想。

她看到脚下的地砖、地砖上的纹路与纹路里嵌着的脏东西。看到近处的绿化树、树干上系着绳子与绳子上晾着的拖把。看到对面的店铺,店铺正在关起卷帘门以及招牌上掉了漆的字体。黄昏这时已全然降临，行人像潮水那样开始上涨，倦鸟般急切地飞往某处的屋檐，与另一只或几只鸟儿去碰碰颈子、舔舔羽毛。

瞧瞧啊，时间变了，他人变了，她也变了。就算再怎么乐观地强词夺理，得承认：她的归来，不大顺利。可能是时机与次序不对，刻舟求剑式的愚昧。河水流动，利剑沉坠，小船荡漾。她得另外寻找入口。

她想起瘦脸老警员劝阻她回来时的坚决，对呀，若是从法律意义上考虑，应当先到派出所才对，对被销掉的户籍重新注册；或者在第一时间去往贺西南公司，在他向任何人下跪求婚之前；不，应当先约上两个闺密在绿茵茶餐厅见面、了解别后情况，起码那位大堂经理会看到她的回来。又如果，她一回家就上网呢，先与"爱人"接上头，没准儿他们就会有一个线下的真实的约会……随便哪种情况，都会强过她的现在。她本该坐在熟悉的房间里，明亮的灯光，洗完了热水澡，有过一场暴雨甘霖的性，对着一桌子香喷喷的好饭菜，还备着醉泥螺……

该。她出声儿地骂了自己一个字，并感到一丝被惩罚被抛掷后的宁静。她让自己继续蹲着，同时抽出几根毫毛来，变成四五个自己，把几种可能的顺序重新搭配组合，像不同颜色的飞行棋子，按照各自所得到的口令和规则重返归途。

贺西南公司—自己家—登录QQ……

约闺密出来—绿茵茶餐厅—联系贺西南……

自己公司—登录QQ—快捷酒店……

派出所—母亲家—自己公司……

登录QQ—快捷酒店—派出所……

啊，等一等，这并非假想，这才是真正的开始。此前的这所有行动，她都只是隐身而已，谁都不知道的，她这等于刚刚归来不是吗！

——小六向各个方向竞技奔跑。同时像啦啦队队员一样给自己拍起巴掌吹口哨。并兼任着置身物外的高级裁判，严密甄别着，不偏不倚地裁定每一条线路上的分身小六。

小六快跑。周密观察，慢慢加速，在交叉时间与平行空间的入口处，灵活比对寻找着最佳路线，擦净重写，覆水收回，昔日重来。

小六快跑。每一条路径都是一路的风景摇动、花木扶疏。小六与小六交换舞伴，不断切换情感、肉身和社会属性的多次元重组。

小六快跑。神奇地拧合起两条林中小道啊，奔跑在这一无限拉长的虚妄连接点，每一步都是双重的、可溯的，亦是踏空的。

小六快跑。所有的小六都将殊途同归地踏入同一条河流，一条荒谬、奔腾、泥沙滚滚的河流。生活像渔网高抛而来，反复打捞变幻莫测的古老魔瓶。

小六快跑。她总算是实现她的妄想了啊，随便哪里的人间，她都已然不在其中。她从固有的躯壳与名分中真正逸走了。她一无所知，她万有可能，就像聚香刚生出来的那个婴儿。她感官初张，望闻问切，极目远眺，吮苦汁如蜜爱。

暮色越来越浓重了，街巷边的窗口接二连三地投出黄黄红红的闪烁灯光，动人至极。往远处一些，是不够高大的路灯，从满是灰尘的树冠中顽强地射出钝三角的分割线。视线再往远处，错落有致的高楼构成荆棘般的铁锈色天际线。

如果不是特别仔细，可能都发现不了，一轮边缘粗糙的月亮正陷身在那几幢高楼之间，如小豆烛照，仿佛还没有适应这刚刚亮起来的城市之光。

你好啊。小六向这位老朋友默默问候。

只是腿脚着实吃不消了，哪能老这么蹲着呢。摸摸口袋、又掏掏包。没有硬币没有骰子没有纸猪头没有白瓷观音……小六鼓着腮帮使劲，扶着自己站起来，挪动麻木的下肢，摇摇晃晃迈开步子，刚会走路似的。

2014年7月23日—2016年10月7日